HEYNE

Fantasy

Herausgegeben von Wolfgang Jeschke

Aus der SAGA VON DRAY PRESCOT erschienen in der Reihe HEYNE SCIENCE FICTION & FANTASY:

1. Roman: Transit nach Scorpio · 06/3459
2. Roman: Die Sonnen von Scorpio · 06/3476
3. Roman: Der Schwertkämpfer von Scorpio · 06/3488
4. Roman: Die Armada von Scorpio · 06/3496
5. Roman: Der Prinz von Scorpio · 06/3504
6. Roman: Die Menschenjäger von Antares · 06/3512
7. Roman: In der Arena von Antares · 06/3534
8. Roman: Die Flieger von Antares · 06/3547
9. Roman: Die Waffenbrüder von Antares · 06/3567
10. Roman: Der Rächer von Antares · 06/3585
11. Roman: Die fliegenden Städte von Antares · 06/3607
12. Roman: Die Gezeiten von Kregen · 06/3634
13. Roman: Die Abtrünnigen von Kregen · 06/3661
14. Roman: Krozair von Kregen · 06/3697
15. Roman: Geheimnisvolles Scorpio · 06/3746
16. Roman: Wildes Scorpio · 06/3788
17. Roman: Dayra von Scorpio · 06/3861
18. Roman: Goldenes Scorpio · 06/4296
19. Roman: Ein Leben für Kregen · 06/4297
20. Roman: Ein Schwert für Kregen · 06/4298
21. Roman: Ein Schicksal für Kregen · 06/4357
22. Roman: Ein Sieg für Kregen · 06/4358
23. Roman: Die Bestien von Antares · 06/4359
24. Roman: Der Rebell von Antares · 06/4394
25. Roman: Die Legionen von Antares · 06/4395
26. Roman: Die Verbündeten von Antares · 06/4396

Weitere Bände in Vorbereitung

ALAN BURT AKERS

Ein Schicksal für Kregen

Einundzwanzigster Roman
der Saga
von Dray Prescot

Fantasy

Deutsche Erstveröffentlichung

WILHELM HEYNE VERLAG
MÜNCHEN

HEYNE SCIENCE FICTION & FANTASY
Band 06/4357

Titel der amerikanischen Originalausgabe
A FORTUNE FOR KREGEN
Deutsche Übersetzung von Thomas Schlück
Das Umschlagbild schuf Ken Kelly
Die Karte zeichnete Erhard Ringer

Umschlaggestaltung mit einem Motiv
von Vicente Segrelles/Norma
durch Atelier Ingrid Schütz, München

Redaktion: Friedel Wahren

Printed in Germany 1986
Satz: Schaber, Wels
Druck und Bindung: Ebner Ulm

ISBN 3-453-31364-X

ANMERKUNG ZU DRAY PRESCOT

Dray Prescot ist ein gut mittelgroßer Mann mit braunem Haar und ruhigen braunen Augen, die düster und stechend blicken können, ein rätselhafter Mann mit überaus breiten Schultern und einem kräftigen Körperbau. Er strahlt unbeugsame Ehrlichkeit und Mut aus. Er bewegt sich wie ein jagendes Raubtier, still und tödlich. Aufgewachsen unter den unmenschlichen Bedingungen von Nelsons Marine, wurde er später durch die Skorpion-Gewalten der Herren der Sterne, der Everoinye, und der Savanti von Aphrasöe, der Schwingenden Stadt, auf die abweisende und doch faszinierende Welt Kregen geholt, vierhundert Lichtjahre von der Erde entfernt.

Er hat eine neue Heimat gefunden und Triumphe und Katastrophen durchlebt; dabei errang er allerlei Titel und Besitzungen, denen er mit kühler Ironie gegenübersteht. Er ist entschlossen, sich der Last des Herrschertitels zu entledigen, sobald dieses Inselreich wieder vereint und in Frieden leben kann, indem er seinen Sohn Drak auf den Thron setzt. Doch in jüngster Zeit haben ihm die Herren der Sterne im exotischen Südkontinent Havilfar eine neue Aufgabe gestellt, und wie üblich bleiben ihm die mit dem Auftrag verfolgten Absichten verborgen. Um eine Liga unter Führung des vallianischen Erzfeindes Hamal zu verhindern, hat Prescot am Todes-Jikaida teilgenommen. Dabei ist er schwer verwundet worden.

Prescot hält seine Abenteuer auf Kassetten fest. Jede Niederschrift ist so gestaltet, daß sie als in sich abgeschlossen gelesen werden kann. Nun ist er wieder einmal entschlossen, nach Vallia zu Delia und zu seinen Freunden zurückzukehren. Doch hat Kregen wenig Ähnlichkeit mit der Erde.

Erneut in lebhafte Abenteuer gestürzt, muß Prescot um sein Leben – und seine geistige Gesundheit – kämpfen, diesmal aber finden diese Kämpfe nicht im vermischten Licht der Sonnen von Scorpio statt, auch nicht im verwaschenen rosagoldenen Schein der Sieben Monde Kregens ...

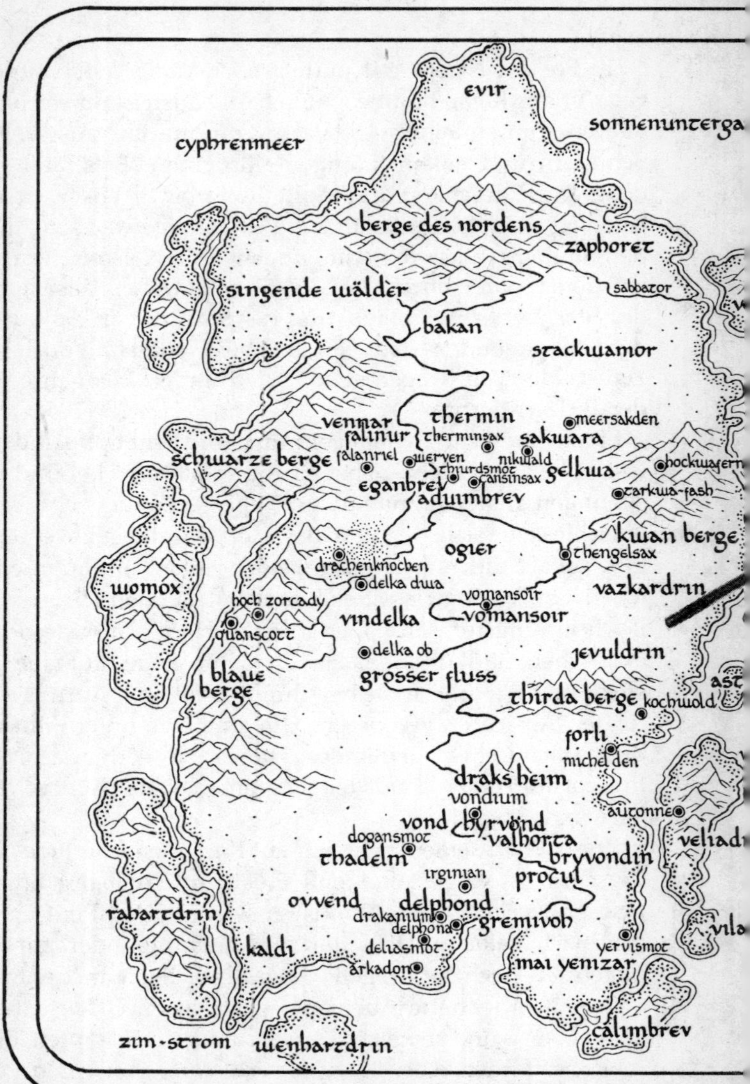

evir
cyphrenmeer
sonnenunterga
berge des nordens
zaphoret
singende wälder
sabbator
bakan
stackwamor
vennar
thermin
meersakden
falinur
therminsax
sakwara
schwarze berge
falanriel
werven
nikwald
thiurdsmot
cansinsax
gelkwa
hockwagern
eganbrev
aduimbrev
tarkwa-fash
kwan berge
ogier
drachenknochen
thengelsax
womox
delka dwa
vazkardrin
hoch zorcady
vomansoir
vindelka
vomansoir
quanscott
delka ob
jevuldrin
blaue
berge
grosser fluss
thirda berge
kochwold
forli
michel den
draks heim
vondium
autonne
vond
byrvönd
doganmot
valhorta
veliad
thadelm
bryvondin
irginian
procul
ovvend
delphond
rahartdrin
drakanium
delphona
gremivoh
vila
kaldi
deliasmot
yervismot
arkadon
mai yenizar
calimbrev
zim-strom
wenhartdrin

zamra
vetal
zarinmeer
meltzer
valkanium
valka
VALLIA

1

Es gibt mehr als hundert Möglichkeiten, ein Flugboot zu stehlen; doch hier und jetzt kam nur die allererste Methode in Frage. Ich wollte einfach zum Boot marschieren, an Bord steigen und abfliegen – nicht ohne mich vorher zu vergewissern, daß der Voller nicht an der Kette lag.

So sah meine Theorie aus.

Der Wächter verließ einen schattigen Torbogen am ersten Treppenabsatz und hielt mir eine funkelnde Axtscheide unter die Nase. »Bleib stehen, wo du bist, Dem, sonst rollt dein Kopf die Stufen hinab, die du eben erstiegen hast.«

Ein bronzener Liebesgott am Ende des Treppenhauses hielt eine Lampe, in deren Licht die Augen des Mannes funkelten. Von mir konnte er allenfalls einen Umriß ausmachen. Ich trug zudem eine graue Stoffmaske über Gesicht und Kopf und unauffällige weite Kleidung.

»Mein guter Dom«, sagte ich, »du machst da einen Fehler ...«

Zweifellos hatte er den Eindruck, ich wollte Ausflüchte machen. Als ich ihn sanft zu Boden sinken ließ – meine linke Hand hatte die Front seiner schicken Uniform gepackt, während meine rechte, die nur noch ein wenig kribbelte, die Axt umfaßt hielt –, schlummerte er friedlich; doch wenn er erwachte, würde ihm schon noch aufgehen, welchen Fehler ich gemeint hatte.

Vorsichtig stieg ich über ihn hinweg und erstieg die nächste Treppenflucht. Das Hotel, in dem ich mich befand, ein wahrer Palast im Ausländerviertel von Jikaida-Stadt, beherbergte vor allem die bedeutenden Spieler der Welt, die sich hier dem Jikaida widmen wollten, ohne sich an die blauen oder die gelben Farben binden zu müssen. Auf dem Dach stand das einzige Flugboot in der Stadt. Dieses Flugboot war meine Fahrkarte in die Freiheit, und weil es einem Hamalier gehörte und Hamal mit meiner Heimat Vallia im Krieg stand, hatte ich nicht die geringsten moralischen Bedenken, das Boot zu stehlen.

Nun ja, die Moral wird im Krieg ohnehin sehr klein geschrieben. Leider gibt es viel zu viele Kriege und Schlachten auf dem vierhundert Lichtjahre von der Erde entfernten Kregen, doch gab ich mir größte Mühe, diese Zahl zu drükken.

Die Zeit zwischen Mitternacht und Morgendämmerung war etwa zur Hälfte verstrichen. Im Hotel blieb es still. Die Teppiche dämpften meine Schritte. Bestimmt waren noch andere Wächter unterwegs, und bestimmt standen auch mehrere auf dem Dach, unterhielten sich leise und behielten das Flugboot im Auge.

Je eher ich aus Jikaida-Stadt hinauskam und, wenn die Herren der Sterne es erlaubten, nach Vallia zurückkehrte, desto besser. Mit der Karawane durch die Ödgebiete nach Osten zu reisen, wäre mir in meiner jetzigen Stimmung viel zu langsam gegangen. Obwohl Vallia in guten Händen war, spürte ich den unbändigen Drang, nach Hause zurückzukehren. Und wenn ich daran dachte, wie das Schicksal – das ohnehin hinter den Herren der Sterne zurückstehen muß – mich immer wieder in schlimme Abenteuer stürzt, die ich nicht gesucht habe, dann hatte ich sicher noch etliche aufregende Zwischenfälle zu erwarten, ehe ich wieder bei meiner Familie war. Und – bei Vox! – damit sollte ich recht behalten.

Während ich langsam die Treppe hinaufschlich, hörte ich von oben Geräusche. Ich runzelte die Stirn. Gelächter, spitze Schreie, ein blechernes Scheppern. Ein kleines Orchester spielte und versuchte sich gegen den Lärm zu behaupten. Ich marschierte weiter und erreichte das obere Treppenende. Die zum Dach führende Tür in der Ecke war unbewacht. Ich brauchte nur einen dicken Teppich zu überqueren, die Tür zu öffnen, sie sorgfältig hinter mir zu schließen und mit dem Schwert in der Hand die letzten Stufen zu ersteigen ...

Wieder nur verflixte Theorie.

Eine Tür öffnete sich, und ein Mann torkelte heraus. Er trug nur ein blaues Hemd und war ziemlich aufgekratzt. Er hatte die Arme um die Schultern von zwei halbnackten Silvies gelegt und brüllte mit zurückgeneigtem Kopf ein Lied in die Nacht, dessen Worte und Melodie nicht auszumachen waren.

Die Wand in meinem Rücken fühlte sich flach und hart an. Ich preßte mich dagegen, als wollte ich mich in dem dahinterliegenden Raum verkriechen.

Aus der plötzlich geöffneten Tür strahlte Lampenschein und ließ Schatten über mich zucken. Der Lärm in dem Raum klang noch lauter, und das Orchester, beseelt von dem Wunsch, nicht unterzugehen, heulte und quietschte und kratzte. Männer und Frauen brüllten vor Lachen und schrien durch die Musik. Flaschen und umstürzende Gläser klirrten und bildeten einen allgemeinen Kontrapunkt. Der Mann und die Mädchen torkelten lachend an mir vorbei und verschwanden weiter hinten in einem dunklen Zimmer.

Buttergelbes Lampenlicht zeichnete ein verzerrtes Rechteck auf den Teppich.

Um zur Dachtür zu gelangen, mußte ich den Lichtstreifen durchqueren.

Das Orchester und die Leute verdoppelten ihre Anstrengungen, sich gegenseitig zu übertönen. Das Lärmen schien immer mehr zuzunehmen. Die Tür blieb offen, und hinter der Öffnung huschten immer wieder Gestalten vorbei – oder torkelten hin und her. Ein weiterer Mann erschien. Er kroch auf Händen und Knien. Eine schlanke kleine Fristle-Fifi ritt auf seinem Rücken und schlug ihn mit einem Schuh; zwischendurch gab sie ihm aus einem Glas Wein zu trinken. Der größte Teil des Weins – der hellgelb schimmerte – schwappte auf den Teppich. Beide schrien, so laut sie konnten. Ich schob mich einige Zentimeter weiter an der Wand entlang.

Wieder schwankte jemand aus der Tür, stolperte über den knienden Mann und die Fifi und brach mit kreischendem Lachen zusammen. Sein Wein bespritzte alle. Er hatte einem dunkelroten Wein zugesprochen, und die Flüssigkeit loderte im Lampenlicht.

Durch den Lärm machte sich eine Stimme bemerkbar:

»He, Nath! Komm her, um Havanduas willen – diese Hamalier haben mich bei der ...« Der Rest ging in einem Gurgeln unter.

Der Bursche, dem das Mädchen auf dem Rücken hockte, stand auf. Er torkelte. Das Mädchen klammerte sich mit nackten Beinen an ihm fest. Er verzichtete darauf, sie abzuwerfen, und stürmte ins Zimmer zurück, und der Bursche, der über ihn gestürzt war, rappelte sich unsicher auf, schüttelte den Kopf und kicherte töricht.

Er schaute auf sein leeres Glas, schnalzte feierlich mit der Zunge und marschierte auf die offene Tür zu. Er prallte neben dem Türrahmen gegen die Wand, torkelte zurück, schüttelte den Kopf, riß sich zusammen und nahm Kurs auf die anderen.

Da schloß jemand die Tür.

O ja, bei Krun! Das waren ja tolle Leute dort drinnen ...

Ich atmete langsam aus, löste mich aus den Schatten und marschierte auf die Tür zu. Meine Hand lag auf dem Riegel. Ich schob die Tür bereits auf – da zuckte hinter mir wieder das Licht auf.

Eine kichernde Mädchenstimme fragte, von Schluckauf unterbrochen: »Du willst schon gehen? Ihr Hamalier seid doch viel zu ernst! Komm, trink mit!«

Ich drehte mich nicht um und versuchte einen möglichst leichten Ton anzuschlagen. »Das solltest du mal einem Klingenschwinger im Heiligen Viertel von Ruathytu sagen!«

Daraufhin meldete sich eine Männerstimme, nachdrücklicher als die anderen: »Hamalier? Ich wüßte aber nicht ...«

Da gab es keine andere Möglichkeit mehr.

Ich stürmte durch die geöffnete Tür, knallte das Holz hinter mir zu und legte den Riegel vor. Zum Atemholen war keine Zeit mehr. Und schon war ich die Treppe hinaufgestürmt und lief über das Dach, das sich unter den kregischen Sternen erstreckte.

Vor mir stand das Flugboot – natürlich angekettet und unter einer Plane!

Die erste Kette flog los. Die zweite Kette ruhte bereits in meinen Fingern. Da hörte ich es deutlich hinter mir scharren.

Mit einer explosiven Bewegung tauchte ich zur Seite weg, fing mich wieder und zog mein Schwert.

Die Wächter zeigten sich unbekümmert, daß es ihnen nicht gelungen war, mich zu überraschen. Die Frau der Schleier schwebte frei am Himmel und zeigte mir die beiden deutlich – so wie sie mich auch sehen konnten.

Von unten war lautes Klopfen zu vernehmen; die Festteilnehmer begannen sich mit der verschlossenen Tür zu beschäftigen.

Die Wächter hielten ihre Schwerter nach Art von Berufssoldaten und griffen mich an. Sie trugen die vornehme Uniform dieses Hauses, eine Sammlung Rüschen und Rüstungsteile aus Bronze, das Ganze in schwarzgelbe Karos gefaßt. Die beiden verstanden ihr Handwerk. Allerdings schienen sie von mir keine ernsthaften Probleme zu erwarten, vermutlich wegen meiner grauen Stoffmaske, die auf einen Mann hinzudeuten schien, der sich unerkannt durch die Schatten schleichen und am liebsten keinem Kampf stellen wollte.

Und damit hatten sie recht, bei Zair!

Die Wunden, die ich bei meinem letzten Kampf auf dem Jikaida-Spielfeld erlitten hatte, waren noch kaum verheilt. Ich fühlte mich noch immer schwach. Ja, ich vermochte eine Klinge zu führen und einigermaßen mitzuhalten. Doch mich in einen längeren Kampf einzulassen, das überstieg noch meine Kräfte. Heute nacht hatte ich hier schnell und heimlich eindringen, das Luftboot erbeuten und sofort damit verschwinden wollen.

Die beiden massigen Wächter hatten nicht die geringste Absicht, mich meinen Plan durchführen zu lassen.

Wie ich schon sagte – alles blasse Theorie.

Mit nervenaufreibendem metallischen Kreischen trafen die Klingen aufeinander.

Nun ja, die beiden waren ordentliche Schwertkämpfer. Als Wächter verdienten sie sich ihren Lohn. Dazu würde auch gehören, daß sie mich umbrachten; dies war ihre Aufgabe. Sie kämpften ohne Schwung, ohne jede erkennbare Freude an ihrer Arbeit. Sie zeigten nur eine gewisse Entschlossenheit, mich, einen maskierten Dieb, daran zu hindern, das Flugboot zu stehlen, das sie bewachen sollten.

Wie gesagt, es waren ganz ordentliche Schwertkämpfer. Trotzdem wußte ich schon nach mehreren Schlagfolgen, daß ich ihnen trotz meiner Schwäche überlegen war.

Die Schwerter ratschten sirrend aneinander entlang, als ich den Angriff abwehrte und vorstürmte und mich zurückzog und die beiden in den letzten Schlagwechsel lockte, der die Angelegenheit entscheiden würde. Aber es waren Männer, die sich hier ihr tägliches Brot verdienten. Sie handelten aus rein wirtschaftlichen Gründen. Ihre Moral umfaßte meinen Tod als Dieb, damit sie ihren Sold bekamen – so wie meine Moralwelt den Diebstahl dieses Flugboots zuließ, mit dem Ziel, nach Vallia zurückzufliegen.

Ich hätte beide aufspießen und töten können. So mancher überragende Schwertkämpfer von negativerer Einstellung hätte so gehandelt und sich keine Gedanken deswegen gemacht. Meine beiden Gegner allerdings legten sich nach einem schwirrenden Hin und Her der Klingen zum Schlafen nieder. Sie hatten mit einem kurzen doppelten Dröhnen – eins, zwei – meinen Schwertknauf zu spüren bekommen.

Doch hatten sie mit der Zeit, die sie mich kosteten, meine Pläne vereitelt und ihren Sold verdient.

Männer stürmten auf das Dach, und ich mußte erkennen, daß die Tür aufgebrochen worden war. Einige trugen Hemden, andere Hosen oder Lendenschurze, und obwohl nur wenige komplett bekleidet waren, kamen sie doch alle mit Schwertern. Sie stimmten ein lautes Geheul an, als sie mich erblickten – eine dunkle, maskierte, rätselhafte Gestalt, die sich über zwei bewußtlosen Wächtern aufrichtete. Kreischend griffen sie an.

Ich erkannte den Ton, die Stimmung, die Unterströmung, die hier emporwallte.

Zunächst empfanden sie Zorn – doch vor allem waren sie von einer bebenden, zitternden Erregung durchdrungen, einem auflodernden Verlangen nach der Jagd, nach einem Spiel, nach dem Gefühl, daß diese überraschende Abwechslung den Höhepunkt des Abends liefern würde.

Die Ketten, die den Voller sicherten, wurden nicht mehr gelöst.

Es blieb mir keine Zeit mehr zu handeln, wie ich es an anderem Ort und zu anderer Zeit unter ähnlichen Umständen getan hatte.

Ich floh.

Das Dach des Hotels erstreckte sich ringsum in unübersichtlichem Gewirr – ein Dschungel aus Ziegeln und Aufbauten und Schornsteinen und Türmchen.

Und schon ging die Jagd los, und meine Verfolger johlten und brüllten und stolzierten umher und schwenkten ihre Schwerter, und ihre nackten Beine blitzten im verschwommenen rosagoldenen Licht der Frau der Schleier. Kregens größter Mond, die Jungfrau mit dem Vielfältigen Lächeln, erhob sich gerade über den Rand der Welt und schimmerte rosa durch die Wolkenfetzen. Licht würde es also genug geben. Während ich von Dach zu Dach hüpfte, sagte ich mir, daß es – bei Vox! – viel heller war, als mir lieb sein konnte.

Mein stiller, vorsichtiger, sorgfältig geplanter Ausflug war völlig mißlungen.

Die Burschen, die mich jagten, waren nicht ausschließlich Apims, nicht alle Homo sapiens wie ich. In der Gruppe war die wunderbare Vielfalt der Diffs auf Kregen gut vertreten. Eine lose Schieferplatte, die mich ein schräges Dach hinabrutschen ließ, machte meinem Leben beinahe ein Ende; im letzten Moment warf ich mich herum, krallte die Finger um eine Regenrinne und vermochte mich zu halten. Unter mir gähnte die Leere. Und ganz tief unten fiel aus einer offenen Tür Licht auf das Kopfsteinpflaster eines Hofes. Eine Stimme tönte herauf.

»Bei Vilahas Gedärmen – was geht da oben vor?«

Die Horde der Verfolger brüllte und keckerte und kroch über den Dachfirst auf die Stelle zu, an der ich ausgerutscht war. Die Gestalten bewegten sich dort oben wie in einem gespenstischen Todestanz, als Umrisse von der Strahlung der Monde; einige gestikulierten übertrieben herum und bewegten sich wie auf dem Hochseil. Andere waren auf Hände und Knie gesunken und krochen behutsam voran.

Nur einer war so mutig – oder tollkühn –, über das Dach zu mir herabzurutschen.

Dies aber zu schnell.

Als er den Halt verlor, begann er zu schreien. Seine wirbelnden Hände suchten einen Halt, scharrten über die Ziegel, glitten ab. Er prallte auf die Regenrinne, die sich ächzend löste, und stürzte zu Boden. Die Rinne wurde nur noch von einer Krampe ganz in meiner Nähe gehalten. Ansonsten hing sie herab wie die Rah eines Swifters, die unter der Erschütterung eines Rammstoßes abgebrochen war.

Der Bursche schrie aus vollem Hals und hielt sich verzweifelt an seinem Ende der Regenrinne fest. Langsam und unausweichlich glitt er dem abgebrochenen Ende entgegen.

Gleich würde er keinen Halt mehr finden, einen letzten, verzweifelten Versuch unternehmen, die Dachrinne zu umklammern, und dann in die Tiefe stürzen.

Sein Tod war für mich natürlich ohne Belang.

Ich legte die andere Hand an meinen unbeschädigten Abschnitt der Dachrinne und hob ein Knie darüber. Dann schaute ich hoch. Die Gefährten des Mannes standen da oben und brüllten herum, und die meisten hatten seinen Sturz noch gar nicht mitbekommen. Sie liefen zum Ende des Schieferfirsts. Die Zeit wurde knapp.

Der Ledergürtel, den ich trug, war dick und geschmeidig. Er ließ sich mühelos öffnen, und ich packte ein Ende und schleuderte das andere Ende mit der Gürtelschnalle im Bogen herum. Der Gürtel bewegte sich wie ein Pendel.

»Pack den Gürtel, Dom!« rief ich.

In den Mondlichtschatten wirkte sein Gesicht gespenstisch bleich. Ich konnte sehen, wie er den Mund öffnete, doch war der Schock schon zu groß. Seine Augen sahen aus wie tief eingebrannte Löcher.

Bei der nächsten Schwingung versuchte er nach dem Gürtel zu greifen, verfehlte aber sein Ziel. Die Dachrinne schwankte ächzend und senkte sich weiter.

»Diesmal schaffst du es, Dom!« rief ich.

Und wieder funkelte die Messingschnalle und verschwand in den Schatten. Er mühte sich angestrengt – das verzweifelte, aufbäumende, gestreckte Mühen eines zu schweren Pferdes vor einem hohen Hindernis. Der Gürtel wurde ergriffen; wie fest der Griff saß, wußte ich nicht. Vielmehr ließen mich meine eigenen Schmerzen befürchten, daß ich den Mann vielleicht gar nicht halten konnte. Es gab nur eine Möglichkeit, dies herauszufinden.

Die Dachrinne quietschte, Nieten lösten sich knallend, das Metall stürzte zu Boden.

An meinem Gürtel baumelnd, pendelte der Mann zur Seite und nach unten.

Scharlachroter Schmerz zuckte durch meinen Körper; Ausgangspunkt waren Arm und Schulter, die Meftos Schwert am schlimmsten zu schmecken bekommen hatten. Ich schloß einen Moment lang die Augen und hielt fest.

Mit einem dröhnenden Klappern, als würden vierzehnhundert Mülleimer einen Klippenhang hinabgeworfen, traf die Dachrinne im Hof auf.

Der Mann pendelte unter mir.

Schließlich begann ich ihn hochzuziehen. Er näherte sich keuchend, und sein Gesicht ließ mich an den ascheweißen Inhalt jener vierzehnhundert Mülleimer denken.

»Heb dein Bein ... über ... die verdammte Rinne!«

Er trug ein graues Hemd. Sein Knie war blutig geschrammt. Doch er hob es über den Rand. Lieber ein blutiges Knie als auf dem Hof zerschellen.

Nachdem sein Gewicht nun zur Hälfte von der Dachrinne getragen wurde, verlagerte ich meinen Griff an seine Schulter und zerrte und stemmte ihn in eine sichere Lage auf dem Dach. Schweratmend lag er neben mir. Sein Körper wogte, so heftig sog er die Luft ein und stieß sie wieder aus.

Das Geschrei seiner Freunde wurde leiser. Nur noch drei waren auf dem Dachfirst sichtbar. Ich beachtete sie nicht.

»Du bist in Sicherheit«, sagte ich nachdrücklich, um den Mann zu sich zu bringen. »Brassud!« rief ich. »Nimm dich zusammen!«

»Du ...« Er keuchte dieses Wort und schaute zitternd in den Abgrund und den fernen Lichtfleck der offenen Tür. »Du ... warum?«

»Ich bin kein Mörder. Komm wieder zu Atem.«

»Bei Krun!« sagte er und verriet mir damit, daß er Hamalier war. »Ich würde es nicht für möglich halten, selbst wenn ...«

»Glaub es ruhig. Und gib mir meinen Gürtel wieder. Im Gegensatz zu dir möchte ich die Hosen anbehalten.«

Daraufhin lachte er.

Der Nachtwind strich über das Dach. Der Mann unten eilte mit einer Laterne auf den Hof und brüllte etwas. Die Männer auf dem Dach antworteten ihm mit Geschrei. Es entbrannte eine lautstarke, wirre Diskussion.

»Schaffst du den Weg auf der Dachrinne entlang? Wenn du den Giebel dort erreichst, kann dir wohl nichts mehr passieren – es gibt dort reichlich Verzierungen, wenn sie auch ziemlich geschmacklos sind.«

Er starrte mich an. Er war noch jung und hatte dunkles kurzgeschnittenes Haar, eine ziemlich kurze Nase und Augen, die mich offen zu mustern schienen; ihre Farbe vermochte ich in der Dunkelheit nicht auszumachen. Als Gürtel trug er eine aus silbernen Gliedern zusammengesetzte Kette, die die Form springender Chavonths besaßen, daran hing ein juwelenbesetzter Dolch; sein Schwert hatte er verloren. Allmählich atmete er ruhiger.

»Ich glaube, ich schaffe es.« Er verzog das Gesicht. »Und du?«

»Ich ...«, setzte ich an.

»Bleib hier. Ich kehre zu meinen verrückten Freunden zurück und verrate dich nicht. Wenn sie dann fort sind, kannst du verschwinden.«

»Das willst du wirklich tun?«

»Ja. Und ich danke dir. Lahal und Lahal – mein Name ist Lobur der Dolch.« Er lachte, und ich merkte, daß er sich wieder gefangen hatte und sein nächtliches Abenteuer, das nun doch wundersamerweise gut ausgegangen war, bereits in neuem Licht betrachtete. »Ich erwarte nicht, daß du das Pappatu vollziehst.«

»Lieber nicht. Nicht unter den Umständen.«

»Bei Havil, nein!«

Der Lärm seiner Kameraden war verklungen, und die drei, die noch auf dem First über uns herumgeturnt waren, hatten sich abgesetzt. Der Mann mit der Laterne war zum anderen Ende des Gebäudes gegangen und hinter einem Giebelvorbau verschwunden. Wir waren unter den kregischen Monden allein und saßen in einer Dachrinne und sprachen miteinander, als befänden wir uns in einem vornehmen Gasthaus des Heiligen Viertels und genössen zusammen Tee und Miscils.

»Über uns auf dem Dach waren zuletzt noch drei von deinen Freunden – sie sind jetzt fort. Aber ich glaube, sie haben gesehen, daß du nicht abgestürzt bist.«

»Freunde? O ja, Freunde.«

Allmählich kam er wieder zu sich und bereitete sich auf den Rückweg über die Dachrinne vor. Vermutlich beschäftigte ihn der Gedanke, daß sich jederzeit ein weiteres Stück der Dachrinne lösen konnte; auch mir war diese Gefahr schon bewußt geworden.

Es war sinnlos, ihn zur Eile anzutreiben. Die fröhliche Jagd hatte sich vermutlich auf benachbarte Dächer und Höfe verlagert. Trotzdem wollte ich nicht hier die ganze Nacht sitzenbleiben.

Ich durfte auch die Chance nicht übersehen, Informationen zu erlangen; vielleicht war der junge Mann in Stimmung, mehr zu sagen, als er normalerweise verraten hätte.

»Du bist Hamalier. Hoffentlich hat dir dein Jikaida hier Spaß gemacht. Kehrst du bald nach Hause zurück?«

Wir saßen nun nebeneinander am Dachrand und baumelten mit den Füßen. Wieder lachte er.

»Jikaida? O nein – mir steht der Sinn nicht nach dem Spiel. Ich wette auf ... auf andere Dinge. Was die Rückkehr nach Hause angeht, das hängt von Prinz Nedfars Entscheidung ab, der – bei allem Respekt! – von Jikaida förmlich aufgefressen wird.«

»Hier in Jikaida-Stadt trifft das auf die meisten Leute zu.«

»Die davon gut leben ...« Er legte den Kopf auf die Seite und fügte hinzu: »Graue Maske.« Er lachte hell auf. »So werde ich dich nennen – Graue Maske. Die Hiesigen verstehen sich auch darauf, hohe Preise zu nehmen. Die Stadt ist voller Trickbetrüger und Beutelschneider.«

»Lobur der Dolch, du glaubst also, daß ich hier in der Stadt fremd bin?«

Er sah mich überrascht an. »Natürlich! Das hatte ich ganz fest angenommen. Welcher Hiesige wüßte schon etwas über das Heilige Viertel von Ruathytu?«

Entweder hatte er meine kurze Bemerkung gegenüber dem Mädchen gehört, oder ihm war davon berichtet worden. Er mußte mich also für einen Landsmann halten, einen Hamalier, vielleicht einen wandernden Paktun, einen Söldner. Ob diese Einschätzung für mich unangenehm oder mir nützlich werden konnte, blieb abzuwarten.

Ich sprach durchaus die Wahrheit, als ich nun sagte: »Ach, was würde ich dafür geben, jetzt nicht hier auf dem Dach des Hotels Montilla-Kopf zu sitzen, sondern in der Taverne des Süßen Vergessens in Ruathytu.« Und dann glaubte ich besonders geschickt, besonders raffiniert zu handeln, als ich beiläufig hinzufügte: »Aber die Befehle der Herrscherin Thyllis darf man nicht umgehen.«

Er atmete ruckhaft ein und warf mir aus den Augenwinkeln einen Blick zu. »Prinz Nedfar – zweiter Vetter der Herrscherin – ist in staatlichem Auftrag hier. Dies ist bekannt. Wozu also eine zweite Gesandtschaft?« Er zog die Wangen ein. »Ich glaube nicht, daß der Prinz davon weiß – und er würde sich darüber bestimmt auch nicht freuen.«

Nun ja, das sollte mich nicht scheren. Nur zu gern stiftete ich Verwirrung zwischen den hohen Herrschaften von Hamal. Wenn dieser Prinz Nedfar, der mit Prinz Mefto über eine Allianz hatte verhandeln wollen, sich bei dem Gedanken aufregte, daß er auf Befehl der Herrscherin bespitzelt wurde, dann hatte ich der verrückten Herrscherin Thyllis immerhin einen Schlag zugefügt, mochte er auch noch so klein und unbedeutend sein.

Hastig sagte ich deshalb: »Der Herrscherin muß man unbedingt gehorchen. Daß viele Dinge einen ehrlichen Mann im Grunde seines Herzens erschauern lassen, darf die Ausführung nicht behindern. Ich hege keinen Groll gegen den Prinzen.«

»Aber du wolltest sein Flugboot stehlen.« Der junge Mann verlagerte sein Gewicht und schaute mich offen an. »Und – bei Krun! – Graue Maske! Das hätte mich hier in dieser übelriechenden Stadt festsitzen lassen!«

»Vielleicht, Lobur, hättest du aber auch deine Wonne gefunden – im Jikaida.«

»Ha!«

Die Zeit war knapp geworden, und in mir regte sich der Verdacht, daß er mich hier ins Gespräch verwickelte, um seinen Freunden Gelegenheit zur Rückkehr zu geben. Da die Jagd vergeblich bleiben mußte, würden sie früher oder später wieder auftauchen. Gleichwohl hielt ich es für sinnvoll, noch mehr Unzufriedenheit zu zeigen und daraus vielleicht weitere Informationen zu gewinnen, die mir dringend fehlten. Das Risiko lohnte sich.

Deshalb sagte ich wieder beiläufig: »Viele Männer raunen, wenn die Sprache auf die Herrscherin kommt. Bestimmt hast du schon von Verschwörungen gegen sie gehört. Überdies hat sich der Kampf gegen Vallia doch sehr negativ entwickelt, nicht wahr?«

Er rutschte etwas hin und her und erstarrte, als die Dachrinne unangenehm zu knirschen begann. Sein Stolz ließ es nicht zu, daß er sonstwie auf das drohende Knacken der Bolzen und Klampen reagierte.

»Aye, ich habe von Verschwörungen gehört.« Dies war eine gute Nachricht – bei Vox! Eine ausgezeichnete Nachricht! Er fuhr fort: »Und wir kommen in Vallia nicht voran. Wir haben es da oben mit wahren Teufeln zu tun – ich habe kaum glaubliche Geschichten gehört. Es gibt dort jetzt einen neuen Herrscher, den Teufel Dray Prescot, der einst am Schwanz eines Calsanys durch die Straßen Ruathytus geführt wurde ...«

»Du hast die Parade gesehen?«

»Ja. Bei Krun – der Mann ist durch und durch böse, und doch fühlte ich mich ein wenig seltsam dabei ...« Er hielt inne, räusperte sich und spuckte aus. »Nun aber genug des besinnlichen Rückblicks. Wenn ich ihm meinen Dolch in den Leib stoßen könnte, wäre ich der berühmteste Mann in ganz Hamal.«

»Da hast du sicher recht.«

»Aber diese Chance werde ich wohl kaum bekommen.«

»Nein. Und ich glaube, es ist Zeit, daß wir uns aufrappeln. So gern ich mit dir plaudere ...«

»Ja, Graue Maske, du hast recht. Ich schulde dir mein Leben. Das werde ich nicht vergessen.« Er schaute mich an. »Du willst mir deinen Namen nicht nennen?«

»Wenn du mich Drax riefst, würde ich reagieren.«

»Drax?«

»Aye.«

»Nicht gerade ein hamalischer Name ...«

»Was hast du erwartet?«

»Nein. Nein, natürlich, Drax, Graue Maske, du hast recht.«

Wir hatten eine Zeitlang zusammengesessen und uns gemütlich unterhalten; er befand sich auf der Seite zur abgebrochenen Dachrinne und war weiter entfernt von dem Giebel, der unser Ziel sein mußte. Deshalb rutschte er hoch und lehnte sich gegen die Dachziegel, um hinter mir vorbeizukriechen. Ich hielt mich besonders gut fest. Während er sich seitlich bewegte, hätte er mich ohne weiteres mit einem verräterischen Tritt in die Tiefe befördern können.

Er bemerkte die instinktive Bewegung und blieb stehen, als er die andere Seite erreicht hatte.

»Du dachtest, ich würde dich hinabstoßen?«

»Der Gedanke ging mir durch den Kopf.«

Sein Gesicht verdüsterte sich im rötlichen Schein der Monde. »Damit befleckst du meine Ehre! Glaubst du wirklich, ich würde ...«

»Nein.«

»Ich schulde dir mein Leben.« Plötzlich begann er zu zittern, ein Beben durchlief ihn, so wie ein Rashoon das Binnenmeer, das Auge der Welt erzittern läßt, ehe er seine volle Kraft entfaltet. »Bei Krun! Als ich an der verdammten Dachrinne hinabrutschte, als das Ende immer näher kam ... und der Absturz ... ich sage dir eins, Drax, Graue Maske, diese Augenblicke waren scheußlich, scheußlich. Ich dachte ... und dann ...«

»Wenn wir uns jemals wieder über den Weg laufen, trinken wir ein paar Humpen darauf.«

»Aye! Das tun wir!«

Wir wechselten noch einige Abschiedsworte und Remberees, dann schob er sich langsam weiter am Dachrand entlang, wobei er vorsichtig nach Schwachstellen tastete, bis er schließlich das Giebelende erreichte. Dort verschwand er in der Dunkelheit zwischen monströsen Wasserspeiern in der Form von Zhyans und anderen Fabelwesen. Ein makabres, unheimliches kleines Zusammentreffen, dieses Gespräch auf dem Dach. Doch ich hatte dabei ein wenig erfahren und hoffte meinerseits einige Zweifel gesät zu haben.

Verdammte Hamalier! Und doppelt verdammte Herrscherin Thyllis, die ihren Verstand nicht mehr beieinander haben konnte. Wenn sie und ihre größenwahnsinnigen Pläne nicht gewesen wären, hätten wir Vallia nach der Zeit der Unruhe längst wieder zu einem eigenständigen, zufriedenen Land gemacht.

Kaum war Lobur der Dolch in den wirren Schatten verschwunden, da begann ich ihm zu folgen. Zu warten hatte keinen Sinn. Wenn er mich verraten wollte, dann mußte ich mich möglichst schnell ins Gewühl stürzen. Es hatte mich ein Gutteil meiner noch nicht ganz wiederhergestellten Kräfte gekostet, den Mann auf das Dach zu ziehen: Ja, ja, ich war ein dummer Onker, alles aufs Spiel zu setzen, indem ich mich vorwagte, ehe ich körperlich dazu in der Lage war; aber ich brauchte das Flugboot auf dem Dach. Der Voller, der Prinz Nedfar gehörte.

Als ich aus dem schützenden Gewirr grotesker Skulpturen in den nächsten Hof schaute, war von Lobur oder seinen Freunden keine Spur auszumachen. Dunkle Schatten dehnten sich auf allen Seiten. Die Monde schickten gespenstische rosarote Lichtstrahlen herab und legten eine hellrosa Patina auf die unteren Dächer und Mauern. Ringsum schlief LionardDen, die Stadt des Jikaida-Spiels.

Nun gut.

Trotz meiner körperlichen Schwäche, trotz aller Ereignisse – war dies nicht der beste Augenblick loszuschlagen?

Bei diesem Gedanken begann ich am Giebelende des Daches emporzusteigen, indem ich mich von einem Steinmonstrum zum nächsten hangelte und schließlich wieder den Firstweg aus Schieferplatten erreichte.

Von dort oben würde ich auf das Dach zurückkehren, auf dem das Flugboot wartete.

Vielleicht würde ich wieder scheitern. Vielleicht würde ich auf zu viele Wächter, auf zu viele Hindernisse stoßen, um sie alle zu überwinden. Aber das war nicht wichtig. Ich bin kein Anhänger dummer Vorstellungen von Stolz und Ehre, besonders wenn es um tollkühne Taten geht. Aber hier und jetzt mischte sich ein Hauch dieses jugendlichen, exhibitionistischen Geistes mit der kühl überlegten Realität, daß man dort oben nicht mehr mit mir rechnen würde. Ich hatte eine Chance.

So legte ich auf den Dächern den Weg zurück, den ich gekommen war: Eine solche Gelegenheit mußte ich nutzen.

2

Das Gehege mit den beiden Stavrers, an dem ich vorhin übereilt vorbeigelaufen war, zeichnete sich vor mir ab, als ich – nicht allzu elegant – auf den Dachrand sprang. Das Durcheinander hatte die Stavrers natürlich nervös gemacht. Sie zerrten am Ende ihrer Ketten. Massige Geschöpfe sind die Stavrers, kampferfahrene, loyale Wachhunde mit Wolfsköpfen zum Fürchten und acht Beinen, deren hintere sechs gleich gestaltet sind und dem Tier eine ungeheure Angriffsgeschwindigkeit verleihen. Ihr Tempo läßt nach einer gewissen Entfernung nach, doch genügt so ein Stavrer-Angriff mit gebleckten Reißzähnen vollauf, um Haus und Heim zu schützen.

Die beiden Tiere stimmten nun ein lautes Geheul an.

Zwei behelmte Köpfe erschienen über einem nahegelegenen First inmitten des Dschungels von Dächern. Zwei Pfeile wurden auf mich abgeschossen. Die Männer waren keine Bogenschützen aus Loh – sonst säße ich hier wohl nicht und erzählte meine Geschichte –, und ich warf mich in einen bleiverkleideten Einschnitt zwischen zwei Dächern und krabbelte seitlich davon.

Die Situation geriet allmählich außer Kontrolle. Von einem Schornstein sprang mich ein Wächter an und versuchte mir mit seiner Axt den Kopf abzuschlagen; ich duckte mich, stellte ihm einen Stiefel an die Hüfte und ließ den Aufbrüllenden zur Seite fliegen. Die Axt polterte die blauen Schieferschindeln hinab und verschwand in der Leere.

Andere Männer brüllten durcheinander, schrille Pfiffe waren zu hören und das Gebell von Stavrers und anderen Haustieren, die darauf gedrillt waren, Eindringlingen den Hosenboden oder andere, wichtigere Körperteile zu zerfetzen. Ich kam mir schon ziemlich töricht vor, nicht ohne zugleich die Lustigkeit der Situation zu erkennen, die an meinem dummen Ärger nagte, während ich ein schräges Dach hinabraste, einen Schornstein umrundete und vor mir das erhöhte Dach erblickte, auf dem das Flugboot stand.

Sofort mußte ich jede Hoffnung aufgeben, den Voller in meinen Besitz zu bringen.

Das Fluggebilde stand im Schein zahlreicher Laternen vor mir. Die Männer hatten ihm den Rücken zugewendet – einige noch immer ohne Hemden oder Hosen, doch ausnahmslos mit Schwertern bewaffnet. In dem Ring von Männern entdeckte ich einen jungen Burschen mit einem breiten schwarzen Bart, der wie zur Inspektion seines Chuktars gekleidet war – vorschriftsmäßig in Rüstung und mit Schild und Thraxter. Im Licht der Monde funkelte sein Helm.

Ich ging mit mir zu Rate. Die Abstimmung dauerte nicht lange.

Die Stavrers bellten bereits dicht hinter mir, weiter vorn ballte sich die Horde der Wächter, die Monde verbreiteten immer mehr Licht, je höher sie aufstiegen – die Zwillinge, die beiden Monde Kregens, die sich ewig umkreisten, standen schon ziemlich hoch, während die Jungfrau mit dem Vielfältigen Lächeln und die Frau der Schleier erst später in Erscheinung treten würden. Das rosagoldene Licht würde immer stärker werden, bis die ersten Lichtfunken der Zwillingssonnen Zim und Genodras den Horizont erhellten. Sie würden die exotische Welt Kregen in jadegrünes und rubinrotes Licht tauchen, und dieses Licht würde herabbrennen, und jeder, der so töricht war, auf den Dächern vornehmer Hotels herumzuspringen, würde bekommen, was er verdiente.

Nun schien mir eher die Rückkehr angebracht – in die Taverne, in der ich im Augenblick wohnte.

Wenn sich dies in meinem Bericht ziemlich locker ausnimmt und ich in der Tat auch eine gewisse Losgelöstheit verspürte, so bekommen Sie doch bitte kein falsches Bild. Innerlich schäumte ich vor Wut. Gewiß, mein Inselreich Vallia, von räuberischen Feinden belagert, war in guten, fähigen Händen. Ich konnte ruhig in der Welt herumreisen und so viele Abenteuer erleben, wie ich wollte; doch spürte ich eine machtvolle Unterströmung, die mich nach Hause trieb. Ich mußte nach Vallia zurückkehren und mich vergewissern, mich absolut vergewissern, daß alles in Ordnung war. Daß ich die Macht anschließend möglichst bald in die Hände meines Sohnes Drak legen wollte, war nur ein weiterer Grund für die Rückkehr. Er war bereits dort, in Vallia, und ich hatte nicht die geringste Ahnung, was er plante.

Außerdem ging das Gefühl der Entrücktheit, als wäre dies alles nur ein riesiger Scherz, sicher zum Teil auch auf meine halb verheilten Wunden zurück.

Von Zorn erfüllt, aber zugleich mein Lachen unterdrükkend, sprang ich von meinem Dach auf das nächste hinab, huschte wie eine uralte Krabbe an der Schräge entlang und rutschte schließlich an einem Regenrohr in einen Hof voller Arborabäume. Diese Gewächse werden so genannt, weil ihre Blüten große Ähnlichkeit mit Arborafedern haben. Allerdings sollte ich mich in meiner Annahme irren, auf Höhe des Erdgeschosses zu sein.

Ich weiß noch, wie ich mir überlegte, daß ich warten wollte, bis sich die Aufregung gelegt hatte. Ich gedachte mich ein wenig zu erholen und wieder zu Kräften zu kommen, bis ich dann auf das Dach des Hotels Montilla-Kopf zurückkehrte, um mir Prinz Nedfars Flugboot zu schnappen. Ehrlich!

Weiter vorn erblickte ich eine interessant aussehende Tür aus Sturmholz und den Bodenflächen alter Flaschen; das rosafarbene Mondlicht fing sich im Glas und schien auf hypnotische Weise zu kreisen. Ich warf einen letzten kurzen Blick nach oben und schob mich weiter vor – aber da öffnete sich die Tür, und die Katastrophe trat mir entgegen – nein, vielmehr torkelte sie mir kreischend und weinend vor die Füße.

Das Mädchen – es handelte sich um eine Küchenmagd – war keine Apim, sondern eine charmante Diff aus der kindergesichtigen Rasse: weiche Rundungen, Gekicher, Grübchen, ewig-menschliche Babygesichter, naiv, schlicht, entzückend. Die dazugehörigen Männer haben abgebrühtere Gesichter, das stimmt, aber auch sie treten niemals ohne jenen Hauch von Kindlichkeit auf, der diese Rasse auszeichnet. Trotzdem besitzen die Männer kräftige, muskulöse Körper. Die Frauen sind dagegen prächtig gerundet und symmetrisch gebaut, sinnlich, faszinierend, immer von neuem verlockend, berauschend für jeden Mann – sei er nun Apim oder Diff –, der unser gemeinsames Erbe teilt. Diese Diff-Rasse (früher nannte ich Diffs stets Tiermenschen oder Menschentiere oder Halblinge, weil ich die Wahrheit nicht begriff) werden oft als Syblianer bezeichnet, wenn sie sich auch selbst Ennschafften nennen, um nicht mit Sylvies verwechselt zu werden.

Der Trunkenbold, der dem Mädchen folgte, rief hicksend und rülpsend hinter ihr her, sie möge doch stehenbleiben.

»Mindy, Mindy!« rief er und torkelte ins Freie; ein Hemdzipfel hing ihm aus der Hose, das Gesicht war gerötet vor Alkohol und Leidenschaft, die Augen drohten ihm aus dem Kopf zu fallen. »Mindy, Mindy – warte doch auf mich, du kleine ... komm zurück, sonst ...« Im gleichen Moment lief er gegen den Türpfosten, dann stürmte er los und verfolgte das kreischende Mädchen ins Freie.

In solchen Situationen ist jedem Mann zu raten, sich im Hintergrund zu halten, bis er genau weiß, was gespielt wird. So mancher aufrechte Bürger, der einem bedrohten Mädchen helfen wollte, war von dem angeblichen Verfolger und Opfer gemeinsam beschuldigt worden, sich in einen Familienstreit zwischen Mann und Frau einzumischen. Ich wartete also im Schatten des Arborabaumes ab, der übrigens einen betörenden Duft verbreitete.

Die Sybli verhakte sich mit dem Fuß an einer grauen Wurzel des Baums und stolperte drei oder vier Schritte vor, aus dem Gleichgewicht gebracht, die Arme ausgebreitet, um sich abzustützen. Sie trug ein zerrissenes blau-gelb kariertes Kleid, und hatte nackte Füße. Beinahe hätte sie sich gefangen, dann verlor sie doch noch die Balance und fiel.

Der Mann lachte und schwankte vorwärts. Er war ein Apim, ein großer stämmiger Bursche, der genau wußte, was er wollte, und keine Skrupel hatte, es sich zu nehmen.

Mindy versuchte sich aufzurichten und stieß einen Schmerzensschrei aus, als sie das Fußgelenk zu belasten versuchte. Kindhaftes Entsetzen malte sich auf ihrem Gesicht. Der Mann sprang vor, und sie versetzte ihm einen Tritt. Am liebsten hätte ich Beifall gejubelt, als er aufschrie und fluchend zurückprallte.

»Niemals, du Rast, niemals!« rief sie bebend.

»Du wirst sehen, ich ...«

Als er sich erneut auf sie stürzen wollte, biß sie ihn energisch in die Hand. Er schrie durchdringend. Offenbar war dieser entlegene Hof ziemlich abgeschirmt; bei dem Durcheinander, das auf der anderen Seite des Hotels herrschte, glaubte der Bursche wohl, daß niemand die Schreie des Mädchens hörte.

Sie biß kräftig zu. Er ließ die Hand zurückzucken und steckte sie sich in den Mund. Plötzlich wirkte er gar nicht mehr so betrunken oder liebestoll.

Im täuschenden Licht der Monde, die ihre rosagoldenen

Finger in den Hof streckten, versuchte das Mädchen erneut zu fliehen. Ihr Babygesicht schimmerte vor Entsetzen.

»Hör auf, Granoj, hörst du! Gib endlich Ruhe ...«

Granoj schüttelte den Kopf, nahm die Hand aus dem Mund und sprang auf das Mädchen. Sie trat aus und wehrte sich zappelnd und kreischte, und ich richtete mich langsam auf. Der Mann trug ein Schwert, einen Thraxter, die gerade havilfarische Hieb- und Stichwaffe, und seine Aufmachung ließ schließen, daß er ein dienstfreier Soldat war.

Plötzlich, so schnell, daß ich beinahe nicht mehr rechtzeitig reagierte, sprang seine Stimmung um. Er mußte erkennen, daß Mindy seinen Wünschen nicht nachgeben würde, und entwickelte plötzlich Rachegefühle. Außerdem hatte sie ihm weh getan. Sie hatte ihn getreten.

»Ich werd's dir zeigen, du blöde Sybli! Aus mir machst du keinen Narren ...«

Er riß sein Schwert heraus und ließ es hochschwingen. Daß er sie mit der Klinge zu schlagen gedachte, war klar.

Seufzend trat ich vor und hielt seinen Arm fest.

»Das ist jetzt weit genug gegangen«, sagte ich und versuchte meiner Stimme die gewohnte Forschheit zu geben.

Doch gleichzeitig war mir seltsam leicht im Kopf, ich fühlte mich schwach, und fluchend trat er zurück und hatte nicht die geringste Mühe, meinen Griff aufzubrechen.

»Du Rast! Zuerst du – dann das Mädchen!«

Mit diesen Worten griff er mich mit erhobenem Schwert an.

Mein eigener Thraxter löste sich aus der Scheide – und die Bewegung kam mir qualvoll langsam vor.

Er war stark wie ein Stier und wütend, und der Alkohol ließ ihn besonders leidenschaftlich reagieren. Er schwang herum und hieb und hackte, und ich mußte einen flotten kleinen Tanz aufführen, um seinen heftigen Attacken auszuweichen. Das Mädchen hörte auf zu schreien. Die Schwerter klirrten aufeinander. Er drängte mich zurück, und ich spürte plötzlich den Baum hinter mir und konnte mich nicht weiter zurückziehen. Und er lachte und verspottete mich auf das unhöflichste, und ich griff daraufhin meinerseits an. Seine Worte hallten durch den Hof, sein Schwert bewegte sich geschickt, und er besann sich auf einen Trick, der bei Kämpfern verbreitet ist, und hätte mich damit erwischt, wenn ich nicht Bescheid gewußt hätte.

Ohne nachzudenken – Denken war viel zu langsam –, reagierte mein Schwertarm, wie man es von einem Schwertarm erwarten mußte, wenn er den Körper am Leben erhalten wollte, an dem er sich bewegen durfte – und Granoj torkelte plötzlich rückwärts und löste sich dabei von meiner Klinge. Mein Stahl schimmerte dunkel und feucht. Der Mann preßte eine Hand an die Flanke und senkte den Blick und hob die Hand, und das Blut tropfte, tropfte ...

Und Granoj stürzte zu Boden.

Ob er tot war, wußte ich nicht. Ich spürte, wie die Schwäche mich zu überwältigen drohte, und ich torkelte, und die Sybli erschien neben mir, und ich dachte schon, sie würde mir Vorwürfe machen und mich angreifen. Statt dessen legte sie mir eine Hand um die Hüfte, stützte mich und sagte: »Du mußt dich beeilen, Jikai! Du mußt schleunigst von hier verschwinden! Der Dank Mindys der Ennschafften ist dir gewiß. Schnell!«

Die Mauern des Hofes wogten wie Vorhänge im Wind. Die Flaschenböden in der Tür kreisten vor meinen Augen. Ich würgte Schleim und hatte den Eindruck, daß meine Wunden sich wieder geöffnet hätten.

»Ja ... muß verschwinden ... du bist ... gerettet ...«

Die Frivolität des Abends war verflogen, etwas Häßliches, Unangenehmes war an seine Stelle getreten.

Der Tod bewegte die schwarzen Flügel, wie die Dichter sagen, und ich fühlte mich wie eine der wiedererweckten Leichen, die zuweilen von den Eisgletschern Sicces herabsteigen. Wenn ich mich hier nicht verdrückte, und zwar im Schutz meiner grauen Stoffmaske, dann war es um mich geschehen.

»Es geht mir gut, Jikai – beeil dich, beeil dich – dort ist eine Seitentür und eine Treppe – zur Straße der Kerzen ... dort ist jetzt bestimmt niemand ... sei bedankt ...«

Torkelnd, das Schwert in der Faust haltend, kaum noch

etwas sehend, wurde ich auf die kleine Öffnung in der Ecke zugeführt. Sie warf das Tor auf und gab den Blick auf schleimige, wenig benutzte Stufen frei. Ich begann oben und befand mich im nächsten Augenblick ganz unten, nicht ohne mir zusätzliche Schmerzen eingehandelt zu haben. Ich rappelte mich auf Hände und Knie auf und schaute in die Höhe. Mit Mühe vermochte ich ihren Umriß auszumachen.

»Remberee, Jikai – noch einmal vielen Dank! Jetzt mach aber schnell!«

Das Tor schloß sich mit tonlosem Klappen, als sei ein Applaus plötzlich unterbrochen worden.

Durch einen Torbogen vermochte ich die Straße der Kerzen zu erreichen. Mindy die Sybli hatte mir nicht zuviel versprochen: Es war niemand zu sehen. Die verschlossenen Türen und Fenster verliehen der Gasse etwas Gespenstisches, Ödes. Ein streunender Gyp huschte jaulend vorbei, das braunweiße Fell wogte in den Schatten. Wichtiges zuerst. Ich wischte mein Schwert an der grauen Tuchmaske ab und faltete dann sorgfältig die Blutflecken nach innen, ehe ich sie mir ins Hemd steckte. Indizien ... Indizien ...

Dann stolzierte ich los, das Schwert in der Scheide, erfüllt von Jikaida-Stadt, das ringsum auf und nieder wogte. Als ich eine breite Straße erreicht hatte, die ich kannte und nach der ich mich richten konnte, begann die Stadt bereits wieder zu erwachen. Die Strahlen Zims und Genodras' erwärmten den östlichen Horizont.

3

»Nachdem du nun genug in der Stadt herumgestreunt bist, Jak«, sagte Pompino und vollführte mürrisch seinen kühnsten Zug beim Spiel der Monde, »können wir uns vielleicht mal ernsthaft mit der Frage beschäftigen, wie wir aus Jikaida-Stadt herauskommen.«

»Oh, aye«, erwiderte ich. »Ich bin für ein Weilchen genug herumgestreunt.«

Das Bett mit den gelben Laken war kühl und breit, und die Loomin-Blüten und die Flick-Flick auf dem Fensterbrett verliehen dem Raum die nötige Buntheit. Pompinos Zug löste meinen erwarteten Gegenangriff aus. Er verachtete noch immer Jikaida und Jikalla und machte einen Bogen um Vajikry, das den Spieler ziemlich mitnehmen kann. Er hätte sich an Königs-Hand gewagt, doch hatten wir einen Würfel zu wenig, und man braucht schon die richtige Zahl, um richtig zur Entfaltung zu kommen. Was Schädel und Knochen anging, so kann einem das – auf dem Spielfeld – soviel Blut kosten, daß ich mich gleich als zu geschwächt entschuldigt hatte.

Wir saßen in einer nicht zu teuren, gemütlichen Taverne im Ausländerviertel. Auf Lady Yasuris Kosten, müßte ich hinzufügen. Ich gesundete langsam wieder. Sie hatte die Lippen geschürzt und gesagt, wenn wir im Feder und Kiel wohnten, würden wir weniger Aufsehen erregen als im Stern von Laybrites, wo sie residierte. Da im Feder und Kiel vorwiegend reiche ausländische Kaufleute abstiegen, die aus geschäftlichen Gründen in Jikaida-Stadt waren, verstand ich ihre Begründung nicht ganz; aber immerhin übernahm sie die Rechnung. Lady Yasuri war der herrschende Champion, und die Mittelspiele hatten begonnen, und Tag für Tag wurde Blut-Jikaida gespielt und gelegentlich auch Todes-Jikaida.

Pompino, der wie ich ein Agent der Herren der Sterne war, hatte mich verspottet, weil ich mich in die Machenschaften anderer Leute verstricken ließ, anstatt mich mit voller Kraft den Aufgaben zu widmen, die die Herren der Sterne uns stellten. Ich erhob keine Widerworte. Ich war ungemein schwach, und meine Wunden waren wieder aufgebrochen, und der Arzt, ein verschrumpelter kleiner Nadelstecher, der ziemlich brüsk aufzutreten verstand, hatte mich zur Bettruhe verdonnert – mit der Drohung, mir unabsehbare Folgen aufzuhalsen.

Durch die Nase schnaubend, schloß er seine Tasche und seinen Balasskasten mit Akupunkturnadeln und zog sich zurück. Lady Yasuri würde auch seine Rechnung übernehmen.

Dr. Larghos die Nadel hatte zu mir gesagt: »Ich hatte leider nicht das Glück, das Todes-Jikaida zu sehen, bei dem du mitgekämpft hast, junger Mann. Doch ich habe Wunderdinge darüber gehört.« Er schüttelte den Kopf. »Vorher hieß es, kein Mann auf der Welt könne Prinz Mefto im Schwertkampf übertreffen.«

»Ich habe ihn nicht übertroffen ...«

»Das weiß ich. Aber er hat nun seine Schwanzhand nicht mehr, und es gibt meines Wissens auf Kregen nur zwei Orte, wo man sich eine neue Hand aufsetzen lassen könnte. Vielleicht kennt er sie nicht.«

»Das will ich doch hoffen«, sagte Pompino drohend.

»Würdest du mir sagen, wo solche Operationen möglich sind?« Ich dachte an Duhrra.

»Nein. Auf sinnlose Fragen kann man nur ganz direkt antworten.«

»Es war keine sinnlose Frage.«

Er war noch immer damit beschäftigt, seinen Arztkoffer zusammenzupacken; nun warf er mir einen Blick zu, mit dem er mir klar zum Ausdruck brachte, daß ich die Information nicht brauchte, wenn mir nicht eine Hand fehlte. Vermutlich dachte er, daß ich Konversation machen wollte. »Der nächste Ort befindet sich in den Ländern der Morgendämmerung, angeblich in Florilzun.« Er schnaubte durch die Nase. »Aber versuch mal dieses Land auf einer Karte zu finden – ja, versuch es mal. Ha!«

Aber ich konnte nur die Achseln zucken.

Pompino trug eine flotte blaue Freizeitrobe und zog nun eine kleine Bürste aus der Tasche und begann damit seine Khibil-Schnurrbarthaare zu bearbeiten. Sein schmales Fuchsgesicht wirkte geistesabwesend. Als Angehöriger der Khibil-Diffrasse war er ein hervorragender Kämpfer und hatte eine ziemlich hohe Meinung von sich selbst. Mir war dies egal. Er war ein guter Gefährte, auch wenn er den verdammten Herren der Sterne, den Everoinye, viel mehr ergeben war als ich; er hielt sie für Götter.

Ich dagegen sah in ihnen nur eine Plage, übermenschliche Wesen, die mich nach Lust und Laune auf Kregen herumscheuchten und die mich, wenn ich Widerstand leistete, vierhundert Lichtjahre weit zur Erde zurückschicken konnten.

»Wenn du an das hamalische Flugboot herangekommen und damit geflohen wärst, Jak, meinst du, die Everoinye hätten dich ziehen lassen?«

»Das weiß ich nicht.«

»Aber du mußtest es versuchen?«

»Ja.«

»Und du wirst es wieder versuchen, sobald du gesund bist?«

»Wenn Prinz Nedfar, dieser Cramph, nicht bis dahin die Stadt verlassen hat.«

Ich hatte ihm von meinen Eskapaden nur soviel erzählt, wie zum Verständnis der offenkundigen Folgen erforderlich war. Von Lobur dem Dolch hatte ich nicht gesprochen. Pompino, der ein schlauer Bursche war, glaubte, ich stammte aus Hyrklana, einer großen Insel vor der Ostküste des riesigen Südkontinents Havilfar. Ich war in der Arena von Huringa, der Hauptstadt Hyrklanas, als Kaidur aufgetreten und konnte mich ohne weiteres als Angehöriger dieser Nation ausgeben. Dennoch würde sich Pompino wundern, warum mich ein Hamalier – selbst wenn ich ihm gerade das Leben gerettet hatte – einfach so ziehen ließ.

Pompino, der selbst aus Süd-Pandahem kam, haßte die Hamalier mit der Intensität eines Mannes, der hatte erleben müssen, wie sein Land erobert und geschändet wurde.

In der ruhigen Insel des Feder und Kiel lag ich im Bett und gesundete. Im Ausländischen Viertel gelegen, befand sich die Schänke etwas außerhalb des lebhaften Treibens, das in den Zwillingsstädten, der Blauen und der Gelben Stadt, niemals abriß. Das Jikaida beherrschte alles andere. Jikaida, das großartigste aller kregischen Brettspiele, wurde hier mit Kämpfern als Spielfiguren ausgeführt, wurde mit Blut und Tod gesühnt. Den Blauen oder den Gelben anzugehören und zu gewinnen – und keinen Gedanken ans Verlieren zu verschwenden: das waren hier die wichtigsten Lebensregeln.

»Ich«, sagte Pompino, der wie Lobur der Dolch kein Verhältnis zum Jikaida hatte, »bin diese Stadt und das Jikaida mehr als leid! Bei Horato dem Potenten! Was um alles auf Kregen zeichnet diese dumme Yasuri dermaßen aus, daß wir sie auf Befehl der Herren der Sterne beschützen müssen?«

Boshaft fragte ich: »Du stellst Befehle der Herren der Sterne in Frage, Pompino?«

Er zuckte zusammen, und die Haare seines Fuchsgesichts sträubten sich. »Nein! Natürlich nicht. Wer hat denn das gesagt?«

Ich mußte lachen.

Langsam erholte ich mich. Allmählich kam ich wieder zu Kräften. Wenn ich ehrlich sein will, so gesundete ich viel schneller als jeder normale Mensch, der nicht in Aphrasöe im Heiligen Taufteich am Zelph-Fluß gebadet hat. Und während ich dort hilflos im Bett lag, ließen mich die sorgenvollen Gedanken an Vallia und Delia nicht los, Delia, Herrscherin von Vallia. Unternahm unser Sohn Drak die richtigen Schritte? Ging es Delia gut? O ja, ich war sehr unruhig. Allerdings hatten mir die Herren der Sterne durch ihren Spion und Boten Gdoinye, einen prachtvollen rotgoldenen Raubvogel, beruhigende Nachrichten zukommen lassen: Angeblich hatte sich Vallia seinen Feinden noch nicht ergeben, angeblich ging es Delia gut. Mir blieb nichts anderes übrig, als daran zu glauben.

Alles andere hätte mir den Verstand geraubt, hätte mich vernichtet.

Es kam der Tag, da hatte ich gerade ein ganzes Vosk-Kotelett verdrückt, einen großen Haufen Momolams, eine ebensolche Menge an dampfendem Kohl und dazu noch einen wohlschmeckenden Squish-Kuchen – wobei ich an Inch und seine Tabus denken mußte. Ich war im Begriff, mir zum Nachtisch Palines in den Mund zu werfen, da stürzte Pompino ins Zimmer. Ich möchte noch hinzufügen, daß es sich um die dritte Mahlzeit dieses Tages handelte, obwohl die Mittstunde noch kaum verstrichen war. »Jak«, rief Pompino ohne Begrüßung, »erzähl mir, was du über Moderdrin weißt, das Gekrümmte Land!«

»Das Gekrümmte Land? Nie gehört – Moment mal!« Ich

kaute genießerisch eine Paline. »Ich hörte mal ein paar übelaussehende Burschen – Gauffrers – in einer Taverne streiten, dabei klang an, daß sie gerade aus einem Land kamen, bei dem es sich um Moderdrin handeln konnte. Ich beachtete sie nicht weiter, denn mir war mein eigenes Bier wichtiger, außerdem brüllte Dav nach dem nächsten Humpen ...«

»Ja, ja. Aber du weißt nichts über das Land der Fünften Note? Moderdrin?«

»Nein. Was ist damit?«

»Gold, Jak. Das ist damit!«

Ich kräuselte die Nase und stopfte mir eine neue Paline in den Mund. Die gelbe Beere schmeckte genausogut wie die letzte. Von Palines kann man niemals genug bekommen. Palines waren mir schon bei meinem ersten Besuch auf Kregen eine wichtige Nahrung gewesen und hatten seither nichts von ihrem geschmacklichen Reiz eingebüßt.

»Spotte ruhig. Gold, Edelsteine, Schätze – unvorstellbare Schätze ...«

»Die liegen da nur so herum und warten darauf, daß du herbeischlenderst und sie aufliest?«

Sein Fuchsgesicht verzog sich vor Zorn über meine Begriffsstutzigkeit, und seine Schnurrbarthaare bebten.

»Mehr als das. Mehr als Gold und Schätze; es gibt auch magische Künste zu gewinnen – Geheimnisse, für die Zauberer ihr Ib opfern würden, Zauberkräfte, die dein Leben verändern werden ...«

»Und?«

Sein Eifer schlug in eine geradezu komische Überraschung um.

»Und – was?«

»Und – wann brichst du auf?«

»Wer sagt denn, daß ich dorthin will? In dem Land drohen Gefahren – nun ja, es muß so sein, sonst wäre doch jeder hier stinkreich und mächtig wie ein Zauberer aus Loh.«

»Der springende Punkt ist, mein guter Pompino, daß zwei Dinge gegen dich sprechen. Erstens möchtest du, daß ich dich begleite. Und zweitens weißt du nicht, ob die Onker von Everoinye dich ziehen ließen.«

Er verzog sorgenvoll das Gesicht.

»Jak! Jak! Wie oft muß ich es dir noch sagen? Rede nicht so von den Herren der Sterne! Wenn sie dich zur Rechenschaft ziehen ...«

»Ja, du hast recht.«

Wenn die Herren der Sterne ihn straften, würde sich das auf Kregen abspielen. Ich aber mußte damit rechnen, daß der blaue Skorpion mich blitzschnell durch die interstellare Leere tragen und auf die Erde verbannen würde.

»Erzähl mir alles darüber.«

Es war eine kurze Geschichte. Im Grunde wußte er nur, daß das Gekrümmte Land südwestlich von LionardDen lag, daß der Mutige dort auf große Schätze hoffen durfte und er sich mit einem Mann verabredet hatte, der ihm mehr darüber erzählen wollte; dieses Treffen sollte am Abend in einer berüchtigten Taverne am Rand des Ausländerviertels stattfinden. Die Taverne war nach einem Sagenhelden Nath Chavonthjid benannt und lag ganz in der Nähe eines Armenviertels der Stadt, in dem beinahe jede Nacht die Wache mit Stöcken und scharfen Schwertern gegen Aufstände vorgehen mußte.

»Bist du schon kräftig genug, um mich zu begleiten?«

»Aye«, sagte ich und stöhnte. »Ich nehme es an.«

»Vielleicht machen wir dabei unser Glück und gewinnen magische Kräfte ...«

»Oder enden mit einem Dolch im Rücken im Graben.«

»Jak der Namenlose – treib nicht mit allem deine Scherze!«

»Scauro Pompino der Iarvin – ich glaube, du hast recht!«

Die langen grünen Zweige der Flick-Flick-Pflanze auf dem Fensterbrett zuckten vor, schnappten sich zwei dicke Fliegen aus der Luft und steckten sie säuberlich in die wartenden orangeroten Blütenkegel. Alle Kreger sind sich des Symbols bewußt, das die Flick-Flick darstellt.

Pompino lachte.

»Ja, ich habe recht. Heute abend darfst du nicht spotten. Dieser Bursche – er nennt sich Nathjairn der Rorvard, ist ziemlich reizbar und weiht uns nur in seine Pläne ein ...«

»Wenn wir ihm Gold zahlen, Pompino?« Der Khibil warf

jäh den Kopf hoch und machte eine schnelle Handbewegung, und ich nickte. »Aye, er nimmt dein Gold für dieses große Geheimnis – und was hast du davon?«

»Ich habe Fragen gestellt ...«, sagte Pompino mürrisch, weil ich seinen gesunden Menschenverstand in Zweifel zog. »Es gibt so ein Land. Expeditionen begeben sich dorthin.«

»Kehren sie auch zurück?«

»Du hast von Naghan Relfin dem Auge gehört, dem berühmten Zauberer von Jikaida-Stadt? Wenn man bedenkt, daß er noch vor fünf Jahreszeiten ein armer Sattler war, muß man sich fragen, woher er seine Fähigkeiten hat.«

Seine Frage hatte etwas für sich. Zauberer Naghan das Auge lebte auf großem Fuß, nahm für seine Zauberwerke hohe Honorare und hatte konkrete Zauberkräfte, die sich allerdings einer genauen Definition entzogen.

»Du meinst, Naghan das Auge habe seine nekromantischen Kräfte in Moderdrin erworben, im Gekrümmten Land?«

»Dann wäre da der reiche Kaufmann an der Seidenstraße, der sich dem Todes-Jikaida verschreiben wollte, bis er plötzlich aus der Stadt verschwand. Er kehrte mit einer reichen Karawane zurück – nicht aus dem Osten durch die Ödgebiete, sondern aus dem Süden.«

»Zweifellos hatte er sich einer Drikinger-Bande angeschlossen, gemeinen Banditen, die ehrliche Leute ausraubten ...«

»Nicht aber aus dem Südwesten.«

Ich musterte Pompino von der Seite. Vielleicht gab es einen anderen Grund für sein Interesse an Zauberkräften und Reichtümern. »Du sagst mir doch mit anderen Worten, daß wir nicht versuchen sollten, das Flugboot zu stehlen, daß wir auch nicht mit einer Karawane durch die Ödgebiete nach Osten reisen sollten, sondern allein nach Südwesten. Habe ich damit recht?«

»Du bist zu schlau für mich, Jak. Ja und nein. Wir kommen nicht hier fort, wenn es die Herren der Sterne nicht gestatten. Und ich glaube fest daran, daß in Moderdrin Zauberkräfte und Reichtümer zu erringen sind. Ja, wir könnten eine schlechtere Entscheidung treffen.«

Wenn wir weit genug nach Südwesten vordrangen, wenn wir den Blauen Schneefluß überquerten und weiterreisten, würden wir irgendwann in Migladrin landen. Ich hatte Freunde in Migladrin. Und sollten wir nach Westen abbiegen und weiterreisen, erreichten wir irgendwann Djanduin. Ich vergaß natürlich nicht, daß ich König von Djanduin bin, auch wenn diese Erinnerung infolge meiner vallianischen Sorgen in den Hintergrund getreten waren. Mich überraschte die warme Freude, die mich bei dem Gedanken an Djanduin erfüllte – und an die temperamentvolle Begrüßung, die mich dort erwarten würde, an die schönen Stunden, die wir verbringen konnten ...

Die großartigen vierarmigen, gerbilgesichtigen Dhangs würden mich, ihren König, nicht so einfach vergessen – diese Gewißheit erfüllte mich mit einer Bescheidenheit, die mich jedesmal von neuem überkam. Inch hatte die Botschaften ausgerichtet. König von Djanduin war ich und würde meine Pflichten sehr vernachlässigen, wenn ich dem wunderbaren Land nicht bald einen Besuch abstattete.

Aber zunächst rührte ich mich nicht von der Stelle – zumindest nicht, bis uns die Herren der Sterne von unseren Pflichten gegenüber der ermüdenden Lady Yasuri entbanden. In Wahrheit war Lady Yasuri ganz und gar nicht ermüdend; immerhin hatte sie einiges durchgemacht und war zum herrschenden Champion aufgestiegen, zur Königin des Kazz-Jikaida-Spiels in Jikaida-Stadt.

Ich sagte: »Wir werden deinen neuen Freund, diesen Nathjairn den Rorvard, heute abend treffen und uns anhören, was er zu sagen hat.«

Schließlich sollte sich erweisen, daß Pompinos hochfliegende Pläne von Reichtum und übermenschlichen Kräften wie Rauch im Wind verflogen.

Wir kleideten uns mit Vorbedacht, wollten wir doch ein finsteres Grenzgebiet aufsuchen, in dem die Wächter allenfalls gruppenweise auftraten, und dann auch nur, wenn sie unbedingt mußten. So wählten wir einfache dunkle Kleidung, von der wir einen gewissen Vorrat besaßen, schnallten unsere Kettenpanzer an und legten die Waffen um.

Endlich wieder einmal Stahl zu tragen, war weniger ein Schock als eine Art Überraschung für mich; ich hatte zu lange untätig im Bett gelegen.

Die Zwillingssonnen gingen unter, als wir leise durch die breiten Straßen schritten; unser Ziel war das Armenviertel, in dem die Taverne sich befand. Far und Havil, so werden die rote und die grüne Sonne auf dem Kontinent Havilfar genannt; diesen Umstand sollte man nicht vergessen. In den Straßenrestaurants packten die Jikaida-Spieler bereits ihre Spiele ein. Die buntbemalten und kunstvoll geschnitzten Figuren wurden in die samtbeschlagenen Balass-Kästen zurückgelegt. Pompino schaute mich an, und sein Fuchsgesicht schimmerte rötlich im letzten Licht.

Ich brauchte nicht zu fragen, was er dachte.

Vielleicht würden wir beide auch heute in der samtbeschlagenen Balass-Kiste zur Ruhe gelegt werden.

Die Schänke, die den Namen Nath Chavonthjid trug, schien sich in den Abend zu lehnen; aus den bleiverglasten Fenstern drang gelbes Licht auf den tief ausgefahrenen Weg. Wir traten ein. Meine Hand lag auf dem Thraxtergriff. Weindunst umwogte uns, durchzogen mit dem Geruch nach Dopa, einem feurigen kregischen Schnaps, der einen Mann in kämpferische Ekstase treiben kann. Kein Mann, der seine Sinne beisammen hat, rührt Dopa an und erst recht nicht Kaff, ein wirkungsvolle kregisches Rauschgift, das Himmel und Hölle erschließen kann.

»Nathjairn?« Ich wandte mich an den rundlichen Rapa hinter der Bar, dessen Schnabel in einem lange zurückliegenden Kampf schiefgehauen worden war. Er wischte eine Flasche an seiner Schürze ab und deutete mit einem Kopfnicken auf mehrere Männer in Lederschürzen, die etwas zum Hinterausgang zerrten. »Da geht er, möge Havil sich seiner annehmen.«

Wir näherten uns der Szene.

Nathjairn der Rorvard wurde hinausgetragen. Er sah und spürte nichts mehr, denn seine Kehle war eine einzige blutige Wunde.

4

Pompino ließ sein Holzschwert kreisen und versetzte mir damit einen schmerzenden Schlag auf die Schulter. Ich nickte ihm zu, salutierte und beendete den Kampf. Die Weinflasche lockte mich zum Tisch, und ich leerte sie durstig. Bei unseren Übungskämpfen hatte ich es mir zur Gewohnheit gemacht, mit überlegener Kampfkraft anzutreten und dennoch zu verlieren – das heißt, den Anschein zu erwecken, als gäbe ich mein Äußerstes, während ich gleichzeitig den anderen gewinnen ließ. Dies ist eine sehr schwere Übung.

Pompino sprach energisch seinem Ale zu, wischte sich die rötlichen Schnurrbarthaare, an denen der Schaum festsaß, und sagte: »Ich begreife nicht, wie du nur eine halbe Mur gegen Mefto den Kazzur bestehen konntest, Jak. Ehrlich!«

»Er ist der beste Schwertkämpfer, der mir je begegnet ist, Pompino. Aber er ist bei weitem nicht der größte, wie ich immer nur wiederholen kann.«

»Du machst da einen Unterschied?«

Ich warf mein Holzschwert auf das Bett und zog mir einen Stuhl in die Arena, die wir für unser Training freigeräumt hatten. Kämpfer müssen ständig an ihrer Kunst feilen. Wenn sie es nicht tun und verweichlichen, wäre die Heftigkeit eines plötzlich ausbrechenden Gefechts kein guter Platz, um festzustellen, daß man aus der Übung ist.

»Gewiß, denn der Schwertkampf ist mehr eine Sache der Seele.«

»Horato der Potente ist mein Zeuge, daß du die Wahrheit sagst. Aber wie kann ein Mann ohne diese seelische Eigenschaft Größe erlangen?«

»Das kann er eben nicht. Sieh dir nur Prinz Mefto an ...«

»Ich wünschte, du hättest ihn umgebracht.«

Ich hatte keine Lust, auf dieses unangenehme Thema einzugehen. »Ich werde noch einmal versuchen, mir Prinz Nedfars Flugboot unter den Nagel zu reißen.«

Er nickte. »Ich begleite dich ...«

»Und, mein Pompino, du hast nichts Neues über das Gekrümmte Land vernommen?«

Ein lauter Fluch stieg zu den Deckenbalken empor.

»Nein. Im geheimen wird natürlich darüber geredet. Nathjairn aber war bereit, eine Expedition hinzuführen. Nun mag es viele Jahreszeiten dauern, bis sich ein anderer findet, der ...«

»Wir könnten natürlich selbst nach Südwesten ziehen.«

»Vor solcher Torheit warnen alle.«

»Die Gefahr ist nicht so groß wie auf der anderen Seite des Flusses und zwischen den großen Seen.«

»Das stimmt. Es sei denn, wir ziehen mit einer Expedition. Es wäre töricht, auch nur daran zu denken. Wir begleiten eine Karawane durch die Ödgebiete oder nehmen den Voller – und das ist wohl überhaupt die beste Lösung.«

LionardDen, auch Jikaida-Stadt genannt, war vom Rest des Kontinents Havilfar abgeschnitten. Tief drinnen loderte meine Sehnsucht nach Vallia, nach jener wunderschönen Inselwelt; mir fehlte Delia ungemein, die allerdings bei den Schwestern der Rose eigene Ziele verfolgte und sich ein von mir getrenntes Leben aufgebaut hatte. Ich muß gestehen, daß mich Pompinos Gerede von Schätzen und Zauberkräften faszinierte. Damit erhob sich aber gleich eine andere Frage.

Ich schaute mich zu ihm um; er war damit beschäftigt, seine Flasche nachzufüllen.

»Du warst zunächst Feuer und Flamme, nach Tuscursmot in Süd-Pandahem zurückzukehren, mit der Bemerkung, du wärst schon lange genug von deiner Frau getrennt gewesen ...«

»Stimmt.« Er trank einen Schluck und wischte sich die Schnurrbarthaare ab. »Aber das alte Mädchen kommt auch ohne mich durch. Wir streiten uns oft. Und immerhin geht es um Gold und magische Fähigkeiten ... also, Dom, stell dir das nur mal vor ...«

»Was das Gekrümmte Land angeht, so müssen wir nun warten, bis jemand eine neue Expedition zusammenstellt – richtig?«

»Soll das heißen, du würdest mitmachen?«

Ich drehte das Übungsholz in der Hand. Von den heftigen Schlägen, die wir austeilten und abwehren mußten, war der Stab schon ziemlich angeknackst und eingedrückt. Im gleichen Augenblick schnappte sich die Flick-Flick-Pflanze eine weitere Fliege. »Vielleicht – ich weiß es noch nicht. Ich bin ziemlich unentschlossen. Alle unsere Pläne sind ohnehin unnütz, solange wir uns auf Befehl der Herren der Sterne um Lady Yasuri kümmern müssen.«

»Stimmt, da hast du recht.«

Wenn eine Windfahne von den Luftströmungen des Himmels in alle Richtungen drehen ließ, dann war ich wohl auch eine Wetterfahne, o ja.

»Weißt du, Jak«, bemerkte Pompino und folgte einem Gedanken, auf den er durch unser Gespräch gekommen war. »Es ist doch seltsam. Wenn die Herren der Sterne so sehr um das Wohl der Lady Yasuri besorgt sind, warum gestatten sie uns dann hier zu wohnen, anstatt in ihrem Hotel, dem Stern von Laybrites?«

»Die Herren der Sterne sind ein unsäglicher Haufen von Onkers und hätten es tausendfach verdient, im eigenen Saft zu schmoren.« Als ich sein entsetztes Gesicht bemerkte, fügte ich hastig hinzu: »Ja, ja, mein guter Pompino, ich weiß. Aber im Laufe der Jahreszeiten hat sich ein gewisses Verständnis zwischen uns herausgebildet. Die Everoinye wissen, was ich von ihnen halte. Solange sie nicht die Güte zeigen, die ich in den Menschen sehe, kann ich sie als Götter nicht ernstnehmen.«

»Du ...« Seine roten Schnurrbarthaare sträubten sich, die dunklen Augen traten ihm aus dem Kopf, und er sah aus, als würde ihm die Luft knapp. »Jak, Jak! Sie werden dich töten!«

»Die doch nicht. So etwas gehört nicht zu ihren verdammten Methoden.«

»Ihre Methoden entziehen sich dem Verstehen durch uns Sterbliche.«

»Wenn ein Geschöpf die einfache Anständigkeit vermissen läßt, die man von einem Mitmenschen erwartet, warum sollte man es dann verehren und lobpreisen?«

»Ich weiß nicht. Niemand weiß das.«

Ein Klopfen an der Tür kündigte das Zimmermädchen an, eine kleine Fristle-Fifi mit braunem Fell und einem entzükkenden Lächeln. Sie meldete uns, daß unten beim Wirt ein Besucher wartet.

»Führ ihn herauf«, sagte Pompino, und wir legten die Holzschwerter fort und ergriffen Stahl-Thraxter.

Aber es war nur Onron, Lady Yasuris Rapa-Kutscher und Kammerherr, der uns in einer vornehmen neuen Livree aufsuchte und nicht ohne Herablassung ausrichtete, wir möchten heute abend die hohe Dame zum Schauspiel begleiten.

»Zum Schauspiel sollen wir sie begleiten?« fragte Pompino und legte den Thraxter fort. »Das wäre ja das erste Mal, daß sich die Dame von uns zum Jikaida führen läßt.«

»Ich habe Schauspiel gesagt, du blöder Khibil!« Der Rapa stellte sein Gefieder auf, und sein polierter Schnabel blinkte.

Pompino wollte aufbrausend antworten, doch beruhigten sich die Gemüter schnell wieder.

Zwischen Angehörigen mancher Diff-Rassen entflammt zuweilen eine instinktive Antipathie, die im individuellen Fall natürlich unterschiedlich ist, die sich aber im Lauf der Zeit gewissermaßen verselbständigt hat und jeder individuellen Grundlage entbehrt, gewissermaßen ein automatisches Ventil für emotionale Spannungen, ein kleiner Streit, der Abwechslung bringt.

In solchem Geiste ließ sich Rapa Onron vernehmen: »Man sollte euch beide ins Hinrichtungs-Jikaida schicken. Da würdet ihr das Herumhüpfen lernen, glaubt mir!«

»Ich«, sagte Pompino, »habe keine Lust, noch ein Wort über das Hinrichtungs-Jikaida zu vernehmen. Wir dulden hier keine üblen Gerüche.«

Ehe er das Offensichtliche hinzufügen und womöglich Onron mit einem bestimmten Geruch in Verbindung bringen konnte, schaltete ich mich ein und verschaffte mir Einzelheiten.

Als Volksbelustigung hinkte das Theater in Jikaida-Stadt natürlich hinter der Attraktivität der Jikaida-Spiele hinterher. Doch gab es Interessierte, die die besten Theaterstücke forderten und aufgeführt bekamen, und in Dottles Schauspielhaus sollte heute abend eine reisende Theatertruppe auftreten, die gerade mit einer Karawane die Ödgebiete durchquert hatte. Pompino und ich bereiteten uns auf den Abend vor; auf Anweisung von Lady Yasuri trugen wir Brustpanzer unter der Abendrobe und legten Thraxter an – natürlich außerhalb der Gewänder, denn kein vernünftiger Kreger trennt sich freiwillig von seinem Schwert, sofern er nicht weiß, daß er sich in friedlicher Gesellschaft befinden wird.

Bei dem Schauspiel sollte es sich um ein großartiges altes Stück handeln, beliebt bei allen Kregern, die das echte Theater mögen und nicht das geistlose Gesinge der populären Bühnen. Auf dem Programm stand der erste Teil von *Jögen* aus dem fünften Buch der *Bosheiten Panadians des Ibreivers,* eines hervorragenden Schauspielzyklus aus der Feder Nalgres ti Liancesmot. Ich freute mich darauf, und selbst Pompino, der mehr dem Massengeschmack zuneigte, äußerte die Ansicht, *Jögen* lohne immer wieder das Anschauen, und er hoffe, die frisch eingetroffene Schauspieltruppe sei gut.

Es gab einen Aphorismus Panadians, der viel zitiert wurde: ›Das leere Grab beweist der Rüstung Wert.‹ Was ein später lebender Stückeschreiber, En Prado, prompt in ›Das Baumeln des Galgens beweist der Rüstung Fehler‹ ummünzte.

Dieser zweite Spruch ist umstritten, und als wir uns in der Menschenmenge dem Theater näherten, versuchte mich Pompino zu jenen zu bekehren, die die Ansicht vertraten, En Prado habe vom Fehler des Rüstmeisters geschrieben und nicht von einer fehlerhaften Rüstung. Wie auch immer – beide Sätze sind sinnvoll, beide sind Ausdruck einer besonders faszinierenden und nutzlosen akademischen Denkungsart.

Als wir uns dem Schein der Mineralöllampen näherten, um Lady Yasuri zu suchen, versuchte mir ein Bursche einen Dolch in die Rippen zu stoßen, um an meine Geldbörse heranzukommen; er bekam meine Faust im Gesicht und eine Stiefelspitze im Unterleib zu spüren. Die Menge strömte um ihn herum, und nur zwei Frauen begannen zu schreien. Am liebsten hätte sich Pompino mit dem Messer auf ihn gestürzt.

»Laß ihn, guter Pompino! Er übt doch nur seinen Beruf aus – heute abend mit armseligem Ertrag, dazu mit angebrochenem Zahn und geschwollener Lippe.«

Der Möchtegerndieb rappelte sich auf. Seine Kleidung war sauber; anders hätte er seinen Versuch hier auch nicht machen können. »Bei Diproo dem Langfingrigen«, fauchte er und spuckte Blut. »Du bist verdammt schnell.«

»Schtump!« brüllte ihn Pompino zornig an. »Verschwinde!«

Als sich Wächter des Theaters zu nähern begannen, um die Störung aufzulösen, schlich sich der Dieb davon. Dabei fiel mir auf, daß er humpelte. Irgendwie tat er mir leid. Aber schon drängten wir uns in den erleuchteten Bereich, wo die Zuschauer warteten, und erblickten Lady Yasuri.

Sie entdeckte uns ebenfalls und richtete ihren kleinen Körper auf. Das zerknitterte alte Nußknackergesicht hatte sich in den letzten Wochen auf wundersame Weise entspannt, doch waren ihre Nase und Zunge so spitz und scharf wie eh und je.

»Ihr kommt spät, ihr Famblys!«

Sie trug einen dunkelbraunen Mantel über einem strengen schwarzen Bombasin-Kleid und ließ mich in dieser Aufmachung an den Augenblick unseres ersten Zusammentreffens zurückdenken. Ihr kleiner Körper war mit Edelsteinen übersät und funkelte wie ein Stalagmit. Sie erregte Aufsehen, denn das Volk kannte sie natürlich als Jikaida-Champion, und sie sonnte sich in dem Ruhm und genoß den Beifall sichtlich. Ich schüttelte nur den Kopf. Sie hatte sich nach dem letzten Spiel, mit der sie den endgültigen Sieg erringen konnte, wunderbar um mich gekümmert; doch verdankte sie den Sieg ausschließlich meinem Wahnsinn, der mich in einen verrückten Kampf trieb. Durch den Sieg war sie noch viel reicher geworden. Daraus folgerte für mich, daß ich nicht mehr nur Almosen annehmen durfte, sondern volle Bezahlung fordern mußte.

Pompino stotterte, wir seien unterwegs aufgehalten worden.

Ich aber sagte: »Wir kommen nicht zu spät, Lady, denn das Stück hat noch gar nicht begonnen.« Als sie zusammenzuckte, fügte ich hinzu: »Es freut mich, daß es dir so gut geht. Was hast du heute mit uns zu besprechen?«

Aber sie war nicht umsonst eine große Dame. Sie war eine Vadni und bekleidete damit in der kregischen Aristokratie einen hohen Rang. Nach dem ersten Erstaunen ließ sie ihrem Temperament die Zügel schießen. Ihr winziges Gesicht verzog sich zornig. Die spitze Nase stach wie der Bug eines Swifters in meine Richtung. Blut rötete ihre winzigen Wangen.

»Ich sollte dich jikaider-peitschen lassen! Unverschämtheit – wer zahlt denn dafür, daß du dich in untätigem Luxus herumwälzen kannst?«

»Wenn du Gold willst, meine Dame, sollst du Gold haben.«

Sie verzog spöttisch den Mund. »Und wo würdet ihr beiden mutigen Kerle soviel Gold hernehmen?«

»Mod ...«, setzte Pompino an, doch ich trat ihm heftig auf den Fuß und sagte: »Wir könnten uns einer anderen Herrschaft verdingen, meine Dame. Vergiß nicht, daß du uns entließest, als wir die Stadt erreichten. Und beim Jikaida habe ich nicht für dich gekämpft.«

Dies bestürzte sie sichtlich. Sie wartete, bis eine Gruppe kichernder Mädchen vorbeigeeilt war, in lockere, weiche Seide gekleidet, und sagte dann. »Nein. Ja, das hast du mir ja gesagt. Für wen hast du aber gekämpft?«

»Das solltest du Ling-li-Lwingling fragen, die Hexe aus Loh.«

Sie machte eine ärgerliche Handbewegung. »Die hat die Stadt verlassen.«

»Wenn ich die Wahrheit sagen soll, meine Dame, so weiß ich nicht, was diese Frau weiß. Aber sie deutete an, daß sie Informationen besitze ...«

»Ach, so reden Hexen aus Loh oft! Auch wenn sie nichts wissen, tun sie immer so, als ob.«

»Du hast uns heute abend zu dir gerufen. Hier sind wir. Ich frage noch einmal: Was hast du mit uns zu besprechen? Wenn du uns fragen willst, wie wir dir Pflege und Unterkunft entgelten sollen ...«

»Nein, nein, du Lumop! Es geht um deinen letzten Kampf mit Prinz Mefto – er war wunderbar und schrecklich und angsteinflößend ... mehr nicht ... aber ich bin Champion und hatte damit eigentlich nicht gerechnet, wagte nicht zu hoffen ...« Sie zog an einem Streifen Spitze, der zu reißen begann. »Aber ich bin nun mal Champion und muß bald neu antreten, in den Mittelspielen. Ob du ...?«

»Nein.«

»Aber ...«

»Ich kämpfe nicht noch einmal Todes-Jikaida.«

»Jak ...«

Pompino hatte neben mir heftig zu schnaufen begonnen. Für das Kazz-Jikaida, das Blut-Jikaida, hatte er sich nicht als Kämpferfigur aufstellen lassen, und das aus vernünftigen Gründen. Die Verschwörung, in die ich mich hatte verwikkeln lassen, war unerwarteterweise erfolgreich gewesen. Nun hatte ich aber keine Lust mehr, noch einmal auf das Spielfeld mit den blauen und gelben Quadraten hinauszutreten und nach der Laune eines Spieles kämpfen zu müssen, und zwar um mein Leben, obwohl es im Grunde für mich um nichts ging.

»Als herrschender Champion hast du bestimmt keine Mühe, Männer zu finden, die begierig sind, als deine Spielfiguren zu wirken.«

»Das stimmt. Aber ich möchte dich als Schwertkämpfer der Prinzessin einsetzen.«

»Nein.«

Ein hohl klingender Gongschlag zeigte den Beginn der Aufführung an. Einige Zuspätkommende hasteten mit gesenkten Köpfen vorbei. Wir näherten uns den Vorhängen, die von Sklaven offengehalten wurden.

»Ich bin mit dir noch nicht fertig, Jak!«

Hinter dem Vorhang erstreckte sich die Zauberwelt des Theaters – die wartenden Sitzreihen, die Bühne als magischer Halbkreis weiter unten, die Lampen, der Theatergeruch, das gedämpfte Flüstern und Rascheln; hier konnte man die Realität Kregens vergessen und in Phantasievorstellungen eintauchen, in Leidenschaften und Torheiten, in Feigheit und heldenhaften Mut – geboren aus der Feder eines längst Verstorbenen.

Die Wanderbühne erwies sich als erstklassig, und das Publikum ließ sich bereitwillig bannen. Heute abend wurde man dem Stück *Jögen* voll und ganz gerecht. Was die namengebende Hauptfigur anging, den jungen Jögen – nun, was soll ich dazu sagen? Eigentlich hätte er es besser wissen müssen. Er hätte der Frau nicht vertrauen dürfen. Aber der Mensch ist nun mal so, und das Leben ist nun eine Folge von Fehlern, aus denen wir hoffentlich lernen. Armer Jögen! Wir lachten an den richtigen Stellen, und an anderen passenden Stellen weinten die Frauen, zumindest einige – doch Lady Yasuri gehörte nicht dazu. In der ersten Pause füllte sich der weite, angenehm erleuchtete Tavernenbereich mit dem Stimmengewirr der Zuschauer, die sich über das Stück äußerten.

Ich sah Lobur den Dolch in strahlender Abendkleidung angeregt und lachend mit einem hübschen dunkelhaarigen Mädchen plaudern, das von Kopf bis Fuß in ein schimmerndes Gewand gehüllt war. Die beiden nahmen von ihrer Umwelt keine Notiz.

In der gleichen hamalischen Gruppe entdeckte ich einen Mann mit einer dichten Haarmähne von ähnlicher Farbe wie die des Mädchens, und mit einem zerfurchten und doch edlen Gesicht, das als männliches Gegenstück zu ihrer Weiblichkeit gelten mußte, und ich ahnte, daß sie Vater und Tochter waren. Die Kleidung des Mannes, die von erstklassiger Qualität war und mit einem Minimum an Schmuck auskam, und die Ergebenheit, mit der seine Umgebung ihm begegnete, sowie das deutlich erkennbare Selbstbewußtsein und überaus sichere Auftreten – all dies überzeugte mich, daß ich Prinz Nedfar vor mir hatte. Er trug Rapier und Main-Gauche, was mich zu einem Stirnrunzeln veranlaßte.

In meinem Kopf entstand ein Plan, der nicht so dumm

war, wie er sich auf den ersten Blick ausmachte; dennoch verdrängte ich ihn wieder. Er war kühn, was eher ein Verdienst war; doch zugleich war er riskant. Zwar habe ich in meinem Leben schon ziemlich große Gefahren auf mich genommen, doch schien mir hier nicht der Ort und auch nicht der richtige Zeitpunkt zu sein, tollkühn zu handeln. Ich wollte dem Burschen seinen Flieger stehlen und ihn beim Abflug als Hamalier verfluchen.

In vielen kregischen Theatern wird am Ende der Pausen von Sklaven dreimal der Gong geschlagen. Beim ersten kann man sich das letzte Getränk bestellen, beim zweiten ist es ratsam auszutrinken, und nach dem letzten Gong bleiben nur noch wenige Murs, an seinen Platz zurückzukehren. Sollte man zu spät kommen, dann, bei Beng Lomier dem Gesegneten, dem Schutzheiligen aller Wanderschauspieler, machen die Sklaven die Vorhänge zu und lassen niemanden mehr durch.

Der erste Gong hallte durch die Taverne.

»Einen Stuvan für mich«, sagte Pompino.

»Einen leichten gelben, Jak«, bestellte die Lady Yasuri.

Ich holte die Getränke. Das Pflaster des Freihofs begann sich bereits zu leeren, denn viele Leute wollten nichts versäumen. Der zweite Gong stand allerdings noch aus. Die Hamalier stritten sich darüber, wer was bestellt hatte, wie es manche unangenehme Leute in Lokalen an sich haben.

Vor dem türlosen Eingang öffneten sich die Vorhänge, und vier Männer traten ein. Man sah sofort, daß sie keine Anhänger der Schauspielkunst waren. Sie trugen dunkle staubbedeckte Kleidung und Fellmützen, unter denen sie bestimmt eisenharte Schädel besaßen. Ihre Gesichter waren grob und hart und zeigten einen seltsamen Ausdruck der Entschlossenheit. Pompino erblickte sie, sagte: »Hai!« und schob sich ein wenig von dem kleinen Tisch fort, an dem er und Yasuri saßen.

Vergessen Sie nicht: Pompino der Iarvin war ein Khibil. Und noch wichtiger: Die Herren der Sterne hatten ihn als Kregoinye ausgewählt, als Mann, der in Notfällen für sie eintreten durfte.

Die Neuankömmlinge orientierten sich mit einem schnellen Blick in die Runde. Sie erblickten die Hamalier, die wegen der Bestellung noch immer nicht zur Ruhe gekommen waren. Eine Gruppe Hiesiger verließ die Bar, und es sah schon sehr leer aus. Nun richteten die vier Männer ihre schiefergrauen Augen auf uns.

Einer sagte etwas zu seinen Begleitern. Er war größer als die anderen, von bulliger Kraft, und seine behandschuhten Hände machten schnelle, energische Bewegungen. Er kam auf uns zu.

Er verbeugte sich. Was er sagte, war durchaus höflich, doch lächelte er beim Sprechen nicht. Auch nahm er den Hut nicht ab, eine Geste, die auf Kregen als Symbol der Ehrerbietung nicht ganz die Bedeutung hat wie auf der Erde, die aber unter den gegebenen Umständen durchaus angebracht gewesen wäre.

»Du bist Lady Yasuri, Yasuri Lucrina, Vadni von Cremorra?«

Yasuri hob die Hand an die Lippen. »Ja ...«

»Dann muß ich dir mitteilen, daß der König tot ist, daß das Königreich erobert wurde, daß dein Vadvarat nicht mehr besteht ...«

Yasuri stieß einen schrillen Schrei aus. Sie fiel rücklings gegen den Stuhl. Ihr Gesicht war verzerrt vor Entsetzen. Pompino musterte sie besorgt.

Der Mann mit dem steinernen Gesicht sprach weiter und bewegte sich dabei wie ein dahinhuschender Tiklo der Wüste.

»Der König ist tot, und König Ortyg der Prächtige regiert nun in aller Herrlichkeit. Er fordert unbedingten Gehorsam, Lady – und er befiehlt deinen Tod!«

Noch ehe er geendet hatte, war der Überbringer dieser schlimmen Nachricht losgesprungen.

Sein Schwert verließ die Scheide, leuchtete wie ein Blitzstrahl auf und zuckte auf Yasuris ungeschützten Kopf zu.

Doch schon war mein Thraxter zur Stelle, die beiden Klingen prallten aufeinander und erdröhnten von der Heftigkeit der Berührung. Meine Klinge drehte sich, und die seine glitt daran entlang, und ich drehte mich mit dem kommenden Druck, und er sprang zornig aufbrüllend fort, und seine Waffenspitze zuckte ins Leere.

Ich durfte ihm keinen Raum geben, sich auf seinen Angriff einzustellen. Seine drei Gefährten stürzten sich mit funkelndem Stahl auf uns. Ich sprang über den Tisch, der meinen Stich behindert hatte, und kreuzte mit dem Burschen das Schwert, drängte ihn zurück, fort von Yasuri.

Er kämpfte heimtückisch und gut, schockiert, sich mit jemandem abgeben zu müssen, der ihn an der Ausführung eines so leicht erscheinenden Auftrages hindern wollte. Während des Kämpfens versuchte er mich zu beleidigen, und ich beeilte mich, denn ich sah den ersten seiner Klingenkameraden herbeistürmen.

Beide sanken durchstochen zu Boden, und der dritte sah sich heftig bedrängt, noch ehe Pompino an meine Seite eilte, um den vierten zu beschäftigen.

Wir machten kurzen Prozeß. Pompino trat mit erhobener Klinge zurück. Mit der linken Hand strich er sich die Schnurrbarthaare glatt.

»Was für untüchtige Leute man doch geschickt hat!« sagte er.

»Sie hätten es beinahe geschafft.« Ich bückte mich, um meinen Thraxter an der Kleidung des ersten Mannes abzuwischen. »Hätten sie gehandelt, anstatt herumzureden ...«

Yasuri legte mir die Hand auf den Arm. Sie zitterte am ganzen Leib.

»König Ortyg«, flüsterte sie. »Ich bin verloren, verloren – er hat einen großen Haß auf meine Familie. Diese Männer schienen mein Elend förmlich zu genießen ...«

»Aber dafür mußten sie nun auch bezahlen«, erwiderte Pompino und steckte die Klinge fort.

»Du möchtest das Stück weiter sehen?« fragte ich, als der Gong erklang.

Sie schüttelte den Kopf. »Nein ... nein, ich kann mich jetzt nicht mehr ...«

Im nächsten Augenblick waren Prinz Nedfar und die Hamalier seines Gefolges zur Stelle. Er lächelte und streckte die Hand aus. »Ich möchte zwei mutigen Männern die Hand schütteln, die eine Dame zu beschützen wissen. Cramphs wie die hätten es verdient, tausend Tode zu sterben.« Er richtete den intensiven Blick auf Yasuri. »Dir geht es gut, meine Dame?«

»Ja, doch, vielen Dank.«

Er stellte sich und die wichtigen Leute seines Gefolges vor. Dazu zählte auch seine Tochter, Prinzessin Thefi, interessanterweise aber nicht Lobur der Dolch.

»Ich bin ein Kenner des Schwertkampfes. Selten habe ich zwei Schwertkämpfer ihre Arbeit so hervorragend tun sehen. Ihr müßt mich besuchen ...«

Pompinos Fuchsgesicht begann sich zu röten und ungemein zu verkrampfen. Er stand im Begriff, freche und unpassende Bemerkungen über Rasts aus Hamal und stinkende Hamalier zu machen; deshalb trat ich hastig vor und äußerte die richtigen Worte und dankte diesem verdammten hochmütigen Prinzen für seine freundlichen Worte über unsere Schwertkunst und grinste und lächelte und erlöste uns schließlich mit dem Versprechen, ihn am nächsten Tag im Montilla-Kopf zu besuchen.

Yasuri war beinahe überwältigt.

»Siehst du endlich die Handschrift der Herren der Sterne?« flüsterte Pompino, während wir die Dame in den Stern von Laybrites zurückbegleiteten.

»Oh, aye. Wir wurden ins Theater geschickt, um Yasuri das Leben zu retten. Und frag bloß nicht, warum die Herren der Sterne sie beschützen. Sie ist keine üble alte Dame, nur eben aus schlechtem Hause. Hoffentlich können wir uns nun zurückziehen.«

Wir begleiteten sie pflichtgemäß nach Hause und kehrten dann in unsere Schänke zurück.

»Und noch eins, Jak, wenn du dir einbildest, ich würde morgen diesen Rast von Hamalier besuchen, dann liegst du völlig falsch.«

»Ich habe auch nicht viel für die Hamalier übrig, solange sie der verrückten Herrscherin Thyllis gehorchen. Aber für sich gesehen, sind sie nicht schlimmer als andere.« Ich gähnte. »Aber stell dir nur mal die Gelegenheit vor! Jetzt kommen wir ins Hotel hinein, ohne nachts dort herumschleichen zu müssen. Jetzt können wir lächeln und hochmütig tun und auf das Dach marschieren, und dann ...«

Pompino hob den Kopf und nickte.

»Um den Voller zu stehlen, will ich gern wie eine Memme handeln. Im Dienste der Everoinye muß man eben alles wagen.«

Ich verzichtete darauf, ihm meine Meinung dazu zu offenbaren.

5

»Wir gehen jetzt, um uns das Hinrichtungs-Jikaida anzusehen. Kommt ihr mit, Jak, Pompino?«

Lobur der Dolch sprach frohgemut, denn in der lächelnden und nickenden Gruppe stand Kov Thrangulf. Niemand mochte Kov Thrangulf sonderlich, doch hatte er in Prinz Nedfars Gefolge eine rätselhafte, aber wohl wichtige Aufgabe. Außerdem war er Kov, was auf der Erde dem Titel eines Herzogs entsprach, und verfügte deshalb über eine gewisse eigene Macht.

»Ich glaube nicht, Lobur, trotzdem vielen Dank.«

Lobur hatte mich nicht als Drax oder Graue Maus wiedererkannt – bei Zair! Hätte er es getan, wäre ich sehr bekümmert gewesen.

Wir hatten es uns angewöhnt, das Gefolge des Prinzen zu besuchen, und spürten, daß man sich über die Gesellschaft freute. Offensichtlich fühlten sich diese Leute ein wenig isoliert. LionardDen war zwar neutral in bezug auf den Krieg, den Hamal in den Ländern der Morgendämmerung führte, doch mußte es hier viele Leute geben, die blinden Haß auf alle Hamalier und alles Hamalische empfanden. Viel Zeit verbrachten wir in dieser Gruppe und scherzten und lachten; doch hatten wir bisher nicht die geringste Chance gehabt, zum Dach hinaufzusteigen und den Voller zu stehlen. Das Flugboot wurde schwer bewacht, und bisher hatten wir uns von unseren neuen Freunden kein einziges Mal lösen können. Natürlich mußten wir auch nur den Anflug eines Verdachts vermeiden, wir könnten uns für den Voller interessieren, der unweigerlich in die Katastrophe geführt hätte. Wir mußten die Sache langsam angehen – tsleethatsleethi – und auf die richtige Gelegenheit warten.

Was Prinz Nedfar betraf, so war er nach der fehlgeschlagenen Allianz mit Prinz Mefto in der Stadt geblieben, um sich dem Jikaida zu widmen. Sagte er jedenfalls. In mir reifte bereits der Verdacht, daß er ganz andere Dinge trieb. Der Vertrag, der vermutlich viele mächtige Armeen im Kampf gegen Vallia vereint hatte, mochte doch noch geschlossen werden – durch eine Spielfigur, die eben nicht mehr Prinz Mefto war.

Der Besuch beim Hinrichtungs-Jikaida war ein Problem. Dabei wurde ganz normales Jikaida gespielt, mit lebendigen Männern und Frauen als Spielsteine auf der Grundlage der Regeln – wie beim Kazz-Jikaida. Allerdings handelte es sich bei den Spielern um verurteilte Kriminelle. Die Züge wurden durchgeführt, und die unterlegenen Figuren wurden auf der Stelle niedergestreckt, ehe das Spiel weiterging. Ich fand so etwas ganz und gar nicht unterhaltsam.

Lobur stimmte in diesem Punkt sichtlich mit mir überein, und selbst der Prinz hatte sich entschuldigt. Scharf auf das Ereignis war allein dieser dicke schnaufende Kov Thrangulf. Und als Adjutant des Prinzen mußte Lobur auf seine Wünsche eingehen.

Die ältesten hamalischen Familien sind besonders stolz auf ihre direkte Verwandtschaft zu den Ureinwohnern und führen aus diesem Grunde in ihrem Namen die Zusilbe ›ham‹. So trat ich, wie Sie wissen, in Hamal als Hamun ham Farthytu auf. Ach, das Paline-Tal und Nulty und die muntere Zeit, die ich dort erleben durfte, schienen weit zurückzuliegen! Doch wirkt die Tradition eben doch so stark, daß ich – davon war ich überzeugt – als rechtmäßiger Amak willkommen geheißen würde, sollte ich mich im Paline-Tal wieder blicken lassen. Es sei denn, ein Usurpator hatte es geschafft, das Bokkertu zu arrangieren und sich auf rechtmäßigem Wege in den Besitz von Titeln und Besitztümern zu bringen. Dann mußte der Cramph mit gehörigen Schwierigkeiten rechnen – und mit einem Kampf.

Lobur der Dolch war ein einfacher hamalischer Horter, ein einfacher Herr. Er stand in den Diensten des Prinzen und freute sich sehr darüber. Doch erfuhr ich nun seinen vollen Namen: Lobur ham Hufadet, und seine Familie war in Trefimlad hochangesehen. Er war bis über beide Ohren in die Tochter des Prinzen, Prinzessin Thefi, verliebt. Wegen ihrer unterschiedlichen Herkunft schien den beiden eine gemeinsame Zukunft nicht vorbestimmt. Doch auf Kregen ist alles möglich – hatte ich das, bei Zair, nicht oft genug bewiesen? Dieser dicke unfreundliche Kov Thrangulf hatte nicht die Ehre, den Zusatz ›ham‹ in seinem Namen zu führen. Er war ein Kov, ein mächtiger und reicher Mann, doch fehlte ihm der Titel. Ja, werden Sie jetzt sagen – eine ganz gewöhnliche, alltägliche Situation. Richtig! Eine Situation, die zu allerlei teuflischen Entwicklungen führen mochte. Und damit sollte ich recht behalten. Aber wie üblich werde ich mich an den Pfad der zeitlichen Abfolge halten. Was sich zwischen Lobur dem Dolch und Prinzessin Thefi und Kov Thrangulf abspielte, soll also erst geschildert werden, wenn es für meine Geschichte wichtig ist. Im Augenblick muß genügen, daß ich damals in Jikaida-Stadt mein Herz an den Voller gehängt hatte. Wenn ich ihn nicht erringen konnte, mußte ich vielleicht zu Fuß gehen. Jedenfalls hatte ich keine Lust, länger in LionardDen zu verweilen.

Pompino sagte in die Runde: »Ich hoffe, ihr vergnügt euch heute nachmittag. Ich gehe zur Rennbahn, wo es um hohe Einsätze geht.«

Als wir nach lautem Remberee loszogen, wußte ich bereits, daß Pompino gelogen hatte. Er wurde plötzlich sehr ernst.

»Ich hab' es dir bisher nicht sagen können, Jak – wir stehen mit diesen Yetches aus Hamal auf viel zu gutem Fuß. Aber ... aber ich habe von den Herren der Sterne gehört.«

»Der Gdoinye hat mit dir gesprochen?«

»Ja. Wir sind mit unserer Arbeit für Yasuri fertig ...«

»Ach, wirklich?«

»Aye. Wenn es allein um den Mordanschlag ginge, dann schön und gut. Wichtig ist allein, daß uns jetzt niemand mehr am Aufbrechen hindern wird.«

Wie immer die Situation auch äußerlich aussehen mochte, ich wußte, daß die Herren der Sterne unübersichtlich weit in die Zukunft planten. Alles was sie unternahmen, hatte einen konkreten Sinn. Yasuri war ihnen wichtig in einer Beziehung, die wir nicht zu ermessen vermochten. Doch zunächst hatten wir unsere Pflicht ihr gegenüber erledigt. Dieser Gedanke freute mich. Ich widmete Yasuri einen kurzen Gedanken und fragte mich, was sie wohl gerade tat. Aber das war ihre Angelegenheit – aye, die ihre und zweifellos auch die der Herren der Sterne.

»Die meisten Angehörigen der hamalischen Gruppe sind beim Hinrichtungs-Jikaida«, sagte ich, während wir durch das strahlende vermengte Licht der Sonnen von Scoripi schritten. »Im Hotel kennt man uns inzwischen. Warum marschieren wir nicht einfach hinein und ...?«

»Großartig! Ich mache mit!«

Wir machten kehrt und gingen zurück.

Nun ja ... was bedeutete es schon, wenn das Blut ein wenig schneller durch den Körper brauste, wenn auf der Stirn Schweiß erschien, wenn die Handflächen feucht wurden und die Kehle trocken ... auf eine bloße Erinnerung hin? Wir arbeiteten nicht mehr für die Everoinye, sondern allein für uns, die wir von den Herren der Sterne wohl keine Hilfe erwarten konnten. Ich weiß noch: Während wir durch den Sonnenschein eilten, spielte ich mit dem Gedanken, mich als Karawanenwächter zu verdingen und die Ödgebiete so zu durchqueren, wie wir es ursprünglich geplant hatten. Doch beherrschte uns der Gedanke an den Voller und wurde förmlich zur Besessenheit. Verglichen mit einem Satteltier, ist ein Flugboot natürlich phänomenal schnell.

Das Karawanengeschäft blühte; erst heute war ein Zug eingetroffen, und die Expedition davor hatte das Wandertheater gebracht und die vier Stikitches, die so kraß versagt hatten und sich ihren Lohn nicht verdienen konnten.

Pompino zog seinen Schwertgurt hoch.

»Trinken wir zuerst noch einen – beispielsweise auf Dav Olmes oder auf Konec oder ...«

»Wie auch immer, trinken sollten wir, du wetterwendischer Fambly!«

Ehe ich das Hotel aufsuchte, wollte ich den Hamaliern Zeit geben, das Jikaidaderen zu erreichen, die mächtigen, zwischen den beiden Städten gelegenen Gebäudeblöcke, in denen die blutigen Jikaida-Spiele stattfanden.

Für unseren Zeitvertreib kam jede Gaststätte in Frage, solange sie der besseren Art angehörte und keine schlichte Dopa-Spelunke war. Ringsum strahlte die jadegrüne und rubinrote Helligkeit. Die süßen Düfte Kregens belebten uns ungemein. Ah, Kregen, Kregen ... Nun ja, wir fanden eine Taverne und wollten eben schon eintreten, als uns ein Mann durch die Luft entgegengeflogen kam und zu Boden riß. Soweit ich weiß, ist diese Art Rugby auf Kregen nicht bekannt. Der Bursche rappelte sich wieder auf. Es handelte sich um einen Brokelsh, gedrungen und haarig und bebend vor Zorn. Er ballte die Faust in Richtung Taverne und torkelte murrend und fluchend davon. Seine Verwünschungen galten einem havilverfluchten Kildoi.

Ein Schauder lief mir über den Rücken.

Wir traten ein. Mir ist durchaus bewußt, wie dumm, wie oberflächlich es klingt, wenn man sagt: ›Ein Schauder lief mir über den Rücken.‹ Bei Vox, aber genauso war es. Ich fühlte mich plötzlich von einer durchdringenden Kälte befallen.

Unser Blick fiel sofort auf den Khibil. Er war von einer Gruppe harter Burschen umgeben. Sie griffen ihn nicht an, doch waren sie ihm auch nicht freundlich gesonnen. Prinz Mefto der Kazzur war ebenfalls Kildoi. Er hatte mich im Schwertkampf übertroffen – gewiß, ich hatte ihm zuletzt die Schwanzhand abgeschlagen, doch hatte er sich als überlegener Kämpfer erwiesen. Kildois haben vier Arme und einen kräftigen Schwanz mit einer Hand. Korero, ein Gefährte, der mir mit seinen Schilden im Kampf den Rücken freihält, war ebenfalls Kildoi. Diese Diffs sehen großartig aus –

der Mann, um den es hier ging, machte da keine Ausnahme, obwohl sein Bart dunkler war als das goldene Fell Koreros oder Meftos, doch war er bronzebraun, kräftig, von hervorragendem Körperbau, intelligent und im Umgang mit seinen fünf Händen höchst geschickt.

»Deinesgleichen hat hier nichts zu suchen!« rief einer der Schläger, dessen Halstuch sich vom Schweiß verfärbt hatte.

»Prinz Mefto war ein großartiger Mann«, erklärte ein anderer Gast, ein kurz geratener Och, der seinem Bier zusprach.

»Aye«, meinte ein dritter. »Prinz Mefto mag euch viel Geld beim Wetten gekostet haben, weil seine Sekundanten fürchteten, er könnte das Leben verlieren. Trotzdem könnt ihr hier nicht schlecht über ihn reden. Bestimmt kehrt er zurück und wird erneut siegen ...«

»Am besten«, sagte Schweißtuch drohend, »verschwindest du von hier, Schtump, ob du nun fünf Hände hast oder nicht, ehe wir es dir zeigen ...«

»Ihr versteht mich falsch, meine Freunde ...«, begann der Kildoi.

»Nein, tun wir nicht. Du stellst Fragen über Mefto den Kazzur, der uns allen hier ein Freund ist. Du willst ihm nichts Gutes.«

Aus einer finsteren Ecke der Theke sirrte ein Dolch durch die Luft. Der Kildoi hob eine Hand und lenkte das Wurfgeschoß ab. Es war eine instinktive Reaktion, und ich erkannte die hervorragenden Disziplinen, die Korero zu einem unglaublichen Umgang mit seinen Schilden befähigten.

»Wie ich sehe, seid ihr nicht nett«, sagte der Kildoi. »Ich ziehe mich also zurück.«

Ein Totschläger näherte sich blitzschnell seinem Kopf, und er neigte sich zur Seite und bewegte sich, und die Waffe wirbelte harmlos davon. Die Verächtlichkeit, die in der absoluten Beherrschung und Geschicklichkeit des Mannes zum Ausdruck kam, erzürnte die Burschen. Mefto war beim Jikaida stets Favorit gewesen, und diese Leute kannten die ganze Geschichte nicht. Sie nahmen ihren Mut zusammen und stürzten sich auf den Kildoi.

Ich machte Anstalten, ihm zu helfen, denn mich interessierte der Vorgang; Pompino zögerte einen Augenblick lang und machte dann ebenfalls mit. Es wurde tüchtig geschoben und gehauen und geflucht, und es gab etliche blaue Augen und blutige Nasen, ehe wir drei aus der Tür der Taverne ins Freie stürmten. Auf einem Holzgestell wogte die aufgeblasene Haut eines Vosk im Wind; das Lokal hieß ›Der Fröhliche Vosk‹.

»Wer immer ihr seid«, sagte der Kildoi und reckte den Daumen seiner rechten oberen Hand, »seid bedankt. Das Schild über der Taverne beschreibt die Gäste durchaus richtig.«

Wir entfernten uns über den Bürgersteig und begannen zu lachen. Immer wieder mußten wir an die akrobatischen Flugeinlagen der Angreifer denken, die vom Kildoi hierhin und dorthin geschleudert wurden, und unser Lachen nahm kein Ende.

»Lahal, ich bin Drogo, ein Kildoi von Geburt, wie ihr selbst seht.«

Wir vollzogen das Pappattu, ich als Jak und Pompino mit vollem Namen. Dann entfuhr es Pompino: »Übrigens ist dies derselbe Jak, der dem verfluchten Mefto die Schwanzhand abschlug!«

Drogo erstarrte. Er drehte den prächtigen Kopf in meine Richtung und musterte mich eingehend. Ich hielt seinem Blick stand.

Seine Augen waren von dem seltsam grünfleckigen Grau, das man bei unruhigem Wetter auf dem Meer beobachten kann, zugleich waren sie erfüllt von einem Licht, wie es durch regenverschmierte Fensterscheiben schimmerte – solche Vergleiche fallen mir nicht schwer, doch zeigen sie wenig von dem Gefühl innerer Kraft und Zielstrebigkeit, Entschlossenheit und geistiger Wachsamkeit, das Drogos Augen mir vermittelten.

Schließlich atmete er tief durch. Seine Arme hingen schlaff herab. Mir fiel auf, daß ein Ende seines Schnurrbarts kürzer war als das andere. Seine Zähne waren weiß und gleichmäßig gewachsen und waren beim Lächeln oben und unten sichtbar.

Und jetzt lächelte er, ein kaltes Lächeln wie Schnee auf dem Hochmoor.

»Es überrascht mich, daß du noch lebst.«

»Das sagen wir ja alle«, plapperte Pompino.

»Mefto war ein Dummkopf«, sagte ich und schritt absichtlich schneller aus, um die anderen zu zwingen, mit mir Schritt zu halten.

»Dumm ist jeder, der sich Mefto im Schwertkampf stellt.«

»Aye«, sagte ich nachdrücklich. »Aye, bei Zair!«

Man kann in Kregen im allgemeinen davon ausgehen, daß die seltsamen Götter und Geister, auf die ein Mann flucht, kaum beachtet werden; erst wenn dadurch ungewollt auf die eigene Herkunft hingewiesen wird, kann es schwierig werden.

Pompino lachte ein wenig zu schrill.

»Wir sind noch gar nicht zu unserem Getränk gekommen.«

»Ich bin offenbar ungewollt der Grund für euren Durst ...«

»Nein, nein, Horter, das ist es nicht.« Pompino, davon war ich überzeugt, fühlte sich unbehaglich, hatte er doch ein Weilchen gebraucht, um die in diesem Mann schwelenden Leidenschaften zu erkennen. Er marschierte ein wenig zu aufgedreht weiter und lachte: »Oh, nein ...«

»Die Ursache unseres Dursts bist du nicht. Du hast nur verhindert, daß wir ihn stillen konnten.«

Wieder warf er mir einen ausdruckslosen Blick zu, der bei diesen Augen und bei diesem Gesicht eigentlich nicht wirklich ausdruckslos bleiben konnte. Ich hatte das Gefühl, er versuche sich über mich ein Urteil zu bilden und habe Mühe dabei.

»Ich sehe mich in der Schuld«, sagte er mit einem rituellen Unterton in der Stimme. »Ich möchte euch beiden ein Getränk spendieren. Ich bestehe darauf. Das ist das mindeste, was ich tun kann, um euch meinen Dank auszudrücken.«

So betraten wir die nächste Schänke, ein fröhliches Lokal, wo ein hervorragendes Bier serviert wurde. Wir hoben unsere Humpen, begaben uns an einen Fenstertisch und nahmen Platz, als wären wir alte Kameraden. Ich war unruhig. Mich beschäftigte der Gedanke an den Voller.

Nun ja, es hatte Zeiten gegeben, da wäre ich in einem roten Lendenschurz und mit blankgezogenem Schwert zum Dach hinaufgestürmt – und zu den Eisgletschern Sicces mit jedem Hamalier, der sich mir in den Weg gestellt hätte! Hier und jetzt aber ließ ich mir Zeit, erfand Vorwände, ließ keine Gelegenheit ungenutzt, den tatkräftigen Einsatz zu verzögern.

Schon oft ist mir auf Kregen aufgefallen, daß sich Ereignisse nicht mit der überlieferten Promptheit entwickeln, wenn ich instinktiv zögere, daß es irgendwo tiefere Gründe gibt. Oft hätte es unweigerlich in die Katastrophe geführt, wenn ich kopfüber ins Geschehen eingetaucht wäre. Und Zair weiß, daß es oft genug dazu gekommen ist ...

Aber der Voller lockte mich, und ich zögerte und wußte nicht, warum.

Die Herren der Sterne hatten uns von unserem letzten Dienst entbunden; dies hatte der Gdoinye Pompino mitgeteilt.

Warum zögerte ich also?

Jedenfalls war es angenehm, in der angenehmen Nachmittagsstrahlung der Sonnen von Scorpio am Fenster einer gemütlichen Schänke zu sitzen und auf dem sauber gescheuerten Tisch einen kühlen Krug des besten Biers vor sich zu haben ... und Sie können mir getrost glauben, daß so etwas ebenso sehr zum kregischen Leben gehört wie der Kampf mit funkelnden Schwertern.

Meine Gedanken hatten mich ein wenig von unserem Gespräch abgelenkt. Ich hörte Pompino sagen: »... ein großartiger Voller ...« Und spitzte sofort die Ohren.

Dieser Drogo war offenbar auf der Suche nach Mefto; man brauchte kein Gedankenleser zu sein, um zu wissen, daß er keine guten Absichten hatte. Vielleicht war er auf Beute aus. Vielleicht war er auch ein getäuschter Ehemann. Oder ein Stikitche. Jedenfalls mußte Pompino ihm gesagt haben, daß Prinz Mefto nach Shanodrin zurückgekehrt war, in das Land, das der Kazzur mit Blut und Tod errungen hatte, denn nun hatte auch Drogo den Wunsch, Jikaida-Stadt möglichst schnell zu verlassen – und eine Karawane war nicht nur langsam, in der nächsten Zeit war auch keine Abreise angesagt.

»Ein Flugboot? Aye«, sagte Drogo und trank.

»Eine großartige Gelegenheit ...«, Pompino war doch kein Dummkopf, wie ich im ersten Moment angenommen hatte.

Wenn wir bei unserem Anschlag auf das Flugboot den Kildoi auf unserer Seite hatten, standen unsere Erfolgschancen wesentlich besser.

Ich verdrängte die verblüffende Erkenntnis, daß ich vor wenigen Jahren noch nicht so gedacht und gehandelt hätte. Hier liefen unterschwellige Dinge ab, und ich war klug genug, diese kleinen Rädchen sich ein Weilchen allein drehen zu lassen.

»Wenn ihr einverstanden seid«, sagte Drogo, »mache ich bei euch mit ...«

»Einverstanden«, sagte Pompino, lehnte sich zurück und trank von seinem Bier.

Ich neigte mich ebenfalls zurück, aber ich trank nicht.

Drogo schaute mich nicht an. Vielmehr zeichnete er mit den Fingern Kreise auf die blanke Holztischplatte.

»Und du, Jak?«

»Wie kommt es, Horter Drogo, daß ihr Kildois immer einen Namen führt?«

Sein Lächeln ließ mich an die verdammten Eisgletscher im hohen Norden denken.

»Aber das tun wir doch gar nicht. Wir tragen sie nur nicht offen vor uns her, das ist alles.«

»Das habe ich begriffen – und was dein Mitmachen angeht, nun ja, da heiße ich dich gern willkommen.« Ich ließ meine Stimme freundlich klingen. Es wäre töricht gewesen, den Mann ohne Grund gegen uns aufzubringen.

»Dann ist ja nichts Widriges geschehen.«

Was er damit meinte, weiß ich nicht. Ich wußte nur, daß der alte unbeherrschte Dray Prescot ihn möglicherweise barsch aufgefordert hätte, sich klar auszudrücken.

Er fuhr fort: »Wir kommen, wie du weißt, aus Balintol und meiden zumeist die Gesellschaft. Unsere Zahl ist nicht groß. Die führenden Familien kennen sich gut. Der Gebrauch von Familiennamen gilt als ... als ...«

»Trink aus, Horter Drogo«, sagte ich, »und laß mich die andere Hälfte für dich holen.«

Das schien mir damals eine gute Methode zu sein, das Gespräch zu beenden.

Wieder einmal nahm ich mir vor, mich ausführlich mit Korero zu unterhalten, sobald ich nach Vallia zurückkehrte. Mein Gefährte, der mich mit seinen riesigen Schilden beschützte, war ein rätselhaftes Wesen aus einer rätselhaften Rasse, das stand für mich fest.

Und natürlich war es Pompino, der bei meiner Rückkehr zum Tisch den Kildoi fragte: »Und du jagst diesen Rast Mefto, um ...«

»Entweder bringe ich ihn um oder er mich.« Drogo ergriff den Humpen mit der linken unteren Hand. Die anderen sichtbaren drei Hände ballten sich zu Fäusten. »Mit dem Schwert werde ich mich ihm nicht stellen. Vielleicht ist er dann wirklich mit Sterben an der Reihe. Ich hoffe es jedenfalls inbrünstig.«

Der Mann berief sich bei seinen Verwünschungen nicht auf Götter und Dämonen, wie es die meisten Kreger tun – auch darin ähnelte er Korero.

»Du bist selbst kein Schwertkämpfer?«

Er musterte mich über den Tisch, und seine Fäuste öffneten sich, während er wieder trank.

»Doch, eine gewisse Geschicklichkeit besitze ich. Aber meine Herren waren der Ansicht, es würde mir besser bekommen, wenn ich eine andere Waffe wählte ...«

»Und?« unterbrach ihn Pompino.

Drogo rang sich ein Lachen ab. Seine Zähne waren weiß und gerade gewachsen, und seine Zunge wirkte sehr rot.

»Ich verstehe mich auf den Kampf mit Axt, Lanze, Bogen, Messer ...«

»Zweifellos gleichzeitig«, bemerkte ich und vernahm dabei einen neidischen Unterton in meiner Stimme.

»Wenn nötig.«

Bei Vox! Diese Antwort hatte ich verdient!

»Du kennst Katakis?«

Er antwortete nicht direkt, sondern sagte nur: »Der kleine Bach mündet in einen breiten Fluß.«

Ich nickte. »Und Djangs?«

Er runzelte die Stirn. »Nein ... ich habe nur von ihnen gehört.«

»Ach«, sagte ich, »ich wollte es nur wissen.«

Dann stand ich auf.

»Wenn wir uns diesen verflixten Voller holen wollen, sollten wir ans Werk gehen.«

6

Menschen sind keine schlichten Reflexbündel. Bei den meisten lassen sich tiefere Schichten des Denkens und Fühlens unter der Oberflächlichkeit des Lebens nicht einfach ausschalten. Bei den vielen Menschen, die einem im Lauf seines Lebens über den Weg laufen, muß es einige, einige wenige geben, die ihn auch in jenem tieferschürfenden Bereich interessieren.

Dies ist eine Realität, die wenig mit Freundschaft zu tun hat; bei Freunden geht es um etwas ganz anderes.

Während wir durch die Strahlung der Antares-Zwillingssonnen schritten, beschäftigte ich mich mit dem Rätsel des Kildois Drogo.

Pompino plapperte unentwegt über Jikaida und seine ehrliche Überzeugung, daß er sich für das Spiel nicht eigne, und Drogo nickte höflich und erwiderte, daß ihm das Spiel der Monde wahrlich viel Spaß bereite, wenn er dazu in Stimmung sei, und daß er Vajikry trotz seiner Einfachheit überraschend anspruchsvoll finde, auch wenn die hier gespielte Version andere Regeln habe als die, die er in seiner Heimat gelernt hatte. Ich fragte mich, wie er hierhergekommen war und welche Abenteuer er unterwegs wohl bestanden hatte. Korero sprach niemals über sich selbst. Balintol ist ein vernebeltes Land – eine passende Brutstätte für die Menschen, die es hervorbringt.

Unter den Kolonnaden am Kyro der Gambits holte uns Onron ein, Lady Yasuris Kutscher. Seine hellgelben Symbole leuchteten. Wir wollten eben ins Ausländische Viertel überwechseln, wo weder den Blauen noch den Gelben der Vorzug gegeben wurde.

»Ich habe überall nach euch gesucht, ihr Hulus!« entrüstete er sich. Er ritt einen Freymul, ein Tier, das auch als Zorca der Armen bezeichnet wurde, mit schokoladenbraunem Rücken und gelben Fellstreifen darunter. Onron hatte das Tier bis zur Erschöpfung angetrieben. Schaumfetzen wirbelten um das geduldig aussehende Maul. Schweiß färbte den Hals dunkel, verklebte das dünne braune Fell.

»Sei gegrüßt, Schnabel!« rief Pompino freundlich.

»Deine Schnurrbarthaare sollen dir verdorren, du ...« Onron warf seinem Freymul die Zügel über den Kopf und stellte sich uns in den Weg. »Meine Herrin verlangt, daß ihr euch sofort zu ihr begebt. Sie benutzte das Wort Bratch!«

»Warum sollten wir uns noch für sie abhetzen?«

Drogo hatte sich in die Schatten zurückgezogen. Onron kratzte sich am Schnabel. Wenn es um seine Herrin ging, war er solche Sprache nicht gewöhnt.

»Am besten geht ihr sofort zu ihr«, sagte er warnend.

Pompino schaute mich an, und sein funkelndes Auge verriet mir, daß die Herren der Sterne ihn von einer Last befreit hatten. Doch was mich betraf, so lag der Fall womöglich anders; diese Erkenntnis stieg in mir auf und überraschte mich. Ich zog ihn am Ärmel auf die Seite.

»Die Everoinye haben dich von weiteren Verpflichtungen gegenüber Lady Yasuri entbunden, Pompino. Dazu sprach der Gdoinye mit dir. Nicht aber mit ir...«

Auf seinem Fuchsgesicht erschien ein berechnender Ausdruck, in dem auch, wie ich dankbar vermerkte, Mitgefühl lag.

»Vielleicht hast du recht. Der Gdoinye hat sich nicht an dich gewandt.«

»Beeilt euch, ihr Famblys!« rief Onron.

»Und doch – der Voller ...«

»Sobald Onron verschwunden ist, wird sich Drogo wieder blicken lassen. Ich gehe mit zur Lady Yasuri und höre mir an, was sie will. Wenn du mit Drogo an den Voller herankommst, habt ihr die Lufthoheit. Ihr könntet mich dann später vor der Schänke auflesen.«

»Ja.« Pompino fuhr sich über die Schnurrbarthaare. »Ja, Jak. Du hast mein Wort als Kregoinye. Ich komme dich holen.«

»Gut – dann müssen wir uns jetzt beeilen.«

Er wandte sich sofort ab und eilte durch die Kolonnade davon, deren Säulen ihn in zuckende Schatten warfen. Er mißachtete Onrons entrüstetes Geschrei. Ich wandte mich dem Rapa zu.

»Ich komme mit, Onron – hör auf, herumzujammern!«

Gekränkt reckte der Diff den Schnabel in die Luft und stieg wieder auf seinen Freymul. Da für mich kein Reittier zu sehen war, machte ich mich notgedrungen zu Fuß auf den Weg zum Stern von Laybrites.

Unterwegs kam mir der Gedanke, daß mit der neuen Karawane, die Drogo in die Stadt gebracht hatte, neue Stiktiche angereist waren und Yasuri sich womöglich wieder bedroht fühlte. Aber das ergab keinen Sinn. Zum einen konnte König Ortyg noch nicht wissen, daß seine Leute versagt hatten. Zum zweiten hätte Lady Yasuri keine Zeit mehr gehabt, Onron loszuschicken, wenn es wirklich Attentäter in der Stadt gab.

Ein Einwand gegen meine erste Vermutung konnte darin bestehen, daß der neue König Ortyg in Yasuris Land einen Zauberer aus Loh wirken ließ, der sich in Lupu versetzte und ausspionieren konnte, was sich hier ereignete. So etwas war möglich. Ich beschleunigte meine Schritte, auch wenn mir der zweite Punkt nach wie vor Gültigkeit zu haben schien.

Der Rapa-Kutscher galoppierte auf seinem Freymul davon und rief mir zu, er wolle der hohen Dame von Pompinos Untreue und Verrat berichten und ihr sagen, daß ich unterwegs sei. Onron verschwand in der Menschenmenge auf der Prachtstraße, und ich nahm eine Abkürzung.

Es gibt Abkürzungen des Lebens – und echte Abkürzungen. Mein Weg führte mich durch ein Armenviertel, wo die Menschen in winzigen Werkstätten saßen und billige Jikaida-Souvenirs für die Fremden fertigten, die dafür auf den Basaren teuer bezahlen mußten. Zugleich war diese Abkürzung der direkte Weg in die Katastrophe. Die Wache war unterwegs, unterstützt durch Soldaten in Rüstung und schwarz-weiß karierten Umhängen; ihre Helme funkelten im Licht.

Durch die enge Gasse wogte eine kreischende Menschenmenge und fegte in ihrer Panik Buden und Baldachine um. Die Soldaten ritten die Ungeschützten nieder und hieben breitseits mit den Schwertern um sich. Zwei Männer hätten mich beinahe zu Boden gestoßen. Ich brachte mich in einem Hauseingang in Sicherheit, aus dem ein Geruch nach altem Gemüse drang. Die Jagd hetzte vorbei. Dann ... nun ja, vielleicht hätte ich untätig verharren sollen, doch ich kann eben nicht aus meiner Haut.

Eine Frau, die ein Kleinkind trug, rutschte auf dem glatten Pflaster aus.

Die Totrixes der Verfolger ließen ihre sechs Hufe auf den Boden dröhnen und galoppierten herbei; die Frau war in höchster Gefahr.

Ich schaute nur kurz in die Richtung, aus der die Verfolger kamen, schnappte mir die Frau mitsamt dem Kind und machte mich auf den Rückweg in den schützenden Hauseingang.

Eine Totrix stieg auf die Hinterhände und drängte mich ruckhaft zur Seite. Ich wurde herumgewirbelt und geriet ins Torkeln, ohne die Frau loszulassen. Ein Wächter versetzte mir mit seinem Knüppel einen Schlag auf den Kopf. Er brüllte aufgeregte Worte.

»Hier ist einer der Rasts ...« Und wieder schlug er zu.

Nun ja, eine Zeitlang herrschte Ruhe.

Die Schwärze des Notor Zan wollte nicht weichen, und ich öffnete die Augen nicht. Der Winkel, in den man mich geworfen hatte, stank. Ein unschönes Ächzen und Stöhnen lag in der Luft. In meinem schmerzenden Kopf tönten die berühmten Glocken Beng Kishis. Behutsam öffnete ich ein Auge.

Die Decke bestand aus gewölbeartig gemauerten Backsteinen, das Gemäuer war schleimig und stank, und hier und dort qualmten Fackeln an den Wänden. Ich befand mich in einem unsäglichen Verlies, das offenbar ausreichend mit Eisengittern und Steinmauern und Wächtern versehen war.

Von der Gewölbedecke tropfte Wasser herab und landete auf uns, eine schleimige grüne Flüssigkeit, die einen unangenehmen Geruch verbreitete. Zur Mitte hin bewegte sich das Wasser durch offene Rinnen. Die Gefangenen lagen oder saßen dichtgedrängt. Es waren arme Leute. Sie trugen zerrissene Kleidung, und viele von ihnen litten Hunger. Sie stöhnten gedehnt und schienen jede Hoffnung aufgegeben zu haben. Angst beherrschte die Atmosphäre so sehr, daß man kaum zu atmen vermochte.

Langsam kam ich wieder zu mir und wurde mir darüber klar, was geschehen sein mußte.

Man hatte Verbrecher gesucht, und die Wache hatte einen passend aussehenden Haufen zusammengetrieben, und wer ihnen dabei in den Weg geriet, wurde mitgenommen. Eine schrecklich alltägliche Geschichte. Die Neun Maskierten Gardisten, die LionardDen regierten, widmeten sich der städtischen Ordnung mit fanatischem Eifer. Die Stadt war von Besuchern überlaufen, und der Ruf der Stadt stützte sich auf konkrete Berichte von Zurückkehrenden. Wer würde schon eine Stadt der Diebe besuchen wollen, oder eine Stadt der Revolution – selbst wenn es um ein Todes-Jikaida-Spiel ging?

In dem Gewirr der Leiber entdeckte ich keine Spur von der Frau und ihrem Kind und konnte nur hoffen, daß es ihnen gut ging. Die Gefangenen sahen aus wie eine Ansammlung alter Lumpen, die verbrannt werden mußten. Ich habe schon öfter angemerkt, daß die Herren der Sterne keinen Finger rührten, um mir zu helfen, und wenn das auch nicht ganz stimmt (auf der Insel Faol vor Nord-Havilfar ließen sie mich einmal ein Gespräch mithören, das mir sehr nützlich war), so handelte es sich hier um genau die Art Situation, in der ich mir keine Hoffnung auf Unterstützung durch die Everoinye machen durfte. Ich rechnete nicht damit.

Eine Gruppe Raufbolde in meiner Nähe, Männer mit blitzenden Augen und angebrochenen Zähnen, in Lumpen gehüllt, besprachen die mögliche Zukunft.

»Wir kommen ins Todes-Jikaida, darauf kannst du wetten.«

»Wir können kämpfen, aye – und wir werden kämpfen, wenn man uns Speere gibt.«

»Kazz-Jikaida«, sagte ein anderer Mann zitternd. »Blut-Jikaida. Mein Bruder ist bei einem solchen Spiel vor zwei Jahreszeiten ums Leben gekommen.«

Ein Mann mit schlaffen Ohren und gebrochener Nase brachte alle zum Schweigen. »Das wird es nicht sein«, bemerkte er mit pfeifender Stimme. »Wir kommen ins Hinrichtungs-Jikaida ...«

»Nein! Nein!« Die Männer protestierten lautstark, um ihr Entsetzen zu überspielen. »Warum nur, Nath, warum?«

»Gestern ist viel Blut geflossen, oder habe ich nicht recht? Die Leute ganz oben fordern ein neues Spiel – ich weiß, sie sollen in alle Ewigkeit auf den Eisgletschern Sicces verfaulen.«

Der allgemeine Aufruhr verriet mir, daß die Gefangenen große Stücke auf Naths Worte hielten. Anscheinend verfügte er über genug Yrium – jene geheimnisvolle Kraft, die anderen Menschen Respekt und Gehorsam abverlangt –, um das Kommando zu führen.

Schlappohr-Nath, so wurde er genannt, und er sah aus wie ein Schwerverbrecher.

Man gab uns dünnen Brei zu essen, der vorwiegend aus Dilse bestand, einer weitverbreiteten Pflanze, die nahrhaft schmeckt und dem Menschen eine Zeitlang den Bauch füllt, bis sein Hunger um so stärker zurückkehrt. Wir tranken scheußlich schmeckendes Wasser. Unsere Versorgung war wahrlich spartanisch; wir steckten in einem Verlies, aus dem es keine Fluchtmöglichkeit gab, außer durch den Tod. Unwillkürlich bewegten sich meine Gedanken in diese Richtung. Ein vorgetäuschter Tod ...

Ich kam mit einer benachbarten Gruppe ins Gespräch und mußte sofort entdecken, daß dieser Plan ein schöner Traum war.

»Wer den Toten spielt, wird sicherheitshalber mit einem Speer durchbohrt.« Der schlappohrige Nath schien diese Worte zu genießen. »Hör zu, Dom, es gibt nur einen Weg, auf dem wir diesen Ort wieder verlassen. Als Spielfiguren im Hinrichtungs-Jikaida.«

»Aber dabei hat man immerhin eine Chance. Nicht alle Figuren werden besiegt, nicht alle getötet.«

»Aye, eine Chance.«

Ein Einäugiger mit wirr stehenden schwarzen Zähnen lachte leise. Er schien schon halb den Verstand verloren zu haben.

»Hängt davon ab, wen man als Spieler bekommt.«

»Möge Havil seine Gnade auf uns leuchten lassen«, sagte eine Frau und machte das Geheimzeichen Havils des Grünen.

Drei Tage und Nächte brachten wir in dem Höllenloch zu. Einmal erschien ein Mann in prächtiger Kleidung und mit einer blau-gelb karierten Gesichtsmaske. Im Schein mehrerer Laternen stand er auf einem Podium neben der Lenkenholz-Tür. Das allgemeine Stimmengewirr erstarb allmählich.

»Euch allen wird der Prozeß gemacht, und die Beweise sprachen gegen euch, ihr werdet verurteilt.« Der Mann, ein Vertreter der Neun Maskierten Gardisten, sprach mit lauter selbstbewußter Stimme. Er hob eine funkelnd beringte Hand. »Es war ein gerechter Prozeß, streng nach den Gesetzen der Republik. Euch allen wird auferlegt, als Spielfiguren beim Hinrichtungs-Jikaida aufzutreten ...«

Weiter kam er nicht. Das Brüllen und Schreien und Flehen hallte hohl vom schleimigen Steingewölbe wider. Angewidert von dem tierischen Verhalten des Mobs, wandte sich der Mann ab und entfernte sich mit gemessenen, hochmütigen Schritten. Wir waren unserem Schicksal ausgeliefert.

Zum Teufel, was war aus Pompino und Drogo geworden? Hatten sie den Voller stehlen können? Und was bekümmerte Yasuri? Diese Fragen wirbelten mir durch den Kopf, aber dann tat ich sie als unwichtig ab, denn ich hatte größere Sorgen.

Am nächsten Tag sollte ich an einem Hinrichtungs-Jikaida teilnehmen, und – bei Krun! – das war ein Kümmernis, das einen Mann schon bis in die Fußspitzen erschüttern konnte.

Hinrichtungs-Jikaida kann zwar auf verschiedene Arten gespielt werden, aber bestimmt mußten wir uns auf die schwierigste Version gefaßt machen.

Am nächsten Nachmittag wurden wir von Wächtern umringt – die Zeit konnten wir nur erraten, aber diese besonders unangenehme Abart des Spiels wurde meistens nachmittags gespielt. Man drängte uns hinaus, beladen mit Arm- und Beinfesseln. Schreiend und schluchzend setzte sich die übelriechende Prozession in Bewegung.

Vor einer großen Holztür reichte man jedem von uns einen großen Kelch reinen Dopas.

Ich stürzte die Flüssigkeit hinunter.

Einige Verurteilte beruhigten sich. Andere schluchzten haltlos, manche wurden sogar bewußtlos. Die Wächter kümmerten sich ausgiebig darum.

Schließlich wurden wir durch einen langen Steinkorridor geführt. Am anderen Ende ragte eine hohe Doppeltür auf, die vermutlich auf das Spielfeld führte. Ein vornehm gekleideter Jiktar stand mit seinen Soldaten an der Tür. Er schaute zwar grimmig drein, doch zeigte sein Gesicht auch einen Ausdruck, den ich in meinem derzeitigen Zustand erst ziemlich spät als Mitleid erkannte.

»Seid zuversichtlich!« brüllte er. »Nicht alle von euch werden sterben. Es hängt allein vom Spiel ab. Betet zu euren Göttern, daß ihr zu den Glücklichen gehört!«

Der schlappohrige Nath konnte nicht mehr an sich halten. »Und wer ist unser Spieler?« brauste er auf.

»Du?«

Nath prallte zurück. »Ich doch nicht!«

»Jiktar«, fragte ich, »wie kann dem Spieler geschadet werden?«

Er warf mir einen stechenden Blick zu.

»Bist du Ausländer? Ja, sieht man ja. Doppelt töricht von dir, in unserer Stadt ein Verbrechen zu begehen. Das Ziel des Spiels ist es, die Prinzessin zu erobern, nicht wahr? Sie in Hyrkaida zu nehmen. Nun ja, beim Hinrichtungs-Jikaida ist ihr Pallan der Spieler.«

Da erkannte ich die Wahrheit.

Der Pallan ist die mächtigste Spielfigur auf dem Feld und folglich der Stein, den der gegnerische Spieler am dringendsten beseitigen will.

Der Gestank dieses elenden Ortes stieg mir unangenehm in die Nase. Und ringsum standen stöhnend Leute, in deren Magen das Dopa brannte; sie hatten sich schon halb in ihr Schicksal ergeben.

»Danke, Jiktar«, sagte ich und zog mich zurück.

»Moment!«

Das Wort traf mich wie eine Bleikugel aus einer Wurfschleuse. »Ja?«

»Du, Dom, wirst als Spieler auftreten.«

Die Augen meiner Mitgefangenen schimmerten weißlich. Einige schrien ihre Angst heraus, andere wimmerten nur.

»Aber ...«

»*Shastum!*« brüllte der Jiktar und machte dem ansteigenden Lärm ein Ende. »Stille! Raustreten!«

Ich rührte mich nicht.

In die verschüchterte Stille fragte ich: »Und wer handelt als Spieler, wenn ich getötet werde?«

»Der nächste in der Rangfolge. Das Spiel wird nicht unterbrochen. Raustreten! *Grak!*«

Irgendwie hatte das alles seinen Sinn. Jeder Dummkopf konnte die Spielzüge durchführen. Je schwächer der Spieler – desto mehr Tote gab es.

Die Doppeltür schwang auf. Das grelle zweifarbene Licht strömte herein, die prächtige Strahlung der Sonnen von Scorpio beleuchtete eine Treppe ins Verderben.

7

Wir spielten schwarz.

Jeder von uns trug einen schmutzigen schwarzen Lendenschurz und ein lumpiges Symbol, das den Rang der dargestellten Spielfigur anzeigte.

Beinahe alle schwarzen Lendenschurze wiesen rostrote Flecken auf – ein schrecklicher Hinweis auf frühere Spiele.

Die Helligkeit des Tages war beinahe schmerzhaft. Wir schritten ins Freie und wurden an unsere Positionen auf dem gelb und blau abgesetzten Spielfeld getrieben. Die Zuschauerterrassen waren überfüllt. Das Publikum neigte sich begierig vor. Die Rituale mit Gesang und Opfergaben und Gebeten waren längst erledigt. Ein Schweigen lag auf den Rängen, eine gedehnte, hohle, abwartende Stille.

Vor der Helligkeit des Himmels zeichneten sich die Reihen der Bogenschützen aus Loh ab, groß und schlank; doch heute sollten sie eine etwas andere Aufgabe erfüllen als sonst, wenn sie sich um jeden Spieler kümmern mußten, der zu fliehen versuchte. Heute sollten sie die Männer in Schwarz unterstützen.

Ein junger Bursche – sein Gesicht war dermaßen angstverzerrt, daß ich einen Augenblick brauchte, um zu erkennen, daß er ein Apim war – begann loszurennen, kaum daß er auf sein Feld gestellt worden war. Er wußte nicht, wohin er flüchtete. Schreiend und mit gesenktem Kopf versuchte er dem Schrecknis zu entkommen – und lief den Schwarzen in die Arme, in die Arme eines viel schlimmeren Schicksals.

Was die Männer in Schwarz mit dem jungen Mann anstellten, ließ alle anderen Gefangenen starr auf ihrem Quadrat verharren, als wären sie mit dem Sand verwachsen.

Trompeten erklangen. Banner wehten. Die Zuschauer drängten sich vor, als die weißen Spielfiguren aufmarschierten. Und nun hatten wir Gewißheit, welche Art Hinrichtungs-Jikaida hier gespielt werden sollte. Ich stand auf meinem Feld und fühlte … nun ja, ich sagte mir, daß ich auf Kregen so manches Auf und Ab erlebt hatte, jähe, schwindelerregende Stürze aus höchsten Höhen in tiefste Abgründe der Katastrophe. Und immer wieder hatte ich mich mühselig wieder hochkämpfen können, um nur wieder erneut in die Tiefe gestoßen zu werden. In diesem Punkt war die Situation nicht neu; doch sah es diesmal so aus, als sollte ich meinen letzten Niedergang erlebt haben. Als sei für mich das endgültige Aus gekommen.

Die weißen Spielfiguren wurden nicht ebenfalls von Männern dargestellt, die zum Tode verurteilt waren. Vielmehr handelte es sich um Soldaten in prächtigen Ausgehuniformen, übersät mit weißen Symbolen. Sie trugen Waffen. Sie waren außer Dienst und kamen mit diesem Einsatz einer Verpflichtung nach, die sie eingegangen waren, als sie sich verpflichteten; außerdem konnten sie hier einen hübschen Bonus verdienen.

Wenn sie eine Figur der Schwarzen besiegten, streckten sie ihn – oder sie – rücksichtslos nieder. Wenn der Schwarze siegte, so marschierte er einfach vom Spielfeld, um sich auf die Auswechselbank zu setzen und den Rest des Spiels anzuschauen.

Als Pallan stand ich neben unserer Prinzessin.

Sie ließ die Schultern hängen und war überaus bleich. Ich erkannte in ihr die Frau, die ich vor den galoppierenden Totrix-Hufen hatte retten wollen. Sie trug einen schwarzen Lendenschurz und – weil sie eben die Prinzessin war – eine zerzauste Krone aus schlaffen Federn auf dem Kopf.

Ich schaute noch einmal hin. In den Armen hielt sie das Kind.

Die Dreckskerle hatten auch dem Kind ein schwarzes Tuch um die dürren Rippen gebunden. Mir wurde übel.

Wenn ich das Spiel verlor, dann lief das Hyrkaida nicht auf ein einfaches zivilisiertes Schachmatt hinaus, sondern auf einen tödlichen Schwertstreich für die Frau – und ihr Kind.

»Wie heißt du, Doma?«

Sie zuckte zusammen, als hätte ich sie angegriffen. Verstohlen schaute sie zur Seite. Ihr Gesicht färbte sich rot. Sie schüttelte den Kopf.

»Es macht nichts, wenn wir uns leise unterhalten.«

»Ja ... Ich bin Liana, die einst Elfe genannt wurde.«

»Lahal, Liana die Elfe. Ich bin Jak.«

»Lahal, Jak – wird es ganz ... ganz schrecklich kommen?«

»Auf manche Swods und Deldars und auch einige der höheren Steine wartet ein schlimmes Schicksal. Aber du wirst in Sicherheit sein ...«

»Es sei denn, du verlierst!«

»Ja.«

Hoch oben räkelte sich das vornehme Publikum auf bequemen Sitzen und starrte begierig herab. Es wollte mir nicht in den Kopf, daß ein solcher Kampf einem Menschen Freude machen konnte. Obwohl ich Kazz-Jikaida verabscheute, bei dem die Spielfiguren um den Besitz der Felder kämpfen mußten, hatte der einzelne doch eine gewisse Chance. Hier aber stand man einfach herum und wartete darauf, abgeschlachtet zu werden! Und zu fliehen war sinnlos. Die Männer in Schwarz mit ihren unsäglichen Instrumenten paßten gut auf.

Ein erregtes Stimmengemurmel umgab das Spielfeld. Im Grunde waren sie alle krank, krank bis auf den tiefsten Grund ihrer Seele!

Und der kränkste von allen war der Spieler der Weißen.

Er – oder sie – hatte bestimmt eine Riesensumme für das Privileg bezahlt, ein Hinrichtungs-Jikaida leiten zu dürfen. Ich schaute auf den weißen Thron am anderen Ende und die winzige strahlende Gestalt, die darauf saß.

Allein schon die Position verlieh einen großen Vorteil, denn von dort oben vermochte man das Spielbrett zu überschauen. Von hier unten würde ich Mühe haben, das gesamte Geschehen im Auge zu behalten und immer richtig zu erkennen, welche Figuren auf welchen Quadraten standen.

Aber das gehörte eben zu dem Spiel, wie es diese miesen blutgierigen Leute liebten.

Reiche Leute, die sich von ihrer Jikaida-Begeisterung über beschwerliche Wege hatten herführen lassen, um Blut- und Todes-Jikaida zu spielen, bedienten sich gewöhnlich der Hilfe eines Jikaidasten als Spielberater. Jikaidasten sind Berufsspieler, die gleichwohl große Freude an dem Spiel haben, begleiteten den Spieler und berieten jeden Zug ernsthaft mit ihm. Diese Beratungszeit war begrenzt; wurde sie überschritten, löste die mächtige Clepsydra einen Gongschlag aus, der das zur Folge hatte, was hier zur Routine gehörte – ein armer Teufel mußte sterben.

Die Spielfeldaufseher schoben die schwarzen Spielfiguren an ihre Positionen. Die Weißen waren längst bereit. Der Oberaufseher, ein schwitzender rotgesichtiger Mann, eilte zu mir.

»Fertig, Bursche?«

»Sag mir, wer unser Spielgegner ist. Und der Jikaidast!«

»Warum willst du dich damit belasten ...«

»Die Namen!«

Er blinzelte und wischte sich den Schweiß ab. Offensichtlich hatte er es eilig, in sein Quartier zurückzukehren und sich einem Humpen Bier zu widmen.

»Kov Loriman der Jäger. Jikaidast ist Meister Scatulo.«

Ich lächelte.

Meine Grimasse schien auf den Aufseher nicht ohne Wirkung zu bleiben, denn er zog sich hastig zurück.

Meister Scatulo! Nun ja, Bevon der Brukaj, der Scatulos Sklave gewesen war, hatte mir ziemlich viel über Scatulos Spiel verraten. Ein erster Sonnenstrahl schien durch die Wolken unseres Schicksals zu dringen.

»Jak ...«, vernahm ich Lianas zitternde Stimme, die mich in die Realität zurückholte. »Ich glaube, es fängt an ...«

»Vertraue auf Havil den Grünen«, sagte ich. Wie unpassend wäre diese Bemerkung noch vor wenigen Jahreszeiten gewesen!

»Lieber auf Havandua das Grüne Wunder.«

»Wie du willst.«

Selbstverständlich hatte Weiß den ersten Zug. Dies hatte nichts mit ähnlichen Traditionen zu tun, wie wir sie beim irdischen Schach kennen; es lag einfach daran, daß dieses Spiel veranstaltet wurde, um uns Schwarzen den Garaus zu machen.

Nun ja, so mancher schwarz spielende Pallan dürfte verzweifelt bestrebt sein, sich selbst niemals einem Angriff auszusetzen. Schließlich kam es der weißen Seite darauf an, zu gewinnen und den weißen Spieler in den Tabellen voranzubringen. Das bloße Niedermetzeln der schwarzen Steine hatte noch keine große Auswirkung auf die Strategie des Spiels. Jedenfalls war es beim richtigen Jikaida so, nicht beim Todes-Jikaida.

Die entsprechenden Regeln waren zu beachten, und beide Spieler mußten geschickt vorgehen. Ein Pallan mochte also bestrebt sein, sich abzuschirmen. Ich dachte dankbar an Bevon, während ich mir überlegte, daß Meister Scatulo womöglich eine Überraschung bevorstand.

So begann denn das Spiel, der Ruf »Reiht die Deldars auf« ertönte, und wir gingen ans Werk.

Es war alles andere als schön.

Die Reihen begannen sich herauszubilden, raffiniert geplante Swod-Diagonalen, beschirmt von Deldars, versuchten Brücken zu entlegenen Drins zu schlagen.

Scatulo wählte die Prinzessin-Kapts-Swods-Eröffnung. Ich reagierte vorsichtig und öffnete zunächst nur eine Reihe. Schon ziemlich früh zeuntete ich – das heißt, ich sprang über eine Reihe von Spielfiguren hinweg –, um die Mitte besser im Griff zu haben. Durch den Zeunt wollte ich nicht nur eine günstigere Ausgangsposition gewinnen, sondern mir auch ein klareres Bild vom Spielstand machen. Die Weißen schlugen den ersten Swod. Ich konnte das nicht verhindern.

Der Soldat mit den schimmernden weißen Symbolen hob das Schwert, der arme Kerl im schwarzen Lendenschurz hob schreiend die Arme, dann war es schon vorbei.

Rotgekleidete Männer eilten auf das Spielfeld und trugen ihn fort.

Das Spiel ging weiter.

Die Anordnungen für die Spielzüge wurden von leichtgeschürzten hübschen Mädchen überbracht, die an ihren mit rotem Samt überzogenen Stäben weiße oder schwarze Bänder wehen ließen. Ihre durchscheinenden Tuniken wirbelten im Lauf. Wir verloren weitere Männer.

Allmählich begann ich zu begreifen, was Scatulo im Schilde führte. Ich kann nicht behaupten, ein meisterlicher Spieler zu sein, doch ungeschickt bin ich nicht. Und, bei Zair, ich mußte jetzt mein ganzes Können zusammennehmen!

Der Nachteil meiner Position auf dem Spielbrett, auf gleicher Höhe mit meinen Spielern, ohne die perspektivische Entzerrung der Höhe, ließ sich durch die Fähigkeit ausgleichen, alle Positionen auswendig zu wissen. Blind-Jikaida und Simultan-Jikaida hatten mich darauf vorbereitet.

Es wäre sinnlos, das Spiel Zug um Zug – oder Hieb um Hieb – nachzuzeichnen. Jedesmal wenn Weiß einen schwarzen Stein schlug, starb ein Mann oder eine Frau. Für mich war es lebenswichtig, ja, spielentscheidend, daß ich mich auf das große Ganze konzentrierte und mich nicht von den Schrecknissen der Situation anstecken oder schwächen ließ.

Ich hatte Liana der Elfe leere Worte gesagt. Ich nahm nicht an, daß ich eine Siegeschance hatte – und wenn ich verlor, würde sie sterben.

Mir kam ein schändlicher Gedanke: einmal angenommen, es wäre meine Delia, die dort stand! Einmal angenommen, es wäre Delia aus Delphond, Delia aus den Blauen Bergen, die dort in dem schwarzen Lendenschurz aufrecht vor mir stünde. Was dann? Oder meine abtrünnige Tochter Dayra, die auch den Namen Ros die Klaue trug? Oder meine andere Tochter Lela, die ich schon lange nicht mehr gesehen hatte? Warum sollte in ihrem Fall meine Reaktion anders ausfallen? Waren sie nicht auch Frauen wie Liana die Elfe? Galt meine Pflicht nicht ihnen allen?

Während das Spiel seinen Fortgang nahm und ich Scatulos Taktik erkundete, wurde ich von einem Gefühlssturm ergriffen, der in der Gestalt unserer Prinzessin Liana Delia und alle wunderschönen und hilflosen Frauen zweier Welten vereinte.

Aber warum nur die schönen Frauen? Wieso mißachtete ich all jene, die die Götter nicht mit attraktiven Gesichtern und Figuren beschenkt hatten? Waren sie nicht alle Frauen? Manche Frauen sind die reinen Teufel, das war mir bekannt;

doch sie gehörten nicht zu den Hilflosen auf zwei Welten. War es recht von mir, sie nur deswegen auszuschließen?

Scatulo versuchte, auf der rechten Seite einen raffinierten Zug anzubringen, und ich konterte, wie ich in vergleichbarer Lage gegen Meister Hork in Vondium gespielt hatte. Auf den Tribünen wurde ein anerkennendes Raunen laut. Zu den Eisgletschern Sicces mit euch allen! Am liebsten hätte ich den selbstgefälligen Scharen diese Worte entgegengeschleudert.

Scatulo mußte längst erkannt haben, daß er in ein ernsthaftes Spiel verstrickt war. Allerdings hatte ich mehrmals den Eindruck, als hielte sich Kov Loriman der Jäger für einen guten Spieler und schlüge die Empfehlungen seines Jikaidasten in den Wind, denn manche Züge kamen mir sehr seltsam vor. Bei einem dieser unerwarteten Vorstöße versuchte ich meine Chance zu nutzen und zeuntete einen Kapt über eine Reihe, der dann gute Chancen hatte, in zwei weiteren Zügen an die gegnerische Prinzessin heranzukommen.

Zunächst konnte der Kapt nicht geschlagen werden. Scatulo rückte eine Figur quer herüber, die zwar seinen nächststehenden Kapt blockierte, die aber beim übernächsten Zug meinen Kapt bedrohen konnte.

Ich schaute mir die Situation in meinem Kopf an, denn der Vorgang spielte sich am anderen Ende des Spielfeldes ab. Die blauen und gelben Felder zogen sich im Zickzack über die Fläche, die schwarzen Figuren standen apathisch, verzweifelt, bebend in ihren Feldern – doch alle hielten getreu die angeordnete Position, aus Angst vor den Attakken der schwarzgekleideten Männer. Die weißen Spieler standen lässig und dachten an den Bonus, den sie sich verdienten. Auf den Rängen war es still geworden, denn man ahnte einen entscheidenden Zug voraus.

Meister Hork hatte viele berühmte Spiele der Vergangenheit mit mir durchbesprochen. An eine Partie erinnerte ich mich besonders. Vor meinem inneren Auge schaute ich mir die Situation an und machte dann den erforderlichen Zug. Wenn Scatulo nicht mit dem einzigen richtigen Gegenzug antwortete, der ihm offenstand, hatte ich ihn in der Klemme.

Ich darf hinzufügen, daß mich dies sehr überraschte.

Während ich darauf wartete, daß Scatulo oder sein Auftraggeber den nächsten Zug ansagte, überkam mich eine seltsame Empfindung. Scatulo hatte die Gefahr erkannt, sehr schnell reagiert und einen beginnenden Angriff aufgegeben. Mir ging auf, daß das Spiel mich in seinen Bann schlug. Bei Zair, das war auch wirklich nötig! Inzwischen hatte sich mir diese einmalige Chance eröffnet. Irgendwie hatte ich das Gefühl, als träte ich aus einer dunklen Höhle ins Licht und würde daran erinnert, daß es eine Welt dort draußen gebe, daß über dem Land das Tageslicht liege, daß nicht die ganze Welt von Mauern und Dunkelheit eingeschlossen sei.

Diese aufblühende Erkenntnis ging nicht auf die Siegeschance zurück, die ich plötzlich für die Schwarzen sah, sondern auf die Erkenntnis, daß mein erster Gedanke, ich sei gefühlsmäßig abgestumpft, wenn ich mich in ein Spiel hineinziehen ließ, bei dem Menschen starben, nicht richtig gewesen war. Die Faszination durch das Spiel, trotz Blut und Todesgeschrei, war nötig gewesen. Daran mußte ich glauben.

Und nun sah ich mich der letzten Ungeheuerlichkeit gegenüber.

Denn wäre mir meine Faszination nicht bewußt gewesen, hätte ich mich wie zuvor vom Spiel mitreißen lassen, als handle es sich um einen Wettstreit des Könnens, losgelöst von Blut und Tod – dann wäre mir mein Problem erst hinterher bewußt geworden.

So aber setzte mein Zug, der Siegeszug voraus, daß der Pallan die ganze Reihe der Spielfiguren übersprang und am Ende auf dem einen Feld landete, das der weißen Prinzessin das Hyrkaida bot.

Dieses entscheidende Feld war von einem schwarzen Spielstein besetzt, der nicht die Fähigkeiten eines Pallans besaß und die Prinzessin nicht angreifen konnte.

Ein Pallan aber kann auch eine Figur seiner eigenen Mannschaft schlagen.

Während wir warteten und das Wasser durch die Clepsydra tropfte und die Zeit immer knapper wurde, begann ich zu hoffen, beinahe zu hoffen, Scatulo würde die Gefahr erkennen und den einzigen Zug machen, der ihn noch retten konnte.

Aber dann verdrängte ich zornig diesen verräterischen Gedanken.

Wenn ich nicht tat, was getan werden mußte, würde sich das Spiel in die Länge ziehen und vielen weiteren schwarzen Mitspielern das Leben kosten.

Vielen.

Denn mein Angriff war von verzweifelter Hektik bestimmt gewesen, als Teil meines Gambit, bei dem ich bereits einen Hikdar geopfert hatte – und diese Taktik jetzt aufzugeben, wäre schlimmer, viel schlimmer.

Die Clepsydra näherte sich dem Ende der Zeit, der Lenkenholz-Arm des Hammers hob sich, um den Gong anzuschlagen; Scatulo erklärte seinen Zug, und das gelenkige Mädchen huschte davon. Ich sah die Richtung, die sie einschlug, und wußte, daß ich das Spiel gewonnen hatte. Scatulos Zug war gut, sehr gut sogar; aber das hatte schon für den Zug Königin Hathshis aus Murn-Chem in jenem lang zurückliegenden Spiel gegen den Jikaidasten Meister Chuan-lui-Hong gegolten.

Ich streute meine Zweifel in den Wind und marschierte ohne Zögern an der langen Reihe der Spielfiguren entlang. Dabei erhob ich meine Stimme zu vollem Volumen, wie ich es als Ausguck gelernt hatte.

»Entblößt du die Kehle?«

Es war reinste Frechheit, reinster Exhibitionismus.

Aber – beim Schwarzen Chunkrah! Stand uns verurteilten Verbrechern nicht ein bißchen Hochmut zu – wo wir doch gesiegt hatten?

Und dann – bei Zair! Meine Entdeckung erschütterte mich zutiefst, ließ mich zurückprallen. Hier schlenderte ich an der Reihe der schwarzen und weißen Spielfiguren entlang, in der Nachahmung jenes Sprunges, wie er allein im kregischen Jikaida bekannt ist, mit der Absicht, der weißen Prinzessin Hyrkaida zu bieten. Dumm, stolz, aufgeblasen vor

Stolz – in vollem Bewußtsein dessen, was ich tun mußte, um zu siegen –, stand ich schließlich vor dem Feld, das ich belegen mußte, das Feld, auf dem der schwarze Mitspieler stand.

Und ich sah, daß ich Schlappohr-Nath vor mir hatte.

Er starrte mich an. Offenbar nahm er an, ich würde über ihn hinwegzeunten, um hinter ihm eine gute Angriffsposition einzunehmen.

Seine Schlappohren, die gebrochene Nase, die Haare auf seiner Brust, der dürre Brustkorb, die dünnen Arme und Beine, der schmale schwarze Lendenschurz – es war Schlappohr-Nath!

Ich sah, wie sich unter den vorstehenden Rippen mit jedem Atemzug seine Bauchdecke bewegte.

Er schwitzte.

Aber das taten wir alle.

Als ich vor ihm stehen blieb, öffnete er den Mund. Er war ein zäher alter Bursche.

»Wie läuft's, Dom? Bei den Grünen Eingeweiden Beng Teaubus! Wirklich ein kitzliger Kampf.«

»Schlappohr-Nath.«

Noch immer starrte ich ihn bestürzt an, und die schwarzen und weißen Figuren, die sich hinter ihm aufreihten, starrten mich an. Die Soldaten mit ihren hübschen weißen Symbolen und strahlenden Feiertagsuniformen zeigten sich interessiert. Die Verurteilten wirkten grün vor Angst.

»Nun mach schon, Dom – geh auf das Feld!«

Ich schüttelte den Kopf – eine Bewegung, die mir Mühe machte.

Nur noch wenige Herzschläge, dann mußte ich den Zug ansagen, denn ich hatte mich ohne die übliche Erklärung in Bewegung gesetzt und schon Angst, daß man mich bestrafen würde.

»Du bist doch der Pallan, nicht wahr, und treibst dich jetzt hier in der Nähe der gegnerischen Prinzessin herum – das kann doch nur gut für uns sein, oder?« Er erschauderte und sah sich aufmerksam um. »Werden wir siegen? Mir ist egal, ob wir siegen oder verlieren, solange ich nur lebendig dabei herauskomme – natürlich täten mir Liana und das Kind leid.

Aber man muß ja leben – und ich habe noch einiges zu erledigen, und ...«

»Spielst du Jikaida, Nath?«

»Ich? Nein – höchstens das Spiel der Monde. Worauf wartest du noch?«

Auf den Rängen begann man unruhig zu werden, und die Aufseher schauten herüber.

»Ein Pallan, Schlappohr-Nath, kann auch einen Stein seiner eigenen Mannschaft schlagen – natürlich nicht die Prinzessin, nicht die Aeilssa.«

»Ach? Dann tritt nur schnell in dein Feld, damit die schwarzen Dreckskerle nicht über dich herfallen.«

»Schlappohr-Nath – du stehst auf meinem Feld.«

Er begriff nicht sofort, was ich meinte.

»Das geht doch gar nicht – ich stehe darauf, ja?«

»Ja. Aber ich spiele hier den Pallan.«

Dann ging ihm ein Licht auf.

»Du willst doch nicht – mich ...? Du Schweinehund! Du bist keiner von uns! Du bist ein verdammter Ausländer! Bei den Schleimigen Augäpfeln Beng Teaubus! Wenn ich bei mir zu Hause wäre ...«

»Viele andere Leute werden sterben, Nath, wenn du weiterlebst – und es ist wahrscheinlich, daß du sowieso sterben müßtest.«

Die Aufseher näherten sich, um unsere kleine Diskussion zu beenden, und die Männer in Schwarz packten ihre Instrumente fester.

Die Welt besteht aus Leuten wie Schlappohr-Nath; oh, nicht in diesem Beruf oder mit seinem Aussehen oder mit seiner Sprechweise – doch in bezug auf seine inneren Werte. Jedenfalls ist dies ein tröstlicher Gedanke. Nath erkannte die Wahrheit. Er sah das große Bild und seine Rolle darin. Einen kurzen Augenblick fürchtete ich, er würde sich auf mich stürzen.

Vom Ende seiner Nasenspitze fiel ein Schweißtropfen. Er blickte zur vermengten Strahlung Zims und Genodras' empor, und ich wußte, daß er den Sonnenschein ein letztes Mal wahrnahm.

»Ja, ich hab' dem alten Dummkopf die Kehle durchgeschnitten und sein Geld genommen – und auch ausgegeben. So muß ich wohl doch dafür büßen ... Und ... es freut mich für Liana. Man nannte sie die Elfe, ehe ihr der Mann davonlief.«

Plötzlich hob der schlappohrige Nath die Arme und lachte.

»Wahrscheinlich hat er auch hier sein Ende gefunden. Aber ich freue mich für sie und das Kind – und jetzt, Fremder, mach zu!«

Und so geschah es, und Schlappohr-Nath bezahlte seine Schuld, und ich rief: »Hyrkaida!« Und die Weißen gaben das Spiel verloren – und alles war vorbei.

Sklaven eilten mit Rechen und Eimern frischen Sandes herbei, um die Blutflecken zu verdecken. Nach einer kurzen Erfrischungspause sollte das nächste Spiel beginnen.

Wir Verurteilten marschierten in die Zellen zurück.

Liana die Elfe, die vorsichtig ihr Kind trug, schob sich neben mich.

Wir verließen den Ort des Schreckens und kehrten in unser Gefängnis zurück. Ich hatte den Eindruck, daß man uns bald wieder aufs Spielfeld rufen würde, doch Liana sagte: »Nein, Jak. Dank Havandua dem Grünen Wunder haben wir gesiegt. Man wird uns nicht mehr töten. Man wird uns an keinem weiteren Hinrichtungs-Jikaida teilnehmen lassen.« Ihr hageres Gesicht drehte sich zu mir um, und sie wirkte völlig entspannt. Die Angst war von ihr genommen.

»O nein, diese Leute sind hart, aber gerecht. Man wird uns nicht töten, sondern als Sklaven verkaufen.«

8

Hunch, der tryfantische Sklave, der mit Nodgen dem Brokelsh und mir für die Tiere unseres Herrn zuständig war, drehte durch, wenn es um gebratenes Hühnchen ging. Jetzt hastete er über erschöpft daliegende Sklaven durch das Schlafgehege und trat den Leidensgenossen dabei auf Arme und Beine, stolperte über die Daliegenden, bis er beinahe das Gleichgewicht verlor, um dann doch auf den Beinen zu bleiben. Das gebratene Hühnchen hielt er fest in der Faust.

»Komm zurück! Bei Llunyush dem Saftigen! Ich erwische dich!«

Der Dicke Ringo, Chefkoch unseres Herrn, verfolgte Hunch und schwang in einer Hand ein Tranchiermesser und eine Knochenaxt in der anderen. Der Dicke Ringo, der rundlich und rot angelaufen und schwitzend dahinhastete, stieß die blutrünstigsten Verwünschungen aus.

Der erste Mond der Nacht, die Frau der Schleier, stieg gerade über dem flachen Weideland des Ostens auf und hüllte die vor uns aufragenden Bergflanken in ihren rosagoldenen Schein. Die Nacht war hell von den kregischen Sternen. Nodgen raffte seine Lumpen an sich, um dem Fliehenden den Weg freizumachen. Seine Ketten klirrten. Ich rollte mich herum, fuhr hoch und sah, was sich da abspielte. Stöhnend begann ich dem Verfolger einige Calsanys in den Weg zu drängen.

Jeder Kreger weiß, was Calsanys anstellen, wenn sie aufgeregt oder verängstigt sind. Hunch bemerkte die Bewegung. Er hielt auf die Herde zu, schob die Tiere hin und her und huschte vorbei, nicht ohne mir noch schnell zuzuflüstern: »Sei bedankt, Jak!«

Die Calsanys legten los.

Überall im Saal richteten sich Sklaven auf und begannen lauthals zu protestieren und die Störenfriede zu verwünschen – ehe sie sich aufrafften und schleunigst das Weite suchten.

»Ich schmore deine Eingeweide, würze sie mit Knoblauch und serviere sie bei Tisch, du Hulu!« kreischte der Dicke Ringo.

Er tänzelte keuchend hin und her und schüttelte die Axt und das Messer. Aber er machte keine Anstalten, sich zwischen die Calsanys zu drängen.

Wieder ächzte ich – man hatte mich gestern zweimal gnadenlos ausgepeitscht –, bewegte mühsam die schmerzenden Gliedmaßen und schlurfte aus dem Weg.

Die Eisenketten, die meinen ausgemergelten Körper verzierten, behinderten mich bei jeder Bewegung. Ich schleppte mich dahin wie ein halb zertretener Käfer. Doch würde niemand in der Nähe von Calsanys schlafen können, solange sie dermaßen verstört waren.

Auf eine wüste Weise war die ganze Szene sogar lächerlich. Sobald Hunch in Sicherheit war, würde er das Hühnchen hinunterschlingen und die Knochen verstreuen, und niemand konnte hinterher beweisen, daß das Huhn jemals existiert hatte. Der Dicke Ringo wußte das natürlich. Er wich vor den Calsanys zurück.

»Dich erwische ich noch – Llunyush der Saftige steh mir bei! Dich erwische ich noch!«

Hunch war zu klug, um zu antworten. Er hockte hinter den Calsanys und hatte sicher längst den ersten Schenkel zwischen den Zähnen. Mir würde er nichts übriglassen, was ich verstehen konnte. Das Beweisstück mußte restlos vernichtet werden.

Schon legten sich die Sklaven wieder zum Schlafen nieder, nicht ohne noch einmal auf die Rasts zu fluchen, die sie beim Schlummern störten. Für einen Sklaven ist Schlaf der wichtigste Balsam. Der Dicke Ringo schwenkte seine Axt, atmete tief durch und machte sich auf den Rückweg zu seinem Feuer. Er war ein Apim – die meisten hervorragenden Köche sind Apims –, und als er mich erblickte, versuchte er mir im Vorbeigehen einen Tritt zu versetzen.

»Ich weiß, wer es war!« bellte er.

Ich rollte mich zur Seite, fand eine gemütliche Vertiefung im Boden und zog die Lumpen fester um mich. »Ach? Na, dann versuch es zu beweisen!« Und ich schloß die Augen und versuchte weiterzuschlafen.

Am Morgen würde die Karawane früh aufbrechen und den größten Teil des Tages unterwegs sein, nur durch eine längere Erfrischungspause unterbrochen. Für uns Sklaven bestand diese Mahlzeit, wenn wir Glück hatten, aus einem Stück Brot und einer Zwiebel. Abends erhielten wir jeder eine Schale Brei und vier Palines – oder nur drei, wenn der Dicke Ringo schlecht gelaunt war. Unser Herr und Meister saß unterdessen großartig in seinem Zelt, umgeben von allen Annehmlichkeiten des täglichen Lebens, die sich auf einer Expedition mitnehmen lassen: Klapptisch und Stühle, ein zerlegbarer Waschtisch, darauf Vorratskrüge mit all jenen Leckereien, die ein Leben in Reichtum so angenehm machen. Die schönsten Kreationen des Dicken Ringo wurden dem großen Herrn auf goldenen Tabletts serviert.

Strom Phrutius, so hieß unser Herr, ein verdammter Strom aus einem der kleinen Königreiche der Länder der Morgendämmerung, ungeheuer reich und doch nur ein Strom, etwa mit einem irdischen Herzog zu vergleichen, und insgeheim bestrebt, den Titel eines Kov zu erringen – oder zumindest den eines Vad. Wenn nur die geringste Chance bestanden hätte, damit durchzukommen, hätte sich der alte Knabe auch gleich zum König ernannt.

Dies war auch der Grund für seine Expedition.

Er hatte mich und eine Horde anderer Sklaven erstanden, um sich eine gemütliche Reise zu machen – und hier war ich nun! Viermal hatte ich zu fliehen versucht, und viermal war ich an den Fersen zur Karawane zurückgeschleift worden. Meine Versuche waren aus hektischer Verzweiflung geboren worden, schlecht geplant und dumm ausgeführt. In mancher Hinsicht hatte ich mich wieder in jenen alten, frisch nach Kregen verpflanzten Dray Prescot zurückverwandelt, der zu ungestüm handelte. Aber die Peitsche und die Ketten hatten mich erkennen lassen, daß ich mich mit der tieferschürfenden Erkenntnis trösten mußte, wonach es andere Methoden gab, ein Ziel zu erreichen, als seine Gegner mit den Schädeln zusammenzuschlagen.

Die Karawane bestand aus einer großen Zahl von Tieren, vielen Wagen und Kutschen, langen Reihen von Fußpersonal, und wir beabsichtigten die vor uns liegenden Berge zu durchqueren, ehe die Pässe vom Schnee unpassierbar gemacht wurden. Sobald wir das Massiv hinter uns gelassen hatten, waren wir unserem Ziel angeblich schon sehr nahe. Nun, damit meinte ich das Ziel unseres Herrn, nicht das der Sklaven. Den Sklaven ging es ausschließlich um Nahrung und Schlaf.

Da ich angekettet war und bei Strom Phrutius' Tieren bleiben mußte, hatte ich keine Ahnung, welche anderen hohen Herrschaften an unserer Expedition teilnahmen. Ab und zu ritt ein buntgekleideter Trupp vorbei, dessen Zorcas in der Sonne tänzelten, die Reiter voller Lebensfreude und Jagdlust.

Ich wandte mich dann wieder meinen Bürsten und Kämmen zu und überlegte, ob Pompino und Drogo das Flugboot erobert hatten und in Sicherheit waren oder ob Yasuri noch lebte. Vor allem aber interessierte mich die Frage, ob sich Vallia noch gegen seine Feinde behauptete.

Trotzdem mußte dies alles warten, gehörte es doch in ein anderes Leben. Ich war Sklave. Ich kümmerte mich um die Tiere. Ich war Sklave.

Tag um Tag marschierten wir auf die Berge zu. Wir überquerten die hohen Pässe, ehe der Schnee uns einschließen konnte. Weiter führte uns der Weg durch dürres Land, in dem Menschen Durst litten. Der Staub bedeckte alles, und der spitze Kies unter unseren Füßen zerschnitt uns die Haut.

Hunch war nicht angekettet. Viele Sklaven trugen keine Fesseln. Nodgen der Brokelsh marschierte mürrisch in Nik-Fesseln.

Ich trug Ketten.

In mir sah man einen ungestümen Leem, ein unvorstellbar wildes, bösartiges Tier.

Und ich arbeitete. Die Tiere sahen geschmeidig und gepflegt aus, und ich kannte jedes einzelne Wesen in der Herde, jedes Tier, das einen Karren zog. Die sechs Krahniks, die sich mit Strom Phrutius' Kutsche abmühten, kräftige, entschlossene Tiere, kannte ich beim Namen.

Und niemand nahm mir die Ketten ab.

Der Fünfhändige Eos-Bakchi, der vallianische Glücksgeist, hatte sich von mir abgewandt. Sein havilfarisches Gegenstück, der Dreiäugige Himindur, versagte mir seinen wohltätigen Blick; er mußte alle drei Augen geschlossen haben.

Die Berge waren eine ziemlich kleine begrenzte Erhebung, und die Pässe führten in ein Hochland, das sich zwar nicht als Wüste entpuppte, das aber für Reisende, die wenig Wasser und Nahrung hatten, gleichwohl sehr unangenehm war. Unsere Karawane war mit beidem ausreichend versorgt. Als wir Bäche und Wiesen und offene Bewaldung erreichten, hatten wir eine ziemliche Entfernung zurückgelegt, ohne Siedlungen zu passieren oder Leute zu sehen; es sah fast so aus, als wäre dieses Land unbewohnt.

Wenn sich ein Sklave nicht besonders dafür interessiert, bekommt er kaum etwas von den Dingen mit, die sich draußen abspielen. Um meine Haut zu retten, widmete ich mich ausschließlich den Tieren. Eine Berechnung – die zurückgelegte Entfernung – war entweder ganz einfach oder unmöglich, je nachdem, welche Schätzung über Geschwindigkeit, zurückgelegte Strecke und verstrichene Zeit die Sklaven akzeptierten.

Wir maßen die Zeit nach den Sonnen, nach den Wasserrationen und nach den Schlafperioden. Wenn ich sage, die Wüste sei eigentlich keine Wüste und wir hätten genug Wasser, wenn ich aber gleichzeitig davon spreche, daß Menschen Durst litten – so sind dies keine unvereinbaren Äußerungen.

Denn alle – einschließlich der Tiere – tranken vor den Sklaven.

Als wir den ersten Bach erreichten, der zwischen eingestürzten Ufern unter Letha-Bäumen dahinplätscherte, begannen wir Sklaven loszurennen – eine stolpernde Horde, behindert von unseren Ketten, die Münder brennend von Feuer. So ließen wir uns der Länge nach ins Wasser fallen, um zu trinken. O ja, die Sklavenherren trieben uns zurück. Aber bei Krun, wir tranken!

Hunch fuhr sich mit der Zunge über die Lippen. »Dieser verflixte Dicke Ringo hat vorhin gespottet, wir sollten in der Stadt verkauft werden. Wir Überflüssigen, sagte er.«

»Eine teure Art, menschliche Arbeitskraft einzusetzen ...«

»Nein. Phrutius brauchte in den Bergen und in der Wüste Schutz ... Wenn ich nicht so große Angst hätte ...« Hunch war Tryfant, und Sie wissen, daß ich, was diese Leute betrifft, neutral eingestellt bin. Doch gewöhnlich war er ein fröhlicher Bursche, etwas über viereinhalb Fuß groß und mit dem verschmitzten Gesichtsausdruck eines Sechsjährigen, der ahnt, daß er sich ein Eis verdienen kann. »Ich habe einmal fliehen können – und als ich erwischt wurde ...« Er sprach nicht weiter. Dies brauchte er auch gar nicht. Er hatte mir berichtet, daß er aus dem kleinen Kovnat Covinglee in den Ländern der Morgendämmerung stammte und sein Vater ein Messingschmied gewesen war, dem es aber zuletzt sehr dreckig gegangen war. »Er spielte viel zu gern Vajikry und brachte seine ganze Zeit und all sein Geld mit dem Spiel durch. Wir wurden als mittellos verstoßen, und ich endete als Sklave.«

Nach dem überragenden kregischen Brettspiel Jikaida waren in dieser Welt Jikalla und Vajikry besonders beliebt. Aus Verzweiflung über seinen Vater hatte sich Hunch dem Spiel der Monde verschrieben.

Als am nächsten Tag nach einer längeren Strecke durch den Wald eine Stadt in Sicht kam, wußten wir, daß sich unser Schicksal zu erfüllen drohte. Wir trugen schmutzige graue Lendenschurze, waren verdreckt und mit Narben und Wunden bedeckt, und das Haar wehte uns medusenhaft um den Kopf. Wir waren der Abschaum der Menschheit.

»Vielleicht können wir hier endlich entkommen, Hunch.«

»Tryflor sei mein Zeuge! Meine Beine sind viel zu müde zum Laufen, Dom.«

Die Stadt, deren Namen niemand von uns kannte, verfügte über etliche schöne Sklavengehege: Steinmauern, Gitterfenster, Auspeitschgestelle. In einer dieser Anlagen kamen wir unter. Nahrung oder Wasser erhielten wir nicht, dafür aber eine Auspeitschung, gratis und umsonst. Wächter in ledernen messingbesetzten Wamsen bewachten uns mit Widerhakenspeeren. Ihre schnurrbärtigen Gesichter waren mürrisch verzogen. Die Feuer der Wache loderten in den Türmen.

Gegen Morgen wurden wir mit Hieben und Tritten geweckt. Noch halb betäubt fuhren wir hoch und stellten uns schließlich müde zu Reihen auf. In offenen Herdstellen brannte Feuer. Wir – das waren männliche Sklaven aus vielen Rassen. Wir warteten mit der Geduld, die Sklaven stets aufzubringen haben, und zwangen uns, keinen erkennbaren Anteil an unserer Umwelt zu nehmen, aus Angst vor der Erkenntnis der Wahrheit und dem Schrecken, die diese Wahrheit uns vorzeitig bringen mochte. Wassereimer wurden gebracht, mit der Anweisung an alle, sich zu übergießen und den Dreck zu entfernen. Die Wächter zogen scharfe Dolche.

Einige Sklaven begannen zu schreien, denn sie glaubten das Schreckliche bereits gekommen; aber ...

»Beruhigt euch, ihr Onker! Ruhe!« brüllten die Sklavenherren durcheinander und schubsten uns hierhin und dorthin, um die Formation zu halten, doch schlugen sie nicht mit Peitschen oder Knüppeln zu.

Die scharfen Messer wurden dazu benutzt, den Sklaven dicke Haarsträhnen abzuschneiden, die Bärte zu trimmen, uns ganz allgemein das Aussehen gefährlicher Dschungelungeheuer zu nehmen.

Dann aßen wir. Wir verzehrten Mergem – eine wunderbare gemüseartige Pflanze, die sehr nahrhaft ist. In getrocknetem Zustand gibt sie jahrelang Nahrung und läßt sich anschließend auch wieder aussäen. Der Brei war ausnahmsweise nicht mit Wasser, sondern mit Milch angemacht und sogar mit Orangenhonig gesüßt. Wir konnten unser Glück kaum fassen.

Schließlich wurden wir mit Öl eingeschmiert. Einige von uns kamen aus dem Staunen nicht mehr heraus. Man behandelte auch unsere Wunden; allerdings wurden viele nur übergeschminkt, obwohl dieser Trick selbst dem blindesten Sklavenkäufer auffallen mußte.

Dann wurden wir zur Auktion getrieben.

Wenn ich hier nicht näher darauf eingehe, dann deshalb, weil ich den Vorgang entwürdigend finde – für die Verkäufer und Käufer, nicht für die Sklaven. Bei der Versteigerung sind sie Besitzstücke, weiter nichts – ein Umstand, der sie nicht entehrt, sondern sie nur aus der Sphäre der Kreaturen entfernt, die Sklaven kaufen und verkaufen.

Die Auktionsplattform aus staubigen Backsteinen erhob sich in einem großen Hof; die Bäume ringsum ließen in der Hitze die Äste hängen. Männer und Frauen füllten den Platz, die meisten von Dienstboten begleitet, die sich um ihre Belange kümmerten. Die Auktionatoren, die die Waren lauthals anpriesen und ihre Vorteile herausstellten, wechselten sich ab und verschwanden nach der Ablösung schnell, um ihren Durst zu stillen. Wir mußten in langer Reihe warten. Jeder von uns hatte eine Nummer bekommen, auch trugen wir ein Stück bemaltes Holz, auf dem wir als Eigentum Strom Phrutius' gekennzeichnet waren. Dem Sklaven, der das Holzstück verlor, wurde sofort ein Ohr abgeschlagen!

In langen Reihen warteten auch andere Gruppen mit ihren Holzstücken.

»Wir sind nicht alle hier«, stellte Hunch fest.

»Nein. Die Herren haben bestimmt einige Sklaven behalten – vor allem jene, die sie schon hatten, als sie uns kauften. Du hast mir selbst erzählt, daß man uns für die Reise kaufte. Als ersetzbare Helfer. Wie viele von uns sind unterwegs umgekommen?«

»Viele, bei Tryflor, viele!«

Die Sklaven, die mit mir das Hinrichtungs-Jikaida überlebt hatten, bildeten eine eigene kleine Gruppe. Doch konnten wir nicht hoffen, daß beim Verkauf darauf Rücksicht genommen wurde.

Wenn ich heute an diese pathetische und brutale Szene zurückdenke, darf ich mich eigentlich nicht wundern, daß es Ärger gab.

Zwar war ich Sklave, doch war ich zugleich auch Dray Prescot!

Der, wie Sie wissen, ein Onker aller Onker ist und dickschädelig wie ein Vosk!

Nodgen, mürrisch und rotäugig, Hunch, der sehr nervös war, und ich standen zusammen. Wir hatten in unserem Kummer eine gewisse Gemeinsamkeit gefunden.

Damit die Verkäufe sich nicht endlos hinzogen, wurde gruppenweise geboten. Der Auktionator winkte uns schließlich zu sich; Schweiß lief ihm über die dicken Wangen, seine bunte Kleidung war staubig. »Grak! Grak!« brüllte er. »Kommt her, ihr nutzlosen Rasts!«

Er schnappte sich Hunchs Holzstück und las die Einzelheiten ab.

»Zorcapfleger. Erfahren im Umgang mit Tieren. Was wird für diese hervorragend ausgebildeten Männer geboten?« Er hob Hunchs Arm und drehte ihn halb herum. »Keine Narbe, in bestem Alter ...« Er schaute mich an. »Komm her, Sklave!« Seine Hand griff nach mir.

Die Sklavenaufseher liefen von beiden Seiten auf die Auktionsplattform. Das Publikum begann zu brüllen. Der Auktionator lag mit blutiger Nase im staubigen Hof und wußte nicht, was geschehen war. Bei Vox, meine Faust war wirklich schnell vorgezuckt!

Was aus der Szene hätte werden können, kann man nur ahnen. Ich nehme nicht an, daß man mich sofort getötet hätte. Eher hätte man mich mit einem Netz überworfen und in Ketten gelegt, um sich dann an mir zu rächen.

Doch im gleichen Augenblick meldete sich eine dröhnende Stimme aus der Menge: »Halt!«

Ein Mann trat vor. Ich sah ihn deutlich – doch er sagte mir nichts. Er trug schwarze Kleidung und schwitzte nicht. Seine Waffen funkelten. Er stand aufrecht da und schien über seine Umwelt zu dominieren. Wieder brüllte er los und äußerte ein Gebot. Es war ein gutes Gebot. Der Auktionator hielt sich die blutende Nase, huschte wieder auf die Plattform und zeigte, daß er seinen Geschäftssinn nicht verloren hatte: Mit den uralten Tricks seines Gewerbes versuchte er den Preis in die Höhe zu treiben.

Er nahm zwei Anläufe, bis der große schwarzgekleidete Bursche noch einmal drohend losbrüllte – dann gab er ihm hastig den Zuschlag.

Den Preis werde ich Ihnen nicht verraten. Das Gold wurde bezahlt. Der Mann in der schwarzen Rüstung ergriff das Ende der Kette, die uns aneinanderfesselte. Als er unsere kleine Gruppe aus dem Gedränge herausgeführt hatte und jenseits der Mauer einen Kyro erreichte, auf dem Tiere herumliefen und Bäume ihre Äste hängen ließen und weißgekalkte Wände im Sonnenlicht schimmerten, ließ er uns anhalten.

Seine Stirn furchte sich. Die Büschel seiner schwarzen Augenbrauen trafen über der Nasenwurzel zusammen.

»Wenn du«, sagte er zu mir, »oder irgend jemand von euch, mich oder meine Leute so behandelt wie den dicken Auktionator ...« Er zog sein Schwert. »Dann fliegen euch die Köpfe so schnell von den Schultern, daß ihr euch noch die Lippen feuchtmacht, wenn sie schon den Boden berühren!«

9

»Es wäre wirklich besser für uns, wenn wir noch dem miesen Phrutius gehörten«, sagte Hunch bebend. Die anderen Sklaven in dem kleinen, von Lehmwänden umschlossenen Gehege stimmten ihm mit allerlei Flüchen zu.

Unser neuer Herr, in eine schwarze Rüstung gehüllt, war Tarkshur, bekannt als Tarkshur die Peitsche.

Sein Gesicht war vor Stolz und Machtbewußtsein finster verzogen, ein abstoßendes Gesicht mit einem breiten klaffenden Mund über ungleichmäßigen Zähnen, mit weit auseinanderstehenden Augen, die verächtlich zusammengekniffen in die Welt schauten, darüber eine schmale Stirn und sorgfältig eingeöltes, dichtes schwarzes Haar. Sein verächtlich-abweisender Gesichtsausdruck kam auch in den geblähten Nasenflügeln zum Ausdruck. Er war es gewöhnt, Befehle zu geben. Und wenn er mit uns sprach, zuckte sein langer peitschenartiger Schwanz über der einen oder anderen Schulter vor und zurück, und an seiner Spitze war eine sechs Zoll lange Stahlklinge befestigt.

Das stinkende kleine Gehege mit den bröckeligen Lehmwänden konnte einen wendigen Mann nicht lange gefangenhalten. Allerdings waren unsere Ketten an dicken Holzpfählen befestigt, die tief in der Erde steckten. So wurden wir gehalten wie Tiere. Eine Flucht war unmöglich – zumindest im Augenblick.

Eine Flucht kommt um so weniger in Frage – jedenfalls für die meisten –, wenn man Sklave eines Kataki-Sklavenherrn ist. Katakis werden gefürchtet und verachtet von allen Bedauernswerten, die in ihre Gewalt geraten.

Ein Och, Angehöriger einer kleinwüchsigen Diff-Rasse – normalerweise sechs Zoll kleiner als ein Tryfant – war offenkundig krank. Er krümmte sich vor Leibschmerzen, und sein dichtes Haar wirkte mehr grau als schwarz. Sein Herr, Kataki Tarkshur die Peitsche, warf einen kurzen Blick auf den Och und gab dann dem Aufseher seines kleinen Gefolges mit dem Schwanz ein Zeichen.

Dieser Mann, ebenfalls Kataki, trat vor und erledigte den kleinen Och mit einem Stich.

Der Tote wurde fortgezerrt.

Tarkshur betrachtete uns.

»Wir werden eine Expedition unternehmen, auf der ihr euren Unterhalt verdienen werdet. Wer versagt, stirbt. Ihr bekommt viel Brot und Mergem und Palines, wenn ihr ...« Katakis lächeln selten. Sie *können* lächeln – ich habe dieses Phänomen selbst gesehen. Er sprach weiter: »Aber wenn ihr versagt, dann wißt ihr, welche Belohnung euch blüht.«

Er ging, doch wir waren zu müde und entmutigt, um über seine Ankündigung zu sprechen. Nur Nodgen, ein Brokelsh, der sich noch nicht ganz hatte unterkriegen lassen, knurrte: »Expedition? Beim Strahlenden Bridzikelsh! Zu gern hätte ich seine Kehle zwischen den Fäusten!«

»Aye«, sagte Hunch. »Und sofort würde sein Schwanz herumpeitschen und dir den Unterleib aufschlitzen!«

»Katakis!« sagte der Brokelsh verächtlich und erschauderte so heftig, daß sein borstiges Fell in Wallung geriet. »Ich hasse sie!«

In den nächsten Tagen wurden Tiere in das kleine abgeriegelte Lager gebracht, das sich außerhalb der Stadtmauern befand. Der Kataki war mit seinem aus sechs Söldnern bestehenden Privatgefolge hergeflogen und bereitete nun seine Expedition vor. Sein Voller stand mit anderen Maschinen im städtischen Vollerpark und war für uns Sklaven so unerreichbar, als befände er sich auf der Jungfrau mit dem Vielfältigen Lächeln. Tarkshur besaß viel Gold und kaufte damit allerlei Vorräte. Die Sklaven flüsterten, daß er aus Klardimoin stamme, doch niemand wußte, wo dieser Ort liegen mochte.

Hunch und ich erhielten den Auftrag, die Tiere zu versorgen. Unser Lager war nicht das einzige vor den Stadtmauern, und bei unseren Nachbarn wurden offenbar gleiche Vorbereitungen getroffen. Die Stadt, eine Ansammlung weißer Mauern und runder Kuppeln und schattiger Kyros, hieß Astrashum, und wir erfuhren bald, daß dieser Ort der Ausgangspunkt der meisten Vorstöße in das Gekrümmte Land war.

Ich mußte sofort an Pompino und seine Träume von Reichtum und Zauberkraft denken – und mir ging ein Licht auf.

Anscheinend sollte ich in das rätselhafte Land Moderdrin geführt werden, in das Land der Fünften Note. Was mir dort drohte, konnte wohl kaum schlimmer sein, als was mir im Augenblick widerfuhr – so dachte ich jedenfalls.

Nun ja, aus Illusionen erwachsen immer neue Illusionen.

Die Expedition als Ganzes war gut geplant, und die Tiere und Sklaven bildeten beim Aufbruch eine lange gewundene Prozession. Man hatte uns am Morgen kurze Befehle gegeben, woraufhin wir ohne jeden Umstand losmarschierten. Was die vornehmen Herren der Expedition am Vorabend des Aufbruchs getan hatten, ließ sich aus der Art und Weise erahnen, wie sie in ihren Kutschen blieben, während wir das kultivierte Land verließen und auf die Wüste zuhielten.

Plötzlich riß ich erstaunt die Augen auf.

Jedes bedeutende Expeditionsmitglied bewegte sich im Kreis seiner eigenen Leute, so daß sich im Zug getrennte Gruppen bildeten wie Perlen an einer Kette. Die lange Kolonne bewegte sich im Bogen, um vor der letzten Furt einem Flußufer zu folgen; dabei entdeckte ich einen gemächlich ausschreitenden Preysany, gefolgt von einem Pack-Preysany, neben dem ein kleiner Och trippelte. Auf dem Rücken des Reit-Preysanys bewegte sich eine Gestalt, die ich kannte – ein Mann in einem ansehnlichen, wenn auch zerschlissenen dunkelblauen Gewand, übersät mit magischen Symbolen in Silberstickerei, eine Gestalt mit einem riesigen schiefen Turban, verziert mit Diamanten- und Perlenketten – ausschließlich Talmi –, ein Mann mit lohisch rotem Haar und einem Kurzschwert an der rundlichen Hüfte.

»Deb-Lu-Quienyin!« rief ich erstaunt.

Der Mann war ein Zauberer aus Loh, der seine magischen Kräfte verloren hatte und deswegen Armut litt. Er war nach Jikaida-Stadt gezogen, um sein Vermögen und seine Zauberfähigkeiten aufzufrischen. Warum wagte ausgerechnet er die Expedition, die hier an ihrem Anfang stand?

Sein kleiner Och-Sklave hieß Ionno der Löffel und lief meistens auf zwei Beinen, wenn er auch zuweilen seine beiden mittleren Glieder stützend ins Spiel brachte. Früher hatte ich Ochs für schreckliche Ungeheuer gehalten; doch je mehr widerliche kregische Monstren ich kennenlernte, um so mehr hatten sie an Schrecken verloren. Außerdem hatte sich einmal ein kleiner Och um mich gekümmert, als ich mich in der Gewalt der Phokaym befand.

»Du kennst ihn?«

»Aye, Hunch. Er ist ein ...« Ich zögerte. Ich hatte verkünden wollen, daß der Mann Zauberer aus Loh sei. Doch begegnete die Allgemeinheit den berühmten Zauberern mit großer Ehrfurcht, und da ich wußte, daß Deb-Lu-Quienyin wegen seiner geschwächten magischen Konstitution sehr empfindlich war, auch wenn er sich nichts anmerken ließ, sagte ich nur: »Er ist mit mir nach Jikaida-Stadt gereist.«

»Dort ist der miese Phrutius«, sagte Hunch und deutete mit einem Kopfnicken auf einen anderen Teil der Expedition.

»Aye«, bestätigte ich und schaute gründlich hinüber, als wir erneut einer Kurve folgten, um den Fluß zu überqueren. »Und dort ein Haufen Hamalier – kein Irrtum möglich!« Die Kutschen und Wagen und Satteltiere zogen durch das rauschende Wasser, und ich erkannte deutlich die aufrechte Gestalt Prinz Nedfars mit seinem Gefolge. In seiner Begleitung ritten Lobur der Dolch und Prinzessin Thefi, Nedfars Tochter.

»Da soll mich doch der Teufel holen!« entfuhr es mir. »Wenn ich nur mal mit einem von ihnen sprechen könnte ...«

Aber die Gelegenheit ergab sich nicht. Katakis verstehen sich darauf, ihre Sklaven zu führen. Unsere Ketten wurden kurzgehalten.

Die Karawane bewegte sich dahin, und der Weg wurde hart, und das Land dörrte aus. Noch hatten wir gut zu essen, wie Tarkshur versprochen hatte. Er wollte, daß wir bei Kräften blieben – aus Gründen, die bestimmt nicht sehr angenehm waren.

Die Tage und Nächte vergingen. Bei jeder sich bietenden Gelegenheit bearbeiteten wir unsere Ketten mit Steinbrokken. Aber es dauerte lange, Eisen mit Steinen zu bearbeiten, und die Katakis kannten sich mit den Tricks ihrer Untergebenen aus.

Wir mühten uns weiter, zugleich muß ich zugeben, daß mich die Situation interessierte. Es gab gut zu essen, und ich hatte ausreichend Zeit, an andere Dinge zu denken, als daran, wie ich mir die nächste Mahlzeit beschaffen sollte. Ich hatte den Eindruck, daß sich die Stadt Astrashum auf die Ausrüstung von Expeditionen spezialisiert hatte, die in das Gekrümmte Land ziehen wollten. Vielleicht wußten die Leute dort etwas über diese Ländereien, das sie daran hinderte, den Weg selbst zurückzulegen. Vielleicht waren einige aufgebrochen und niemals zurückgekehrt.

Während wir durch das unwirtliche Land marschierten, das von der Hitze ausgedörrt war und unangenehme Dämpfe aufsteigen ließ, hatte ich im herabströmenden zwiefarbenen Licht Antares' oder bei Nacht im rosafarbenen Licht der sieben kregischen Monde Gelegenheit, die anderen Gruppen der Expedition zu beobachten. Genaugenommen konnte ich niemanden hier meinen Freund nennen, auch wenn sich der alte Zauberer und ich in einer anderen Karawane durchaus füreinander erwärmt hatten.

Eines Nachts raffte ich lautlos meine Ketten hoch, kroch

los, versetzte einem Katakiwächter einen Schlag über den Kopf und warf den Bewußtlosen außerhalb des Rings der Kettensklaven zu Boden. Doch weiter kam ich nicht, denn ausgerechnet in diesem Augenblick stellte der Jiktar des Gefolges, Galid der Krevarr, grollend eine Frage und näherte sich aufgebracht, als der Wächter nicht antwortete.

Galid wurde von Tarkshur begleitet, der im Dunkeln besonders furchterregend wirkte.

Immer wieder stelle ich mir die Frage, ob ich damals richtig handelte.

Es gab eine geringe Chance. Ich glaube, ich hätte die beiden besiegen können. Mit den Ketten hätte ich ihnen die Kehle zerschlagen können, ehe ihre Schwanzklingen angreifen konnten. Doch hätte es unvermeidlich Lärm gegeben, und andere wären herbeigeeilt, und fremde Wächter hätten sich eingemischt. Wenn Sklaven unruhig werden, helfen sich Sklavenbesitzer gegenseitig.

Und so sicher wie Zim und Genodras jeden Morgen aufgehen, so sicher hätten die armen Burschen, die meine Ketten teilten, für meine Tat mitbüßen müssen.

So verschwand ich wieder in den Schatten und legte mich zwischen die anderen, und wir schliefen alle, als das Durcheinander begann. Schließlich konnten sich die Katakis aber doch nicht vorstellen, daß wir verschüchterten Sklaven so etwas tun würden, schrieben die Übeltat einem Dieb aus einem Nachbarlager zu und bestraften uns nicht.

Ich atmete auf.

Hunch sagte: »Ich wünschte, ich hätte den Rast niedergeschlagen. Der wäre nicht wieder aufgestanden.«

Ich schwieg. Die Gefühle, die er zum Ausdruck brachte, hatten ihre Berechtigung. Aber er war ein Tryfant, während die übrigen Sklaven dermaßen eingeschüchtert mitzogen, daß sie kaum noch einen klaren Gedanken fassen konnte. Natürlich mit Ausnahme des Brokelsh Nodgen.

Einmal angenommen, ich hätte mich befreien können. Hätte mir Deb-Lu-Quienyin geholfen? Konnte er mir überhaupt helfen? Sinnlos, sich Phrutius nähern zu wollen. Und die Hamalier – für die war ich nur ein Bekannter, den sie vielleicht nicht einmal wiedererkennen würden; ich durfte mir deswegen keine Illusionen machen. Und wenn sich Lobur der Dolch in der Schuld fühlte, dann nur gegenüber Drax, der Grauen Maske – ob ich es zugeben durfte, eben dieser Mann zu sein?

Allmählich schälten sich gewisse Informationen über die anderen Gruppen in der Expedition heraus. Ein Zauberer des Kults von Almuensis reiste stilvoll mit, und seine milchweißen Zorcas galten allgemein als verzaubert. Auf jeden Fall handelte es sich um prächtige Tiere, die mit ihren gepflegten kurzen Körpern und hohen dürren Beinen dem Auge etwas zu bieten hatten. Das Spiralhorn jeden Tieres funkelte golden poliert. Die Geschöpfe waren beinahe so prächtig herausgeputzt wie jene, die man auf den Ebenen der Blauen Berge findet. Ob es sich um echte Zorcas oder eingebildete Wesen handelte, wußte niemand und wollte auch niemand ergründen.

Der Zauberer reiste in einer majestätischen Sänfte, die von prächtig geschmückten Krahniks getragen wurden – ein schwankendes Gebilde aus pfirsich-, orange- und zitronenfarbenen Seidenstoffen, Pastellfarben, die normalerweise beruhigend hätten wirken sollen, die aber auf seltsame Weise das Auge anstrengten.

Sein Söldnergefolge umfaßte ein Dutzend kräftiger Chuliks, unbesiegbar, wild, unmenschlich, mit goldverzierten Hauern.

Wahrscheinlich handelte es sich bei diesen Chuliks um echte Wesen – aber auch sie konnten wie die milchweißen Zorcas, auf denen sie saßen, magische Erscheinungen sein. Ich fragte mich, was Quienyin von diesem Zauberer des Kults von Almuensis und seiner Leibwache hielt.

In der Expedition befand sich auch ein Fliegender Mensch aus dem Süden; er stammte aus der Gegend des Nebelmeers. Seine Expedition war bei weitem nicht so prächtig ausgestattet wie manche andere, und er und seine Freunde verbrachten den größten Teil des Tages damit, vor der Expedition herzufliegen. Sie erwiesen sich als sehr hilfreich bei der Aufgabe, den richtigen Weg und Wasserlöcher zu suchen und die besten Routen durch die Wildnis aufzuspüren.

Für einen Beobachter, der kein Sklave war, mußten wir einen großartigen Anblick bieten. Der barbarische Schmuck der Krieger, die Farben der Kutschen und Sänften, die hochgezüchteten Satteltiere, die fliegenden Menschen, das Funkeln und Schimmern von Rüstungen und Waffen, das Aufblitzen der Speichenräder, das Wehen bunter Halstücher – dies alles muß sich unter den Sonnen Scorpios sehr strahlend ausnehmen.

Die Köpfe vorgereckt, den von Hufen und Rädern aufgewirbelten trockenen Staub atmend, so mühten wir angeketteten Sklaven uns voran. Bei uns gab es keine frohlockende, berauschende Erregung über das bevorstehende Abenteuer.

Am Rande einer trockenen Senke verbrachten wir eine Nacht und brachen am nächsten Morgen ganz früh zur letzten Etappe durch das Ödland auf.

Ich will ehrlich sein – dies alles war mir ziemlich gleichgültig. Ich war entschlossen, die Freiheit zu erstreben, sobald wir ordentliches Wasser und schützende Bäume fanden – wobei ich hoffentlich die Hilfe des Brokelsh Nodgen und auch des Tryfanten Hunch in Anspruch nehmen konnte. Wir würden uns den Weg in die Freiheit erkämpfen – und zu den Eisgletschern Sicces mit jedem, der uns aufzuhalten versuchte!

Wie ich schon bei meinem lächerlichen Angriff auf das Flugboot erkennen mußte, waren Theorie und Praxis zweierlei.

An diesem Tag geschah es, während wir weiter ausschritten und uns zu überzeugen versuchten, daß wir durch den Dunst weit voraus bereits Bäume sehen konnten, plötzlich Reiter bemerkten, die sich parallel zu uns bewegten.

In der langen Kolonne hoben sich deutende Hände, Köpfe drehten sich herum.

Mühelos galoppierten die Reiter über die niedrigen Anhöhen, die sich seitlich zu uns erstreckten. Sie ritten Swarths, furchterregende Sattel-Dinosaurier mit vier Beinen und keilförmigen Schnauzenköpfen, und ihre Lanzen ragten spitz in den Himmel, wie Skelettfinger, die unser Leben bedrohten.

Während ich unter der Last meiner Kette dahinstolperte, versuchte ich die Zahl der Reiter zu schätzen. Die Vakkas bildeten eine einzige Linie, und ihre unheildrohende Gegenwart erfüllte uns alle mit kalter Furcht.

Es mußten gut fünfhundert sein.

Gelegentlich spiegelten sich die Sonnen auf Rüstung oder Waffe, doch blieb der Gesamteindruck finster und drohend, eine schwarze Gefahr, die den richtigen Augenblick zum Zuschlagen abwartete.

Dann erhob jemand die Stimme: »Bäume! Dort sind Bäume – und ein Fluß!« Und wir alle bemühten uns, nach vorn zu schauen, und als wir uns schließlich wieder den düsteren Reihen der Swarthreiter zuwandten, waren sie bis auf den letzten Mann verschwunden.

»Ich war früher mal Söldner«, sagte Nodgen. »Hätt's beinahe bis zum richtigen Paktun geschafft, bis zur silbernen Pakmort auf meiner Brust.« Er schüttelte den borstigen Kopf. »Aber Swarthkämpfer haben mir nie gelegen. Groß und behäbig, aber stark. Die reiten einen Gegner mühelos nieder, bei Belzids Bauch!«

Die langen Reihen eisenbewehrter Reiter erinnerten mich in ihrer gespenstischen Wirkung an berühmte Zeilen aus dem Lied *Ulbereth der Finstere Räuber.* Was immer ihr Erscheinen bedeutete, in der Karawane konnte sich niemand der Illusion hingeben, sie hätten etwas Gutes im Sinn.

»Paktun?« Hunch zeigte sich interessiert, während wir dem Schutz der Bäume zustrebten. »Hast du irgendwelche großen Schlachten mitgemacht?«

»Aye, eine oder zwei.«

Soweit ich mir vorstellen konnte, war Nodgen ein Beutelschneider gewesen, der sich in seinem Viertel LionardDens mit der Bande Schlappohr-Naths herumgetrieben hatte. Aber wenn ein Mann gut zweihundert Jahre zu leben hat, wie es auf Kregen der Fall ist, kann er viele Dinge tun, viele Dinge ...

Wir näherten uns den Bäumen. Uns erwartete Arbeit.

»Na, mach schon, Nodgen, erzähl uns davon!« rief Hunch eifrig.

»Ist doch nichts dran – eine Menge Gebrüll und Staub und Schweiß und Herumgelaufe ...«

»Herumgelaufe? Ihr seid ausgerissen?«

Nodgens Schnurrbarthaare begannen zu beben. Die Brokelsh gelten als ungepflegte Diff-Rasse mit abscheulichen Angewohnheiten. Nodgen machte eine drastische Bemerkung über die Herkunft und das militärische Können des zuständigen Generals.

Im nächsten Moment hatten wir die ersten Bäume erreicht. Allerdings ließ Galid der Krevarr kein Lager aufschlagen, sondern eilte mit seiner Peitsche herbei und trieb uns weiter an. So stolperten wir zwischen den Bäumen hindurch, einen langen unebenen Hang hinab, an dem herrlichen Blumen blühten – auch wenn uns Sklaven das im Moment wenig bedeutete.

Wir erreichten den gegenüberliegenden Rand des Baumgürtels und stießen dort auf ein höchst bemerkenswertes Panorama. Sogar die Sklaven schrien erstaunt auf. Doch wir durften nicht verweilen, sondern mußten den Hang hinabeilen. Vor uns erstreckte sich, so weit das Auge reichte, unter einem Himmel, an dem kaum eine Wolke zu sehen war, eine Ebene.

Die ausgedehnte, abgesenkte Ebene war von gerundeten Hügeln übersät, die wie Buckel aussahen. Zu Hunderten ragten sie aus dem Boden bis zum Horizont. Die gekrümmten Erhebungen bildeten ungleichmäßige Reihen und wirre Muster und Zufallsgruppen. Keine Erhebung war ihrem Nachbarn näher als einen Dwabur. Sie waren in Höhe und Ausmaßen unterschiedlich groß, doch erhob sich auf jedem ein phantastisches Gewirr befestigter Türme mit märchenhaften Wehrmauern und Spindeltürmen, auf denen sich die vermischte Antares-Strahlung wie Feuer spiegelte.

Nun vermochte jeder von uns zu erkennen, warum dieser Ort das Gekrümmte Land genannt wurde.

Im Eilmarsch ging es weiter. Das Gerede von dem Gold, das auf der Straße liege und nur darauf warte, aufgelesen zu werden, hatte in mir den Eindruck erweckt, ich würde Bergwerke vorfinden mit hohen Türmen, die in der Sonne funkelten. Aber wenn es sich hier um Bergwerke handelte, dann unterschieden sie sich in der Technik von allem, was ich bisher auf zwei Welten vorgefunden hatte.

Die Hoffnung schwand, daß wir durch unseren Gewaltmarsch den Reitern entkommen wären, die uns auf so unheimliche Weise belauert hatten, als wir die langen Reihen der Swartkämpfer ausmachten, die uns auf beiden Seiten flankierten und auf gleicher Höhe blieben.

Prinz Nedfar und seine Gruppe galoppierte auf prächtigen Zorcas vorbei, in ihrem Gefolge eine Gruppe von Männern und Swarths. Sie wurden von einem ungestüm aussehenden, großen aufrechten Mann angeführt, der seinen Swarth mit heftigen Peitschenhieben antrieb. Es handelte sich um die purpurgrün beschuppten Swarths, wie sie in diesem Teil Kregens anzutreffen waren. Die Jutmänner der Karawane gebärdeten sich drohend, doch mußte jeder Dummkopf erkennen, daß wir zahlenmäßig hoffnungslos unterlegen waren. Die Karawane bewegte sich weiter, und die übermächtige Reiterhorde trieb uns vor sich her.

Die Swarthreiter der Karawane kehrten zurück, offensichtlich um unsere Flanken zu schützen. Doch fand kein Angriff statt. In der nun folgenden Periode vor dem Sonnenuntergang wurde uns bewußt, daß wir getrieben wurden, daß man uns in eine vorbestimmte Richtung scheuchte, auf einen bestimmten Weg zwischen den monumentalen Erhebungen.

Als wir die erste Erhöhung passierten, machten wir Vegetation und Bäume aus, die auf dem Miniaturberg sprießten, außerdem plätschernde Wasserfälle und gewundene Wege, die zu den Mauern und Türmen am Gipfel emporführten.

Die Sonnen begannen unterzugehen. Ein Buckel (diese Bezeichnung mindert in keiner Weise den ehrfurchtgebietenden Eindruck, den sie machten) lag direkt vor uns, und es wurde uns klar, daß die unheimlichen Reiter uns zu dieser und keiner anderen Erhebung trieben. Als wir in Laufentfernung waren, zogen die Reiter ohne Vorwarnung und äußerst geschickt ihre Swarths in unsere Richtung.

Pfeile krümmten sich vor dem dunkel werdenden Himmel empor. Einige Sklaven schrien auf und sanken, von Schäften durchbohrt, zu Boden.

Als ungeordnete, panikerfüllte Horde hasteten wir auf das Steintor zu, das am Fuß des Hügels klaffte.

Es gab häßliche Szenen, als die Kutschen, die sich Eintritt zu verschaffen suchten, das Tor verstopften. Aber die Reiter bogen im Halbkreis ab und ließen beim Wenden die Pfeile schwirren, Zufallsschüsse, die in unserer Mitte landeten. Männer schrien. Tiere wieherten und schnaubten und schrien. Staub wogte empor und funkelte in den schrägstehenden Sonnenstrahlen.

Tarkshur galoppierte auf seiner Zorca neben uns her, seine Rüstung war ein dunkler Fleck im letzten Licht des Tages. Er stieß üble Verwünschungen aus.

»Wartet, wartet!« rief er. »Sollen die Dummköpfe sich doch drängen! Es ist noch Zeit.«

Er war ein verdammter Kataki, doch hatte er in diesem Punkt recht. Die Swarths verschmolzen wieder mit den schleichenden Schatten. Sie hatten offenbar getan, was von ihnen erwartet wurde. Allmählich drängte sich die Karawane durch das Tor, und als die Reihe endlich an uns kam, sahen wir die Wagen und Kutschen und Lasttiere dichtgedrängt auf einer weiten Fläche stehen, umschlossen von hohen Steinmauern, vor einem hoch aufragenden Tor auf der gegenüberliegenden Seite. Das Tor war geschlossen. Das Lärmen nahm kein Ende.

Mein Blick fiel auf Hunch und Nodgen, und zu dritt krochen wir in einen Winkel nahe dem Außentor. Hier waren wir vor den gefährlichen Hufen und Klauen geschützt. Etliche Sklaven hatten nicht das Glück – oder waren nicht so umsichtig und wurden zu Tode getrampelt.

Was nun geschehen sollte, wußte niemand. Über dem inneren Portal begann ein Licht zu schimmern, ein schwaches leichengrünes Flimmerlicht. Davor zeichnete sich der Umriß einer Frau ab, deren Haar ein Kranz durchscheinenden Silbers war, das Gesicht ein einziger Schatten. Sie hob die Arme, und sofort hallte eine künstlich verstärkte Stimme über die Expedition hin.

»Hört mich an, Reisende, und laßt euch informieren.«

Stille senkte sich herab, so wie ein Stein in einen Brunnen fällt.

»Seid ihr alle aus eigener freier Entscheidung hier?«

Nicht einzeln wurde auf diesen Ruf geantwortet, vielmehr bildete sich sofort ein Chor von Stimmen, Männer und Frauen, die ihre Angst hinausschrien: »Ja! Ja!«

Noch während das zustimmende Gebrüll ertönte, sagte ich mir, daß beispielsweise Prinz Nedfar und Lobur der Dolch bestimmt nicht mitschreien würden.

Doch nahm das Lärmen kein Ende.

»Daß wir uns nicht mißverstehen. Ihr seid hier eingedrungen, um den Reitern zu entkommen, die euch draußen mit Stahl und Feuer erwarten. Ihr handelt aus eigener freier Entscheidung und aus eigenem Ib. So wollen wir es niederschreiben.«

»Ja, ja, ja!« schrillte der Mob.

»Beim Dreifachen Schwanz des Unberührbaren Targ!« Tarkshur gab seiner Zorca die Peitsche, um das Tier zur Ruhe zu bringen. Sein verzerrtes Gesicht rötete sich vor Zorn. »Das ist doch alles Unsinn! Ein Trick!«

Die Leute in seiner Umgebung schauten ihn an. Sie registrierten sein herrschaftliches Auftreten, seine ungeduldigen Bewegungen, sie erkannten die Macht, die er in seiner schwarzen Rüstung darstellte. Er deutete auf das offene Tor, durch das wir uns alle in Sicherheit gebracht hatten.

»Es besteht keine Gefahr mehr. Die Swarthreiter sind fort! Roko!« brüllte er einem der Kataki-Söldner zu. »Reite hinaus und zeig diesen feigen Dummköpfen, was hier gespielt wird.«

Gehorsam wendete Roko seine Zorca und ritt durch die Öffnung ins Freie. Schon wandten sich viele Gesichter zurück, um in das letzte Tageslicht hinauszuschauen. Tarkshur galoppierte hinüber.

Es gab praktisch keine Zeitverzögerung.

Rokos Zorca galoppierte durch die Öffnung zurück. Der Kopf war hoch erhoben, das Spiralhorn abgebrochen.

Roko saß im Sattel festgeklemmt, den Schwanz wie einen zweiten Sattelgurt um den Körper der Zorca gekrallt. Über dem Rand seines Eisenwamses hatte sich ein Widerhakenpfeil durch seinen Hals gebohrt. Sein raubtierhaftes Katakigesicht war von brennenden Lumpen erhellt, die man am Ende des Pfeils befestigt hatte.

Die silberhaarige Frau sagte mit schriller Stimme: »In Feuer und Stahl werdet ihr sterben, wenn ihr diesen Moder verlaßt.«

»Nimm uns auf! Nimm uns auf!« Das Geschrei ertönte hektisch-schrill. Männer hämmerten mit den Fäusten gegen die geschlossene Innentür.

»Aus eigener freier Entscheidung?«

Mein Blick suchte Tarkshur die Peitsche. Er zog ein mürrisches, böses, verschlagenes Gesicht. Angst kannte er nicht. Er fiel in das Geschrei der anderen ein.

»Ja, ja! Aus eigener freier Entscheidung!«

Der Mob flehte kreischend darum, eingelassen zu werden – aus eigener freier Entscheidung. Die Sonnen gingen unter und warfen rubinrotes und smaragdgrünes Feuer auf die Inschrift, die über dem Tor in das Gestein geschlagen war. Die Frau senkte die Arme.

Langsam öffnete sich das Tor.

10

»Was mich betrifft,« so erklärte Nodgen wutschnaubend, »so betrete ich diesen Ort nicht aus freien Stücken.«

»Ich auch nicht«, sagte Hunch.

Wir bewegten uns inmitten der Menge, die sich durch das innere Tor zu drängen versuchte, ehe womöglich die Swarthreiter herbeigaloppierten, um die Nachzügler unter Beschuß zu nehmen. Es schien mir wichtig, laut kundzutun, daß auch ich nicht freiwillig diesen Weg nahm.

Ich sprach die Worte aus.

Wir schlurften voran und kümmerten uns dabei wie immer um die Zug- und Lasttiere, die uns anvertraut waren. Hinter dem Torbogen erstreckte sich eine weite Zone, beschattet von bunten Bäumen und Ranken, hier und dort mit Steinplatten gepflastert, an den Seiten eine Andeutung steinerner Verschläge. Hier hielten wir inne und schauten uns um. In der gegenüberliegenden Mauer zeichnete sich ein weiteres Tor ab.

Da wir nur Sklaven waren, machten wir uns sofort an die Arbeit, als man uns den zornigen Befehl gab, reichlich durchsetzt mit dem unangenehmen Wort »Grak!« Wir begannen das Lager aufzuschlagen, versorgten die Tiere, bereiteten Nahrung für unsere Herren. Diese wichtigen Männer entfernten sich ein Stück und hielten Kriegsrat. Die große Expedition setzte sich aus neun einzelnen Expeditionen zusammen, und so gab es neun Anführer, die auf gleicher Stufe miteinander konferieren konnten.

Neun ist die heilige und magische Zahl auf Kregen.

Es bereitete mir ein großes Vergnügen zu beobachten, daß inmitten der prächtigen Gruppierungen mit ihren Zorca- und Swarth-Herden, mit den schönen Kutschen, Wagen und Horden von Packtieren und der Vielzahl von Sklaven der alte Deb-Lu-Quienyin mit seinem Reit-Preysany, dem Pack-Calsany und dem einsamen kleinen Och-Sklaven als einer der neun Karawanenführer gleichwertig behandelt werden mußte.

Unter dem hohen Funkeln der Sterne umgab uns die aufragende Masse des Hügels. Der Moder schien sich in der sternenvollen Nacht zu bewegen, schien sich zu neigen und auf uns stürzen zu wollen. Die Sklaven wagten nicht oft den Blick zum Himmel.

Die leise Konferenz der neun Anführer ging zu Ende. Tarkshur stolzierte in unser Lager und rief laut nach Galid dem Krevarr, dem Jiktar seiner fünf verbleibenden Paktuns. Zumindest nahm ich an, daß es sich um Söldner handelte, vielleicht waren es auch Untergebene aus seinen Besitzungen im unbekannten Klardimoin.

Was Tarkshur zu sagen hatte, wurde den Sklaven offenbart, nachdem wir gegessen hatten. Es war ein sehr gutes Essen.

Dann mußten wir vor dem Herrn aufmarschieren.

Er schritt auf uns zu, und die Jungfrau mit dem Vielfältigen Lächeln leuchtete in den von Steinmauern umschlossenen Hof und übergoß die Szene mit ihrem verwaschenen rosaroten Licht.

Tarkshur blieb vor dem ersten in der Reihe stehen, einem lässigen Rapa mit verbogenem Schnabel. Diesem versetzte er einen heftigen Hieb in die Mitte. Der Rapa klappte zusammen und erbrach sich in den Staub. Tarkshur schnaubte verächtlich durch die Nase und begab sich zum nächsten Sklaven. Es handelte sich um Nodgen. Tarkshur schlug ihm kräftig in den Unterleib. Nodgen ächzte und torkelte, blieb aber auf den Beinen.

»Der«, sagte Tarkshur.

Galid und die anderen Katakis führten den Brokelsh Nodgen zur Seite.

Tarkshur schritt weiter die Linie ab und traktierte jeden mit einem Schlag. Er erwählte neun, die die Attacke am besten wegsteckten. Neun Sklaven in zerfetzten grauen Lendenschurzen standen schließlich abseits. Ich gehörte dazu.

»Legt euch jetzt hin, Sklaven. Ruht euch aus. Morgen früh wird geklettert.«

Und wir kletterten.

Jeder der großen Karawanenherrn mit Gefolge hatte neun Sklaven ausgewählt – natürlich mit Ausnahme des alten Zauberers aus Loh. Wir erstiegen einen Steinpfad, während die Sonnen ihre Hitze verbreiteten.

Unter uns breitete sich das Panorama des Gekrümmten Landes aus, Hunderte von Modern, die wie Geschwüre aus der Tiefebene ragten.

Jeder Sklave schleppte eine schwere Last. Ich plagte mich mit einem riesigen aufgerollten Seil, etlichen Spitzhacken und Schaufeln, verdrehten Fackeln und einem Sack Proviant. Außerdem baumelte an einem um meine Schulter führenden Ledergurt ein halbes Duzend Wasserflaschen. Es war ein anstrengender Aufstieg, das kann ich Ihnen sagen!

Wir begaben uns an einen ... Ort, wo Gold und Magie zu finden sein sollten, und mehr als einmal fragte ich mich, wer von diesem Ausflug lebendig zurückkehren würde.

Von Zeit zu Zeit konnte ich einen Blick auf Deb-Lu-Quienyin werfen, dem der Weg viel Mühe bereitete. Er behalf sich mit einem schweren Stock. Außerdem gebot er über vier neue Sklaven, die er sich wohl von einer der anderen Expeditionen ausgeliehen hatte; später sollte sich meine Vermutung als richtig erweisen, daß Prinz Nedfar der Leihgeber war.

Vegetation versperrte uns oft den Blick, doch endlich erreichten wir freigeräumtes Terrain und erblickten ein eckiges Tor, den Zugang zu dem turmreichen Bauwerk, das den Gipfel des Moder krönte. Die Torflügel bestanden aus bronzebeschlagenem Lenkenholz und waren geschlossen.

Die Zwillingssonnen standen strahlend am Himmel; gleichwohl war das in einer Nische über dem Tor leuchtende Licht deutlich zu erkennen. Vor diesem Schimmer zeigte sich eine Frauengestalt – eine Frau mit durchscheinendem goldenen Haar. Ihre Stimme klang tiefer und weicher als die ihrer Schwester, die das untere Portal bewachte.

»Seid willkommen, Reisende! Wünscht ihr einzutreten?«

Ohrenbetäubend klang das »Aye« auf.

»Aus eigener, freier Entscheidung?«

»Aye!« Und: »Aye!«

»Dann tretet ein und lebt wohl.«

Das Tor öffnete sich, und wir schritten hindurch. Kaum hatte die letzte Person den sich hinter dem Eingang erstreckenden und von Fackeln erleuchteten Saal betreten, da knallten die Türen zu. Das Geräusch hallte auf unheilvolle Weise nach, als habe sich endgültig ein Gefängnistor geschlossen.

Ich ahnte, daß wir nicht so leicht wieder herauskommen würden, wie wir eingetreten waren. Aber wer teilte diese Erkenntnis?

Das Problem eines Sklavendaseins besteht eben darin, daß man nicht weiß, was vorgeht.

Die Halle, in der wir standen, war sehr staubig. Viele Fußabdrücke zeigten sich im Staub, während die Mehrzahl auf die Doppeltür am anderen Ende wies, führten zwei oder drei Spuren auch in die Ecken, und ohne uns von der Stelle zu rühren, konnten wir die dunklen rostroten Flecken auf dem Steinboden erkennen, an denen die Fußspuren jäh endeten.

Neben der Tür war eine Inschrift eingemeißelt worden.

Sinnlos, sie in einer Erdensprache wiedergeben zu wollen. Das Problem war die eigentliche Sprache, eine Art Wortspiel. Die neun hohen Karawanenmeister berieten sich, wodurch sich für mich die Gelegenheit ergab, sie näher in Augenschein zu nehmen. Vier von ihnen kannte ich bereits näher. Der Fliegende Mensch bewegte ärgerlich die Flügel und versuchte das Rätsel zu lösen. Der Zauberer des Kults von Almuensis lachte sarkastisch und allwissend vor sich hin und erläuterte den Rätselspruch mit schnellen Worten. Die übrigen drei aus der Neunergruppe kannte ich nicht. Einer der Führer war eine Frau, ein anderer der große aufrechte Swarthreiter, den ich dabei beobachtet hatte, wie er unsere Flanken decken wollte. Der letzte war eine rätselhafte Gestalt, eingehüllt in einen allesumhüllenden grün-rot karierten Mantel, besetzt mit bunten Diamanten, die das Auge blendeten.

»Richtig gedeutet, San Yagno!« sagte Prinz Nedfar – eine Bemerkung, die der Zauberer mit sichtlichem Vergnügen aufnahm. In seiner geckenhaften Aufmachung kam er mir ziemlich lächerlich vor – auch wenn er auf abergläubische Seelen eindrucksvoll wirken mußte. Er besaß Zauberkräfte, soviel war klar; worum es sich dabei handeln konnte, würde bestimmt bald deutlich werden.

»Dann sprich und laß uns nicht warten«, knurrte Tarkshur.

Der Zauberer faßte sich, hob sein magisches Amulett, das er an einer Goldkette um den Hals trug, und sagte: »Die Lösung ist, daß es diesseits der tiefsten von Cottmers Höhlen keine Lösung gibt.«

Seine Worte hallten in tiefem Schweigen nach, dann öffnete sich die Doppeltür aus eigenem Antrieb.

Wir eilten hindurch, zuerst die Herren, dann ihr Gefolge, dann wir Sklaven. Für uns Rechtlose war diese Reihenfolge plötzlich von höchster Bedeutung.

Die nächste, von Fackeln erhellte Kammer enthielt zwei Türen.

Die offenkundige Frage war – welche sollten wir wählen?

Vom Frühstück hatte ich mir einen mit Fett und Brot und Orangehonig vermischten Mergembrocken aufgehoben. Jetzt zupfte ich mir ein Stück aus dem Lendenschurz an der Hüfte, rollte die Masse zwischen den Fingern und steckte sie in den Mund, um zu kauen. Sollten doch die Großen dieser Welt das Rätsel der richtigen Tür lösen! Das war ihr Problem – nicht das meine.

Eine hitzige Debatte entbrannte. Schließlich löste man das unbekannte Rätsel und entschied sich für die linke Tür.

Ich sagte nicht: ›Es wird euch noch leid tun!‹, denn ich wußte nicht, ob es die richtige oder falsche Entscheidung war; doch hätte es mir gefallen, ein wenig mehr von den Dingen zu begreifen, die da abliefen. Wir suchten unsere Sachen zusammen und marschierten durch die linke Tür.

Rufe warnten uns, sonst wären wir gestürzt.

Eine Treppe führte steil in die Tiefe. Die Wände schimmerten vor Feuchtigkeit. Die Stufen waren ausgetreten, was mir anzeigte, daß schon viele vor uns die linke Tür gewählt und diesen Weg genommen hatten. Wir stiegen in die Tiefe. Ich begann zu ahnen, daß der ganze Hügel, die gesamte Masse des Moders, ein einziges Gewirr aus Korridoren und Tunneln und Treppen und Schrägen enthielt, ein verwirrender Ameisenhaufen.

Unten sahen wir uns drei Türen gegenüber. Ich hatte mein Stück Mergem mit Appetit gegessen und eigentlich Lust, mich mit dem Rätsel zu beschäftigen, wie immer es aussehen mochte. Doch gab es gar kein Rätsel. Jede Tür wurde geöffnet und offenbarte hinter sich einen langen Korridor. Die drei Korridore verliefen parallel.

»Wieder die linke Tür?« fragte Prinz Nedfar.

»Ich selbst entscheide mich immer gern für rechts«, sagte

der große Swarth-Reiter. Sein Körperbau war fleischig-massig, und er hatte eine geäderte Gesichtshaut. Sein Panzer war schmal und eng, was bei einem so welterfahrenen Herrn überraschte. Nach typischer kregischer Art führte er ein kleines Waffenarsenal mit, und seine Gefolgsleute waren gut ausgerüstet.

»Ein ungemein sinnvolles System«, sagte Nedfar, dessen Ironie ich inmitten der schlurfenden, umherstarrenden Sklaven erfrischend fand.

Die Frau sagte etwas, daraufhin antwortete der Mann, der nach rechts gehen wollte: »Dann gehe ich eben allein ...«

Daß er gegenüber dem Prinzen keine Unterwürfigkeit an den Tag legte, erklärte sich sofort, als die rätselhafte rotgrün gekleidete Gestalt das Wort ergriff.

»Am besten trennen wir uns nicht zu früh, Kov. Wir haben noch einen langen Weg vor uns.«

»Wenn uns am Ende der große Preis sicher ist – dann komme ich mit.«

Nun ja, inmitten von fünfundsiebzig Sklaven, die herumwieselten und ihre Lasten hochstemmten, geriet ich ein wenig ins Hintertreffen. Die Gefolgsleute der großen Führer drängten vor und versperrten mir zusätzlich die Sicht. Als alles geregelt war, marschierten wir bereits durch den mittleren Korridor.

Offenkundig trafen die hochwohllöblichen Leute da vorn noch andere Entscheidungen. Wir Sklaven folgten in einer langen Prozession, die sich durch Korridore wand und durch Räume und Schatten führte; wenn es eng wurde, gingen wir im Gänsemarsch, doch in größeren Räumen drängten wir uns zu schützenden Gruppen zusammen. Dann und wann führte der Weg durch offene Türen, die uns keine tiefschürfenden Entscheidungen abverlangten. Zuweilen hielten wir auch an und wurden dann nach einer gewissen Zeit zum Weitergehen aufgefordert, woraus wir schlossen, daß der eine oder andere Schlaue da vorn mal wieder ein Rätsel gelöst hatte.

In einem Korridor, der für zwei breit genug war, schob sich ein energisch aussehender Fristle neben mich. Sein

Katzengesicht wies blutunterlaufene Prellungen auf, und am Ohr hatte er ein wenig Fell verloren.

»Ich hoffe, mein Herr stürzt in ein Loch«, sagte er anbiederisch.

Er gehörte nicht zu Tarkshurs Sklaven.

»Wer ist dein Herr?«

»Na, der fristlehassende Kov Loriman – auch Kov Loriman der Jäger genannt. Er jagt alles, was sich bewegt.«

Bei ihm mußte es sich um den Swarth-Reiter in Rüstung handeln – und um jenen Kov Loriman den Jäger, gegen den ich Hinrichtungs-Jikaida gespielt hatte. Mit wenigen Fragen verschaffte ich mir Gewißheit. Loriman war für seine Jagden bekannt; Jagen war seine Leidenschaft. Oft war er auf der Insel Faol gewesen – allerdings nicht in jüngster Zeit. Er nahm an dieser Expedition teil, weil er gerüchteweise von Gold und Magie und gigantischen Monstren vernommen hatte und nun danach gierte, sich uns seinen Schwertarm gegen die schlimmsten Ungeheuer auf die Probe zu stellen, die man sich nur vorstellen konnte.

»Also, Dom«, sagte ich zu dem Fristle, »man braucht auf Kregen nicht weit zu gehen, um auf ein schreckliches Monstrum zu stoßen.«

»Dieser Ansicht bin ich auch, Dom. Aber die Ungeheuer von Moderdrin sind etwas Besonderes.«

Wir kamen gerade an einer offenen Tür im Korridor vorbei und schauten beide in den dahinterliegenden Raum.

In der Tür lag der verkohlte Leichnam eines Sklaven ohne Kopf. Sein Blut qualmte noch.

»Begreifst du, was ich meine?«

11

Nun ja, ich bitte Sie – wo können Sie auf zwei Welten heutzutage damit rechnen, irgendwo herumzuschlendern und herumliegendes Gold aufzuheben, ohne daß Ihnen etwas dazwischenkommt? Und dazu noch Magie?

Es gab also Ungeheuer.

Hunch warf mir einen unruhigen Blick zu.

Nodgen brummte, daß er sich bei Belzids Bauch wünsche, seinen Speer in der Hand zu halten.

Ich zog die Seilrolle hoch, die unangenehmerweise immer wieder ins Rutschen geriet, und sagte: »Am liebsten wäre ich diese Ketten los. Die erleichtern die Fortbewegung nicht gerade.«

»Galid der Krevarr hat den Schlüssel.«

Und weiter ging es, bis wir von gedrängt stehenden Sklaven aufgehalten wurden, die in der Mitte einer breiten schattigen Halle zurückwichen. Hohe schwarze Stoffbahnen hingen hier und dort an den Wänden herab, und Fackeln sorgten für ein unruhiges Licht. Eine riesige Steinfigur ragte vor uns auf; mit rundem, aufgedunsenem Bauch und zornigen Augen versperrte sie uns den Weg.

Vier kreuzweise aufgestellte Tische standen ungefähr in der Mitte des Saals, darüber hing eine Kette, die sich in der Dunkelheit unter dem Dach verlor. Jeder Tisch war mit mehreren Quadraten bedeckt, und in jedem Quadrat war ein Symbol dargestellt. Außerdem waren die Quadrate diagonal eingefärbt, schräge Reihen in Rot, Grün und Schwarz. Die Sklaven bildeten einen unruhigen Kreis rings um die Tische, während die Anführer das Problem zu diskutieren begannen.

»Nach dem bisherigen Verlauf zu urteilen«, bemerkte Prinz Nedfar, »sieht es so aus, als sollten wir eine Kombination dieser Quadrate aussuchen, niederdrücken und dann an der Kette ziehen.«

»Ah, aber was geschieht«, gab der Bursche in dem rot-grün karierten Umhang zu bedenken, »wenn die Kombination nicht die richtige ist? Was bringt uns der Zug an der Kette?«

Bei diesen Worten erschauderten wir Sklaven.

»Was schlägst du vor, Tyr Ungovich?« fragte die Frau, und ich schaute sie an, konnte ich sie doch zum erstenmal deutlich erkennen. Sie trug ein langes weißes Gewand, das in dieser Umgebung seltsam fehl am Platz wirkte. Ihr gelbes Haar, das beinahe bis auf die Schultern herabfiel, wurde von einem juwelenbesetzten Band zusammengehalten. Ihre Füße steckten in pantoffelartigen Schuhen, die mich zu einem Kopfschütteln veranlaßten. Ihr Gesicht – sie hatte ein offenes Gesicht mit vollkommener rosa-matter Haut und einigen Sommersprossen auf dem Nasenrücken, die ihr möglicherweise (aber unnötigerweise) unangenehm sein mochten. Die natürliche Autorität, die sie ausstrahlte, wurde durch fraulichen Charme auf das angenehmste gemildert. Solchen Gedanken war ich noch nicht entfremdet – dabei war sie Sklavenbesitzerin und ich Sklave.

In ihrer Nähe standen zwei Pachaks, offensichtlich Zwillinge, und ihre Gesichter zeigten den abweisenden, ergebenen, unduldsamen Ausdruck von Hyr-Paktuns, die nach dem Nikobi-Ehrenkodex eine Pflicht eingegangen sind. Auf ihrer Brust zeugte das goldene Funkeln der Pakzhan davon, daß sie Hyr-Paktuns waren und genau wußten, welche Würde diese hohe Stellung in der Bruderschaft der Söldner verlieh.

»Meine Dame?« fragte der angesprochene Tyr Ungovich, ohne die Kapuze seines karierten Mantels anzuheben.

»Dir verdanken wir unser Vordringen bis hierher«, sagte der Fliegende Mensch und raschelte mit den Flügeln. »Du hast uns unschätzbare Dienste erwiesen und uns hergeführt, Tyr Ungovich ...«

Yagno der Zauberer drängte sich in den Vordergrund. »Die Lösung scheint in einer einfachen Symbolfolge zu liegen – das umgekehrte Alphabet, oder verdoppelte ...«

»Oder gar verdreifachte, vervierfachte Symbole?« Ungovichs Stimmte tönte abweisend-spöttisch aus dem Schutz der Kapuze.

Der alte Deb-Lu-Quienyin stand bei den anderen und sagte nichts.

»Also, wir müssen weiter!« rief Loriman der Jäger ungeduldig. »Wenn es hier Gold gibt, dann versteckt es sich gut. Laßt doch die Kette von einem Sklaven ziehen ...«

»Ja, warum tun wir das nicht?« fragte Ungovich.

Die plötzliche Reaktion der Sklaven erinnerte an das Zurückfluten einer Woge an felsiger Küste.

»Du, Yetch – komm her!« rief Kov Loriman.

Der Sklave, auf den er wies, gehörte natürlich ihm – anders konnte es nicht sein. Der Bursche wich furchtsam zurück. Er war ein Gon, dem sich das Haar in kurzen weißen Spitzen zu sträuben begann. Loriman brüllte etwas, und einer seiner Rapa-Wächter trat vor und zerrte den Gon zu den Tischen. Der arme Kerl bebte vor Entsetzen.

»Zieh, Sklave!« befahl Loriman mit der eisigen, leidenschaftslosen Stimme eines Mannes, der seit frühester Kindheit seinen Sklaven gedankenlos Befehle gibt.

Der Gon sah ein, daß es für ihn keinen anderen Ausweg gab, und umschloß die Kette mit beiden Händen. Die Kette bestand aus Bronze, und ihre Glieder waren daumendick und groß wie Untertassen.

»Zieh so kräftig, wie du kannst!« befahl Loriman und trat einen Schritt zurück.

Der Gon reckte sich hoch. Sein borstiges Haar schimmerte. Er zerrte.

Augenblicklich stieß die Kette einen unheimlichen Schrei aus und verwandelte sich in ein längliches bronzebraunes Ungeheuer. Wie eine Python wand sich das Gebilde um den Gon und drückte zu.

Der Mann kreischte, während ihm die Augen aus dem Kopf traten. Sein Brustkorb knackte hörbar.

»Bei Sasco!« Loriman bezwang seine Panik und reagierte sie mit Zorn ab.

Die anderen verdauten die Szene auf ihre Weise. Wie ich beobachten konnte, rührte sich Kyr Ungovich nicht von der Stelle.

Die hohe Dame preßte sich ein Spitzentuch vor den Mund.

Prinz Nedfar sagte: »Genug. Wir studieren das Rätsel.«

Die bronzene Kette, die aus den Schatten herabbaumelte, verwandelte sich wieder in eine bronzene Kette. Sklaven zerrten den zerdrückten Toten in eine Ecke. Wieder ein Punkt gegen den großen Kov Loriman den Jäger.

Man versuchte es mit verschiedenen Mustern, drückte Symbole und probierte erneut an der Kette herum. Weitere

Sklaven verloren ihr Leben. Nicht alle wurden von der Schlangenkette zerquetscht. Einige verschwanden durch eine Falltür, die sich jäh auftat und eine Wolke übelriechenden Rauches aufsteigen ließ. Bei anderen erglühte die Kette mit einem inneren Feuer und verkohlte die armen Wichte.

Jeder Sklave hoffte, sein Herr würde darauf verzichten, das Rätsel zu lösen, oder zumindest nicht ihn wählen, wenn er es doch versuchte.

Ein junger Mann, der gerade erst in die Blüte seiner Jahre eintreten wollte und in der Nähe Prinz Nedfars und Prinzessin Thefis stand, kaute auf der Unterlippe herum. Bisher hatte ich ihn kaum beachtet, was – wie ich erfahren sollte – ein Fehler gewesen war. Er trug eine einfache Rüstung und neben Rapier auch Main-Gauche und Thraxter. Zu seiner Bewaffnung gehörte außerdem – und das fiel mir auf – eine an seiner Hüfte baumelnde scharfe kurzstielige Axt mit einer Klinge, auf der anderen Seite spitz zulaufend. Ich nahm ihn zum erstenmal bewußt wahr, als er sich nun dem Kreuz der vier Tische näherte.

Er hatte regelmäßige, angenehme Gesichtszüge, dunkles Haar und furchtlose, offene Augen, die er aber gesenkt hielt, und er bewegte sich sehr behutsam, als wolle er sein inneres Licht verbergen.

»Vater«, sagte er, »laß mich einen Versuch machen.«

Prinz Nedfar deutete auf die vier Tische.

»Das Rätsel gehört dir, mein Sohn.«

Prinzessin Thefi schaute ihn nicht ohne Sorge an, als verstünde sie ihren Bruder besser als jeder andere. Ich hielt die beiden nicht für Zwillinge. Er lächelte sie beruhigend an, näherte sich zögernd den Tischen und senkte den Blick.

Er sprach, als habe er sich während der soeben erlebten Tragödien gründlich überlegt, was er sagen wollte.

»Es gibt rote, grüne und schwarze Linien. Niemand hat sich darum gekümmert, vielmehr hat man sich bisher nur auf die Symbole konzentriert.« Er hob den Kopf und deutete auf die Wände. »Seht ihr die separaten schwarzen Vorhänge? Ich glaube, die Lösung sieht so aus.« Und er fuhr mit der Hand über eine lange Reihe schwarzer Quadrate.

»Mag sein«, sagte der Zauberer ziemlich von oben herab.

Die anderen warteten. Prinz Nedfar deutete auf einen Sklaven, der zögernd vortrat. Er bebte am ganzen Leib.

»Warte!« Der junge Prinz näherte sich der Kette. Ehe ihn jemand aufhalten konnte, umfaßte er mit beiden Händen die Glieder, griff hoch und machte eine ruckende Bewegung.

»Nein!« schrie Prinzessin Thefi. »Ty! Nein!«

Mit ausgestreckten Armen sprang sie vor.

Aus den Schatten unter der Decke fiel prasselnd die Kette herab, eine einfache Bronzekette, und bildete auf dem Steinboden einen Haufen aus Metallteilen.

Gleich darauf begann sich das riesige Standbild zu bewegen.

Ächzend, an den Rändern Staub aufwirbelnd, drehte es sich im Kreis.

Dahinter gähnte eine runde Öffnung, schwarz wie der Umhang Notor Zans.

»Bei Havil, Junge!« murmelte Nedfar, und auf seinem Gesicht malten sich Zorn und Pein. Er schüttelte den Kopf, als müsse er schlimme Phantombilder loswerden.

Lobur der Dolch sprang vor. Mit vertraulicher, freundschaftlicher Geste versetzte er dem jungen Prinzen Ty einen Schlag auf die Schulter.

»Bravo, Ty! Gut gemacht! Das war ein Jikai, Prinz, mein Prinz, ein wahrhaftiges Jikai!«

Nun begann der Jubel, der besonders bei den Sklaven aus großer Erleichterung geboren war. Nun dauerte es nicht mehr lange, bis wir unsere Lasten wieder aufnehmen und den großen Anführern bei hellem Fackelschein in den Tunnel folgen mußten.

Als dieser Tunnel sich nach einiger Zeit wieder zu einem regulären Steinkorridor erweiterte und wir auf fünf Türen stießen, von denen jede unterschiedlich groß war – Türen, die offenbar das nächste Rätsel darstellten –, schob ich mich behutsam neben einen Sklaven, von dem ich wußte, daß er im Besitz der Hamalier stand.

Bei diesem Sklaven handelte es sich um einen Khibil, und

sein stolzes Fuchsgesicht zeigte einen jämmerlichen Ausdruck, der nichts mehr gemein hatte mit der hochmütigen Herablassung, wie ich sie von Pompino gewohnt war. Ich begann mit dem Mann eine beiläufige Unterhaltung, wie sie mir zu der Umgebung zu passen schien, und auf meine gezielten Fragen regte sich bei dem Khibil doch ein gewisses Interesse.

»Der junge Prinz? Prinz Tyfar? Aye, der ist ein fairer Mann, hart, aber fair. Er läßt uns nur bei besonders schlimmen Vergehen peitschen. Ungerechte Bestrafung duldet er nicht, keine Folterungen aus Spaß ... du weißt schon.«

Ich nickte. O ja, ich wußte Bescheid. Aber diesen hamalischen Prinz Tyfar konnte nicht nur eitel Sonnenschein umgeben. O nein! Ich erfuhr, daß er als absonderlich galt und gewissermaßen für das schwarze Schaf in der Prinzenfamilie gehalten wurde. Oft zog er sich zurück und verschwand – nicht um auf Abenteuer zu ziehen, wie es sich für einen Prinzen gehörte. Oft wurde er, der sich heftig sträubte, aus Bibliotheken herausgeholt und gezwungen, sich in den Arenen anstrengenderen Freizeitbeschäftigungen zu widmen.

Ich erwähnte die Axt.

»Aye«, sagte der Khibil, während die Anführer zu entscheiden versuchten, welche der fünf Türen wir zuerst ausprobieren sollten. Sie hatten bereits eine Anzahl von Sklaven verloren und begannen knauserig zu werden, was die Menschenopfer anging. »Ich habe erzählen hören – von einer großen Fristle-Fifi, die bei den Hausmädchen in Anstellung war –, daß sich Prinz Tyfar trotz allem bei Axtmeistern hat unterrichten lassen. Er soll sogar sehr gut sein.«

Beiläufig dachte ich, daß es wohl interessant wäre zu sehen, wie sich Tyfar gegen einen Meister der Axt schlüge – und, bei Zair, dabei dachte ich natürlich an Inch aus Ng'groga! Wenn doch Inch und Seg und Balass und Oby und Korero und einige andere meiner lieben Gefährten bei mir wären! Wir würden in diesem stinkigen Korridorgewirr ein hübsches Chaos anrichten, nicht wahr? Plötzlich fiel mir auf, daß ich mir in jüngster Zeit recht oft die Freunde an die Seite gewünscht hatte. Aber sie waren nicht da. Ich war auf mich allein gestellt. Außerdem war ich Sklave.

Der Khibil berichtete, Prinz Tryfar sei in seinem kleinen einsitzigen Voller erst einen Tag vor dem Aufbruch seines Vaters, Prinz Nedfar, in Jikaida-Stadt eingetroffen. »Und«, fuhr der Khibil fort, »einige Rasts haben uns den Voller gestohlen. Ja! Haben ihn vor unseren Augen vom Dach geklaut.«

Bei Krun! Das war nun wirklich eine gute Nachricht!

Ich konnte mir vorstellen, daß zumindest Pompino den Abflug immer wieder hinausgezögert hatte in der Hoffnung, daß ich noch kommen würde. Drogo hatte dagegen wohl zur Eile gedrängt. Und dann waren sie schließlich doch abgeflogen – während ich bereits in den Sklavengehegen steckte und das Hinrichtungs-Jikaida erwartete.

Die Erinnerung an meine Gefährten, von denen ich viele seit langer Zeit nicht mehr gesehen hatte, ließ mich erkennen, daß ich instinktiv der Realität gefolgt war und an Korero den Schildträger gedacht hatte – und nicht sofort an Turko den Schildträger. Ach – wo mochte mein alter Khamster-Gefährte im Augenblick stecken?

Mir kam die ernüchternde Erkenntnis, daß Turko noch gar nichts von der Gründung der Schwertwache des Herrschers wußte. Bei Krun! Seinen ironischen Kommentar dazu konnte ich mir allerdings vorstellen!

Vorn gab es eine Bewegung, die uns anzeigte, daß eine der fünf Türen ausgesucht worden war. Weiter ging der Marsch, und zwar durch die mittlere Tür und durch einen breiten steingepflasterten Korridor. Eine Wand bestand aus Feuerkristallen, einer kregischen Substanz, beinahe Gestein, die feuersicher und durchsichtig war und von einem dahinter lodernden Feuer soviel durchscheinen ließ, daß die dunkelsten Winkel einer unterirdischen Welt erhellt werden konnten. Es war ein ausgesprochen grelles Licht.

In der gegenüberliegenden Wand zeichneten sich in regelmäßigen Abständen Türöffnungen ab. Jede Tür, an der wir vorbeikamen, wurde aufgerissen – kurze Blicke in die dahinter liegenden Räume zeigten uns bronzebeschlagene

Truhen, die aufgebrochen worden waren, zerrissene Ballen, verstreute kostbare Seidenstoffe, umgestürzte und zerschmetterte Amphoren.

Zwischen diesen Spuren hektischer Suchaktionen fanden wir die Überreste von Menschen. Die meisten waren auf schlimme Art zerrissen worden – wie die Ballen. Nicht bei allen handelte es sich um Sklaven; so erblickte ich einen Rapa mit eingedrückter Metallrüstung, am Hals das goldene Funkeln einer Pakzhan.

»Ungeheuer!« flüsterte der Khibil und sah alles andere als glücklich aus.

Aber wer konnte schon froh dreinblicken in diesem teuflischen Labyrinth im Innern des Moder, ohne Rüstung oder Waffen, belastet von Sklavenketten?

Und dann kam mir ein noch ernüchternderer Gedanke, der mir das Blut in den Adern gefrieren ließ. Hier im Moder mit seinen grauenvollen Bewohnern – konnten da Waffen und Rüstungen überhaupt etwas nützen?

Hunch warf nervöse Blicke in die Runde und erschauderte. Der Brokelsh Nodgen aber kannte keine Zweifel.

»Bei Belzids Bauch! Ich wünschte, ich hätte meinen Speer!«

Wir Sklaven drängten uns durch den Korridor, und ein mürrisch aussehender Brokelsh mit einem riesigen Lastenbündel auf den Schultern begann Nodgen zu verwünschen.

»Auf Belzid schwörst du, Brokkerim? Also, bei Bakkar, du weißt ja nicht, wie gut es dir geht! Dein Kataki hat noch keinen seiner Sklaven verloren! Der große Rast Loriman hat schon vier von uns eingebüßt!«

»Friede, Dom!« bat Nodgen. »Wir alle sitzen hier auf demselben Fluttrell.«

Der Brokelsh stimmte einen längeren Fluch an und torkelte weiter. Wieder einmal kam mir zu Bewußtsein, daß Menschen, nur weil sie zur gleichen Rasse gehören, nicht automatisch zu Gefährten gegen eine gemeinsame Gefahr werden – eine traurige Vorstellung.

»Wie dem auch sei«, sagte Hunch und reckte die Schultern, »er hat recht.«

»Bis jetzt«, bemerkte Nodgen, und der arme Hunch zuckte erneut die Achseln.

Und schon sah es so aus, als sollten sich Hunchs schlimmste Befürchtungen bewahrheiten. Denn Tarkshur die Peitsche schob sich energisch durch die dicht gedrängt stehenden Sklaven und brüllte nach seinem faulen Haufen Lumops. Ein Lumop ist, wie Sie wissen, ein besonders beleidigender Ausdruck für einen nichtsnutzigen Dummkopf. Jetzt sollten wir uns für unseren Kataki-Herrn bewähren.

Der Raum, den Tarkshur betreten wollte, wirkte ausgesprochen abweisend. Seine Paktuns standen mit gezogenen Schwertern bereit. Wir schauten hinein.

Die anderen Sklaven setzten ihren Weg in dem schlechtbeleuchteten Korridor fort, und weiter vorn zeigten Geschrei und Waffengeklirr an, daß es zu Auseinandersetzungen kam.

»Du!« sagte Tarkshur und deutete auf einen Fristle, dessen Barthaare bereits angstvoll bebten. »Hinein!«

Auf ganz Kregen gab es keine Hoffnung für den Fristle. Er mußte den Raum betreten. Er gehorchte. Er ging langsam über die Schwelle, den Blick in die Runde wendend, die Schultern hochgezogen, sich windend im Vorgefühl des Schrecklichen, mit dem er rechnete. Er erreichte den Mittelpunkt des Raums, ohne daß ihm etwas geschah.

Tarkshur war kein Dummkopf. Sein zorniger Blick glitt über uns dahin und blieb an mir hängen. »Du – hinein!« Und ich trat ebenfalls ein und stand schließlich neben dem Fristle. Nach einiger Zeit hielten sich alle Sklaven in der Kammer auf.

Die Wände waren mit roter Seide verhüllt. Am anderen Ende erhob sich ein Podest, und auf dieser Erhöhung stand ein goldener Kelch. Links und rechts reckten sich auf insgesamt vier goldenen Ständern Kerzen in die Höhe, deren Flammen aufrecht und ruhig brannten. Es roch muffig.

»Der Kelch besteht aus Gold«, sagte Galid der Krevarr. »Allerdings dürfte er schwer zu tragen sein.«

Wir alle wußten, daß der Jiktar von Tarkshurs Leibgarde dabei nicht an die Mühen der Sklaven dachte, sondern an die Geschwindigkeit, mit der sich die Gruppe bewegen konnte. Aber – Gold ist Gold, zur ewigen Verdammnis so manchen Geistes.

»Kelch und Kerzenständer.« Tarkshur gab sich nicht mit halben Sachen zufrieden. »Wir sind wegen Gold hier, und Gold gedenke ich zu erringen. *Greift zu!*«

Von Schwertern angetrieben, näherten sich zwei Sklaven widerstrebend dem Kelch. Er besaß einen Deckel, der etwa wie ein Waffenwappen gestaltet war, gekrönt von einem Helm im podischen Stil, gefiedert und mit Gesichtsschutz, und um den eigentlichen Kelch zogen sich schimmernde Kampfszenen. Die beiden Sklaven griffen je nach einem Griff und zerrten. Der Kelch rührte sich nicht.

»Nicht anheben!« kreischte Hunch, doch schon öffnete sich aus eigener Kraft der kunstvoll verzierte Deckel und ließ einen blauen Rauchkringel aufsteigen.

Wir torkelten zurück. Wie von einem Gedanken getrieben, wandten wir uns zum Ausgang, ohne das laute Befehlsgebrüll Tarkshurs zu beachten. Die Tür, durch die wir eingetreten waren, gab es nicht mehr. Alle vier Wände waren einheitlich in rote Seide gehüllt.

»Raus, raus!« kreischten die Sklaven.

Der blaue Dunst schwankte und verstärkte sich. Entsetzt verfolgten wir, wie sich der Rauch verdichtete und das Aussehen eines menschlichen Skeletts annahm. Das Skelett gehörte einem Apim, und mit knochigen Fäusten hielt es Schwert und Schild, aus blauem Qualm bestehend. Der bläuliche Kiefer öffnete sich. Das Gebilde sprach.

Die Worte klangen krächzend und kreischend wie von rostigen Nägeln, die man aus feuchtem Holz zieht. Gebannt standen wir da und hörten zu. Die kregischen Worte hatten eine tiefere Bedeutung, die holprige Übersetzung kann nur einen ungefähren Eindruck vermitteln:

Eins von Einem, und du bist hin.
Zwei von Zweien, du bereust den Sinn.
Drei von Dreien, dein Mangel wird klar.
Vier von Vieren, mehr wird dir offenbar.

Tarkshur stimmte plötzlich das unheimliche und freudlose Lachen der Katakis an. »Gib mir mehr!« brüllte er.

Nichts geschah.

»Wie denn, Notor?« fragte Galid.

Die Katakis schauten sich um und ließen die stahlbewehrten Schwänze hin und her zucken. Tarkshur schob seinen Helm hoch. Dann machte sich seine Erfahrung im Umgang mit Sklaven bemerkbar, denn er wandte sein häßliches Gesicht in unsere Richtung. »Na, ihr Sklaven?«

Die Lösung war klar, doch hatte ich keine Lust, diesem Rast Tarkshur aufzuzeigen, wie er mehr erringen konnte. Ich schwieg. Schließlich legte ein ernster Fristle, der zuvor von Galid unmerklich bevorzugt worden war, seine Last ab und begab sich zum Podest. Er wandte sich seitlich an Tarkshur.

»Herr ... ich glaube, die Kerzenständer ...«

»Natürlich!« Tarkshur stolzierte nach vorn. »Das ist doch klar.«

In diesem Augenblick ging Hunch ein großes Risiko ein: Er sprach ohne Erlaubnis.

»Herr, darf ich etwas sagen? Mehr, ja. Aber mehr – wovon?«

»Was?«

Tarkshur zeigte keine Verwirrung. Er war so gut gelaunt, daß er Hunch nicht einmal mit der Peitsche bestrafte. »Natürlich mehr Gold, du Onker!«

»Das glaube ich nicht«, sagte ich. »Wahrscheinlich mehr Tricks oder mehr Ungeheuer.«

Tarkshurs Schwanz fuhr hoch und erbebte. Er starrte mich an. Oh, ich glaube nicht, daß er mein Gesicht wahrnahm, trotz meines Einwandes. Katakis verstehen sich auf den Umgang mit anderen und behandeln Menschen wie Gegenstände. »Komm her!«

Langsam schritt ich durch den Raum und baute mich vor ihm auf.

»Du wirst jikaider-gepeitscht. Du bist Sklave.«

»Ja, Herr.«

Ich spürte das Gewicht der Ketten an meinen Beinen, den

Druck der Last auf meinen Schultern. Ein seltsamer Moschusgeruch lag in der Luft. Die Sklaven weiter hinten atmeten mit geöffnetem Mund, ein seltsam pfeifendes Geräusch in dem seidenverkleideten Raum.

Tarkshur deutete auf Hunch, Nodgen und den Fristle. Sie rückten vor, und zu viert bauten wir uns vor den Kerzenständern auf.

»Ihr Sklaven werdet jetzt an den Kerzenständern ziehen. Und zwar an allen vieren gleichzeitig.«

Galid der Krevarr und zwei Katakis rückten näher heran, um unsere Arbeit zu überwachen. Tarkshur stand neben mir.

»Zieht!«

Nodgen, Hunch und der Fristle gehorchten.

Ich zog nicht.

Dem metallischen Kreischen der nach vorn gezogenen Kerzenständer folgte augenblicklich Tarkshurs Zorngeschrei, das im Poltern von Steinen und Entsetzensrufen unterging, denn der Boden fiel unter uns fort. Wir acht stürzten in absolute Dunkelheit.

12

In einem schmerzhaften Durcheinander von Armen und Beinen prallten wir auf einem unsichtbaren Boden auf. Da die verdammten Schwanzklingen der Katakis in dieser Situation zu einer tödlichen Gefahr werden konnten, rollte ich mich zu einem Ball zusammen und schützte mich so gut wie möglich mit meinen Lastenbündeln und dem Seil.

»Hilfe! Hilfe! Hilfe!« schrie Hunch.

»Bei den Dreifachen Schwänzen ...« Der Ausruf brach ab, als wäre ein harter Gegenstand gegen einen Mund geprallt.

»Belzid ...«

Wir strampelten in der Dunkelheit und versuchten uns auseinanderzusortieren. Tarkshur tobte. Galid brüllte seinen beiden Untergebenen Befehle zu.

Eine warme Brise verstärkte den Moschusgeruch, der über allem lag.

»Wo ist der Sklave? Wo steckt er? Ich spieße ihn auf! Ich brate mir seine Augäpfel!« Tarkshur war am Ende seiner Geduld.

Ich schleppte mich mühsam vom Zentrum des Lärms fort, indem ich bei jedem Schritt behutsam vor mir herumtastete. Aber schon klapperten meine Ketten, und ich begann zu fluchen.

Im nächsten Augenblick bildete sich hoch oben in der Dunkelheit plötzlich ein schmaler Lichtstreifen. In einer Richtung erstreckte er sich, so weit ich schauen konnte, und endete neben meinem Kopf in Dunkelheit. Die Perspektive ließ vermuten, daß der Lichtstreifen einem langen Korridor folgte. Der Schlitz verbreiterte sich, das Licht nahm zu. Gleich darauf erkannten wir, daß sich bronzene Jalousien von einer Wand aus Feuerkristallen entfernten. Schnell war ich in Licht getaucht.

Die Katakis sprangen auf, ließen ihre Schwanzklingen hin und her fahren und schauten Tarkshur an. Aber nur zwei erhoben sich, Galid und ein Gefolgsmann. Der letzte Kataki blieb reglos liegen; er hatte sich mit dem eigenen Schwanzstahl die Kehle durchgeschnitten.

Neben ihm ruhte der Fristle; sein katzenhafter Kopf stand in unnatürlichem Winkel ab.

Hunch jammerte und wollte fliehen, stürzte aber nieder und wand sich am Boden.

»Still!« brüllte Tarkshur. Sein Blick fiel auf mich. Er setzte sich in Bewegung, er stolzierte förmlich. Er gedachte mich niederzustrecken, davon war ich überzeugt. So etwas kann man schon an der Art und Weise erkennen, wie ein Kataki seinen Schwanz hält.

Im nächsten Moment stieß Galid der Krevarr einen Schrei aus.

»Notor! Schau doch! Bei Takroti, Notor – schau!«

Wir alle fuhren herum.

Die gegenüberliegende Wand schimmerte im Licht. Sie führte in ein Paradies.

Denn soweit wir den Korridor überschauen konnten, spiegelte sich das Licht auf einer Vielzahl kostbarer Gegenstände, Luxusgüter, die die Sinne und das Fleisch ergötzen konnten, eine prächtige Vielfalt aller der Dinge, die ein Mann in seinem Leben je erstreben konnte. Es wäre sinnlos gewesen, alle Reichtümer aufzählen zu wollen. Wir starrten mit aufgerissenen Mündern auf die Fülle.

Tarkshur vergaß, daß er mich töten wollte, was – bei Krun! – nur bedeuten konnte, daß diesen Kataki ein überwältigendes Interesse an anderen Dingen erfüllte. Katakis lieben es zu töten. Es gehört zu den Ironien und Kümmernissen ihres Lebens, daß sie, wenn sie sich als Sklavenherren ihrer Leidenschaft hingeben, zugleich auch die Ware vernichten, die ihnen Profit bringt.

Nun fiel uns auch auf, wie absonderlich der Luxus dargeboten wurde. Die Wand erstreckte sich zwar, so weit die Blicke reichten, doch bestand sie zum größten Teil aus Feuerkristallen. Es gab acht Öffnungen, nicht mehr, nicht weniger. Acht Öffnungen für uns acht, die hier herabgestürzt waren. Und während wir noch hinschauten, schlossen sich zwei Öffnungen mit Feuerkristall-Sperren und machten die dahinter aufgestellte Pracht unzugänglich.

Auf diese Weise wurde eine wunderschöne Fristle-Fifi eingeschlossen, umgeben von kostbaren Steinen und kunstvoll verzierten Schatztruhen – offenbar die Beute des Fristle, der sich den Hals gebrochen hatte.

Ich will nicht davon sprechen, was dem toten Kataki zugedacht gewesen war und nun langsam vor uns verriegelt wurde. Was sein Kollege bekommen sollte, möchte ich ebenfalls für mich behalten; jedenfalls war klar, welche Öffnung ihn betraf. Mit einem gierig-freudigen Schrei sprang der Kataki-Paktun durch die Öffnung in der Wand aus Feuerkristallen. In Sekundenschnelle war er unseren Blicken entschwunden.

»Stehenbleiben, Galid!« befahl Tarkshur.

Galid der Krevarr erbebte.

»Wir haben viel Zeit. Wir brauchen uns nur die Beute zu schnappen und den Rückweg zu finden. Die anderen werden den Schlüssel schon zusammenkriegen.« Tarkshur fuhr zu uns drei Sklaven herum. »Ihr werdet nicht getötet, sondern Schätze schleppen, sobald wir bereit sind.«

Hunch und Nodgen zitterten am ganzen Leib. Hunchs Angst hatte sich allerdings verflüchtigt, während Nodgen noch den Hieb auf den Kopf verdauen mußte, der ihn betäubt hatte. In zwei Öffnungen stapelten sich Schätze und andere Dinge, die einen ehrlichen Tryfanten oder Brokelsh zu entzücken vermochten. Tarkshur schaute hinein und schnaubte verächtlich durch die Nase.

»Bildet euch nur nicht ein ...«, begann er.

Das dämonische Echo eines Schreis hallte von den Wänden wider. Eine Gestalt wie aus einem Alptraum hüpfte durch den Korridor auf uns zu.

Wir drei Sklaven erwachten zum Leben, sprangen auf und huschten aus dem Weg. Sollten sich doch die beiden Bewaffneten mit dem Ungeheuer abgeben ...

Das Gebilde sah aus wie eine stachelige Birne, übersät mit braunen Spitzen, umgeben von zehn Tentakelarmen, die wild herumzuckten und jeweils in einem Giftstachel ausliefen. Das Ding hüpfte herum und fauchte und verbreitete einen Gestank wie ein Abwasserkanal.

Knallend schloß Tarkshur seinen Helm und zog den Schild nach vorn. Galid folgte seinem Beispiel. Die beiden stellten sich dem Monstrum und kämpften. Beide verstanden mit ihren Waffen umzugehen und brachten zutage, daß das Ungeheuer doch nicht ganz so wild, so furchterregend war, wie es auf den ersten Blick ausgesehen hatte. Es entpuppte sich als ein armer herumhüpfender Stachelball. Einem nackten und unbewaffneten Sklaven hätte das Ding sehr wohl gefährlich werden können. Doch gegen zwei harte, agile Katakis, die gerüstet und schwerbewaffnet waren, hatte das Monstrum keine Chance; im Nu wurde es in mehrere Teile gehauen, bis die Tentakelarme lächerlich in alle Richtungen zeigten. Ihren Spitzen entströmte eine gelbliche Flüssigkeit.

Eben noch stand Hunch zitternd neben mir und sagte: »Dieser Ort gefällt mir ganz und gar nicht – ich habe Angst.«

Doch als ich mich umdrehte, um ihm zu antworten, war er verschwunden.

»Er hatte den richtigen Einfall, unser Hunch«, sagte Nodgen.

Mit diesen Worten eilte er über den Korridor und hechtete förmlich in eine Öffnung der Feuerkristallwand, hinter der das ihm zugedachte Brokelsh-Paradies liegen mußte. Ich war sicher, daß Hunch sich bereits an einem Tryfanten-Schatz gütlich tat.

Die beiden Katakis wandten sich von dem getöteten Monstrum ab. Ein unangenehmer Geruch stieg von der Flüssigkeit auf.

Tarkshur sah, daß ich allein war.

»Rast! Wo stecken ...« Dann wurde ihm bewußt, wie die Antwort aussehen mußte, und drehte sich heftig zu Galid um. »Bleib, Jiktar! Wir tragen die Schätze *hinaus!*«

»Ja, Notor, aber ...«

Ich löste mich von der Wand, streifte meine Last von den Schultern und starrte in die Öffnung, die zu den mir zugedachten Schätzen führte.

»Sklave!« brüllte Tarkshur, und ich vernahm seine Stimme wie aus weiter Ferne. Er gab Galid einen Befehl: »Kette den Cramph gut fest, damit er nicht entfliehen kann.«

Aber ich schaute in die Öffnung und sah ...

Nein. Was ich sah, war vor allem das Objekt, das dicht hinter der Öffnung stand. Weiter hinten schwammen verwaschen aussehende Gebilde aus meinem Blickfeld. Rings um das kostbare Gebilde lagen Rapier und Main-Gauche, ein Drexer, jene Hieb- und Stichwaffe, die wir in Valka entwickelt hatten, eine kurzstielige Klansmann-Axt. Außerdem lag ein zu einem Streifen zusammengefaltetes scharlachrotes Tuch vor mir, guter Stoff, dazu ein breiter geschmeidiger Gürtel aus Lestenleder mit mattsilberner Schnalle. Und ein Seemannsmesser in einer abgetragenen Scheide. An einer Seitenwand standen ein langer lohischer Bogen und ein Köcher mit Pfeilen, verziert mit den Federn des Zim-Korf von Valka. Mein Blick fiel außerdem auf ein juwelenbesetztes

Kurzschwert, ähnlich den Kurzschwertern, wie sie von meinen Klansleuten im Nahkampf überaus geschickt eingesetzt werden. Alle diese Dinge rahmten den Gegenstand in der Mitte ein, und mein Blick richtete sich nun wieder darauf.

»Sklave!« bellte Galids Stimme aus einer Dimension, die außerhalb der Wirklichkeit lag. »Halt still, du Rast, während ich dich mit deinen eigenen dummen Ketten feßle.«

Dem Objekt in der Öffnung galt meine ganze Aufmerksamkeit.

Es gehörte mir.

Eine andere Möglichkeit gab es gar nicht. Dort war die Einkerbung – ja, es mußte so sein! –, die winzige Einkerbung, wo ich in dem weit zurückliegenden Swifterkampf auf dem Auge der Welt Rog Grota, einen berühmten Ghittawrer aus Genod, niedergeschlagen hatte. Und hier! Es war hier!

Ich spürte eine Hand im Genick, einen Griff, der mich niederzwang, und eine zweite Hand, die an meinen Ketten zerrte.

Langsam kehrte ich aus jenem anderen Reich der Wirklichkeit, das mich einige Herzschläge lang gebannt hatte, in diese Dimension zurück. Hier und jetzt war die Wirklichkeit, diese schreckliche Expedition in die Tiefe eines Moders, mit Monstren und Magie und einem mißgelaunten Kataki, der mich anketten wollte.

Und zum erstenmal seit langer Zeit fiel mir ein, daß ich Dray Prescot war, Lord von Strombor, Krozair von Zy.

Ich versetzte Galid einen Schlag. Er flog rückwärts, und auf seinem Gesicht malte sich ein derartiges Staunen, daß ich beinahe hätte lachen müssen.

»Rast!« kreischte Tarkshur und hieb mit seinem schleimtriefenden Schwert nach meinem Unterleib.

Die Ketten schlugen das Schwert nieder, während meine rechte Hand seinen Schwanz umfaßte, dessen Klingenstahl mir die Kehle durchschneiden wollte. Eine Zeitlang starrten wir uns aus nächster Nähe in die Augen.

»Der Tod ist dir gewiß, du Rast, du ...«

»Ich habe in meinem Leben schon so manchen Kataki-Schwanz abgeschnitten, Tarkshur der Kleesh. Du kannst mir glauben, deiner wird nicht der letzte sein!«

Er würgte vor Zorn, er bäumte sich auf, doch vermochte er seinen tödlichen Klingenschwanz nicht zu bewegen. Sein Schild steckte zwischen unseren Körpern fest und lähmte seinen linken Arm. Sein rechter Arm war nach unten gezwungen, denn die gnadenlosen Ketten ließen sein Schwert nicht los.

In seinen Augen bemerkte ich ein seltsames Flackern.

Ohne nachzudenken, fuhr ich herum. Wir drehten uns, als wären wir jene Wetterfahne, als die ich in jüngster Zeit durchs Leben gegangen war, von der leichtesten Brise hierhin und dorthin getrieben. Galid hielt seinen Hieb eben noch rechtzeitig zurück, ließ seinen Thraxter seitlich fortschwingen. Ich versetzte ihm einen Tritt an eine empfindliche Stelle, packte Tarkshur wieder fester, klemmte sein Schwert mit der Kette fest und umfaßte oberhalb des Brustpanzers seinen Hals.

Ich drückte nur schwach zu, damit er erkannte, was ihm widerfuhr.

»Du bist ein Kataki«, sagte ich. »Ich liebe Katakis nicht besonders. Mir ist bisher erst ein einziger begegnet, der menschlicher Regungen fähig war. Du bist es nicht.«

Sein finsteres, wildes Kataki-Gesicht mit der niedrigen Stirn verfärbte sich allmählich dunkelblau. Langsam begannen ihm die zornig funkelnden Augen aus dem Kopf zu quellen. Er hatte keine Angst vor mir, der ich doch nur ein einfacher Sklave war und ihn vorübergehend mit seinen Ketten in Bedrängnis gebracht hatte. Wieder würgte ich ihn, und er versuchte einen Hieb zu landen, woraufhin ich einen aufwärts gerichteten Schlag gegen seine Nasenwurzel landete, der seinen Kopf zurückzucken ließ. Zornig funkelte er mich an, doch plötzlich nahm sein Gesicht, das über meine Schulter schauen konnte, einen Ausdruck gequälter Überraschung an.

Ich schleuderte ihn zur Seite.

Er hatte noch kaum den Boden berührt, da war ich bereits

hinter ihm her gesprungen und hatte mich zur Seite geworfen.

Die verdammte Kette brachte mich zu Fall, und ich ging zu Boden.

Von den Katakis drohte mir vorübergehend keine Gefahr.

Das Ding, das auf uns niederstöhnte, stellte eine viel größere Bedrohung dar.

Durch den Korridor wehten und wirbelten weiße widerlich fleckige Verfaltungen einer durchscheinend wirkenden Substanz, ähnlich Rauchwolken oder dünnen Gardinen, die von einer Brise bewegt wurden. Eine Aura blauer Funken zischelte und prasselte. Ich kam nicht um die Erkenntnis herum, daß ein Schwert gegen dieses Monstrum mehr als unnütz wäre.

Tarkshur war noch bei Bewußtsein. Galid konnte ich nicht entdecken.

Der katakische Sklavenherr hob brüsk die Hand. Er trug noch immer sein schleimiges Schwert, doch setzte er es nicht ein. Am Mittelfinger seiner Hand funkelte ein Ring; ich hatte ihn bisher für ein Symbol reinster Kataki-Eitelkeit gehalten, doch als sich nun das gespenstisch wirbelnde Ungeheuer näherte, begann der Ring funkensprühend zu reagieren.

Lange blaue Feuerzungen stachen aus dem Stein hervor, der in den Ring eingelassen war. Der Stein erwachte zu leuchtendem Leben. Sein Feuer begegnete den blauen Funken und bekämpfte sie. Durch die Luft kreiselnd und wirbelnd, hieb das Ungeheuer kreischend um sich und kam dabei flatternd dem Boden immer näher. Je tiefer es sank, um so mehr schwächten sich seine Aktivitäten ab.

Tarkshur keuchte heftig, und mir fiel auf, daß er immer nur auf den Ring und das Ungeheuer starrte – niemals aber auf mich. Ich erkannte, daß die Macht des Rings in dem Maße beansprucht wurde, wie das Ungeheuer selbst seine Kräfte einsetzte.

Was immer hier an Zauberkräften im Spiel war, die Macht des Ringsteins erwies sich als siegreich. Das kränklich weiße Ungeheuer sank schwach flatternd zu Boden und löste sich dann allmählich in langsam verschwimmende weiße Dunstflecken auf. Schließlich blieben auf dem Boden nur noch einige kleine funkelnde Steine übrig.

Der Kataki wischte sich mit der Schwerthand die Lippen und schaute dann mich an.

»Ich habe dir das Leben gerettet, du undankbarer Yetch – doch jetzt werde ich es dir nehmen, wegen der Unannehmlichkeiten, die du mir bereitet hast!«

»Wo ist Galid der Krevarr?«

Tarkshur senkte den Kopf und schaute sich um. Der Jiktar seiner Leibwache war nirgends zu sehen.

»Ihr Katakis seid ein elender Haufen, miese Cramphs! Zweifellos weidet er sich gerade am Leid irgendeines armen Teufels.«

»Du ...« Tarkshur atmete tief ein, und seine bebenden Nüstern verbreiterten die Nase in dem verdammten Kataki-Gesicht. »Es wird mir ein Vergnügen sein, dich mit der Klinge zu bearbeiten!«

Die Farce hatte lange genug gedauert.

»Du, Tarkshur, bewahrst dir nun entweder selbst das Leben oder stirbst – hier und jetzt. Es ist deine Entscheidung.«

Er traute seinen Ohren nicht. Ich spürte ... nun ja, es ist schwer zu sagen, was ich damals genau empfand. Stellen Sie sich vor, Sie liegen in einem Grab, und ein Granitblock auf der Brust preßt Ihnen die Luft aus den Lungen. Nun stellen Sie sich weiter vor, Sie hätten die Kraft aufgebracht, den Stein fortzustemmen. Sie richten sich im Grab auf. Sie legen die Hände auf den Rand. Sie drücken sich hoch. Und plötzlich leuchtet die Pracht der Sonnen auf Sie nieder. Nun ja, so ungefähr war mir in jenem Moment zumute.

Irgend etwas in meinem Gesicht mußte ihn gewarnt haben. Plötzlich nahm er mich ernst.

»Du bist angekettet, Sklave. Du kannst gar nicht schnell kämpfen. Ich siege bestimmt.«

»Versuch es nicht, Kataki!«

Aber selbst jetzt zeigte der andere noch keine Angst. Und obwohl ich Katakis im allgemeinen nicht mag, mußte ich diesem schlimmen Abkömmling jener degenerierten Rasse einen gewissen Respekt zollen. Er rückte herbei und hatte den Helm geschlossen und Schild und Thraxter gehoben.

»Was kannst du schon tun, Sklave?« Das Schwert machte eine Bewegung. »Du wirst mich mit deinen Ketten nicht ein zweites Mal täuschen.«

Ich antwortete nicht.

Ich nahm das Krozair-Langschwert in die Fäuste und muß voller Stolz zugeben, daß meine Hände bei der Berührung mit der prächtigen Waffe zitterten. Aber mißverstehen Sie mich nicht. Nicht das Langschwert war der Grund, daß ich aus meinem langen Schlaf erwacht war. Und wohl auch nicht die Tatsache, daß ich ein Krozair von Zy war und plötzlich an meine Mitgliedschaft in jenem mystischen kriegerischen Orden hatte denken müssen. Vielleicht kamen hier mehrere Gründe zusammen. Vielleicht war mir überraschend klar geworden, daß ich, Dray Prescot, Lord von Strombor und Krozair von Zy, eine Verantwortung gegenüber mir selbst trug, daß ich meine eigene Entwicklung behinderte, wenn ich meiner Natur zu lange zuwiderhandelte.

So stellte ich mich also diesem Tarkshur der Peitsche, und in meiner Faust schimmerte die Krozairklinge auf das prächtigste. Ich hielt die Waffe mit dem raffinierten zweihändigen Griff, die Fäuste in einer genau berechneten Entfernung voneinander, so daß mit großer Genauigkeit eine unglaubliche Hebelwirkung und Geschwindigkeit entfaltet werden konnte.

Tarkshur rümpfte spöttisch die Nase.

»Dieser Eisenbrocken? Eine bloße Metallstange! Du bist ein Dummkopf!«

»Ich sage es dir nicht noch einmal, Tarkshur. Warum ich nicht den Wunsch verspüre, dich zu töten, übersteigt mein Begriffsvermögen. Aber du darfst dein Leben behalten und dich zurückziehen ...«

Er sprang vor.

Es war ein kurzer Kampf.

Es war, als würden meine Muskeln von einer Explosion freigeschwemmter Leidenschaft mitgerissen, die meine Fäuste in jenes Webmuster der Vernichtung führte, die zu einem zerschmetterten Schild, einem zerbrochenen Thraxter, einem aufgeschlitzten Helm führte – und zu Tarkshur dem Kataki, der laut schreiend und blutend durch den Korridor floh.

Ich war mir selbst treu geblieben. Ich hatte ihn nicht umgebracht.

Das Blut war reiner Zufall. Der Bursche hatte ein bißchen zu lange kämpfen wollen, und einer meiner letzten Streiche, der die andere Seite seines Helms hatte öffnen sollen, hatte ein Ohr getroffen.

Überdies war es seltsam, daß er seinen Schwanz behalten durfte.

Zwei Dinge kamen mir in den Sinn.

Daß ich erstens noch immer meine Ketten trug und Galid der Krevarr die Schlüssel besaß. Aber für dieses Problem würde sich eine Lösung finden lassen. Zweitens bedachte ich den Umstand, daß der Schwanzschwenker mich wiedererkennen würde.

Wie interessant, daß ich als Sklave bisher kein einzigesmal den Slang-Namen dieser Rasse verwendet hatte, Schwanzschwenker!

Laut sagte ich vor mich hin: »Mir fehlt etwas. Der Schlüssel, der diese Ketten aufschließt.«

Ich schaute in die Öffnung der Feuerkristall-Wand. Und prompt lag dort der Schlüssel, ein unförmiges Eisengebilde. Als ich ihn an mich nahm, stellte ich mir unwillkürlich die Frage, ob es sich hier um denselben Schlüssel handelte, den Galid bei sich getragen hatte, oder um eine Nachbildung. War das Krozair-Langschwert meine alte Waffe, mit der ich als Krozair auf dem Binnenmeer meine Abenteuer erlebt hatte? Die Kette wurde geöffnet, und ich schleuderte sie fort. Wie immer die Frage auch zu beantworten war, der Schlüssel funktionierte, das Langschwert war echt.

Ich war allein im Moder mit seinen Zauberkräften und Ungeheuern.

Nun ja, bei Zair! Und war es mir so nicht ohnehin am liebsten?

Ja und nein, überlegte ich. Nichts geht über das angenehme Freiheitsgefühl, allein auf Abenteuer zu ziehen; andererseits ist nichts schöner als die Gewißheit, solche Erlebnisse mit einer prächtigen Gruppe guter Freunde und erfahrener Klingengefährten zu teilen.

So nahm ich also das scharlachrote Tuch an mich, streifte den grauen Sklaven-Lendenschurz ab, wickelte das Rot um mich, zog das Ende unten durch, stopfte es fest und sicherte es mit dem breiten biegsamen Lestenleder-Gurt. Die Schnalle ließ ich eng zusammenklicken.

Da ich nie gern Gurte auf der Brust getragen hatte, befestigte ich die Waffen an der Hüfte, mit eigenem Gürtel für jede Waffe oder Waffenpaar. Soweit Schultergurte nützlich sind, nehme ich sie hin, wenn es nicht anders geht. So wollte ich hier und jetzt nicht auf die Wasserflaschen verzichten und befestigte sie wieder an meinen Schultern. Allerdings duldete ich auf keinen Fall herabbaumelnde Halstücher und Gurtenden. Ein Kämpfer darf keine überflüssigen Dinge tragen. Nach einem bunten exotischen Tuch kann jeder Feind greifen und sich damit gefährliche Vorteile im Kampf verschaffen.

Von dem prächtigen kregischen Arsenal, das mir zur Verfügung stand, erwählte ich Rapier und Man-Gauche. Außerdem nahm ich den Drexer, denn dieses Schwert, das eine verbesserte Weiterentwicklung des havilfarischen Thraxters und des vallianischen Clanxers ist und zudem Elemente des Savanti-Schwerts aufweist, soweit wir sie nachzubauen vermochten, lag mir besonders am Herzen.

Ich bedachte die Frage, warum sich unter den angebotenen Artikeln kein Savanti-Schwert befand, und kam zu dem Schluß, daß die unbekannte Macht, die in diesem Moder ihre Zauberkraft entfaltete, nicht gegen die Kräfte der Savanti nal Aphrasöe ankam. Dies ist nicht weiter überraschend. Jene sterblichen, aber übermenschlichen Männer und Frauen aus der Schwingenden Stadt hätten mit den Rätseln dieses Berges nicht die geringste Mühe gehabt.

Mein altes Seemannsmesser endete hoch an meiner rechten Hüfte. Als ich es in die Hand nahm, stieg mir – ich muß es zugeben – ein Kloß in die Kehle. Ich spürte eine gewisse

Ehrfurcht. Dies war mein erstes Messer, das ich auf Kregen erworben hatte, vor vielen, vielen Jahreszeiten. War es wirklich das echte Stück? Oder handelte es sich um eine bloße Nachbildung, um Talmi aus Träumen und Mondlicht?

Das Kurzschwert der Klansleute ließ ich liegen; an seiner Statt würde mir der Drexer dienen. Ich hätte auch noch ein Ghittawrer-Langschwert wählen können, das ich geführt hatte, als ich in Begleitung Gafards gereist war, des Meeres-Zhantil, Kämpfers des Königs; doch ich faßte es nicht an. Dafür nahm ich den lohischen Langbogen und den Köcher. Dann schaute ich mir die schwere Last an, die ich als Sklave getragen hatte, und die Überreste der beiden Ungeheuer, die in diesem magischen Korridor ihr Leben ausgehaucht hatten.

Es wäre unredlich von mir zu unterstellen, daß ich die magischen Eigenschaften des Moders allzu ernst nahm. In langen Gesprächen mit weisen Männern Valkas und verschiedenen Zauberern aus Loh hatte ich lebhaft über Gebrauch und Mißbrauch so mancher Magie diskutiert. Zauberer aus Loh gebieten über eindrucksvolle, gewaltige magische Kräfte, das wußte ich nur zu gut. Es gibt viele Arten von Zauberern auf Kregen, und ich machte gewöhnlich einen großen Bogen um sie. Dieser Ort stank förmlich nach Magie und Illusionen, und es war lebenswichtig, alle Ereignisse ihrem äußeren Schein nach hinzunehmen, als wären sie Wirklichkeit.

Die Illusion einer Erscheinung, die einem in den Kopf beißt, kann den Betreffenden den Kopf kosten, als wäre das Ereignis real eingetreten.

Gleichzeitig aber ist eine Illusion harmlos, wenn man weiß, mit welcher Art von Halluzination man es zu tun hat.

Diese Frage war hier an diesem üblen Ort noch zu klären.

Ich ergriff den Proviantbeutel und das aufgerollte Seil und wandte mich den Paradiestoren des Tryfanten und des Brokelsh zu. »Hunch!« brüllte ich. »Nodgen!« Ich mußte die Namen oft wiederholen. Da keine Antwort kam und ich auch nicht eintreten wollte, faßte ich meinen Entschluß.

Allein, um die Hüfte das leuchtende alte Scharlachrot,

bewaffnet mit meinem hübschen Arsenal, machte ich mich auf den Weg.

Bei Zair! Und gerade dieses Vorgehen weckte die vielfältigen Erinnerungen!

Mein Blick fiel noch einmal auf die funkelnden Steine, die nach dem Tod des gespenstisch weißen Ungeheuers auf dem Boden zurückgeblieben waren. Wenn wir zu Hause in Esser Rarioch über Magie sprachen, hatten wir uns oft mit dem Phänomen von Zauberkräften beschäftigt, die von umgekehrter Kraft umschlossen waren. Ich dachte an die blauen Funken, die der Stein in Tarkshurs Ring versprüht hatte, und sammelte die herumliegenden Steine auf. Vielleicht konnten sie mir von Nutzen sein.

Und die gelbe Flüssigkeit, die aus den Giftstacheln des hüpfenden Borstenballs geströmt war …

Da mir ein passender Behälter fehlte, sprach ich laut von meinem Bedarf und holte gleich darauf ein gut geeignetes Glasröhrchen aus meiner Öffnung in der Feuerkristall-Wand. Welche Macht hier auch am Werk war – sie würde wohl niemandem etwas zur Verfügung stellen, was ihm nicht fehlte; aber die Parameter waren weit gesteckt. Als ich gleich darauf meinen Weg durch den Korridor fortsetzte, um einen Weg ins Freie zu suchen, trug ich nicht nur die Steine bei mir, sondern auch ein Röhrchen mit giftigem Schleim.

Als ich in meinem frechen scharlachroten Schurz ausschritt, kam mir ein Refrain des beliebten Trinkliedes der Swods in den Sinn und ließ sich nicht mehr vertreiben. ›Der aufrechte Sogandar und die Sylvie‹ heißt dieses berüchtigte Lied, und der Refrain lautet: ›Keine Ahnung von nichts, von nichts, keine Ahnung von nichts …‹ Und beim Singen müssen die Swods immer schrecklich lachen über die Bilder, die ihre lebhafte Phantasie ihnen dabei vorgaukelt.

Nun ja, hier und jetzt erfüllte mich dieses Lied.

Ich hatte keine Ahnung, worauf ich mich einließ, keine Ahnung von nichts, von nichts, keine Ahnung von nichts …

13

So wie Tarkshurs Kataki-Expedition von der Hauptgruppe getrennt worden war, so hatten andere Expeditionen eigene Wege eingeschlagen. Mir begegneten etliche herumstreunende Ungeheuer – je tiefer wir in den Moder vordrangen, desto mehr Monster schienen einfach nur so herumzuschleichen –, und es gab einige hübsche kleine Kämpfe, ehe ich mir den Weg wieder freigeräumt hatte.

Ich verzichtete darauf, in die Räume einzudringen, die sich mir unterwegs einladend öffneten; mein Bestreben war es, einen Weg in die Freiheit zu finden.

Im unruhig erleuchteten Korridor gellte weiter vorn Geschrei auf und zeigte an, daß ich zumindest einen Teil der Expedition eingeholt hatte, die mit mir in den Berg eingedrungen war. Mag sein. Vielleicht wimmelte es hier unten aber auch von verirrten Reisenden, die den Ausgang suchten.

Vor mir stolzierte ein Wesen, das wie ein Chavonth aussah. Es entfernte sich von mir und schien mich noch nicht bemerkt zu haben. Der niedrige Kopf zeigte von mir fort, doch konnte ich mir vorstellen, wie er aussah. Chavonths sind ungezähmte sechsbeinige Raubtierkatzen, mit einem Gesichtsausdruck gnadenloser Schläue, bestimmt von flammenden Augen und rasiermesserscharfen Zähnen. Normale Chavonths haben ein Fell, das in Blau, Grau und Schwarz sechseckig gemustert ist. Dieses Exemplar aber wirkte irgendwie staubig …

Aus einer Türöffnung, hinter der er offenbar Beute gesucht hatte, denn seine Arme waren mit goldenen Kelchen und Broschen und Perlenketten gefüllt, eilte ein Mann, ein Rapa. Er erblickte den Chavonth, als die mächtige Katze bereits zum Sprung ansetzte.

Der Rapa reagierte schnell. Er vermochte dem ersten geschmeidigen Sprung auszuweichen, doch traf ihn ein Hieb der Vordertatze voll am Bein.

Ich blinzelte.

Das Bein des Rapas wurde nicht von scharfen Krallen abgerissen, sondern zeigte sich übergangslos in Staub gehüllt. Dann wurde mir das Entsetzliche klar, während der Rapa bereits angstvoll aufschrie.

Sein Bein war nicht mit Staub bedeckt. Sein Bein *war* Staub.

Er brach zusammen, und der Staub-Chavonth stürzte sich auf ihn.

Augenblicklich verwandelten sich Rapa, Gold und Geschmeide in Staubhäufchen.

Nun hörte mich der Staub-Chavonth und wendete fauchend den Kopf in meine Richtung.

Und sprang sofort los.

Der Stahl, mit dem ein ehrlicher Mann sich vor Todesgefahren schützt, konnte mir hier nichts nützen.

Ich wandte mich zur Flucht und huschte in großen Sprüngen durch den Korridor. Staubtatzen prallten hörbar auf den Boden, das Tier schien Riesensätze zu machen.

Die Erinnerung an den sich in Staub verwandelnden Rapa hing vor meinem inneren Auge. Und ich sah ... wenn die Erinnerung mir nichts vorgaukelte ...

Ich machte kehrt, ließ die Krozairklinge hochschwingen und hieb mit kurzem Gebet nach der haßerfüllten Maske.

Der kalte Stahl fand sein Ziel.

Sofort stieß der Staub-Chavonth einen schrillen Schmerzensschrei aus. Er veränderte sich. Der Staub verschwand, und ich sah mich einem echten Chavonth gegenüber, und unter den schwarzen, grauen und blauen Sechsecken schlugen seine Herzen aufs heftigste.

Ein echter Chavonth, so ungebändigt und kampfstark er auch sein mag, ist immerhin ein anderer Gegner als ein Staub-Chavonth.

Das Langschwert zuckte vor und traf, und der Chavonth humpelte jaulend davon. Eine Blutspur hinterlassend, verschwand er in der Dunkelheit jenseits des Fackelscheins.

Männer brüllten etwas, und ich antwortete ihnen. Sie kamen fackeltragend herbei, und ich entdeckte die Pachak-Zwillinge, die so ungebärdig aussahen wie der Chavonth.

»Du bist unverletzt, Notor?«

»Aye. Das Ungeheuer ist fort.«

»Es war ein Staub-Chavonth. Du hattest Glück ...«

»Ich sah, daß ein armer Rapa, den das Biest tötete, sich in Staub verwandelte, und mit ihm sein Gold und seine Edelsteine – daß aber sein Schwert unverändert blieb.«

»Eine geringe Chance, Notor.«

Ohne zu überlegen, nannten sie mich Notor, die havilfarische Anrede für einen Fürsten. Wahrlich, ich hatte mich schon ein gutes Stück gelöst von dem geschlagenen, angeketteten Sklaven, der dieses Labyrinth betreten hatte. Ich nahm nicht an, daß mich jemand erkennen würde.

Im Vorbeigehen mieden wir die Berührung mit den Staubhäufchen. Ich konnte mir nicht vorstellen, daß sich damit ein Staub-Chavonth abwehren ließ, eher würde der Berührende doch noch selbst zu Staub zerfallen.

Die Dame, der die Zwillings-Hyr-Paktuns dienten, trug noch immer ihr weißes Gewand, doch war es inzwischen zerrissen und schmutzbefleckt. Ihre Pantoffeln waren weißen Fellstiefeln gewichen. Mit ihrem rosaroten Gesicht und gelben Haar wirkte sie noch immer fehl am Platze.

»Llahal, Notor«, sagte sie. »Du bist uns höchst willkommen – ich habe dich noch nicht gesehen.«

»Llahal, meine Dame. Ich bin Jak – aber das ist nicht wichtig.« Da man glauben sollte, daß ich mit einer anderen Expedition in den Moder eingedrungen war, fügte ich hinzu: »Ihr seid eine neue Expedition?«

»Ja. Ich bin Ariane nal Amklana.«

Sie hatte Ariane nal Amklana gesagt. Amklana war eine stolze, schöne Stadt in Hyrklana, und weil sie das Wort ›nal‹ verwendete, das ›von‹ bedeutete, schloß ich, daß sie die Anführerin der Stadt sein mußte.

»Llahal, meine Dame. Schließen wir uns zusammen?«

Sie wandte sich ihren beiden Pachaks zu, die zustimmend nickten. Sie hatten meine kleine Auseinandersetzung mit dem Chavont beobachtet.

»Der Notor wäre eine nützliche Verstärkung«, sagte einer der beiden.

»Ja, nützlich«, stimmte der Zwilling zu.

»Gehört noch jemand zu euch?« fragte ich.

»Longweill, ein Fliegender Mensch. Er befindet sich weiter vorn im Korridor.«

Ich nickte. Die beiden waren also von den übrigen getrennt worden. Lady Ariane zeigte keine Furcht, vielmehr betrachtete sie alles Neue mit der gebannten Neugier eines Kindes, entzückt über die Pracht, entsetzt über die Schrecknisse. Ich schloß nicht aus, daß ich mit der Zeit Gefallen an ihr finden konnte.

»Wir müssen sehen, daß wir den Weg zu den anderen zurückfinden«, erklärte sie mir, während wir durch den Korridor schritten. »Ich betrete keine Schreckensräume mehr. Ich bin nicht des Goldes wegen hier.«

Ich verzichtete auf die Frage, weswegen sie dann gekommen sei. Wieder überkam mich das Gefühl, daß es da einen sehr schlimmen Grund geben mußte, der sie auf diese Reise zwang, zumal sie von Anfang an besser über die zu erwartenden Gefahren Bescheid gewußt haben mochte als wir Sklaven.

Longweill, der Fliegende Mensch, vollzog das Pappattu mit einer hastigen Folge von Llahals, woraufhin wir in Begleitung etlicher Gefolgsleute und Sklaven unseren alptraumhaften Marsch fortsetzten.

Eine schlichte Aufzählung der Ungeheuer, auf die wir stießen, und der Gefahren, die wir überstanden, ist sicher langweilig. So will ich mich mit der Bemerkung begnügen, daß wir immer tiefer in den Moder vordrangen und immer neue Korridor-Labyrinthe und Räume und Schatzkammern fanden, daß wir Rätsel lösen und Ungeheuer bekämpfen mußten, ohne dabei jemals zu vergessen, daß uns Zauberkräfte gegenüberstanden, die unseren Tod auslösen konnten.

Longweill, der fliegende Mensch, war ein Dieb.

Er machte daraus keinen Hehl. Es gibt da eben Unterschiede. So sind zum Beispiel die Jungen der Blauen Berge, die Delia aus den Blauen Bergen Treue geschworen haben, ein bunter Räuberhaufen, wie man ihn auf Kregen kein zweitesmal findet.

»Beim Langfingrigen Diproo!« sagte er, als wir auf das geschlossene Ende des Korridors starrten, den wir beschritten hatten. »Wo sollen wir da durch?«

Als Dieb war er erstklassig, möchte ich behaupten. Dagegen hatten mich seine Überlebensinstinkte hier unten noch nicht sonderlich beeindruckt. Natürlich versuchte er seine Haut zu retten, und seine Sklaven waren mit Beute schwer beladen. Wie wir alle wollte er aus dem Berg hinaus.

Aber das Verlassen des Moders erwies sich als weitaus schwieriger als das Eintreten.

Aufgrund der Vorgeschichte kam es mir schon seltsam vor, nach meiner Meinung über das weitere Vorgehen befragt zu werden.

»Wenn es geradeaus nicht weiter geht, müssen wir nach oben oder unten vorstoßen.«

Und wir suchten nach einer Falltür im Boden oder an der Decke. Als einer der unermüdlichen Pachak-Zwillinge, Logu Fre-Da genannt, seine Schwanzhand hoch über den Kopf reckte und auf eine Falltür an der Decke deutete, drängten wir herbei.

Logu Fre-Das Zwilling, Modo Fre-Da, blickte hinauf und schüttelte den Kopf, bis sein strohgelbes Haar umherwirbelte. Er hob die obere linke Hand und machte eine verneinende Handbewegung.

»Wir haben uns abwärts bewegt, um unser Heil am Fuße dieses unangenehmen Labyrinths zu suchen, nicht wahr, Bruder?«

»Du hast recht, Bruder.« Logu Fre-Da wandte sich an seine Herrin. »Meine Dame – wir müssen eine andere Öffnung suchen.«

In diesem Augenblick drängte sich Longweill vor. Er schwang die Flügel und wehte uns seinen Flugwind ins Gesicht, während er sich die Falltür aus der Nähe ansah. »Nein!« rief er herab. »Wer kann behaupten, daß es überhaupt einen Weg ins Freie gibt? Hier riecht es doch nach Fallen – und dafür bin ich Fachmann. Wenn wir hier raus wollen, müssen wir nach oben – in die Richtung, aus der wir gekommen sind!«

»Beim Allmächtigen Papachak«, sagte Modo, »vielleicht hat er recht, Bruder.«

»Ich glaube nicht, Bruder.«

»Hai, Tikshim!« rief der Fliegende Mensch herab. »Vergeßt nicht eure Stellung unter uns Notors!«

›Tikshim‹, eine Anrede, die etwa mit ›mein guter Mann‹ gleichzusetzen ist, klingt sehr herablassend und ist keinem angenehm, auf den sie angewendet wird. Logu Fre-Da wandte sich energisch von der Deckentür ab. Modo begleitete ihn, und die beiden begannen sich energisch flüsternd zu unterhalten.

Longweill, der Fliegende Mensch, stieß die Falltür nach oben auf.

Das hätte er natürlich nicht tun sollen.

Die geleeartige Substanz, die in Form eines einzigen großen Balles herabfiel, hüllte ihn ein. Nur seine Flügel ragten noch aus der durchsichtigen Masse heraus. Wir konnten ihn deutlich erkennen. Die klebrige, gallertige Substanz prallte federnd zu Boden und begann Longweill zu verschlingen. Die Masse nahm ihn in ihre Substanz auf. Seine Flügel lösten sich und fielen schlaff und raschelnd zu Boden.

Wir übrigen wichen entsetzt zurück.

Der Ball begann in unsere Richtung zu rollen.

Schimmernde braune Streifen ringelten sich während der Bewegung im Ball umher, und die ölige Außenhaut des Gebildes nahm Staub und andere Brocken vom Boden auf. Dieser Unrat wurde sofort absorbiert, umschlossen und aufgezehrt und erzeugte auf dem Boden eine Art freigeschaufelte Spur. Die gallertige Masse funkelte.

Nun ja, der Mensch wehrte die Dunkelheit und alle Geschöpfe der Dunkelheit mit Hilfe seines Verbündeten, des Feuers, ab – ein launischer und oft unzuverlässiger Verbündeter, wie alle wissen. Der dahinrollende Ball kam mir ein wenig zu ölig vor.

Ich entriß einem nervösen Gon eine Fackel, machte kehrt und schleuderte die lodernde Masse auf den rollenden Ball.

Die ölige Masse begann lichterloh zu brennen.

Ich wartete ab und fragte mich, welche neue Teufelei diesem Ungeheuer entspringen würde, wie wir es schon bei anderen Monstren erlebt hatten, die aus ihren vernichteten Vorgängern hervorgegangen waren.

In diesem Verlies des Teufels stellte Rauch immer eine Gefahr dar.

Über dem brennenden Geleebrocken stieg eine schwarze übelriechende Rauchwolke auf. Sie wallte empor, wand sich und wogte hin und her, und in der Helligkeit der darunter lodernden Flammen traten wir zurück, schirmten unsere Gesichter ab und warteten angstvoll darauf, daß der Rauch noch schlimmere Konturen annahm.

In einem flachen schwarzen Band strömte der Rauch auf uns zu, etwa fünf Fuß über dem Boden. Viele Sklaven begannen zu rennen, so schnell sie konnten. Gegen weichen, substanzlosen Rauch konnte Stahl nichts ausrichten. Etwa fünf Schritte vor uns – die fünf Pachaks hielten mit mir die Stellung, zusammen mit einem Numim, auf dessen Löwengesicht sich eisenharte Entschlossenheit abzeichnete – schwenkte der Rauch jäh zur Seite ab, wie von einem starken Wind ergriffen. Allerdings vermochten wir keinen Luftzug zu hören. Dennoch stieß der Qualm mit langer spitzer Zunge gegen die Seitenwand des Korridors, teilte sich in viele dampfende, tastende Finger, schien die Wand förmlich zu durchdringen – und war verschwunden.

Naghan der Doorn, der Numim, sagte: »Ein Gitter.« Er begab sich zur Wand und rief nach Fackeln. In ihrem Schein betrachteten wir die Stelle genau. Es gab dort wirklich ein Gitter, mannshoch und selbst für meine mächtigen Schultern breit genug; aber es bestand ausschließlich aus dünnen Öffnungen – und so sehr wir auch im Licht der Fackeln hindurchstarrten, vermochten wir doch nicht zu erkennen, was sich dahinter befand.

Es gab eine sehr kurze Konferenz. Spitzhacken und Vorschlaghämmer wurden gebracht, dann machten sich die Sklaven über das Gitter her.

»Armer Longweill!« sagte Lady Ariane. »Er war ein Hitzkopf. Nie konnte er auf andere hören.«

»Du kanntest ihn von früher?«

»O nein. Wir lernten uns kennen, als Tyr Ungovich die Expedition organisierte. In Astrashum. Aus ganz Havilfar treffen laufend Expeditionen ein und brechen wieder auf.« Sie lachte und schien nervöser zu sein, als mir lieb sein konnte. »Ich meine, sie verlassen Astrashum, um hierherzukommen.«

»Aye.«

»Wir müssen die anderen unbedingt finden. Prinz Nedfar besitzt bereits zwei Teile des Schlüssels.« Diese Äußerung brachte sie auf einen Gedanken, und ihre Wangen färbten sich rosa. Ihre unergründlichen graugrünen Augen richteten sich auf mich. »Notor Jak – besitzt du womöglich auch einen Teil des Schlüssels?«

»Nein, meine Dame. Keinen.«

»Oh!« sagte sie und biß sich auf die Lippe.

Die Spitzhacken und Hämmer zerstörten das steinerne Perforation.

Ich brachte heraus: »Und du, meine Dame – hast du einen Teil des Schlüssels bei dir?«

»O nein – was wirklich bedauerlich ist. Wir müssen die neun Teile des Schlüssels finden, ehe wir die Tür am Ausgang aufschließen und diesen schrecklichen Ort verlassen können.«

»Mit oder ohne die Dinge, deretwegen wir hier sind?« fragte ich nachdrücklich.

Mit ernstem Blick erforschte sie mein Gesicht, und ihre Zungenspitze benetzte die Lippen, bis sie es merkte, dann sagte sie forsch: »Oh, aber ich muß unbedingt erringen, weswegen ich hergekommen bin. Es ist lebenswichtig.«

Noch immer erkundigte ich mich nicht direkt danach. Es war ihre Sache. Mir kam es einzig und allein darauf an, hier mit heiler Haut herauszukommen – jedenfalls glaubte ich das damals.

In diesem Moment meldete sich der Löwenmensch, Naghan der Doorn, mit lauter Stimme: »Der Weg ist frei, meine Dame.«

»Sehr gut, Naghan. Ich folge dir.«

Was sich hinter der aufgebrochenen Sperre offenbarte,

war nicht sonderlich vielversprechend, doch schließlich verspürte jeder hier im Moder den Wunsch voranzukommen. Einfach kehrtzumachen und zurückzuschreiten – das käme einem Versagen gleich; auf diesem Weg konnten wir nur in die Katastrophe geraten.

Schmale Stufen führten in die Tiefe – sie waren für eine Person eben breit genug. Wände und Dach waren feuchtfleckig, und aus großer Ferne erreichte uns das hallende Plätschern tropfenden Wassers.

Es war sehr schlüpfrig auf den Stufen; Männer stürzten und rissen andere mit sich, doch gab es immer wieder einen kräftigen Burschen, der sich halten konnte und den anderen Gelegenheit bot, sich wieder aufzurappeln. Auf diese Weise gelangten wir immer tiefer.

»Wir wechseln von einer Zone in die nächste, soviel steht fest«, bemerkte Modo Fre-Da. Ich ging hinter ihm, und er wendete beim Sprechen den Kopf halb zur Seite. Die beiden Pachaks und der Numim hatten ihre Herrin in die Mitte genommen, und ich mußte als Nachhut wirken. Die Position paßte mir durchaus.

»Zone?«

»Aye ...« Im gleichen Moment war hinter uns ein rutschendes Geräusch zu hören, und wir mußten uns gegen die Wände stemmen, um von den herabstürzenden Männern nicht mitgerissen zu werden.

So blieb meine gedankenlose Frage unbeantwortet. Dennoch war es relativ einfach, sich vorzustellen, was Modo mit der Bezeichnung ›Zone‹ meinte. Doch schon beschäftigten uns andere Gedanken, denn wir erreichten einen sandbedeckten Boden und schickten das Licht unserer Fackeln in einen weiten leeren Raum, der mit dem Rauschen fließenden Wassers angefüllt war. Wir wollten sehen, welche neuen Schrecknisse auf uns warteten.

Nun gibt es auf Kregen die verschiedensten Arten von Fackeln. Wenn man sich das Holz bestimmter Bäume verschaffen kann und Pech und Wachs benutzt, das auf bestimmte Weise zubereitet wurde, läßt sich eine Fackel bauen, die ein König unter den Fackeln ist; andererseits kann man ein einfaches Stück brennendes Holz benutzen, dessen Licht kaum weiter reicht als ein halbes Dutzend Schritte. Die Zauberer haben ganz eigene Möglichkeiten, Licht zu schaffen – man könnte von magischen Laternen sprechen, die ihre milde Strahlung in beträchtliche Weiten schicken. Bestimmt gebot Yagno über ein solches Hilfsmittel; ich fragte mich, ob auch der alte Quienyin ähnliche Fackeln zu seiner armseligen Habe zählte.

Unsere Fackeln waren einigermaßen hell, wenn auch von unterschiedlicher Qualität, und warfen ihr Licht etwa achtzehn Schritte weit. Helle Gegenstände und Bewegungen ließen sich auch auf größere Entfernungen ausmachen.

So sahen wir schon frühzeitig das ungleichmäßige Flirren des Wasserfalls. Über Sand gingen wir vorsichtig darauf zu.

Das Wasser stürzte aus undurchdringlicher Dunkelheit herab, fiel im Bogen in einen felsigen See, in dem eine Steininsel einen Schrein trug. Aus dem Schrein starrte uns das marmorne Götzenbild spöttisch an. Ich zumindest wagte es nicht, in die rubinroten Augen zu blicken.

»Verteilt euch«, ordnete Lady Ariane an, »und meldet, was ihr seht!«

Wir befanden uns nicht mehr in einem steinernen Korridor, sondern eher in einer Höhle. Das Wasser entströmte durch eine gerundete Öffnung am anderen Ende, gesäumt von einem steingefliesten Weg. Unweit eines in den Strom ragenden Felsvorsprungs lag ein Mann in einer vollen Rüstung; ein Arm war ausgestreckt. Die gepanzerte Faust berührte fast noch einen kleinen Balassholz-Kasten, in Gold eingefaßt, der auf dem Felsvorsprung stand. Das Wasser berührte weder Mann noch Kasten.

»Der Kasten sieht interessant aus«, bemerkte unsere hohe Dame.

»Vielleicht, Lady«, antwortete Numim Naghan, »enthält er den Teil des Schlüssels, der in dieser Zone zu finden ist.«

»Das können wir erst feststellen, wenn ...«

»Laß mich!« bat Logu Fre-Da und trat vor. Er streckte seine Schwanzhand aus.

Meine Aufmerksamkeit hatte dem Toten gegolten. Seine

Rüstung entsprach der Art, wie sie in Loh getragen wurde; dies wußte ich, obwohl ich damals noch nicht in Walfarg in Loh gewesen war, auf jenem geheimnisvollen Kontinent der ummauerten Gärten und verschleierten Frauen. Das alte Walfargsche Reich, auch das Reich von Loh genannt, war vor langer Zeit untergegangen, und in einst unterworfenen Nationen waren heute nur noch Spuren jener stolzen Vergangenheit zu finden. Dieser Unbekannte war aus dem Westen angereist, er hatte einen weiten Weg über den Ozean genommen, um hier sein Ende zu finden. Er war ein Chulik, und seine gefährlich hochragenden Hauer waren vergoldet. Seine Haut schien mumifiziert zu sein, sie schimmerte kieselgrün. Mit der linken Hand umfaßte er eine etwa sechs Fuß lange Waffe mit Holzgriff, deren Stahlspitze die Form eines Stechpalmenblattes hatte und beinahe einen Fuß lang war.

An der Stechpalmenform erkannte ich die Waffe, auch an den neuen spitzen Widerhaken auf jeder Seite, die abwechselnd nach vorn und hinten zeigten, während das niedrigste Paar sich zu Haken krümmte: Vor mir lag die gefürchtete Strangdja aus Chem.

Logu war ein Hyr-Paktun, ein Mann, der im Kämpfen eine unvorstellbare Erfahrung besaß. Er ergriff den Balasskasten mit der Schwanzhand, und während der Schwanz nach oben zuckte und den Kasten seinem Bruder zuwarf, hatte er den Thraxter gezogen und parierte eben noch rechtzeitig den heftigen Stich der Strangdja.

Der Tote erwachte in dem Moment, da der Kasten bewegt wurde.

Mit heftiger Bewegung sprang er auf, sein Gesicht hatte die übliche chulikgelbe Färbung zurückgewonnen, und seine Hauer waren aggressiv vorgereckt. Wie ein Wahnsinniger stürzte er sich auf Modo, der den Kasten hielt, und schwang die tödliche Strangdja in gefährlichem Bogen.

Ein einziger Hieb jener Stechpalmenklinge hätte den Schild eines Pachaks durchstoßen können, der zweite Hieb mochte ihn den Kopf kosten.

»Er will den Mann töten, der den Kasten hält!« brüllte

Naghan. Die Hellebarde des Löwenmenschen zuckte gegen den vorbeihuschenden untoten Chulik vor und verfing sich in der Strangdja. Einen kurzen Moment lang hingen die beiden Stielwaffen zusammen, bis das gespenstische Wesen einen geschickten Trick anwandte und die Hellebarde fortfliegen ließ. Naghan torkelte zornbebend zurück und wollte erneut zum Angriff übergehen.

»Wirf den Kasten!« rief Ariane mit klarer Stimme.

Das Gebilde segelte durch die Luft und wurde von Logu aufgefangen, der in Ruhe abwartete, bis sich der Chulik wie von Sinnen auf ihn stürzen wollte, und schon segelte der Kasten in meine Richtung. Ich fing ihn auf und machte mich darauf gefaßt, das Krozairschwert mit einer Hand führen zu müssen.

Geschichten über Untote gibt es auf Kregen soviel wie auf der Erde – eher wohl mehr, da diese Wesen hier wirklich auftauchen. Sie werden oft Kaotim genannt, denn ›kao‹ ist eines der vielen kregischen Worte für den Tod. Am besten geht man solchen Wesen allerdings aus dem Weg. Ob dieses Exemplar der Gattung sich mit Stahl töten ließ, wußte ich nicht, obwohl ich es annahm angesichts der Tatsache, daß es bei seiner Wiederbelebung das Aussehen eines Lebenden angenommen hatte.

»Wirf den Kasten, Jak!« rief Ariane.

Ich warf ihn – zu ihr.

»Du Rast!« kreischte Naghan mich an und warf sich förmlich vor. Doch ehe er etwas ausrichten konnte, zuckte die Krozairklinge hoch. Als der Chulik an mir vorbeistrebte, um gegen Ariane vorzugehen, ließ ich die Waffe herumschwingen. Konnte man einen Mann bedauern, der bereits tot war?

Als dem Kaotim das zweite Bein abgeschlagen wurde, war es mit seiner Beweglichkeit vorbei, während er sich zunächst noch mit einem Bein beholfen hatte. Er stürzte auf die Steine, die den Wasserlauf säumten, und versuchte sich aufzurichten. Seine Beinstümpfe tauchten ins Wasser, aber kein Blut strömte hervor.

Schließlich äußerte Naghan ein lautes: »Im Namen Numi-Hyrjivs der Goldenen Pracht!« und stach mit seiner

Hellebarde zu. Der Kopf des Kaotim-Chulik rollte zur Seite. Kein Blut spritzte hervor. Die goldenen Hauer schimmerten im Fackelschein. Der Körper in der Rüstung rührte sich nicht mehr.

Einen Augenblick lang herrschte ein Schweigen, in dem sich das Brausen des Wasserfalls dünn und unbestimmt ausmachte.

Ich sagte: »Wenn der Schlüssel wirklich wichtig ist, wie man nur vermuten kann, dann wäre er niemals einem so schwachen Wächter anvertraut worden.« Ich wandte mich ab. »Was immer sich in dem Kasten befindet – der Schlüssel ist es nicht.«

Ich weiß nicht, wer den Kasten öffnete.

Man fand darin lediglich eine Haarlocke, ein blaues Seidenband und eine winzige silberne Brosche mit Perlen.

Lady Ariane sagte: »Legt die Sachen wieder in den Kasten und stellt ihn auf den Vorsprung, wo er sich befunden hat.«

So geschah es.

Wir traten zurück.

Der Chulik-Kopf begann zu rollen. Die Beine schritten aus. So wie Osiris wieder zusammenfand, nahm der namenlose Chulik-Abenteurer wieder seine volle Gestalt an, Beine und Kopf verbanden sich wie zuvor mit dem Torso. Mühsam kroch das Wesen zur Steinkante, streckte die Hand dem Kasten entgegen – und starb erneut.

Seine gelbe Haut marmorierte sich und verkörnte zu der schon bekannten leichengrünen Tönung. So blieb er zurück, eingesperrt im Fleisch, das nicht sterben wollte und das Ib in alle Ewigkeit von den Eisgletschern Sicces und den dahinter aufragenden sonnigen Bergländern ausgesperrt.

14

Die Fackeln schufen am wellenzuckenden Dach des Tunnels groteske Arabesken aus Licht und Schatten. Der Strom hatte sich verbreitert und verlief an unserer Seite. Wir eilten auf dem Steinpfad dahin und übernahmen abwechselnd die Führung, denn wir begegneten zahlreichen gewöhnlicheren Wasser-Ungeheuern Kregens. Wie immer hielten sich die beiden Pachaks und der Numim dicht bei ihrer Herrin. Zu ihrem Gefolge gehörten noch andere erfahrene Kämpfer, und gemeinsam gelang es uns, die unangenehmen Hindernisse zu überwinden.

»Wasser läuft bergab«, äußerte ein Brukaj mit wütend verzogenem Bulldoggengesicht, nachdem er eben ein Echsenwesen in das Wasser zurückgetrieben hatte, aus dem es sich fauchend erheben wollte. »Wir gehen also wenigstens in die richtige Richtung.«

»Möge dein Bruk-en-im uns mit seinem Lächeln bedenken und deine Worte wahr werden lassen«, erwiderte ich. »Bei Makki-Grodnos stinkenden Eingeweiden! Ich habe einen Hauch frische Luft und den Anblick der Sonnen dringend nötig!«

Nach einer Zeit, in der weitere Schuppenwesen niedergekämpft wurden, war ich wieder an der Reihe, die Führungsposition zu übernehmen. Ich hielt mich dicht am Ufer und behielt den schnellströmenden dunklen Fluß im Auge, während die Leute vorausgingen.

Als Ariane an mir vorbeikam, sagte sie mit leiser Stimme: »Ich finde, du kämpfst gut, Jak. Ich halte dich für einen Paktun.«

»In gewisser Weise bin ich das auch, meine Dame«, antwortete ich, ohne den Kopf zu drehen. Die Pachaks und der Numim rückten auf, und ich entfernte mich vom Ufer, um die Schlußposition zu übernehmen.

Licht erblühte vor uns, ein strahlender, orangeroter Schein in der Dunkelheit. Ich marschierte noch immer hinten, als wir in eine Höhle gelangten, die größer war als alles, was wir hier unten bisher vorgefunden hatten. Der Fluß mündete in einen See, der sich erstreckte, so weit das Auge reichte, noch über die Feuerkristall-Wände hinaus, die ihr zorniges orangerotes Licht verbreiteten, vorbei an den unheimlichen Gebilden, die aus dem Wasser ragten und teuflische Dinge verhießen.

»Also, bei allen Ibs der Lila Stadt!« entfuhr es Ariane. »Mit *diesen* Wesen lassen wir uns nicht ein!«

Rostige Ketten führten zu rostigen Ringen an einer steinernen Pier und sicherten sieben versunkene Schiffe, von denen nur noch die Aufbauten über das Wasser ragten. Sie waren mit grotesken Schnitzereien verziert. Zahlreiche Skelette lagen festgekettet an ihren Rudern. Im klaren Wasser huschten Hunderte von Wesen wirr durcheinander. Es handelte sich nicht um Fische. In den Mäulern dieser Geschöpfe drohten nadelscharfe Zähne, und die Augen flammten hell. Erschaudernd traten wir von der Kaimauer zurück.

Wo das Pflaster aufhörte, begann der Sand, der zwanzig Schritte weiter an neuen Steinplatten endete.

Niemand machte den Vorschlag, den Sand zu betreten.

Tarkshur, Strom Phrutius, Kov Loriman und sogar Prinz Nedfar hätten einfach einem Sklaven den Befehl gegeben, den Streifen zu überqueren. Ich warf einen Blick auf Lady Ariane nal Amklana und fragte mich, was sie tun würde.

»Naghan!« sagte sie energisch. »Sag einigen Sklaven, sie sollen vom nächstliegenden Boot ein Stück abbrechen und auf den Sand werfen.«

»Quidang, meine Dame!«*

Ein großes Stück fauligen Holzes wurde von einem Boot losgebrochen, ohne daß ein Sklave ins Wasser fiel. Der Brocken fiel auf den Sand und begann zu versinken, langsam, aber unaufhaltsam, und ringsum sprudelten schwarze Blasen auf und verbreiteten einen widerlichen Gestank.

»Hier können wir also nicht hinüber.«

»Aber zurück gehen wir auch nicht ...«

»Wir können nicht schwimmen ...«

»Die Boote!«

Doch was wir auch an Holzstücken ausprobierten, sie sanken, denn das Zeug war bleischwer und dermaßen verfault und zersetzt, daß es bereits unangenehm roch.

---

* Quidang – gleichzusetzen mit »Sehr wohl, der Befehl wird sofort ausgeführt.« Umgangssprachlich: »Aye, aye, Sir.« – *A. B. A.*

»Sucht in der Mauer nach einer Geheimtür!« befahl die Herrin.

Während die Sklaven und Gefolgsleute die Anordnung ausführten, wandte sie sich zu mir um und schaute mir fragend in das mürrische Gesicht.

»Du sagst, du wärst gewissermaßen Paktun, Jak. Und du nennst dich Jak, einfach nur Jak und sonst nichts?«

Die Paktuns hatten mich zuvor Notor oder Herr genannt, ohne genaue Informationen zu haben. Auf Kregen läuft aber niemand, der kein Sklave ist, nur mit einem einzigen kurzen Namen herum. Es sei denn, er hat etwas zu verbergen. Und jeder, der in seinem Schädel auch nur ein bißchen Menschenverstand besitzt, wird sich einen passenden Namen ausdenken. Ich wollte mich nicht als Jak der Drang vorstellen, denn dieser Name ließ sich in Havilfar wie auch in Hamal mit dem Herrscher Vallias in Verbindung bringen. So antwortete ich ernst, doch so höflich, wie ich es vermochte: »Wenn es dir gefällt, meine Dame, so werde ich zuweilen Jak der Sturr genannt.«

Mit Sturr bezeichnet man normalerweise einen Mann, der wenig sagt und ein bißchen langweilig ist und, um es kraß auszudrücken, von den Göttern nicht gerade mit Schönheit gesegnet ist. Ich folgte bei der Wahl des Namens einer Augenblickseingebung, denn – bei Krun! – alle die Tricks und Fallen in diesem Moder erfüllten mich mit einem Zorn, der gut zu diesem Typ passen konnte. Bei Makki-Grodnos geschwürübersätem rechten Ohrlappen! Ja!

Sie lachte, ein strahlend-perlendes Geräusch in der finsteren, flackernd erleuchteten Höhle.

»Da trägst du aber einen unpassenden Namen, möchte ich meinen, bei Huvon dem Blitz!« rief sie.

Ich lächelte nicht. Huvon ist eine beliebte Gottheit in Hyrklana, und ich hatte nicht die Absicht, dieser Frau vorzugaukeln, ich käme von dieser Insel. Wenn sie mich fragte, woher ich stammte ...

»Sag mir, Jak der Unsturr, wo liegt auf Kregen deine Heimat?«

»In Djanduin, meine Dame.«

»Djanduin! Aber du bist doch kein Djang!«

»Nein. Aber ich habe dort mein Zuhause. Die Djangs und ich kommen gut miteinander aus.«

»Ja.« Sie kräuselte die Nase und dachte nach. »Ja, ich glaube, das könnte stimmen – sowohl mit Obdjang als auch mit Dwadjang.«

Ehe nun Rufe von den Felswänden widerhallten, fragte ich mich noch, was sie antworten würde, wenn ich ihr sagte, daß ich König von Djanduin sei. Sie würde mir kein Wort glauben! Wer konnte ihr das verübeln?

Wir gingen zur Felsmauer hinüber, und Naghan der Doorn deutete auf eine Öffnung. Ich hätte lieber ein Boot gesucht, um auf dem Strom in die Außenwelt zu gleiten. Aber da uns kein Schiff zur Verfügung stand, mußten wir uns mit einem weiteren verflixten Korridor zufriedengeben. Überhaupt gab es vermutlich weiter unten am Fluß neue Wasserfälle und zahnbewehrte Geschöpfe, die keine Fische waren, und alle möglichen blutsaugenden Egel und Neunaugen und Opaz allein wußte, was für andere Gefahren ...

Der Raum am Ende des Korridors, in den wir uns drängten, stellte uns ein neues Rätsel. Ich überließ es den anderen, sich darum zu kümmern. Was immer Ariane in diesem Moder suchte – für mich erkaltete die Spur bereits. Dennoch konnte jeder Schritt, den man tat, einen qualvollen Tod bringen – und deshalb mußte man den Moder ernst nehmen, sehr ernst, bei Vox!

Der Raum war etwa hundert Schritte lang und breit und besaß eine Decke aus Feuerkristallen, durch die Licht herabströmte. Wir waren durch eine quadratische Öffnung eingetreten, bei der es sich um die rechte von drei Durchgängen handelte. Auf der anderen Seite des Raums ragte ein mit dunklen purpurnen Stoffen drapierter Thron auf. Der Thronsitz war aus Gold, umgeben von einem Fries aus Menschenschädeln. Knochen und Schädel bildeten auch den Schmuck an den Wänden. Auf dem Thron saß der ausgedörrte Körper einer alten Frau. Wir vermuteten, daß sie an Chivrel gestorben war, jener Altersschwäche, die Kreger vor ihrer Zeit altern läßt.

Ihre Robe war kostbar; sie bestand aus gold- und silberdurchwirktem Stoff, besetzt mit Edelsteinen, durchzogen von Goldschnüren. Die Skelettfinger wurden von Juwelenringen förmlich erdrückt. Ihre Krone funkelte.

Eine Treppe aus neun weißmarmornen Stufen führte zum Thron empor. Auf jeder Seite kauerten zwei an Eisenringen festgebundene Leem, reglos verharrend, die bedrohlichen keilförmigen Köpfe mit den funkelnden gelben Augen auf uns gerichtet. Die Reißzähne waren entblößt.

Auf der dritten Stufe von unten lag ein toter Kataki in voller Rüstung. Dem Aussehen nach war er zu Lebenszeiten ein berühmter Krieger, ein mächtiger Sklavenherr gewesen. Jetzt verweste er hier und war bei weitem noch nicht so lange tot wie die meisten Untoten an diesem furchterregenden Ort. Stille lastete auf uns wie ein schweres Gewicht.

»Ich würde sagen, er ist kein Kaotim«, bemerkte Ariane und zeigte sich bemerkenswert ruhig. »Er war ein Abenteurer, der das Rätsel nicht lösen konnte.«

Wir alle nickten feierlich.

Auf sieben Tischen links von uns, mit weißen Leinentüchern bedeckt, wartete ein prächtiges Mahl, als wären wir zum Essen geladen. Die Braten sahen saftig aus, die Weine schienen von hervorragender Qualität zu sein. Keiner von uns war so dumm, auch nur einen Bissen des Essens anzurühren oder einen Tropfen Wein zu trinken.

Ich ging so dicht an den toten Kataki heran, wie ich es für vertretbar hielt, und sah, daß sein Gesicht schwarz angelaufen und seine Augenhöhlen leer waren.

Ein kleiner Tisch mit spindeldürren Beinen rechts von der untersten Stufe besaß eine prächtige Mosaikoberfläche, auf der eine goldene Handglocke stand.

Lady Ariane verweilte vor diesem Tisch und senkte den Blick. Eine Zeitlang hing sie ihren Gedanken nach, ehe sie leichthin fragte: »Läuten oder nicht läuten?«

»Berühren oder nicht berühren – was auch immer«, sagte ich.

»Du hast recht, Jak der Unsturr.«

Verbissen sagte ich: »Ich heiße Jak der Sturr, meine Dame.«

Sie runzelte die Stirn. »Ich will mir nicht die Laune verderben lassen.«

Nun ja, es war eine Kleinigkeit, um die zu streiten sich nicht lohnte, jedenfalls nicht hier, wo uns jeden Moment ein schlimmer Tod anfallen konnte.

Zuerst nur schwach, dann aber ständig lauter werdend, waren hinter uns Stimmen zu hören, das Schlurfen von Schritten, das Klirren von Waffen. Wir schauten uns um, als der Lärm sich verstärkte.

»Aus der mittleren Tür«, sagte Naghan. »Am besten bleiben wir außer Sicht, meine Dame.«

Die Sklaven waren ziemlich verängstigt und die übrigen Gefolgsleute auch nicht viel glücklicher, als wir nun hinter den sieben Tischen Deckung suchten. Es gab ein ziemliches Gedränge, und wir konnten uns kaum bewegen. Die Kämpfer hielten sich bereit, hervorzuspringen und Widerstand zu leisten, sollte es dazu kommen.

Der Lärm brandete in den Raum, dann ertönte eine harte, hohe und frohgemute Stimme.

»Havil sei Dank! Vor uns liegt natürliches Licht. Hab Mut, mein Freund!«

»Mut?« antwortete eine keuchende Stimme. »Im Augenblick brauchte ich dringender zwei kräftige Beine wie die deinen.«

Und im nächsten Moment erschien in der mittleren Öffnung Deb-Lu-Quienyin, dichtauf gefolgt von Prinz Tryfar und einigen Kriegern und Sklaven. Man schaute sich um, wie wir es vor kurzem auch getan hatten.

Lady Ariane stand auf und glättete ihr weißes Gewand. »Lahal, Prinz!«

Das Erschrecken war groß. Ariane lachte boshaft.

Ich runzelte die Stirn. Ihr hübscher Kopf war in Gefahr gewesen, zum Ziel eines tödlichen Pfeils zu werden, widerstrebend senkten die Krieger aus Prinz Tryfars Gefolge ihre Bogen. Der Prinz lächelte und trat mit ausgestreckten Händen vor.

»Lady Ariane! Lahal und Lahal. Was für ein angenehmer Anblick in diesem infernalischen Gefängnis!«

Nun erhoben wir uns alle aus unserer Deckung hinter den Tischen und kamen uns ziemlich töricht vor. Nachdem wir uns ausgiebig begrüßt hatten, gab es Geschichten zu erzählen. Sehr ähnlich waren unsere Berichte. So wie Ariane und der Fliegende Mensch voneinander getrennt worden waren, so hatten der Zauberer aus Loh und der junge hamalische Prinz durch eine Steinlawine den Kontakt zur Hauptgruppe verloren. Nun berieten wir gemeinsam die Situation.

Deb-Lu-Quienyin trat vor, um sich den toten Kataki anzuschauen, und ich beobachtete, daß die andere Gruppe ebenso wie wir gelernt hatte, nicht voreilig zu handeln, sondern zuerst alles durchzusprechen. Er erblickte mich. Sein Gesicht verriet Überraschung, die sich aber in Grenzen hielt. Er setzte sein gewohntes Lächeln auf.

»Lahal, Jak. Wie nett, dich wiederzusehen. Ich hoffe, du warst erfolgreich.«

Ich begrüßte ihn meinerseits, woraufhin sich Ariane mit den Worten einschaltete: »Ihr beiden kennt euch? Wie schön!«

Prinz Tryfar und ich vollzogen das Pappattu, und er bedachte mich mit eindringlichen Blicken. »Ein einzelner Abenteurer, hier unten?«

»Auch dein Gefolge ist klein, Prinz.«

»Das stimmt – und deine Gruppe?«

Ich deutete nach oben, nach unten und in die Runde. »Havil allein weiß, wo sie steckt.«

»Du kannst dich gern unserer Gemeinschaft anschließen ...«

Ich musterte ihn. Er war ein anständiger, umsichtiger, vermögender junger Mann, und die Axt, die an seinem Gürtel baumelte, schien frisch gesäubert zu sein. Er war ein hamalischer Prinz.

Ich sagte: »Und es steht dir selbstverständlich frei, dich mir anzuschließen.«

Er hob die Augenbrauen. Seine rechte Hand näherte sich auf verräterische Weise der Axt. Dann verzog er das Gesicht und warf lachend den Kopf in den Nacken. »Bei Krun! Du bist ein Witzbold – und das ist hier unten sehr erfrischend.«

»Seid ihr beiden endlich fertig?« Ariane machte einen mürrischen Eindruck. Es war eine Sache unter Männern, und sie fühlte sich ein wenig vernachlässigt – jedenfalls beurteilte ich die Situation so. »Wie marschieren wir weiter?« Sie deutete auf die drei Türöffnungen. »Durch die linke?«

Quienyin seufzte. »Das würde uns wahrscheinlich an einen Ort zurückführen, der uns absolut nicht interessiert. Und es ist ein anstrengender Weg.«

In dem nun einsetzenden Schweigen hörten wir alle die Geräusche aus der dritten Tür. Sie kamen uns irgendwie vertraut vor.

Quienyin nickte. »Wir haben alle auf verschiedenen Wegen zahlreiche Hindernisse überwunden und kommen nun in dieser Kammer wieder zusammen. Ich habe den Eindruck, daß dort der Rest der großen Gruppe anrückt.«

Wir stimmten ihm zu und verzichteten darauf, hinter den Tischen Deckung zu suchen.

Der Zauberer aus Loh sollte sowohl recht behalten als sich irren. Die Neuankömmlinge betraten den Raum, und wir sahen, daß es sich um die Gruppe Kov Lorimans des Jägers handelte. Er schritt voraus, schwenkte erzürnt das Schwert und suchte nach Beute. Er hatte nur noch zwei Sklaven bei sich, so daß auch viele seiner Kämpfer schwere Bündel mit Schätzen tragen mußten.

Das Pappattu wurde erledigt, und er warf mir einen seltsamen Blick zu, den ich ihm nicht verdenken konnte. Schließlich konnte ich ja auch ein Moder-Monstrum sein, das den richtigen Augenblick abwartete, um ihn in Stücke zu reißen. Quienyins Worte aber beruhigten ihn.

»Diese Gänge winden sich wie das Gedärm eines Boloths«, verkündete Loriman, und sein massiges Gesicht erbebte leidenschaftlich. »Wann erreichen wir endlich das eigentliche Schatzhaus? Bei Spikaturs Jagdschwert! Dringend fehlt mir ...« Er nahm sich zusammen und fuhr hastig fort: »... jede Menge Gold und Edelsteine! Aye, bei Sasco! Deshalb bin ich hier, und ich werde nicht Ruhe geben, bis ich mein Vermögen zusammen habe!«

Ah! überlegte ich. Dieser massige Jäger war also nicht wegen Gold und Edelsteinen in den Moder eingedrungen, sondern verfolgte andere Ziele ...

Während die Sklaven und Gefolgsleute durch den Raum streiften und Rätsel zu deuten versuchten, zog ich Quienyin auf die Seite, um mit ihm zu sprechen. Das faszinierende Gespräch, das wir während der Karawanenreise nach Jikaida-Stadt unter nächtlichem Sternenhimmel führen konnten, hatte mir klargemacht, daß er – für einen Zauberer aus Loh! – ein netter alter Knabe war, dem der Verlust seiner Zauberkräfte sehr zu schaffen machte. Zugleich hatte ich in ihm eine Suche nach Gefährtenschaft gespürt, das bei einem magisch Bewanderten sehr selten anzutreffen war und sich nicht allein mit der Tatsache erklären ließ, daß seine magischen Talente geschwunden waren.

»Spikatur Jagdschwert«, sagte er und blies die Wangen auf. »Der Kov hat noch mehr Andeutungen gemacht ... aber leider ist über diesen geheimen Orden nur wenig bekannt ...«

»Ich habe gerüchteweise vernommen, es handle sich um eine neue Religion, die in Pandahem ihren Ursprung hat ...«

»Siehst du? Geschichtchen, Gerüchte, nichts Konkretes. Wie immer die Wahrheit auch aussieht, die Mitglieder dieses Ordens haben sich dem Jagen verschrieben. Soviel steht immerhin fest.« Er rückte seinen Turban zurecht. »Und es ist nur ein kleines Immerhin – wirklich wichtige Informationen besitzen wir nicht.«

»Ich bin jedenfalls überglücklich, dich gesund und munter anzutreffen, San. Du suchst hier eine Auffrischung deiner Fähigkeiten ...«

Die intelligent-fragende Maske, die er mir bei der Diskussion um Kov Lorimans Neigungen gezeigt hatte, verschwand bei diesen Worten. Er trug die Last der Tragödie ziemlich tapfer und zeigte sich mutig und stolz gegenüber der Welt. Immerhin war er ein Zauberer aus Loh, gewohnt, von normalen Sterblichen mit großer Unterwürfigkeit behandelt zu werden. Es war sein Schicksal gewesen, von kriecherischen Männern umgeben zu sein, die ihn fürchteten – milder kann man es wohl kaum ausdrücken. Sein Verlust aber hatte ihn sehr verändert. Er war zutiefst beunruhigt. Er und ich hatten da draußen im Ödland eine innere Übereinstimmung gefunden.

»Ich danke dir, Jak. Aber ich bitte dich um einen Gefallen – sag diesen Leuten nicht, daß ich ein Zauberer aus Loh bin.« Seine alten Augen richteten sich mißtrauisch auf einen mächtigen Chulik, einen von Lorimans ungestümen Raufbolden, der an uns vorbeistapfte und dabei mit dem Speer auf den Boden schlug. »Ich habe mich den anderen als einfacher kleiner Zauberer vorgestellt, der sich auf Taschenspielertricks versteht. Ich glaube nicht, daß es für die Stimmung gut wäre, wenn sie wüßten ...«

»Sei unbesorgt. Du hast also ein Geheimnis. Haben wir das nicht alle?«

»Besäße ich meine früheren Fähigkeiten, junger Mann, würde ich dein Geheimnis ergründen!«

Diese Worte sprach er gemessen und gedehnt aus, unser San Deb-Lu-Quienyin!

Er zerrte sein Kurzschwert nach vorn; wenn jemand wußte, daß er ein Zauberer aus Loh war, mußte ihn das verraten.

»Wir sind innerhalb der Moder-Zonen manche Ebene hinabgestiegen. Ich glaube, wir befinden uns in der fünften Zone. Was ich suche, liegt in der untersten Zone von allen, in der neunten. Dies hat mir San Orien verraten.«

»Und es gibt wirklich einen Weg ins Freie?«

»Ja, wenn man die neun Teile des Schlüssels besitzt. Sie passen zusammen und öffnen die Außentür. Ohne die neun Teile kommt man hier niemals heraus.«

»Ich habe gehört, Prinz Nedfar habe zwei Teile.«

»Als wir getrennt wurden, verfügte er sogar über drei. Sein Sohn, Prinz Tryfar, hat einen. Wir müssen diesen Dummkopf Loriman bitten ...«

»Vorsicht, San, wie du über diesen Mann sprichst!«

»Aye, junger Mann, da hast du zweifellos recht.«

»Und was ist mit San Yagno, dem berühmten Zauberer? Ist er real vorhanden?«

»Er besitzt Zauberkräfte, große magische Fähigkeiten. Aber – er ist kein Zauberer aus Loh, bei den Sieben Arkaden, nein!«

»Und das Geschöpf, Apim oder Diff, das sich unter dem rotgrün karierten Umhang verbirgt – Tyr Ungovich?«

Quienyin zog ein beunruhigtes Gesicht und kratzte sich unter dem schweren Turban. Eine Locke roten Haars löste sich, doch schließlich haben alle Lohier rotes Haar, und nicht alle Männer mit rotem Haar sind Zauberer aus Loh.

»Der Mann ist mir ein Rätsel. Ohne meine magischen Kräfte vermag ich ihn nicht zu ergründen.«

»Soweit ich weiß, hat er unsere Expedition organisiert.«

»Das stimmt.«

Die anderen suchten noch immer herum, ohne etwas Nützliches zu finden. Und – niemand war auf unangenehme Weise ums Leben gekommen.

»San, zurück zu den Schlüsseln – oder den Teilen der Schlüssel! Wie erkennt man sie?«

Nun sah er wirklich überrascht aus. »Wie kommt es, daß du hier herumwanderst und diese Information nicht besitzt, Jak?«

Ich starrte ihn an. »Ein Geheimnis gegen ein Geheimnis, San?«

»Ah!«

»Ich bin mit deiner Expedition hier eingedrungen. Als Sklave. Ich errang die Freiheit – von jenem übelriechenden, miesen Tarkshur die Peitsche ...«

Der Gesichtsausdruck des Zauberers aus Loh war jetzt alles andere als verschlossen – ich las in seinen Zügen Mitgefühl und wachsende Entrüstung.

»Du kannst dich glücklich schätzen, mein Freund, daß du noch gesund und am Leben bist.«

»Du kannst dir also vorstellen, in welchem Dilemma ich stecke. Ich muß mich als Notor ausgeben ...«

Nun mußte er doch lächeln – eine charmante Verwandlung seines Gesichts. Er war kein Dummkopf.

»Aber ich bitte dich, Jak! In den Ödgebieten, als wir mit Pompino und Bevon Jikaida spielten – nun, schon damals wußte ich, daß du mehr als ein Paktun warst, mehr sogar als ein Hyr-Paktun, womöglich wirklich ein Notor?« Er schüttelte den Kopf. »Ein *bißchen* verstehe ich mich doch noch auf meine Magie.«

»Nun, um des lieben Opaz willen ...«

»Ah!« Wieder lächelte er. »Dieser Ort, der jedem normalen Menschen fürchterlich vorkommen muß, scheint dich durcheinanderzubringen, Jak. Du bist mindestens ein Prinz. Aber ich werde mich in meinen Äußerungen beschränken, so wie auch du den Mund halten wirst. So haben wir uns gegenseitig in der Hand.«

»Einverstanden. Sollte uns zufällig Tarkshur begegnen ...«

»Dann bluffen wir. Ich habe die Sklaven beobachtet, jede der acht Gruppen für sich. Ionno der Löffel ist bei der Hauptgruppe. Dich habe ich nicht erkannt ...«

»Du hättest doch auch sicher nicht damit gerechnet, unter den Sklaven einen Mann zu finden, den du kennst. Und schon gar nicht hier.«

»Jeder Mann kann zum Sklaven werden.«

Ehe ich darauf eine zustimmende Antwort formulieren konnte, marschierte Loriman herbei und hämmerte zielstrebig auf dem Boden herum, den der Chulik bereits abgeklopft hatte. »Einige von uns«, sagte Loriman der Jäger, »suchen nach einem Ausweg, anstatt miteinander zu plaudern.« Er setzte seinen Weg fort, nicht ohne uns noch einen bösen Blick zugeworfen zu haben. Sicher hätte er noch mehr gesagt, doch gab ich meiner Stimme einen fröhlichen Klang und rief ihm zu: »Wir beraten einen Plan!«

Mein Mangel an Respekt vor seiner hohen Stellung als Kov mißfiel ihm sichtlich, und ich hörte Quienyin pfeifend lachen.

»Wir brauchen noch einen Augenblick – Kov.«

Als er seine sinnlose Bodenklopferei fortsetzte, fragte mich der Zauberer aus Loh: »Du hast einen Plan?«

»Sag mir, wie man die Teile des Schlüssels erkennt.«

»Jede Zone hat ihre eigene Kennzeichnung, ihr eigenes Symbol. Die drei ersten bestehen aus Bronze, Silber und Gold, aus dem hübschen Tand, den der Mensch erstrebt und dessentwegen er sogar andere tötet.«

»Ja.«

»Die nächsten drei sind nach Edelsteinen benannt. Diamant. Smaragd. Rubin.«

»Logisch. Wir befinden uns hier in der Smaragdzone. Und die untersten drei?«

»Zauberei, Nekromantie und ... den neunten Namen möchte ich zunächst für mich behalten.«

»Wie du willst. Dort befindet sich jedenfalls das, was du erstrebst.«

»Ja.«

»Smaragd«, sagte ich. »Doch nicht etwas so Simples wie die smaragdbesetzte Goldkrone, die die arme alte Dame auf dem Thron trägt?«

»Es könnte sich um ihre Krone handeln.« Seite an Seite setzten wir uns in Bewegung und blieben vor den Marmorstufen stehen. Der tote Kataki schlummerte; die vier Leems rührten sich nicht.

Lady Ariane schloß sich uns an. »Ihr habt etwas?«

»Meine Dame«, sagte Quienyin auf das galanteste – eine große schauspielerische Leistung für einen hochstehenden Zauberer aus Loh. »Mein guter Freund Jak fragt sich, ob nicht vielleicht die Krone ...«

»Möglich. Aber wie kommen wir daran? Niemand wird die Stufen zu ersteigen wagen. Ach«, fügte sie mürrisch hinzu, »wenn doch der dumme Longweill nicht ums Leben gekommen wäre!«

Prinz Tyfar stapfte herbei, die rechte Faust um den Axtgriff gelegt. »Ich finde keinen Ausweg!«

Er bemerkte die Richtung unserer Blicke.

»Die Krone der Königin?«

»Es sind Smaragde darin ...«

»Und«, ergänzte Quienyin, »außerdem Knochen und Schädel.«

»Nun ja«, meinte Tyfar, »so recht macht mir das keinen Spaß, aber wir müssen wohl jemanden hinaufschikken.«

Die Gruppe der Sklaven und Gefolgsleute, die uns umstand, löste sich übergangslos auf, wie selbstverständlich zog man sich in die entfernten Ecken zurück, um eifrig gegen die festen Wände zu klopfen.

»Wenn wir an einem Pfeil eine Schnur befestigen könnten ...«

»Großartig!« rief Tyfar. »Und dazu habe ich genau den richtigen Mann. Er ist in Ruathytu als Bogenschütze berühmt.«

Auf Tyfars lauten Befehl reagierte ein Mann und trabte zu uns herüber. Er war ein Apim, doch breit gebaut und mit dichtem schwarzen Haar. Er trug ein mit Metallknöpfen besetztes Lederwams, und seine Waffe war ein Komposit-Reflex-Bogen, der eine ziemliche Schußkraft entwickeln mußte. Ich war einverstanden, ihm den Schuß zu überlassen, denn ich schätzte, daß bei der Entfernung eine Waffe mit flacherer Schußbahn besser geeignet war – auch wenn Seg vermutlich anderer Ansicht gewesen wäre.

Dafür erhob Kov Loriman Einspruch. Er schleppte einen Fristle an, dessen Kompositbogen zwar der Waffe des Mannes aus Ruathytu glich, doch in Bau und Anlage das Produkt einer anderen Philisophie war. Beide Bögen waren gut, beide genügten unseren Ansprüchen. Es waren nur eben unterschiedliche Werkzeuge von gleicher Nützlichkeit.

Es entspann sich eine Auseinandersetzung über die Frage, welcher Bogenschütze schießen sollte.

Sie mögen es vielleicht von mir erwartet haben, doch verlor ich nicht die Geduld. Zunächst mußte an dem Pfeil ein dünner Faden befestigt werden. Dies geschah – an beiden Schäften. Kov und Prinz starrten sich aufgebracht an.

Ariane lachte hell. »Laßt mich die Wahl treffen ...«

»Es geht hier um eine Frage der Ehre, die sich nicht nach der Laune einer Frau entscheiden läßt«, knurrte Loriman. »Lady.«

Tyfar erbleichte. Doch Ariane richtete die hellen Augen auf ihn und hielt die Worte zurück, die sie auf der Zunge hatte. Was sie sagen wollte, was sie zu dem Streit beigetragen hätte, weiß ich nicht. Ich weiß nur, daß Prinz Tyfar im Begriff stand, den aufdringlichen Kov ins Niemandsland zu schicken.

Deb-Lu-Quienyin schlug vor: »Wir lassen einen Pfeil kreisen.«

Murmelnd gaben wir unsere Ansicht kund, daß dies die Lösung sei, und der Pfeil wurde hochgeworfen. Er landete mit den Leitfedern nach unten, und Kov Loriman, der sich für diese Seite entschieden hatte – eine ungewöhnliche Wahl – begann zu grinsen.

Ich hatte eine Bemerkung auf der Zunge, wie schade es doch sei, daß alle hamalischen Bogenschützen bei Prinz Nedfar waren, konnte sie aber im letzten Augenblick noch zurückhalten. Bei Krun! Ich durfte ja keine Einzelheiten über diese Expedition wissen!

Man warf mir verwunderte Blicke zu, als ich laut den Mund zuklappte und meine Verlegenheit mit einem Kopfschütteln und Niesen überspielte. »Dieser Staub«, sagte ich, »der steigt mir bis in den Kopf, bei Djan!«

Die beiden Bogenschützen waren Berufskämpfer, daran bestand kein Zweifel. Lorimans Fristle zog die Bogensehne bis zur Wange durch und ließ das Geschoß losfliegen. Vielleicht lag es am Gewicht des Fadens – so leicht er auch war – vielleicht gab es aber auch wirklich einen plötzlichen Windstoß. Was immer das Phänomen auslöste – der Bogenschütze verfehlte sein Ziel. Der Pfeil prallte von einem Schädel ab, wirbelte zur Seite und stieß gegen die pechschwarze Wand hinter dem Thron.

Hellrotes Feuer verzehrte den Pfeil.

Als wir den Faden einholten, war das Ende verkohlt.

Diese Entwicklung ermutigte uns nicht gerade.

Als nächstes schoß Prinz Tyfars Champion aus Ruathytu und erzielte genau dasselbe Ergebnis.

Jeder der Männer versuchte es dreimal, wobei sie sich mit ihren Schüssen auf den unberechenbaren Wind einzustellen versuchten. Sechs Pfeile verbrannten.

»Bei Sasco dem Wunder!« begann Loriman zu toben. »Ich

lasse dich jikaider-peitschen! Du verkaufst dich mir als Bogenschütze und kannst nicht so gut geradeaus schießen wie ein fünfjähriger Junge!«

Prinz Tyfar bedachte seinen großgewachsenen Bogenschützen mit hochgezogenen Augenbrauen.

»Mein Prinz – es gibt da wirklich einen Windstoß, der sich nicht berechnen läßt.«

Loriman drehte das wütend gerötete Gesicht in meine Richtung. »Eine hübsche Idee von dir!«

»Wenn ein Zauberer hier wäre, könnte er behaupten, der Wind wäre eine Illusion!«

»Dummkopf – die Pfeile werden doch aus dem Ziel geblasen!«

Deutlich war zu hören, wie Prinz Tyfar nach Luft schnappte. Ich überging seine Reaktion wie auch Kov Lorimans Beleidigung. Was konnte er mir schon Entwürdigendes antun? Immerhin hatte ich ihn im Hinrichtungs-Jikaida besiegt!

»Wenn der Wind aber wirklich vorhanden ist«, fuhr ich mit gelassener Stimme fort, »dann muß es dort Öffnungen oder Röhren geben – irgend etwas, aus dem der Wind hervorbläst.«

Alle verrenkten sich die Hälse, um die Schatten rings um den Thron zu erkunden.

Loriman merkte gar nicht, wie kränkend sein Verhalten war.

»Ich sehe nichts! Licht, ihr Rasts, bringt Lampen!«

Fackeln wurden nach vorn getragen, und ihr qualmender Schein drang in die Schatten des Thronsitzes, woraufhin mit wirbelnden Flügeln ein Schwarm Fledermäuse aufstieg, die uns mit roten Augen anfunkelten und fiepend an den Wänden entlangflatterten. Wir beobachteten die Wesen genau. Aber sie schienen harmlos zu sein und hängten sich schließlich mit den Köpfen nach unten an hohe Felsvorsprünge.

»Und wenn ich recht habe«, fuhr ich fort, »wie es doch den Anschein hat, da doch anscheinend eine Macht verhindert, daß wir die Krone herunterziehen – was geschieht dann, wenn es uns doch gelingen sollte?«

»Damit beschäftigen wir uns, wenn es soweit ist«, sagte Prinz Tyfar entschlossen. »Inzwischen bin ich überzeugt, daß dort ein Teil des Schlüssels liegt.«

»Prinz, wenn das so ist«, sagte ich, »solltest du einen Schleuderkämpfer nach vorn rufen.«

»Natürlich, Notor Jak – natürlich!«

Schnell wurde ein Schleuderwerfer aufgeboten, ein zäher Brokelsh, dessen stoppliger Körper auf der linken Seite gepanzert war und auf der anderen ungeschützt. Der Faden wurde an einem seiner Bleigeschosse festgemacht. Er schaute auf die Krone, hob die mächtigen Schultern, kniff ein Auge zu und fuhr sich mit der Zunge über die Lippen.

»Macht Platz, Doms!« sagte er in typischer Brokelsh-Art.

Dann schwang er seine Schlinge und schickte das Geschoß auf den Weg.

Die Kugel flog in hohem Bogen. Der Wind blies – wir alle wußten, daß ein übernatürlicher Wind aufkam. Trotzdem fand die Kugel ihr Ziel. Er war ein guter Schleuderwerfer, dieser einfache Brokelsh.

Als die Bleikugel klappernd gegen die Krone prallte, straffte sich die Leine. Prinz Tyfar gehörte zu den ersten, die zugriffen und daran zogen.

Die Krone begann sich zu neigen. Grüne Funken sprühten von ihr aus und hüllten die Felskammer in einen unheimlichen Schimmer.

»O nein!« rief Lady Ariane.

Aber die Krone rutschte ab, kippte und stürzte.

Krachend landete sie auf den Stufen und hüpfte herab, grünes Licht versprühend. Sie prallte gegen den toten Kataki und flog hoch empor, kreiselnd, ein Wirbel aus Gold und funkelnden Edelsteinen.

Als sie die unterste Stufe berührte, füllte sich die Höhle mit einem langen, klagenden, vibrierenden Stöhnen.

Im nächsten Augenblick begannen sich die Stufen zu drehen, und die Wandvorhänge und die Greisin verschwanden, und aus dem aufklaffenden schwarzen Höllenschlund stürzte eine Höllenhorde auf uns zu.

15

Die Schreckenswesen hüpften und flogen keckernd herbei. Es handelte sich um haarige, schuppige, warzenübersäte Geschöpfe. Sie liefen auf vier oder sechs Beinen, ihre Schwänze waren mit Schuppen bedeckt und mit Widerhaken versehen. Die Augen waren rot oder gelb und funkelten vor unbändigem Haß oder bargen in glosendem Grün einen unsäglichen Abscheu. Eine ganze stinkende Menagerie unbeschreiblich geformter Monster fiel über uns her – und keines war größer als eine irdische Katze.

Wir hieben nach ihnen, schlugen die Wesen zurück und mußten doch erleben, daß Männer kreischend zu Boden gingen, aufgespießt von langen orangeroten Reißzähnen, die sich in verkrampfte Hälse bohrten. Das Gewühl, der Gestank, das Schrecknis dieses Ereignisses ließen uns mit hektischer Panik reagieren.

Wie viele verschiedene Arten von Ungeheuern es gab, wußte ich nicht. Unter den vielen Hunderten, die sich kreischend aus dem Höllenschlund ergossen, waren mindestens zwanzig verschiedene Gattungen zu beobachten. Und sie alle – jedes einzelne Geschöpf – hatte nur unsere Vernichtung im Sinn.

Die Sklaven hielten sich nicht lange.

So gut wie nackt, ungeschützt, waffenlos, wurden sie im Nu niedergemacht.

Ich sah Quienyin mit dem Kurzschwert mutig um sich hauen; er war von einer ganzen Wolke flatternder Monster umgeben. Ich mußte förmlich durch packende, reißende Zähne und Krallen waten, um ihn zu erreichen und ihm dabei zu helfen, den sinnesverwirrenden Schwarm zu vertreiben.

»Fliktitors, Jak«, sagte der Zauberer aus Loh keuchend und hieb weiter um sich. »Fliktitors, so nennt man diese Wesen.«

Der Drexer in meiner rechten Faust hieb und stach zu. Die Main-Gauche machte sich kraftvoll Platz – und das im wahrsten Sinne des Wortes. Denn die Schrecknisse bildeten eine dermaßen gedrängte Masse, daß ich mit jedem Hieb sichtbare Spuren hinterließ.

Prinz Tyfar wehrte sich mit hervorragendem Kampfgeschick, und seine Axt fauchte durch die Luft und traf immer wieder auf gerippte Rücken und ledrige Flügel.

Die beiden Pachaks und der Numim schirmten ihre Herrin ab und kämpften, wie es nur Pachaks und Numims vermögen.

Der Ansturm schuppiger Ungeheuer ließ nach. Die warzenbedeckten Kreaturen hasteten auf sechs Beinen heran und wurden zerdrückt. Die haarigen Biester kletterten mit spitzen Krallen aufwärts und wurden niedergemäht.

Doch auch Menschen mußten daran glauben.

Als wir schließlich den letzten jaulenden Teufel niedergestreckt hatten, standen wir keuchend da und sahen uns auf dem Schlachtfeld um.

Sklaven waren nicht mehr am Leben.

Außer sich vor Zorn, marschierte Kov Loriman hin und her und hieb ziellos mit dem Schwert nach den übelriechenden toten Fliktitors.

Lady Arianes weißes Gewand bebte, so heftig atmete sie, und war von rotem und grünem Blut verunstaltet.

Wir Überlebenden hätten uns am liebsten ausgeruht und erfrischt, ehe wir uns weiter den Rätseln und Schrecknissen dieses verhexten Ortes widmeten.

Laut erhoben sich die streitenden Stimmen, laut wurde die Auseinandersetzung zwischen Diffs und Apims ausgetragen, zwischen Männern derselben Rasse, zwischen Kriegern und Gefolgsleuten. Doch wußten wir, wußte jeder einzelne von uns, daß wir zusammenhalten mußten.

Wutschnaubend stapfte Loriman auf mich zu. »Dummkopf – eine wirklich tolle Idee von dir! *Das* hast du uns also gebracht!«

Ich nahm die heruntergestürzte Krone zur Hand. Sie war eiskalt.

»Schau hier hinein, Kov! Schau dir an, was es hier zu sehen gibt!«

Die Anführer drängten sich herbei, als Loriman die Krone ergriff und zu schütteln begann. Ein seltsam geformtes Bronzestück fiel heraus.

»Ah!« sagte Tyfar.

»Der Schlüssel!« rief Ariane. »Der Teil aus der fünften Zone!«

Loriman brummte etwas, hob das Stück vom Boden auf und wollte es sich unter die Rüstung stecken.

»Kov«, sagte ich. »Darum möchte ich mich lieber kümmern.«

»Du Rast! Ich bin ein Kov – ich werde ...«

»Du wirst mir das Stück aushändigen, sonst kannst du etwas erleben, Kov oder nicht ...« Aber dann riß ich mich doch zusammen und atmete mehrmals tief ein und aus. Voskschädeliger Onker aller Onker, Dray Prescot! Quienyin trat vor und sprach mit einer Betonung, die uns ablenkte.

»Vielleicht wäre Lady Ariane so nett, wo sie doch so gut bewacht wird ...?«

»Ich würde mich selbst erbieten, den Teil des Schlüssels zu tragen«, schaltete sich Prinz Tyfar ein, »doch überlasse ich die Ehre gern der hohen Dame.«

Damit war Loriman überstimmt. Ich warf Tyfar einen kurzen Blick zu. Ein kluger, energischer Prinz, so hatten die Sklaven ihn beschrieben – aber auch ein wenig unausgegoren ... Die Axt war ein Krückstück. Er neigte ein wenig zur Aufschneiderei, wenn er in der Gegenwart von Frauen war. Und hielt den Besitz dieses verdammten Schlüsselstücks noch für eine Ehre! Nun ja, wenn man romantisch veranlagt war, stimmte das natürlich, doch war die Tiefe des Moders mit seinen Monstren und seiner Magie wahrlich nicht der Ort für Kavaliersdenken und eitle Ehrvorstellungen.

Alle waren froh über die Nahrung und die Ruhepause. Plötzlich trieb durch die mittlere Tür ein rundes regenschirmförmiges Gebilde herein. Es hatte einen Durchmesser von etwa drei Fuß und ließ aus der Mitte einen Tentakel zwölf bis fünfzehn Fuß weit herabhängen; dabei bewegte es sich auf und nieder und ließ den Fühler gelegentlich herumschwenken. Quienyin rief: »Den Tentakel nicht berühren!«

Inzwischen nahm sich jeder hier unten in acht und berührte nichts, bevor er es nicht gründlich untersucht hatte – was uns natürlich nur langsam vorankommen ließ. Der runde Regenschirm reagierte sehr schnell. Eben noch war er gemächlich geschwebt, doch kaum berührte der baumelnde Tentakel lebende Substanz, da entwickelte das Gebilde hektische Betriebsamkeit.

Der Fühler legte sich um den Hals eines Brokelsh, der nicht schnell genug ausgewichen war.

Aufgrund unserer bisherigen Erfahrungen rechneten wir damit, daß der arme Mann wie ein Fisch an der Angel hochgezerrt werden würde. Statt dessen begab sich das runde durchscheinende Ungeheuer zu seinem Opfer, stürzte sich förmlich auf ihn und setzte sich genau über dem Kopf des Mannes fest. Als sich der Kreis um den Mann schloß, mußte ich an den Kegel einer Flick-Flick-Pflanze denken. Die Erscheinung legte sich wie eine Haube über den Kopf, eng und immer enger, und das durchsichtige Material ließ deutlich den starren Gesichtsausdruck erkennen.

»Eine Erstickungshaube!« rief Quienyin.

»Abschneiden!« befahl Ariane.

Loriman hob das Schwert.

»Damit tötest du den Mann!« rief Quienyin entsetzt.

Der Brokelsh lief sinnlos im Kreis, als würde er gelenkt, und seine Brust bewegte sich ruckhaft. Schließlich brach er zusammen, und durch das Material der Erstickungshaube konnten wir erkennen, wie sein Gesicht blau anlief.

»Hat jemand ein Atra mit dem Symbol für Luft?« fragte der Zauberer aus Loh. »Schnell!«

Alle – nur ich nicht – begannen verzweifelt die Amulette abzusuchen, die sie um den Hals trugen oder unter der Kleidung versteckt hatten. Die meisten Kreger haben ständig eine oder zwei Atras bei sich, um alle möglichen bösen Einflüsse abzuwehren. Plötzlich schrie ein Fristle auf. Mit erstaunlichem Tempo brachte Quienyin das Atra an sich, indem er die Lederschnur durchriß, die um den Hals des Fristles führte. Der Katzenmensch zuckte zusammen. Quienyin begann sofort damit, das Atra in eine winzige

Falte am unteren Rand der Erstickungshaube zu pressen, während wir den bebenden, sterbenden Brokelsh festhielten. Das Atra war ein primitiv gegossenes Silbergebilde und stellte eine neunseitige Figur dar, und auf der matten Oberfläche waren die Symbole für Fell, Blitze, Luft und Milch eingraviert.

Nach einer Zeit, die uns allen sehr lange vorkam, begann der Brokelsh wieder zu atmen, die Blaufärbung seiner Haut ging zurück – doch löste sich die schreckliche Haube nicht von seinem Kopf.

»Wie entfernt man das scheußliche Ding?« flüsterte Ariane.

»Warum Zeit verschwenden?« fragte Loriman direkt. »Er ist doch nur ein Brokelsh. Laßt mich mal ...«

»Loriman! Kov!« rief Ariane entsetzt. »Nein ...«

Aber schon hatte der jagende Kov seine Schwertspitze in dieselbe Falte gepreßt, in der das Atra steckte. Vielleicht war es die frische Luft, vielleicht war sein Vorgehen genau das Richtige, vielleicht hatte er auch nur Glück. Er begann das Schwert zu drehen und zu wenden und das dünne Material der Erstickungshaube aufzutrennen. Dabei verletzte er den Brokelsh im Gesicht, der aber bestimmt nichts dagegen hatte.

Plötzlich öffnete sich die Haube wie ein Regenschirm; schwoll an und schwebte durch die Luft, den Tentakel hinter sich herziehend. Loriman hieb zornig nach dem baumelnden Gebilde, traf aber nicht. Ich fragte mich, ob sich die Substanz überhaupt mit einem Schwert durchtrennen ließ.

»Marschieren wir weiter!« knurrte Loriman.

Dem Brokelsh wurde starker Wein gereicht. Er sah ziemlich erschüttert aus. Aber er konnte sich glücklich schätzen, noch am Leben zu sein. Vielleicht wäre aber ein schneller Erstickungstod den Schrecknissen vorzuziehen gewesen, die ihn in den unteren Zonen dieses Moders noch erwarten mochten ...

Wir bildeten eine neue Marschordnung und stürzten uns mit erhobenen Fackeln in den schwarzen Höllenschlund hinter dem Thron. Kaum hatte der letzte Söldner die Öffnung durchschritten, begann sich die ganze Thronkonstruktion wieder zu drehen. Die purpurnen Wandbehänge senkten sich herab, der Thron, der Fries aus Schädeln und Knochen, die vier Leems, alles drehte sich wieder in die Felskammer hinein. Ich fragte mich, ob zugleich auch eine neue Krone auf dem Kopf der toten Königin erschiene.

Quienyin schritt neben mir aus, im Licht der Fackeln wirkte sein Gesicht sehr rot. »Die Leems ...«, flüsterte er, »hätten wir die Glocke geläutet ...«

»Wahrscheinlich hast du recht«, sagte ich. Und wir eilten in die Dunkelheit.

Es ging abwärts. Salpeter leuchtete an den Wänden, und unser Licht fiel auf obszöne Skulpturen, die sich zuckend zu vergnügen schienen. Ich verfolgte, wie sich Tyfar verlegen bemühte, Lady Ariane in lebhafte Gespräche zu verwickeln, während sie an seinem glühenden Gesicht vorbei schnelle, faszinierte Blicke auf die sehr privaten Darstellungen warf. Nun ja, eines Tages würde der Jüngling mehr über Frauen wissen ... Wir marschierten die lange Schräge hinab und erkannten nach einiger Zeit, daß wir wohl in die nächste Zone des Moders vorgedrungen waren.

Der Saal, den wir nun betraten, war eine einzige flammende Masse rubinroter Wände.

Die Flächen waren mit Rubinen besetzt.

Einige unserer kampferprobten Paktuns machten sich sofort mit ihren Dolchen ans Werk. Keine Blitze zuckten auf, kein Donner grollte, kein Ungeheuer sprang uns aus dem Nichts an, als das erste Juwel herausgebrochen war.

Der Söldner, einer von Lorimans kräftigen Chuliks, hielt die Hand auf, als der Rubin von der Wand fiel. Der dunkelrote Edelstein fiel ihm in die Hand, fiel durch die Handfläche und brannte dabei ein schwarzes Loch in Fleisch, Knochen und Sehnen. Der Chulik schrie auf – und da ich Chuliks kannte, überraschte es mich nicht, daß in dem Schrei vor allem Zorn und Entrüstung zum Ausdruck kamen und sehr wenig Schmerz.

»Die Glühenden Steine!« Quienyin zog einen Apim zurück, als der nächste Juwel herabfiel. Es berührte den Boden und explodierte in einem rotstrahlenden Funkenschauer, der trotz der allgemeinen rubinroten Strahlung in dem teuflischen Raum grell anmutete.

Sehr vorsichtig begannen wir nach dem Ausweg zu suchen und stießen dabei auf eine Falltür im Boden, die, als wir sie endlich mit unseren Klingen geöffnet hatten, den Blick auf eine hohle weiße Strahlung freigab. Tyfar sagte: »Bei Krun! Weiß ist besser als Rot!« Und er stürmte mit nach unten gerichtetem Schwert in die Tiefe.

Nun ja, er war ein mutiger junger Mann. Ein bißchen tollkühn vielleicht.

Als wir schließlich alle am Fuß der Treppe standen – und erst in diesem Augenblick –, begann der Boden zu kippen. Hilflos wurden wir von den Füßen gerissen und rutschten einen langen glatten Hang hinab, wobei uns stechender Ölgestank in die Nase stieg. Immer tiefer rutschten wir, gleitend und strampelnd. Das weiße Licht über unseren Köpfen schwächte sich ab und verschwand.

Der Hang, den wir hinabrasten, verlor allmählich an Schräge und wurde wieder horizontal, als hätten wir uns in einer Rutsche befunden, und ließ uns in einem einzigen wirren fluchenden Haufen auf einem ganz normalen Steinfußboden landen. Wände aus Feuerkristallen verbreiteten ein gelbes Licht. Wir rappelten uns auf. Kein Tropfen Öl befleckte unsere Kleidung oder Rüstung. Wir schauten in die Runde.

In der gegenüberliegenden Wand gähnten lediglich zwei Türöffnungen, die eine mit rundem, die andere mit spitzem Sturz, beide geschlossen, und zwischen ihnen lehnte das groteske, grinsende, eisenumschlossene Skelett eines Anthromorphen.

Ansonsten war der Raum leer.

»Welche Tür?« fragte jemand und brachte damit die Gedanken von uns allen zum Ausdruck.

»Ich«, bemerkte Kov Loriman, »würde die rechte wählen.«

Es handelte sich dabei um die spitzgiebelige Tür.

Für die anderen war das eine Bestätigung für die Richtigkeit der Entscheidung, den runden Torbogen zu nehmen.

So lächerliche Umstände wirken auf wichtige Entscheidungen ein.

Ich sprach es nicht laut aus, doch sagte ich in Gedanken: ›Ob romanisch oder gotisch, mir ist jede Tür recht ...‹

Der dahinterliegende Korridor sah völlig normal aus. Keiner von uns rechnete damit, daß er es war.

Aber darin sollten wir uns irren. Wir schritten durch einen schlichten, geradeaus führenden Steinkorridor, gut erleuchtet, in sanfter Schräge tief in den Moder hineinführend. Die Wände waren unauffällig. Schließlich erreichten wir mit einer gewissen Erleichterung einen kleinen Raum, in dem wir nicht alle Platz hatten, was dazu führte, daß eine Gruppe von Kriegern draußen warten mußte.

In dem Raum stießen wir auf eine Glasvitrine auf einem silbern ausgelegten Balasstisch; darin lag ein Gegenstand, den wir abschätzend musterten. Es handelte sich um einen silbernen Schlüssel. Einen ganz gewöhnlichen Schlüssel.

»Ich glaube nicht«, sagte Ariane, »daß der zu den Teilen des anderen Schlüssels gehört ...«

»Das liegt auf der Hand, meine Dame!« sagte Kov Loriman verächtlich.

»In diesem Fall, Kov«, sagte Tyfar, »dürfte es dir doch keine Mühe machen, die Vitrine zu zerschlagen und den Schlüssel zu ergreifen, Oder?«

Aber Loriman war Jäger und ließ sich nicht so leicht in die Falle locken.

»Ehe ich einen meiner Paktuns anweise, den Schlüssel zu nehmen, werden wir uns gründlich umschauen.«

Der Vorschlag war vernünftig, und wir suchten den Raum ab.

Wir fanden nichts anderes, und schließlich befahl Loriman einem seiner Männer, das Glas zu zerbrechen. Der Chulik polierte sich seine Hauer mit angefeuchtetem Daumen und starrte geradeaus, und Tyfar sagte: »Kov! Ich möchte nicht respektlos erscheinen. Wir sitzen alle im gleichen Boot und müssen uns derselben Gefahr erwehren. Laß das Glas durch einen meiner Schlingenwerfer zerschmettern, während wir draußen warten ...«

Der Chulik-Paktun – ein Hyr-Paktun – drehte sich sofort um und marschierte zur Tür. Wir anderen folgten. Nur Loriman blieb in dem Raum zurück. Er schnaubte angewidert durch die Nase und folgte uns in den Korridor. Tyfars Brokelsh-Schleuderer machte sein übliches Ritual durch: Schulterzucken, Augenzusammenkneifen, Lippenanfeuchten. Dann schickte er sein Geschoß auf den Weg.

Barkindrar, so hieß er und war ein vorzüglicher Schleuderer. Er stammte aus Hyrzibars Finger, tief im Südosten Havilfars.

Das Glas verschwand in einem Gewirr von Splittern, die klirrend herabfielen.

Aus dem Fuß der zerstörten Vitrine zuckte ein langes seilähnliches Gebilde empor und wirbelte wie eine Schlinge durch die Leere, wo ein Mann zu finden gewesen wäre, der die Vitrine mit dem Schwert eingeschlagen hätte. Das seltsame Gebilde fauchte wie eine Schlange, während es herumschnellte und ein Opfer zu finden versuchte, bis es schließlich schlaff zusammensank und wie eine unbenutzte Klingelschnur herabhing.

»Bei Krun!«

Der Chulik, der den Auftrag erhalten hatte, schob sich vor und hob den Schlüssel mit der Dolchspitze an. Die goldene Pakzhan funkelte an seinem Hals. Die Dolchspitze schob sich durch die beiden Öffnungen im Schlüsselgriff und hob das Gebilde hoch. Der Chulik streckte Kov Loriman, seinem Herrn, den Schlüssel hin.

Wir spannten alle Muskeln an.

Loriman begann heiser zu lachen und zog aus einem Beutel ein Holzkästchen, wie es manche Männer zur Aufbewahrung des Chems bei sich tragen, das sie unentwegt kauen. Gehorsam ließ der Chulik den Schlüssel in den Kasten fallen. Loriman knallte den Deckel zu.

Wir atmeten auf. Wäre Loriman in einer Qualmwolke verschwunden, hätte es uns leid getan. Er war ein wichtiger Machtfaktor in unserer Gruppe, und zumindest ich hätte mir gewünscht, daß er ein nützlicheres Ende fände.

So wandten wir uns ab und schlichen weiter durch den

Korridor. Der Gang wandte sich leicht nach rechts, was dem jagenden Kov bestimmt recht war.

Ariane und Tyfar waren in ein persönliches Gespräch vertieft.

Quienyin und ich gingen nebeneinander.

»Wir müssen bald ein richtiges Lager aufschlagen und uns ausruhen, Jak. Ich bin erschöpft, und leider sind wohl meine Muskeln nicht mehr das, was sie einmal waren.«

»Ganz deiner Meinung. Lady Ariane hält sich vorzüglich.«

Ich erzählte dem Zauberer die Abenteuer, die ich im Moder bestanden hatte, und fügte hinzu: »Und die Öffnungen boten, was den Männern fehlte. Wenn wir den Weg dorthin zurückfänden, hättest du sicher auch gefunden, was du suchst – oder meinst du nicht?«

Er schüttelte den Kopf. »Es ist nicht alles so, wie es sich darbietet. Du wirst leider wohl feststellen, daß die Dinge verschwinden, die du da mitführst, sobald du diesen Ort verläßt.«

»Dieser Gedanke ist mir auch schon gekommen. Im Augenblick aber sind alle diese Objekte real und dienen mir.«

»Einige der Schätze, die diese gierigen Männer an sich gerafft haben, sind real, andere nur Talmi. Und die magischen Objekte, die die Klügeren von uns erstreben, besitzen die gleichen Eigenschaften.«

»Wir sind doch jetzt wohl in der Zone der Zauberei?«

»Vielleicht haben wir schon zwei Zonen durchschritten und befinden uns bereits in der nektromantischen Zone. Ich habe gut auf San Oriens Lehren gehört, doch ist jeder Moder anders. Einige sind verlassen. Wir wissen, warum wir in diesem stecken ...«

Er erzählte mir, daß San Orien, der in Jikaida-Stadt residierende Zauberer aus Loh, ihm ausführliche Ratschläge erteilt hatte. Die Geheimnisse der Moder wurden den Ärmeren weitgehend vorenthalten, und hier lag zweifellos die Erklärung für Nathjairn den Rovard und seine durchschnittene Kehle. Andere Städte im Süden schickten ebenfalls Expeditionen aus. »In den sechs oberen Zonen des Moders befinden sich siebenhundertundneunundzwanzig verschiedene Arten von Monstern.« Er schaute zu mir auf. »Und diese Zahl entspricht, wie du schnell nachrechnen kannst, neun mal neun mal neun.«

»O durchaus!«

»Das gelbe Gift, das du in dein Fläschchen tatest, muß irgendwie deine Haut schützen, denn die Fliktitors haben dich an keiner Stelle gekratzt oder gebissen – oder hast du diesen Umstand etwa deiner überragenden Schwertkunst zugeschrieben?«

Deb-Lu-Quienyin hatte mich gegen Mefto den Kazzur kämpfen sehen.

Ich war ernüchtert.

»Und du meinst, die funkelnden Steine des fleckigen Lakenungeheuers können so eingesetzt werden, wie Tarkshur den Stein seines Ringes verwendete?« fragte ich.

»Es gab kleine Zaubereien gegen einige Ungeheuer zu kaufen, doch steht ihr Wert dahin. Yagno hat so einen Handel abgeschlossen, wie auch der rätselhafte Ungovich. Ich glaube, deine Steine könnten gegen ein anderes bleiches Gardinenwesen wirksam sein. Doch gegen irgendein anderes gefährliches Ungeheuer hier unten ...« Er schüttelte den Kopf.

Zauberkräfte, die gegen alles halfen, waren ein törichter Traum – und das wußte jeder, der kein Dummkopf war. Aber manche Männer fanden es sehr tröstlich, für magische Schutzmittel Gold zu zahlen.

Der Korridor teilte sich, erst einmal, dann noch einmal, und zu beiden Seiten öffneten sich reihenweise Türen. Hier zeigte uns Loriman, daß sein Gold nicht gänzlich verschwendet war.

Noch immer hatten wir nicht die Neigung überwunden, in jeden Raum zu schauen, an dem wir vorbeikamen. Quienyin und ich gaben uns mit einem Blick zufrieden; andere stürmten aktiv los und suchten Schätze und Zauberkräfte. Es wäre sicherlich ermüdend, alle die Räume und Gemächer und Ungeheuer und Schrecknisse aufzuzählen, die uns begegneten; doch Loriman wurde auf dieser Ebene mindestens zweimal von seinem Gold gerettet.

Aus den Schatten eines Raums mit spitz zulaufenden gelben und gelbbraunen Säulen und purpurnen und goldenen Vorhängen – sehr geschmackvoll für jeden, der diesen Geschmack besitzt – marschierte ein Krieger. Er trug eine purpurne Rüstung und war bewaffnet mit einem purpurnen Schild, auf dem ein goldener Zygodont dargestellt war – große Reißzähne und Klauen und Membranenflügel und ein Widerhakenschwanz. Sein Schwert sah ganz ordentlich aus, doch bestand auch die kräftige Klinge aus purpurnem Metall. Der Gesichtsschutz des Helms war geschlossen.

Loriman geriet sofort in Wut, und ihm schwoll der Kamm.

»Wer immer hier einen Kampf haben möchte, kann ihn haben. Ich bin Jäger – und jage alles, was sich bewegt!« Mit einem Schrei warf er sich in die En-Garde-Position, bereit, den Krieger in seiner geschlossenen purpurnen Rüstung niederzustrecken.

»Kov!« rief Quienyin. »Sei vorsichtig! Das ist kein Mensch, sondern ein Ungeheuer. Ein Hohlkörper!«

Es war sein Glück, daß Loriman diese Worte noch rechtzeitig vernahm und seine Waffe zurückziehen konnte. Der purpurn gekleidete Krieger stampfte weiter.

»Wir sollten fliehen«, sagte Quienyin und schaute sich um.

»Ein Hohlkörper! Wie ein Kämpfer!« dröhnte Loriman, und seine Stimme hallte hohl durch die Höhle. »Aye! Ich habe etwas für dieses Monstrum! Dieser trickreiche Rast!«

Er warf sein Schwert fort und zog aus dem Gürtelbeutel einen schmalen Kasten, wie ihn Schriftgelehrte für ihre Schreibstifte verwenden. Aus diesem Kasten nahm er ein kleines, wie ein Bleistift geformtes Tier mit gedrungenen Flügeln. An dem spitzen Kopf, der sich heftig hin und her drehte, schimmerte Flüssigkeit.

Quienyin riß erfreut die Augen auf.

»Der Säurekopf-Bohrer! Charmant ...«

»Ich habe gutes Gold dafür gezahlt«, sagte Loriman. »Wenn das Ding nicht funktioniert, wie mir versprochen wurde ...«

Ein Chulik – ein Hyr-Paktun – schrie jäh aus gepreßter

Kehle und stürzte sich auf den purpurnen Krieger. Sein Schwert hob sich und fuhr in unsicherem Bogen nieder. Der Hohlkörper zog den purpurnen Schild herum, um den Hieb abzuwehren; aber der Chulik kannte sich mit Schilden aus und lenkte die Bewegung sehr schön ab und hackte am Schild vorbei in den purpurnen Küraß. Zumindest hätte sich dieser geschickte, kraftvolle Hieb in einen normalen Küraß gebohrt, sofern er nicht von hervorragender Qualität war.

Hier aber prallte das Schwert ab, und der Chulik torkelte rückwärts. »Bei Hlo-Hli!« rief er schrill. Sein Schwert hatte sich in eine Masse geschmolzenen Metalls verwandelt, und als er das tropfende Gebilde fortwarf, riß sich sein Handschuh los und zeigte verbrannte Haut an der Hand.

»Nicht der Schild, Kov«, sagte Quienyin vorsichtig, während der Hohlkörper mit kampfbereit erhobenem Schwert und Schild vorrückte.

»Ich weiß, ich weiß!« fauchte Loriman. Er hob das kleine Flügelwesen, den Säurekopf-Bohrer. Es war ein Pfeil, blau und grün und braun abgesetzt, beinahe wie eine Libelle. Die Feuchtigkeit an dem spitzen Kopf schimmerte. Loriman schickte das Wesen auf den Weg. Mit surrenden Flügeln schoß das Geschöpf los, legte die kurze Strecke zurück und bohrte den Kopf in den geschlossenen Helm. Dort begann es zu kreisen.

Drei Herzschläge – höchstens dreieinhalb – vergingen, dann begann der Hohlkörper zu reagieren. Aber da war es schon zu spät. Aus dem Loch, das der Bohrerkopf geschaffen und mit der Säure vergrößert hatte, strömte ein übler Geruch. Die Ursache blieb unsichtbar, vermutlich war die Quelle auch nicht materiell vorhanden. Denn der Hohlkörper war eben – hohl.

Das Ding sackte zu Boden.

Es stürzte in sich selbst zusammen wie ein Behältnis, dem die letzte Luft entzogen wird und das sich einem äußeren Druck beugt.

Allerlei Einzelteile der Rüstung wirbelten über den Steinboden. Wir spannten erneut die Muskeln an, denn wir waren das gespenstische Phänomen, das uns aus alten Überresten neue Ungeheuer bescherte, nur allzu sehr gewöhnt. Der goldene Zygodont aus dem Schirm erwachte kraftvoll zum Leben und stürzte sich fauchend auf uns. Die Männer wichen zurück.

»Das Schwert!« brüllte Quienyin und tänzelte neben uns.

Das purpurne Schwert fiel klappernd in die Überreste des Hohlkörpers. Passenderweise war es Loriman, der sich auf das Schwert stürzte, es in die Faust bekam und sich dem goldenen Zygodonten stellte. Die Klinge trennte ein Vorderbein durch, dann hieb Loriman erneut zu und löste dem Ungeheuer halb den schlangengleichen Kopf vom Körper. Der dritte Streich enthauptete den Zygodonten. Alle atmeten zitternd auf.

»Nun dankt euren Göttern, daß das Ding nicht seine richtige Größe annahm!« sagte Quienyin.

Ich begab mich zu dem Chulik-Hyr-Paktun, der sein rechtes Handgelenk umfaßt hielt und die Finger starr ausstreckte. Gleichzeitig lösten sich einige Teile der purpurnen Rüstung knallend in purpurnen Rauch auf und verschwanden.

»Laß das Schwert fallen, Kov!«

Loriman gehorchte; eben noch rechtzeitig; sonst hätte er wohl eine Hand verloren – mindestens eine Hand.

Ich zog das Fläschchen mit dem gelben Gift des Borstenballs hervor und preßte es gegen die schlimm zerstochene Handfläche. »Halt still, Chulik!«

Er erstarrte im Schock und senkte den Blick. Ich nahm das Fläschchen zurück. Die Handfläche war wieder intakt, gelb und ohne jede Narbe.

Der Hyr-Paktun starrte mich aus finsteren, zusammengekniffenen Augen an.

»Sei bedankt, Apim ...«

»Wir fliegen hier alle auf dem gleichen Fluttrell.«

Der goldene Zygodont war verschwunden. Staub lag in der Luft. Erschöpft marschierten wir weiter. Viele Räume, viele Höhlen, viele prächtige Dinge ...

Aber auch viele gespenstische Erscheinungen, Wergeschöpfe, Ghuls aus einer kranken Phantasie, Vampire mit bluttropfenden Hauern, Gespenster, Kobolde, Poltergeister ...

Wir marschierten durch einen langen Korridor im unsicheren Licht orangeroter Fackeln, die von den gelbbraunen Fingern zahlreicher Skelette an den schwarzen Wänden gehalten wurden. Die Atmosphäre war bedrückend. Wir unterhielten uns nur leise – sogar Kov Loriman ließ sich von der Stimmung anstecken. Tyfar und Ariane gingen zusammen.

»Ich glaube, wir nähern uns einer großen Kostbarkeit, vermutete Quienyin.

Zwischen jedem Skelett stand ein in der Form eines Ungeheuers gestalteter Tisch. Auf diesen Tischen lagen Gegenstände, deren Zweck man sich nicht vorstellen konnte, zusammen mit Schätzen, Waffen und Rüstungen, Nahrung und Getränken.

Chuliks haben im Prinzip vor kaum etwas Angst und besitzen nur eine beschränkte Phantasie. Ein massiger Krieger, dessen Rüstung zu platzen drohte, gewahrte einen Kunstgegenstand, der ihm bis zu seinem Tod ein Leben in Luxus ermöglichen mochte. Es handelte sich um einen einzelnen riesigen gelben Edelstein, der auf das raffinierteste zu einem Chulik-Kopf gestaltet worden war. Dieses Kunstwerk faszinierte ihn, und er hielt sich spürbar für den allerglücklichsten Chulik, diesem Ding am nächsten zu stehen. Er ergriff das Gebilde. Vermutlich konnte er nicht anders.

Er umschloß das kostbare Stück mit der Hand, und nichts begann zu brennen, und er verschwand auch nicht in einer Rauchwolke, sondern blieb unverletzt.

Dafür hob das neben ihm stehende Skelett die leere Hand – die andere hielt die Fackel – und legte die knochigen Finger um das Handgelenk des Chuliks.

Männer schrien auf und wichen stolpernd zurück. Die Fackeln verbreiteten ein schwindelerregendes orangerotes Licht, doch gab es auch jede Menge zuckende Schatten. Der Chulik zog hastig den Arm zurück, doch vermochte er den Griff des Skeletts nicht aufzubrechen.

»Hier, Chekumte ...«, sagte ein Artgenosse.

»Beeil dich!« rief Chekumte. »Das Ding packt fest zu.«

Der zweite Chulik zielte einen geschickten Schwerthieb auf die gelben Armknochen des Skeletts. Aber das Schwert trennte die Knochen nicht durch. Vielmehr ließen die Knochen das Schwert zerbrechen. Die Spitze fiel mit spöttischem Klirren zu Boden.

»Bei Hlo-Hli!« brüllte Chekumte. »Holt eine Klinge! Schlagt fest zu!«

Auf diese Weise zerstörten wir vier Schwerter, bis ich auf den Gedanken kam, die Krozairklinge auszuprobieren.

Quienyin bemerkte meinen Griff nach dem Langschwert und schüttelte den Kopf. »Ich fürchte, das fruchtet nichts, Notor Jak. Es handelt sich um eine Abart des Schnappbanns – wie schon das Seil an der Vitrine des silbernen Schlüssels. Die Erscheinung ist, soweit ich weiß, auch in der Form von Peitschen, Lianen und Tentakeln anzutreffen. Mit dem Stahl eines Sterblichen ist da nichts auszurichten. Wir besitzen keine Klinge, die das schafft.«

Loriman warf einen Blick in den Korridor. »Wir müssen weiter.«

Chulik Chekumte wand sich in dem knochigen Griff. Die Pakmort schimmerte silbern an seiner Kehle, und seine aus vielen Ringen bestehende Pakai bebte. Er war ein Paktun aus Loh. »Verlaßt mich nicht, Kameraden! Ich bin ein Mensch, ein Sterblicher!«

Er war ein Gelbhauer und sah beinahe ebenso unmenschlich aus wie ein Schwanzschwenker. Loriman deutete auf den anderen Chulik. »Tu, was du tun mußt.«

»Ja, ja, beim Verräterischen Likshu!« schrie Chekumte und begann sich erneut zu winden. Seine gelbe Haut war von Angstschweiß bedeckt. *»Tu's!«*

Prinz Tyfar zog Ariane zur Seite und drehte sanft ihren Kopf herum.

Die Chulik-Klinge zuckte herab.

Chekumte aus Loh torkelte rückwärts, und aus seinem Armstumpf sprudelte Chulik-Blut.

Ich dachte an Duhrra der Tage ...

Mein Fläschchen mit gelbem Gift verschloß die Wunde, konnte die Hand aber nicht nachwachsen lassen. Chekumte hielt den Stumpf hoch. »Seht ihr, Doms!« rief er. »Jetzt könnt ihr mich Chekumte den Obhändigen nennen!«

»Nein«, sagte sein Gefährte. »Chekumte der Sko-Händige wäre besser.«*

Wieder bewegte sich das Skelett. Es hob die verfärbten braunen Finger mit der frisch abgetrennten fleischigen Hand. Die scheußlichen Kiefer öffneten sich, Blut tropfte. Die spitzen Zähne schlossen sich schnappend, und die Hand verschwand – für immer.

Erschaudernd eilten wir weiter durch den von Skeletten bewachten Korridor.

Durch gespenstische Erscheinungen hindurch, durch Feuer und Gifte kämpften wir weiter, bis wir erkannten, daß wir uns – es gab gar keine andere Möglichkeit! – einer Krise näherten. Die Schreckenskreaturen vermehrten sich kreischend und angriffslustig und fielen dann plötzlich von uns ab. In erwartungsvoller Stille traten wir durch ein schwarzes Portal. Dunkle Vorhänge öffneten sich vor uns mit dem dumpfen Geruch des Todes.

Etliche staubige Vorzimmer, die wir mit äußerster Vorsicht durchschritten, führten uns schließlich in eine makabre Kammer von ziemlicher Größe.

Diese breite, hohe Halle war in gelbes Licht gehüllt. Quienyins Gesichtszüge belebten sich. Wir hatten schon allerlei Schlimmes überstanden, und obwohl uns auch hier Übles drohte, hatten wir doch das Gefühl, ein wichtiges Ziel erreicht zu haben.

»Ah!« rief er erfreut. »Wir müssen uns im Saal vor dem Ort befinden, den San Orien das Herz und den Charakter des Moders nannte.«

Die Decke wölbte sich an einigen Stellen tief herab, verziert mit grotesken, widerlichen Schnitzereien. Fledermäuse kreisten dort oben und linsten mit roten Augen zu uns herab. Ein schwacher Weihrauchgeruch hing in der Luft und

---

* Ob – eins. Sko – links. Mon – rechts. – *A. B. A.*

machte sich glatt und unangenehm auf der Zunge bemerkbar. Geräusche hallten wider.

Die Öffnung, durch die wir eingetreten waren, schloß sich nicht hinter uns. Am gegenüberliegenden Ende des Saals stieg die Mauer in Form zahlreicher Steinvorsprünge auf. In jeder Seitenwand führten Öffnungen, die beinahe bis zur Decke reichten, in kurze Durchgänge. Jede Wand war von zahlreichen Schlitzen durchzogen. Sie ragten hier und dort in den Saal und bildeten seltsam geformte Gänge. Über dem Haupttor war eine Inschrift tief in den Marmor gehauen und golden bemalt:

DER SAAL DER PHANTOME

»San Orien wußte von Neun Sälen, die das Mausoleum umgeben«, erklärte Quienyin. Er spähte aufgeregt und gespannt in alle Richtungen; plötzlich schien er mir um Jahre verjüngt zu sein. »Dies ist der Saal der Phantome. Wir befinden uns in einem sinnverwirrenden Komplex aus Sälen und Gängen. Das Ganze bildet ein einziges riesiges Mausoleum.«

Überall lagen Tote.

Die Wände waren von den Toten durchsetzt.

Mumifiziert, als lebten sie noch, bloße Haufen aus staubigem Gewebe, Skelette, Anhäufungen vertrockneter Korruption, so lagen die Leichen stumm auf ihren Steinvorsprüngen. Entspannt, im ewigen Schlaf gefangen, reihten sich die Toten Stufe um Stufe, Nische um Nische, Grab um Grab.

Auf allen Seiten nur Leichen.

Aber – waren sie wirklich tot?

16

Unbehaglich schauten wir uns um. Lady Ariane erklärte tonlos, sie könne nicht mehr, und wir schlugen in einer Ecke, wo zwei Wände nicht ganz rechteckig aufeinandertrafen und die Krypten noch leer waren, unser Lager auf. Zunächst mußten wir kalt speisen, bis einige wagemutige Chuliks mit zerschlagenen Särgen ankamen. Ihr Material brannte mit unheimlichem blauen Schein, doch war das Feuer stark genug, um darauf ein Mahl zu erwärmen und kregischen Tee zu kochen.

In diesem Augenblick trat ein Phantom Gegenseitiger Abscheu ein.

Die Erscheinung sah aus wie ein junger gutgebauter Mann, nackt, mit langem Haar und glatter Haut. Er lächelte uns freundlich an.

»Laßt ihn in Frieden!« rief der Zauberer aus Loh.

Einer der Chulik-Söldner – diesmal kein Hyr-Paktun – vermochte nicht zu widerstehen. Er grunzte voller Verachtung und Abscheu und hieb mit dem Thraxter nach dem lächelnden Jüngling. Wer hier unten kein bekannter Freund war, konnte nur ein Ungeheuer sein.

Das Schwert traf den Jüngling an der Flanke. Sein verrücktes breites Lächeln veränderte sich nicht.

Der Chulik stieß einen Schmerzensschrei aus und prallte ruckhaft zurück.

»Jak!« rief Quienyin. »Stell dich dem Jüngling und versetz dir selbst einen Hieb!«

Einen Herzschlag lang begriff ich nicht, was er meinte – dann erkannte ich die Wahrheit. Ich zerrte hastig meinen Drexer und versetzte mir einen heftigen Schlag auf den Kopf. Ich spürte nichts. Dafür aber verlor das Phantom der Gegenseitigen Abscheu sein Lächeln. Es torkelte rückwärts, und purpurnes Blut quoll aus einer tiefen Kopfwunde. Mit einem verzweifelten Jammerschrei lief die Erscheinung davon und verspritzte Blut, dessen Tropfen zu qualmen begannen, sobald sie den Boden berührten.

»Bei Huvon!« flüsterte Ariane.

»Ein Teufelstrick!« rief Loriman.

»Man muß dir gratulieren, Notor Jak«, sagte Tyfar.

Ich steckte das unbefleckte Schwert wieder ein. »Eher solltest du Quienyin danken, Prinz. Er durchschaute den Teufelstrick.«

Der Chulik-Paktun trat vor. Sein Kax wies eine tiefe Delle

auf, eine Folge seines Schlags gegen das Phantom der Gegenseitigen Abscheu.

»Beim Verräterischen Likshu!« keuchte er. »Ich habe nur so kräftig zugeschlagen, wie es für einen Gegner ohne Rüstung erforderlich ist. Hätte ich das Schwert mit voller Kraft geführt ...« Seine kräftigen Finger fuhren über die häßliche Narbe auf seinem Brustpanzer.

»Er war nur ein einfaches Ungeheuer«, stellte Quienyin fest. »Wahrscheinlich streifte er hier unten herum und hat sich verirrt.«

»Deine Worte klingen nicht gerade beruhigend, Meister Quienyin.« Tyfar zog die Augenbrauen zusammen und machte schließlich eine kleine Handbewegung, mit der er offenbar sagen wollte, daß man ohnehin nichts ändern könne: Was Krun brachte, brachte er eben. »Aber wir sind sehr von deiner Weisheit abhängig.«

»Gibt es hier unten noch viel schlimmere Ungeheuer?« wollte Ariane wissen.

Tyfar schaltete sich ein, ehe Quienyin antworten konnte: »Wenn es sie gibt«, sagte er fest und lächelte Ariane an, »dann werden wir ihnen Widerstand leisten, aye, und sie auch besiegen!«

Wir stellten Posten auf und wechselten uns ab. Wir hohen Herren – und auf vage Weise genoß ich die Ironie des Umstands, daß ich zu den Notors gezählt wurde – übernahmen nacheinander unsere Wachen und wirkten dabei als Garde-Hiks.*

Der Saal der Phantome war ein Zweig in einem neunfach unterteilten Komplex von Räumlichkeiten, und jeder dieser Säle besaß einen eigenen wohlklingenden, makabren Namen. In der Mitte, so teilte uns Quienyin mit, lag das Rätsel dieser Zone. Dort hofften wir auch den achten Teil des Schlüssels zu finden, der uns die Freiheit wiedergeben sollte.

Da er nicht viel schlafen mußte, gesellte sich Quienyin

* Hik – Abkürzung für Hikdar; etwa einem Hauptmann, einem Kompanieführer vergleichbar. Der hier gebrauchte Begriff ist das korrekte Kregisch. – *A. B. A.*

während meiner Wache zu mir. Wir unterhielten uns leise. Er erzählte, daß er San Oriens Erklärung für die Moder logisch finde. Ursprünglich seien die Hügel – damals noch niedrig und einfach – für die Aufnahme der Toten errichtet worden. Die Angewohnheit der Lebenden, ihren Verstorbenen kostbare Schätze mit auf den Weg zu geben, zog unvermeidlich das Auftauchen von Grabräubern nach sich. So wurden die Bauwerke immer komplexer und die eingebauten Fallen immer raffinierter. Die Untoten reagierten unwirsch auf Störungen. Illusionen kamen auf, denn die Moder wurden von einem Volk beherrscht, das in letzter Zeit zahlenmäßig zwar sehr abgenommen hatte, das aber noch immer über erstaunliche Fähigkeiten gebot.

»Das ist aber nicht alles«, stellte ich fest.

»O nein. Die Moder-Fürsten – um ihnen einen einigermaßen gut klingenden Namen zu geben – machten, während sie die Todeskämpfe der Möchtegern-Räuber beobachteten, so einige Entdeckungen an sich selbst. Sie stellten fest, daß sie es nicht nur intellektuell reizvoll fanden, immer neue und komplizierte Rätsel und Fallen zu erdenken, sondern daß es ihnen auch eine große Freude und sogar Bereicherung war, die Angst anderer Wesen zu erleben.«

Ich nickte. »Solche Eigenschaften gibt es nicht nur bei diesen Wesen – denk an die Rasts, die im Jikhorkdun sitzen und sich kreischend über das in der Arena fließende Blut freuen. Oder«, fügte ich finster hinzu, »denk an das Kazz-Jikaida ...«

»Nein, nein, junger Mann. Die Moder-Fürsten weiden sich auf direktem Wege an der Psyche der Angstgepeinigten.«

»Ist das möglich?«

Quienyins komischer Turban begann zu rutschen, und er schob ihn wieder hoch; doch wirkte die Geste nicht so gereizt wie sonst. »Ich muß zugeben, daß so mancher berühmte Zauberer aus Loh jenes finstere Streben teilt.«

Und darauf schien er ganz und gar nicht stolz zu sein.

Ich schwieg, und er faßte sich und fuhr fort: »San Orien glaubt, es gäbe in jedem finsteren Labyrinth nur einen Moder-Fürsten, hoch oben in seinen wehrhaften Türmen sitzend und vor sich hin lachend, während er die armen verwirrten Wesen in der Tiefe wie Marionetten in die Vernichtung führte.«

»Aber alle kamen aus eigenem freien Entschluß.«

»Das scheint dich zu ärgern, Jak – aber darauf kommt es nicht an.«

Auf der anderen Seite des Feuers regte sich ein Wächter und kam zu uns. Seine Rüstung und Waffen spiegelten den Feuerschein. Der Qualm wehte empor und verschwand irgendwo. Hier unten mußte man Rauchwolken jeder Art genau im Auge behalten.

»Die Rasts dort oben können also jeden unserer Schritte beobachten?«

»Sieht so aus – obwohl ich daran zu zweifeln beginne.«

»Und in jedem Moder gibt es nur einen Fürsten?«

»Vermutlich.«

»Nun ja, ich will einfach nur hier raus. Auf mich wartet auf Kregen noch so manche wichtige Aufgabe. Wir verschwenden Zeit.«

»Aber auch hier unten gibt es viel zu gewinnen.«

»Zum Beispiel?«

»Du weißt, was ich erstrebe. Lady Ariane sucht nach einer Möglichkeit, ihre dicke Königin Fahia zu stürzen. Loriman bemüht sich, seine Position gegenüber Spikatur Jagdschwert zu festigen und gleichzeitig dessen Ruhm zu mehren.«

»Und Tyfar?«

»Er begleitete seinen Vater auf dessen Abenteuer ...«

»Und was sucht Prinz Nedfar an diesem unangenehmen Ort?«

»Das weiß ich nicht genau. Vielleicht einfach nur das Abenteuer. Er ist ein großartiger Jikaida-Spieler und spricht auf jede Herausforderung an.«

»Und Yagno, der Zauberer des Kults von Almuensis?«

Quienyin lächelte und reckte sich. »Bei dem liegt das Motiv auf der Hand. Er muß seine Zaubersprüche aus einem Buch ablesen, einem Hyr-Lif. Solche magischen Kräfte sind schwer zu bändigen. Aber sehr wirksam. Yango sucht nach einer Möglichkeit, seine magischen Fähigkeiten zu steigern.«

»Könnte er genug lernen, um sich mit einem Zauberer aus Loh zu vergleichen?«

»Nein. Bei den Sieben Arkaden, nein, das will ich doch nicht hoffen!«

»Und du ...?«

»Mir geht es doch nur darum, wiederzugewinnen, was ich verloren habe – ich erstrebe nichts, was ich noch nie besessen hatte.«

»Illusion und Realität.«

»Aye.«

Ich fand einen verschlossenen Krug, in dem sich noch ein Rest Wein befand, und wir tranken in geselligem Schweigen. Schließlich setzte Quienyin den Krug ab und sagte nachdenklich: »San Orien sagt, hier unten wird großer Wert auf magische Objekte gelegt. Dinge, die besondere Fähigkeiten vermitteln, wenn man sie in seinem Besitz hat.«

»Mein Fläschchen mit gelbem Gift ...«

»Genau, Jak.«

Das gelbe Licht füllte die muffige Luft mit seiner Strahlung, und das Feuer ließ seine unheimlichen blauen Flammen zucken. Die Wächter schritten wachsam hin und her, und unsere Blicke wanderten immer wieder durch das Mausoleum und drangen vor allem in die Schatten der Ecken und glitten über die Leichen auf ihren steinernen Vorsprüngen.

»Und Strom Phrutius«, fragte ich, »was ist mit dem?«

»Ihm geht es wohl allein um Gold und Edelsteine. Um Schätze der weltlichen Art.«

»Vielleicht ist er doch vernünftiger, als ich gedacht hätte.«

»Es gibt da einen bekannten Zauber, der ein Armband an den Willen des Schenkenden binden kann. Wenn ich von ›bekannt‹ spreche, so meine ich, daß die Existenz dieses Zaubers bekannt ist. Der Zauber selbst ist alt und schwierig. Ein Mann, der über ihn gebietet, könnte Hunderte von Armbändern verzaubern und sich auf diesem Weg den absoluten Gehorsam aller sichern, die den Schmuck tragen.«

»Tarkshur!« rief ich. »Darum geht es ihm!«

»Anzunehmen.«

»Bestimmt taucht er am Ausgang wieder auf, denk an meine Worte!« Ich ballte die Faust. »Katakis verstehen sich aufs Überleben.«

»Dasselbe gilt aber für deine beiden Freunde Nodgen und Hunch.« Quienyin hielt mir den Wein hin, und ich schüttelte den Kopf. Er fuhr fort: »Vor allem erweckt Tyr Ungovich meine Neugier. Der Mann ist mir wirklich ein Rätsel.«

»Was der will«, mutmaßte ich, »ist wohl auch in der neunten Zone zu finden.« Hastig fügte ich hinzu: »Glaubst du ehrlich, daß Nodgen und Hunch wieder auftauchen werden? Die sind frohgemut in ihre Paradiese eingetreten.«

»Illusion – wie die Waffen, die du trägst. Sie werden wieder auftauchen.«

Ich berührte das Krozair-Langschwert. Das Metall fühlte sich unter meinen Fingern warm und hart und fest an. Ich schüttelte den Kopf. Illusion ...

»Es ist wirklich sehr schade«, bemerkte Quienyin, »daß Longweill der Fluttrhim* ums Leben kommen mußte. Seine Fähigkeiten hätten uns sehr genützt.«

»Der fährt bereits auf den Eisgletschern Sicces Schlittschuh«, sagte ich. »Möge Opaz sich seiner annehmen, des armen Diebs.«

Kurze Zeit später gab es Generalalarm, denn eine Prozession grünschimmernder Ghul-Vampire tauchte auf und verwickelte uns in ein lebhaftes Scharmützel. Da sie auf den Kuß des Stahls reagierten, vermochten wir sie zu vertreiben. Wieder fiel mir die individuelle Art auf, mit der Tyfar kämpfte, und mußte törichterweise an Barty Vessler denken – eine Erinnerung, die mir ein Seufzen entlockte.

Als alle ausgeruht waren, brachen wir auf, um die hintersten Winkel der verschiedenen Leichensäle zu erkunden. Dabei stießen wir auf herumstreunende Ungeheuer, die wir – jedes auf eine ihm gemäße Weise – beseitigten, wobei wir einige weitere Männer verloren.

---

* Fluttrhim – Fliegender Mensch

Wenn dies die nekromantische Zone war, wie wir vermuteten, mußte der Schlüssel – der Schlüsselteil – hier irgendwo versteckt sein. Ihn zu finden, würde viel Zeit kosten. Bei unserer Suche kamen wir jenem mittleren Raum und den Schrecknissen, die er enthalten mußte, immer näher.

Ein Dutzend oder mehr Kassetten würden nicht ausreichen, um alle die Dinge zu beschreiben, die wir in jenem neunfach unterteilten Komplex entdeckten, bis wir wieder an der Stelle ankamen, an der wir gelagert hatten. Wir waren einmal im Kreis gegangen, ohne einen Weg nach innen oder draußen zu finden, und mußten nun wohl mal gründlich die Köpfe zusammenstecken. Es galt einen Weg zur Mitte und ihrem Rätsel aufzuspüren.

»Nach rechts, wie immer«, sagte Kov Loriman. »Ich breche uns einen Weg durch die Wand, bei Lem, und dann sind wir durch!«

Er packte eine Leiche am Arm und zerrte daran, und sofort erwachte der Tote erschreckend zum Leben und ging Loriman an die Gurgel. Der Jagende Kov ließ sich nicht im geringsten aus der Fassung bringen. Sein Schwert wirbelte herum, der Kopf der Leiche flog zur Seite, während gleichzeitig einer seiner Chuliks eine Axt schwang und dem Toten die Beine abhackte.

Die mumifizierten Überreste des Kaotim wurden zur Seite getreten, und schon begannen die Männer mit Spitzhacken und Hämmern die Wand zu bearbeiten.

»Die Begeisterungsfähigkeit dieser Männer ist zu bewundern«, bemerkte Tyfar.

Quienyin berührte mich am Arm, und wir entfernten uns ein wenig von den anderen.

»Ist dir schon aufgefallen, Jak, daß die überwiegende Mehrzahl der Toten Apims sind, wie du und ich, daß hier und dort dazwischen aber Diffs liegen?«

»Ja.«

»Ich finde, das hat seine Bewandtnis.«

Wir übrigen ließen Loriman und seine Helfer an der Wand arbeiten und machten uns daran, das System der Untoten zu überprüfen.

Schließlich war es Quienyin – wer sonst? –, der die Gesetzmäßigkeit erkannte. Er lächelte und rückte seinen Turban zurecht.

Ich muß die Worte zwar auf englisch wiedergeben, doch war das Ergebnis schließlich kaum anders als das ursprüngliche Kregisch. Die Toten lagen in einer bestimmten Ordnung, wie Quienyin angedeutet hatte, und die Reihenfolge sah so aus: Gon. Hoboling. Undurker. Lamnia. Och. Rapa. Djang.

Sie können sich denken, daß ich sehr lange und mit einem Kloß in der Kehle auf die Djangs schaute – bei den meisten handelte es sich um Obdjangs, jene klugen, gerbilgesichtigen Wesen, die Djanduin so vorzüglich verwalten und die von den ungebärdigen Dwadjangs nicht ohne Grund respektiert werden.

»Mir will scheinen«, sagte Quienyin, »daß wir das Gesuchte im Saal der Ghouls finden. Und es hat mit ord* zu tun.«

Vorsichtig durchschritten wir den Saal der Vampire und den Saal der Feen, bis wir den Saal der Ghuls erreichten. Im gelben Licht sahen wir die aufgereihten Toten. Wir rechneten alle damit, daß die Kaotim sich rühren und aufrichten würden, um sich auf uns zu stürzen und dabei gespenstisch schrill zu schreien.

Hier im Saal der Ghuls befanden sich irgendwo sieben Gebilde, und das achte davon würde uns die Lösung bringen.

Ein Gefühl der Niedergeschlagenheit erfüllte uns. Wir waren eingeschlossen. Uns umgaben meilenlange Korridore und dazwischen Geheimräume mit Ungeheuern, Finsternis und Licht, das schlimmer war als Dunkelheit.

Uns erfüllte das entsetzliche und beklemmende Gefühl, die Kuppeldecke könnte auf uns niederfallen. Der Gedanke an saubere, frische Luft, an die Strahlung der Sonnen und eine frische Meeresbrise – alle diese Dinge waren verschwunden und in diesem Grab verschüttet. Die Melancho-

---

* Ord – acht

lie umfing uns wie mit eisernem Band. Das Gefühl der Ausgehöhltheit, der staubigen Stille, der Abgeschiedenheit der Jahre drohte uns wie mit Skelettfingern zu ersticken.

»Mir ... mir gefällt dieser Ort nicht«, flüsterte Ariane.

Tyfar ergriff ihre Hand und hielt sie fest, ohne etwas zu sagen.

Die gestählten Söldner schauten sich unbehaglich um und rückten enger zusammen, wobei sie ihre Waffen betasteten.

Im nächsten Augenblick stürzte eine dumme Hypnotische Spinne, groß wie ein Wagenpferd, durch eine Falltür und ließ sich an ihrem Faden herab.

»Schaut ihr nicht in die Augen!« brüllte Quienyin.

Für einen erschrockenen Fristle kam die Warnung allerdings zu spät. Der Katzenmensch stand wie angenagelt da, und sein Fell sträubte sich, und die schleimabsondernde Riesenspinne ließ sich herumschwingen, um dem armen Burschen den Kopf abzubeißen.

Tyfar und ich sprangen gleichzeitig los. Seine Axt wirbelte herum. Das Krozair-Langschwert fand sein Ziel.

Die Hypnotische Riesenspinne zerplatzte wie eine mit Wasser gefüllte Papiertüte, die man aus großer Höhe herabfallen läßt. Der Gestank ihrer herumspritzenden Eingeweide löste einen Würgreiz in uns aus. Die Spinnenarme huschten mit schimmernden Haaren einzeln davon, und der unförmige Körper sank zu einem schlaffen Häufchen zusammen. Der Fristle hatte sich noch immer nicht gerührt.

»Wenn das Wesen nicht mehr kann ...«, sagte Ariane und schüttelte sich frei. Sie begann schrill zu lachen.

In ihr Lachen fielen alle ein, eine beinahe hysterische Reaktion auf die eben noch vorherrschenden finsteren Gedanken. Der Fristle verharrte stocksteif.

»Hier«, sagte Deb-Lu-Quienyin. Mit schlurfenden Schritten trat er vor den Fristle. Er berührte ihn nicht. »Jak«, sagte er in beiläufigem Ton, »schau doch mal durch die Falltür nach oben. Vielleicht ist oben mehr zu finden, als man ...«

Wäre ich ein Mann, der leicht lacht, hätte ich mich in diesem Augenblick ausgeschüttet vor Lachen. Gehorsam stieg ich an einer Menschenpyramide empor und hielt eine Fackel durch die Öffnung. Die Falltür hing herab. Ein unangenehmer Gestank umwogte mich, und ich mußte ausspucken. Der Raum da oben wirkte leer – bis auf Gespenster und Knochen und üblen Gerüchen.

»Scheint alles frei zu sein, allerdings ...«

»In der Tat!«

Wir schauten uns das Dach genauer an. Die Kuppel war hier und dort von unförmigen Kranzgesimsen durchbrochen, die groteske Darstellungen aufwiesen. Von einem dieser Vorsprünge hatte sich die Spinne herabgelassen, und da ich von meiner Menschenpyramide aus hinauflangen konnte, war es nicht sonderlich hoch. Wir begannen die anderen rundlichen Vorsprünge im Dach zu überprüfen. Prinz Tyfar interessierte sich besonders für die Ausschmückungen.

»Hanitcha der Sorgenbringer sei mein Zeuge! Ich kann kein System entdecken. Was siehst du, Notor Jak?«

Ehe ich antworten konnte, mußte ich meine instinktive Reaktion unterdrücken, die der Name Hanitcha der Sorgenbringer bei mir auslöste. Ah, Hamal, Hamal – jenes Reich hatte meinem geliebten Vallia großen Schaden zugefügt!

»Wenn es ein System gibt, Prinz, müssen wir es finden.«

»Das stimmt, bei Krun!«

»Und«, sagte sein Schleuderer, Brokelsh Barkindrar die Kugel, »mein Prinz, sieh dich vor, im Namen des Gnädigen Kaerlan! Vielleicht gibt es noch mehr Riesenspinnen ...«

Wir sprangen einige Schritte zurück, um nicht mehr unmittelbar unter der Öffnung zu stehen, für den Fall, daß dort oben weitere Hypnotische Riesenspinnen lauerten.

»Fangt ihn!« rief plötzlich Quienyin, und wir fuhren herum und sahen den bisher erstarrt dastehenden Fristle fortlaufen; er hatte den Kopf gesenkt und lief, so schnell er konnte, an den Podesten mit den Leichen vorbei und stieß dabei ein dämonisches Geschrei aus.

»Bei Krun!« rief Tyfar. »Da kann man ja einen Herzschlag kriegen!«

Einige Söldner verfolgten den Mann, brachten ihn zurück

und beruhigten ihn. Noch zitterte er wie das Laub an einem Letha-Baum. Was er in den Augen der Spinne gesehen hatte, wollte niemand genau wissen.

»Hast du das Rätsel schon gelöst?« fragte Quienyin.

»Nein«, antwortete Ariane kurz angebunden.

»Nun ja, dann müssen wir sehen, wozu ein Greis noch fähig ist«, sagte der alte Zauberer aus Loh.

»Wenn du gestattest, mein Prinz«, bemerkte Barkindrar, »es gibt da oben neun Vorsprünge – wie immer man sie auch nennen will.«

Der massige Apim, der berühmte Bogenschütze aus Ruathytu, legte den Kopf in den Nacken und starrte empor. »Und nur von einem, mein Prinz, ist eine stinkende Spinne herabgefallen, beim Gnadenlosen Kuerden!«

Quienyin lächelte. »Deine Gefolgschaft entwickelt einen löblichen Beobachtungssinn, Prinz.«

»Ja, ja!« rief Ariane. »Aber in welche Richtung zählen wir?«

Ich sagte: »An diesem Ort wären wohl Widdershins angebracht.«

Wir alle rückten unter den Vorsprung links von dem, auf dem die Spinne gelauert hatte, und starrten hilflos hinauf.

»Die Situation wird allmählich unmöglich.« Ariane stampfte ungeduldig mit dem Fuß auf. »Habt ihr berühmten Jikais denn keinen Grips mehr?«

»Ich gebe nicht vor, ein Jikai zu sein, meine Dame«, antwortete Quienyin. Seine Stimme klang sehr milde, doch fiel zumindest mir ein gewisser Unterton auf. Ich wußte, daß der Verlust seiner Fähigkeit als Zauberer von Loh ihn zu solcher Geduld zwang. Mein Blick fiel auf Lady Ariane nal Amklana. Plötzlich hatte sie viel von ihrer Selbstbeherrschung verloren – doch brachte ich es nicht über mich, ihr deswegen Vorwürfe zu machen.

Schließlich begleitete sie uns als einzige Frau. Sie hatte ihre vier Zofen und ihre Leibwächter bei der Hauptgruppe gelassen. Zweifellos vermißte sie die liebevolle Zuwendung ihrer persönlichen Dienerinnen. Ihr rosiges Gesicht starrte gerötet empor, und ihr hellblondes Haar war ungekämmt und durchsetzt mit Staub und anderen Brocken. Ihr Kleid war in einem schlimmen Zustand.

Ja, sie tat mir leid, die Lady von Amklana.

Bis jetzt wußte ich nicht, welchen Rang sie bekleidete, doch war ich sicher, daß sie eine Kovneva war. Nichts anderes konnte ihr Auftreten erklären. Außerdem hatte sie mich nachsichtig behandelt.

»Mir will scheinen«, sagte ich absichtlich laut, »wenn diese Moder-Fürsten sich ihren Spaß mit uns machen wollen, dann nützt es ihnen wenig, wenn wir nicht weiterkommen.«

Dies stimmte im Grunde nicht. Doch machten meine Worte keinen Unterschied. Sie lösten nichts aus – ganz im Gegensatz zu jenen paradiesischen Momenten im Feuerkristall-Korridor – nach meinem Kampf gegen Tarkshur hatte ich dort den Schlüssel herbeigerufen, der mich von meinen Fesseln befreite. Anscheinend waren hier im Moder unterschiedliche Arten von Illusionen am Werk. Und ich fragte mich, wie der verdammte Moder-Fürst uns wohl beobachtete – etwa wie ein Zauberer aus Loh, der in Lupu ging und die Ereignisse aus der Ferne verfolgte?

Logu Fre-Da und sein Zwilling Modo Fre-Da bedachten ihre Herrin mit besorgten Blicken. Naghan der Doorn, der große Numim, betrachtete die beiden Hyr-Paktuns, und auf seinem Gesicht stand deutlich die Sorge.

Die beiden Zwillinge trugen, wie ich erfreut festgestellt hatte, die gleiche Anzahl Trophäenringe an ihren Pakais; diese Ringe hatten sie besiegten Paktuns abgenommen. Wenn ein Paktun einen anderen berühmten Söldner besiegt, nimmt er den Ring an sich, mit der die Pakmort oder die Pakzhan an der um den Hals führenden Seidenschnur befestigt ist. Einmal war mir eine solche baumelnde Pakai zum Verhängnis geworden. Nun sah ich, wie die Zwillinge ihre Pakais betasteten, und erkannte, daß sie sich zu stählen suchten, daß die Erinnerung an ihr Können ihnen Halt und neue Zuversicht in ihr Nikobi gab. Ich habe viel für Pachaks übrig, und diese beiden – so wollte mir scheinen – waren vorzügliche Vertreter ihrer vorzüglichen Rasse.

Unvermutet fragte ich mich, wieviel Swag sie wohl bei sich führten.

Eine hitzige Diskussion begann – hitzig war sie zumindest von seiten der Lady Ariane, während Quienyin und Tyfar sehr höflich blieben. Wir schienen eine Sackgasse erreicht zu haben, und niemand konnte sich mit dem Gedanken anfreunden, womöglich den Weg zurückverfolgen zu müssen, den wir gekommen waren.

Da uns nichts Besseres einfiel, machten wir noch einmal die Runde durch die Neun Säle und kamen dabei an Loriman und seinen Leuten vorbei, die sich noch immer als Mauerbrecher abmühten. Wir begegneten einigen herumstreifenden Ungeheuern, die uns einen Rapa kosteten – und kehrten schließlich in den Saal der Ghuls zurück, um dort wieder zur Decke emporzustarren.

Die Lösung des Rätsels war entweder so kompliziert, daß wir sie nicht finden konnten – was ich bei Quienyin nicht für möglich hielt, auch wenn er seine magischen Kräfte verloren hatte –, oder sie war kindisch einfach.

Viele Leute auf Kregen haben mich schon einen Onker geschimpft, einen Get-Onker, einen Prinz aller Narren ...

»Baut noch einmal eine Pyramide«, sagte ich und muß zugeben, daß meine Stimme so klang, wie wohl auch der Herrscher Vallias gesprochen hätte – oder der Erste Leutnant an Bord eines 75-Kanonen-Schiffes.

An der Spitze der Pyramide stehend, hob ich das Krozair-Langschwert und hieb damit kräftig gegen das Dach; achtmal ließ ich den Stahl gegen den knubbligen schwarzen Vorsprung über meinem Kopf prallen.

Die Schläge hallten hohl über die Steinpodeste.

Und alle Leichen erhoben sich.

Jede einzelne Leiche geriet in Bewegung. Aus den scheußlichen Mündern stieg ein schrilles, gespenstisches Kreischen, das unsere Nerven erbeben ließ. Ausnahmslos stiegen die Toten empor und stürmten schreiend fort, blindlings aus dem Saal der Ghuls stürmend.

In würdelosem Strom drängten sie sich durch die beiden Seitenöffnungen, die in den Saal führten. Wir übrigen waren am inneren Ende der länglichen Halle versammelt und befanden uns somit zwischen den beiden Seitendurchgängen und der Mitte des Mausoleumskomplexes.

Der Boden bewegte sich.

Der Boden begann sich zu drehen.

Die beiden Enden der Seitenpassagen und der Vorraum hinter uns glitten schnell zur Seite – Widdershins! –, und der Boden, auf dem wir erstarrt verharrten, drehte sich und trug uns ins rätselhafte Zentrum des Mausoleums.

Schließlich hielten es einige Söldner nicht mehr aus. Es handelte sich nicht um Paktuns. Angstschreiend hasteten sie auf den sich schließenden Streifen gelben Lichts zu und sprangen kreischend vom kreisenden Boden, warfen sich verzweifelt vor, hasteten sinnlos überall hin, um dem Horror dieses Ortes zu entgehen.

Wir, die wir zurückblieben, drehten uns mit dem Saal der Ghuls, wurden einwärts geschwungen, um uns dem Unbekannten zu stellen, das die Untoten in Panik hatte auferstehen und fliehen lassen.

17

Von den Söldnern die die Flucht ergriffen, sahen wir keinen wieder. Nie wieder.

Was wir zu sehen erwarteten, mochte Opaz wissen – ich wußte es nicht.

Was wir schließlich zu sehen bekamen, war eine solide Mauer der Dunkelheit. Der Boden drehte sich um hundertundachtzig Grad und kam erbebend zum Stillstand, so als würden wir mit Ketten über einem bodenlosen Abgrund gehalten. Die Finsternis strahlte weiter, doch blieb es dünn und bleich. Die Steinvorsprünge zeigten sich leer von Leichen. Der Unrat auf dem Boden knisterte mit jedem Schritt unter unseren Füßen. Vorsichtig näherten wir uns der pechschwarzen Wand, die uns Widerstand leistete – wir vermochten keine Einwirkung auf die immaterielle Substanz zu nehmen.

Die hohen Reihen leerer Vorsprünge schauten mißbilligend auf uns nieder. Das Licht umwallte uns düster, die Stille war lähmend.

»Die Wände«, sagte Quienyin, »die Steinvorsprünge – ich glaube ...«

»Du hast recht, Meister Quienyin!« Tyfar eilte zur nächsten Wand und stellte den Fuß gegen den untersten Vorsprung. Ein langsamer, unaufhaltsamer Druck schob seinen Fuß über den Boden.

»Die Wände!« kreischte Ariane. »Sie wollen uns zerdrükken! Sie rücken zusammen!«

Gleichmäßig und mit leisem Wimmern wie von gefangenen Tieren rückten die Wände gegeneinander vor. Zugleich wurde die Mauer der Schwärze vor uns schmaler.

Nun war zu sehen, daß es zwischen Mauer und Boden einen fingerbreiten Spalt gab. Und plötzlich wurde uns die diabolische Natur dieser steinernen Mahlsteine bewußt.

»Die Steinvorsprünge!« rief Ariane und begann zu schwanken und sich das Haar zu raufen. »Seht ihr – sie stehen sich nicht gegenüber!«

Sie hatte recht. Die Steinvorsprünge waren auf einer Seite höher angesetzt als auf der anderen. Beim Aufeinandertreffen würden die Vorsprünge der einen Wand genau zwischen die Erhebungen der anderen Wand greifen. Es hatte keinen Sinn, hinaufzuspringen und in einer der Steinnischen Schutz zu suchen, die eben erst von den Toten freigemacht worden waren. Der gegenüberliegende Vorsprung würde sich unaufhaltsam in die Lücke pressen und ...

Verzweifelt schauten wir uns nach einem Ausweg um.

»Hier erleben wir die Kaochum«, unterrichtete uns Quienyin, obwohl nur wenige in der Lage waren, dieses Wissen aufzunehmen. »Die Kiefer des Todes.«

Die Kaochum, die Todeskiefer, würden uns sehr bald plattdrücken, wenn uns keine Lösung einfiel. Mein Blick fiel auf einige kleine Steinbrocken, die irgendwo abgebrochen waren.

Ich ging davon aus, daß die anderen mein Vorhaben erkennen und mithelfen würden, und machte mich wortlos daran, die Brocken aufzuheben und zur Seite zu werfen, bis ich ein festes keilförmiges Stück gefunden hatte. Dies steckte ich mit der Spitze voran in den fingerbreiten Spalt zwischen Boden und Wand und keilte es mit heftigem Tritt fest. Es dauerte nicht lange, bis wir alle in hektischem Treiben Keile unter die Mauern trieben. Einige Brocken wurden zu Pulver zermahlen, andere fanden keinen Halt und rutschten weiter. Einige aber setzten sich fest.

Das keckernde Geräusch, das an gefangene Tiere erinnerte, geriet ins Stocken; es wurde wieder lauter, sobald ein Keil zerfiel, ließ dann aber wieder nach in dem Maße, wie wir erbarmungslos Keile setzten, so schnell und fest wir konnten.

Die Mauern erbebten. Ein schrilles Jaulen machte sich bemerkbar. Die Mauern zitterten.

Plötzlich stieg von den zurückgebliebenen Habseligkeiten der Leichen eine dichte Staubwolke auf. Das unangenehme Pulver legte sich uns auf Köpfe und Schultern, und wir wedelten mit den Armen und würgten und keuchten. Aber die Wände bewegten sich nicht mehr. Das Zittern ließ nach, der Staub sank herab, und die Mauern standen still.

Das laute Schrillen steigerte sich, bis es nicht mehr zu hören war. Wir spürten plötzlich den Schmerz in unseren Ohren und erschauerten.

Langsam teilte sich die schwarze Mauer vor uns wie eine Iris. Als das kalte grelle Licht hereinströmte, sah ich, daß wir in einem Spalt zwischen den abgebremsten Mauern standen. Der Platz reichte eben aus, daß wir hintereinander hinausmarschieren konnten, so nahe war der Tod bereits herangerückt.

Prinz Tyfar beschritt den Weg als erster.

Mit erhobenem Kopf, das Schwert in der Hand, so betrat er einen schwarzen Marmorboden und näherte sich weißem Licht. Dicht davor blieb er stehen. Während wir uns hinter ihm zusammendrängten, rief er japsend: »Bei allen Namen!«

Eindrücke bedrängten uns wie von einem Kaleidoskop und machten es mir schwer, dieses Moder-Mausoleum zu beschreiben.

Ein Platz des Staunens, der Ehrfurcht und des Schrekkens …

Die Räumlichkeit dehnte sich rings um uns und hatte einen Durchmesser von vierhundert Schritten. Das Dach zeigte sich seltsam bewegt, war es doch mit schwarz durchscheinenden Gebilden behängt, die sich ewig zu verschieben schienen, so daß man die Höhe nicht abschätzen konnte – eine Höhe, die sich schwankend immer wieder zu ändern schien.

Etwa fünfzig Schritte von den Wänden entfernt, erhoben sich Feuerkristall-Tanks mit einem Umfang von jeweils etwa zwanzig Schritten. In jedem Tank wand sich ein Alptraum-Monster – tentakelbewehrte, tintenfischartige Gebilde, die sich schleimig wanden und uns anzischten und obszön zuzuwinken schienen. Selbst der Abgebrühteste konnte bei diesem Anblick nicht kalt bleiben.

Deb-Lu begann sofort zu reden, und ich vermutete, daß er uns damit ablenken und beruhigen wollte.

»Eindeutig befinden wir uns hier unterhalb der kregischen Oberfläche, und ich meine, daß wir hier im Zentrum des Moders stehen …«

»Du sagtest aber, es gebe neun Zonen, dies ist aber erst die achte …«

»Stimmt. Aber die neunte Zone ist nicht für normale Menschen bestimmt.«

Langsam gingen wir zwischen zwei Tanks hindurch, ohne die widerlichen Geschöpfe weiter zu beachten. Wir alle spürten, daß Quienyin die Wahrheit sagte und daß sich hier befand, weswegen wir gekommen waren – wir alle, mit Ausnahme des Zauberers aus Loh und meiner Wenigkeit.

Innerhalb des Kreises aus Tanks zeigte sich ein weiteres Kreisband, auf dem dichtgedrängt bronzebeschlagene Truhen, Kästen, Koffer und Kommoden standen. Kleine Gassen führten durch diesen Kreis weiter ins Innere. Die Schätze in den zahlreichen Behältnissen spotteten unserer Phantasie. Erstarrt blieben wir stehen und betrachteten die Schätze mit gierigen Augen.

Quienyin schaute zurück.

»Wir haben bestimmt noch Zeit, uns diesen Dingen zu widmen – hinterher ...«

Niemand hatte den Mut, sich zu erkundigen, was er damit meinte.

Einige von uns fühlten sich von den Schätzen unwiderstehlich angezogen.

Wir vermochten nicht zur Mitte des Saals zu schauen, denn dort loderte eine gewaltige Säule grellen Lichts vom Boden zur Decke empor, in die Höhe flutend, bis es von der unruhigen Dunkelheit der Decke verzehrt wurde.

Rings um die Säule aus reinem weißen Licht erhob sich ein Zaun, eine Mauer, eine unwirklich aussehende und doch eisenharte Barriere. Wir schritten über schmale Pfade durch das runde Band der Schätze und magischen Geräte und erreichten schließlich die eiserne Barriere. Unmittelbar vor uns zeigte sich ein Silbertor, und weiter rechts war ein goldenes Tor zu sehen. Links versperrte ein Bronzetor den weiteren Weg. Irgendwie wußte ich, daß es neun Tore zur Feuersäule gab.

»Meine Freunde«, sagte Quienyin, »ich glaube, hier liegt unser Weg in die Freiheit – hinterher.«

»Durch ... durch das Feuer?« krächzte Ariane.

»Ja, meine Dame.«

»Aber wie kommen wir durch die Tore?«

»Klettert doch über den Zaun!« schlug Tyfar vor.

»Nein, Prinz«, antwortete Quienyin hastig. »Wer diesen Weg wählt, dem ist ein schneller, schlimmer Tod gewiß.«

Wir zweifelten nicht an seinen Worten.

Die Söldner drängten sich um die Truhen und Schränke. Sie bargen unvorstellbare Schätze. Ich sah eine Truhe von der Größe eines Pferdes bis zum Bersten mit Diamanten gefüllt. Dicht daneben stand ein zweites Behältnis voller Rubine. Im wabernden Glanz der Edelsteine verblaßte das Funkeln des Goldes.

»Nichts berühren, ehe wir in Sicherheit sind!« befahl Tyfar.

Die Paktuns brummten widerstrebend – aber unsere Erfahrungen vermochten sogar ihre Raublust im Zaum zu halten. Vergessen Sie überdies nicht, daß diese Männer die abgebrühtesten aller jener waren, die das Labyrinth betreten hatten – denn sie lebten noch.

Einer zeigte uns sofort einen sehr einfachen Weg in den Tod.

Der schwarze Bodenmarmor, der den Saal auskleidete, ging zur Mitte zu in weißen und schließlich gelben Marmor über. Dicht vor der Flamme, wo wir standen, gab es kunstvolle Muster: komplizierte Rhomben- und Herzformen, Kreise und Halbmonde, die intarsienartig in den Boden eingelassen worden waren. Der bedauernswerte Paktun, ein Rapa, stand auf einem grünen Halbkreis, ohne sich etwas dabei zu denken.

Plötzlich verschlang ihn der grüne Halbkreis.

Eben noch stand er dort und rieb sich den fleckigen Nakken, im nächsten Augenblick war er verschwunden, und der grüne Halbkreis tauchte wieder auf.

Ariane begann zu schreien.

»Testet jeden Teil der Verzierungen, ehe ihr euch darauf stellt!« rief Tyfar, und sofort begannen die Leute wie Gespenster herumzuschleichen.

Im Gedenken an Quienyins unheildrohende Worte schaute ich in die entferntesten Winkel des zentralen Raumes, in Nischen hinter den Tanks und ihren widerlichen Bewohnern. Dort rührten sich Schatten auf eine Weise, die einem Tränen in die Augen treiben konnte.

Tyfar redete mit schnellen, leisen Worten auf Lady Ariane ein.

Der Zauberer aus Loh sagte: »Ja, mein Freund. Diese Dinge sind real. Es gibt hier keine Illusionen. Deine Waffen ...?«

In Glasvitrinen befanden sich zahlreiche Schwerter, Dolche und andere Waffen verschiedenster Art und Qualität.

»Ich glaube nicht, San, daß ich hier ein gleichwertiges Langschwert finden könnte. Bis es mir aus der Hand verschwindet, werde ich es behalten.«

Trotzdem nahm ich mir vor, Rapier und Main-Gauche auszutauschen, sobald wir die Vitrinen geöffnet hatten.

Genau das war das Problem.

Wir alle wußten, daß uns Schreckliches befallen würde, sobald wir über diese Schätze herzufallen versuchten.

»Mein Prinz«, sagte Barkindrar die Kugel und hob seine Schleuder. »Am besten treten alle zurück, dann zerschmettere ich einen Glaskasten.«

Barkindrar hatte sich auf dieser Expedition in die Tiefe des Moders bereits bewährt. Tyfar nickte. Quienyin biß sich auf die Unterlippe und schaute mich an. Ich machte eine kleine Handbewegung, mit der ich sagen wollte: ›Was können wir anderes tun?‹

Ein fernes Tappen, das meine Ohren seit kurzem irritierte, verstärkte sich jetzt so sehr, daß ich mich verwirrt umsah. Die anderen hörten es nun ebenfalls. Das Klopfen klang hohl und ließ an teuflische Töpfer denken, die an einem gelben Schädel arbeiteten.

Es dauerte nicht lange, bis wir feststellten, daß das Klopfen von einer Wand weiter links kam, und wir bauten uns in sicherer Entfernung auf, gefaßt auf eine neue Scheußlichkeit, die uns zu schaffen machen würde.

Steinfladen löste sich von der Wand. Dann fiel ein größeres Stück zu Boden. Der Lärm verstärkte sich weiter. Was immer sich da durch die Mauer kämpfte, war groß und kräftig. Die Schläge dröhnten durch den Saal, und Steinbrocken fielen zu Boden, und plötzlich zog sich ein Riß über die Mauer. Er erweiterte sich zu einer gezackten keilförmigen Öffnung vom Boden bis zu einer Stelle zehn Fuß über dem Boden. Gelbes Licht strömte herein, begleitet von einem Schauder funkelnder Staubbrocken.

In der ungleichmäßigen Wandöffnung bewegten sich dunkle Gestalten. Vor der grellen gelben Strahlung sahen sie schwarz und bösartig aus.

Eine Gestalt tappte hindurch, stand auf und brüllte: »Hai! Ich bin durch!«

Wir rissen die Augen auf.

Weitere Figuren drängten sich in den Hort des Bösen, in dem wir uns befanden – und wir entdeckten plötzlich Kov Loriman, staubbedeckt, einen schweren Vorschlaghammer in der Hand. Keuchend, triumphierend lächelnd schob er sich durch das Loch. Er entdeckte uns.

»Ihr Famblys! Und wie viele habt ihr verloren? Habe ich euch nicht gleich gesagt, daß ich ausbrechen könnte?«

»Oder *ein*brechen, Kov!« rief Quienyin von hinten.

Ich will ehrlich sein, ich konnte mir nicht vorstellen, warum der Jagende Kov und seine Männer nicht schon längst von irgendeinem Schrecknis ausgelöscht worden waren.

Damals wußte ich keine Antwort auf diese Frage. Aber mir sollte später klar werden, daß mir Kov Loriman trotz seiner widerwärtigen Leidenschaft für das Hinrichtungs-Jikaida und andere unsägliche Scheußlichkeiten mit dem Wanddurchbruch eine wesentliche Hilfe leistete.

Wir warnten ihn vor dem grünen Halbmond, und seine Männer lernten es schnell, sich hier mit der gleichen Vorsicht zu bewegen wie wir.

Interessiert stellte ich fest, daß zu den Überlebenden mehr Paktuns mit goldener Pakzhan als mit silberner Pakmort gehörten – und daß ihre Zahl wiederum größer war als die der einfachen Söldner, die noch nicht zum Paktun aufgestiegen waren. Aber war das im Grunde nicht logisch?

Tyfar war ein Prinz, wie er im Buche stand. So weltfremd er auch im normalen Leben sein mochte – die Wunder und Schrecknisse dieses Moders schien er geradezu zu genießen. Loriman begegnete er sehr förmlich.

»Es steht zur Debatte, meinen Schleuderer ein Geschoß auf eine dieser Vitrinen richten zu lassen, während wir uns im Hintergrund halten.«

Loriman brummte etwas vor sich hin und musterte mürrisch seinen Jiktar, den Kommandanten seiner Chuliks. Dieser, ein prächtiger Chulik, der in seiner Rüstung und mit seinen gefährlich aussehenden Hauern einen hervorragenden Eindruck machte, überlegte kurz.

»Quidang!« brüllte er dann.

Chuliks besitzen etwa so wenig menschliche Züge wie Katakis; sie haben mich auf Kregen, wie Sie wissen, schon so manchen Schweißtropfen gekostet. Aber wenigstens sind sie als Söldner natürliche Kandidaten für die Gilde der Paktuns und haben keine Neigung, sich mit Sklaven abzugeben. Und obwohl ihr Ehrenkodex weniger mit dem der Pachaks gemein hat, sind sie ihren Herren gleichwohl treu ergeben. Damit meine ich eine Treue, die auch anhalten kann, wenn Sold und Nahrung bereits zu Ende gehen – und das läßt sich nicht von vielen Söldnern behaupten.

Während wir uns auf das gefährliche Experiment vorbereiteten, ging mir auf, daß dieser Saal mit seinen unheimlichen Einflüssen stark genug war, um mich gegenüber den Chuliks schwach werden zu lassen. Bei Zair! Wenn das kein deutliches Zeichen für den krassen, übermächtigen Eindruck ist, den der Moder auf mich machte!

Die Chuliks waren also meine Gefährten, als ich mich mit den anderen niederduckte, während Bardindrar sein Schleuder-Ritual durchmachte.

Ob er wohl auch in der tobenden Schlacht nicht darauf verzichten konnte?

Prinz Tyfar setzte große Stücke auf ihn, wie auch auf seinen bärtigen Apim-Bogenschützen Nath den Pfeil, der aus Ruathytu kam. Ich muß schnell hinzufügen, daß keiner der beiden Söldner war, sondern freiwilliger Gefolgsmann, wie auch Arianes Numim-Beschützer Naghan der Doorn.

Während Barkindrar seine Vorbereitungen absolvierte und die Schlinge kreisen ließ, kam mir ein anderer absonderlicher Gedanke. Je näher wir diesem Mausoleum des Moders gekommen waren, desto mehr hatte sich Deb-Lu-Quienyins Selbstbewußtsein gefestigt. Es war, als finge er bereits in der Annäherung ein Echo seiner kommenden Kräfte auf, als gewönne er Kraft aus der eigenen Zukunft.

Barkindrar ließ die Kugel fliegen. Die Bleikugel sirrte davon. Die Glasvitrine zerplatzte in tausend Splitter, die in alle Richtungen auseinanderwirbelten. Jeder, der sich in der Nähe aufgehalten hätte, wäre von den scharfen Kanten zerfetzt worden. Das Prasseln und Klirren der Glasstücke auf dem Boden verzwitscherte.

Wir standen auf.

»Gut gemacht, Barkindrar!« rief Tyfar strahlend.

»Sei vorsichtig, Prinz!« warnte Quienyin. »Vielleicht gibt es einen Wächter ...«

Kov Loriman zog seinen Beutel und nahm einen kleinen Körper heraus – einen Tiklo, ein kleines Echsenwesen, das er vorsichtig am Schwanz in die Höhe hielt.

»Tyr Ungovich, der uns für die Expedition ausrüstete, hat mir für diesen kleinen Burschen viel Geld abgenommen. Bei Havil, ja! Ungovich sagte, im letzten Augenblick werde das Wesen seinen Wert schon zeigen. Ist dies nicht der letzte Moment in diesem verdammten Labyrinth?«

»Sei vorsichtig, Kov!«

»Was bekümmert dich, Meister Quienyin?«

»Ich weiß es nicht genau. Irgend etwas finde ich seltsam.«

Der alte Quienyin schaute sich ausdruckslos um. Ich sah, daß er seitlich die Arme zu heben begann, so wie es ein Zauberer aus Loh tut, wenn er in Lupu gehen will. Dann aber senkten sich die Arme des alten Weisen wieder, und er hakte die Daumen in den Gürtel und trat unruhig von einem Fuß auf den anderen, ehe er sagte: »Vielleicht hast du recht.«

Loriman lachte und näherte sich der zerschmetterten Vitrine als erster.

Barkindrar hatte einen Glaskasten erwählt, in dem sich Kronen befanden. Sie hingen auf Pfählen und waren übersät mit schimmernden Edelsteinen – prächtige, eindrucksvolle Symbole der Macht. Mit jeder dieser Kronen hätte man das Königreich kaufen können, über die ihre Eigentümer seinerzeit herrschten.

Ohne Umstände griff sich Loriman eine Krone heraus. Nichts geschah. Er hob das Gebilde in die Höhe und bemerkte dazu, daß ihm das Ding sicher gut stehe, bei Havil! Er wollte sie sich schon aufsetzen, als Quienyin sie ihm aus der Hand schlug. Die Krone polterte zu Boden und begann zu rollen. Aus dem Augenwinkel bemerkte ich ein Zucken des kleinen Tiklos, der sich in Lorimans Fingern befand.

Die Krone rollte über den Marmor. Dabei wurde sie immer kleiner. Sehr schnell zog sie sich zusammen, bis sie schließlich mit leisem Knallen verschwand.

»Normalerweise hätte dein Kopf darin gesteckt, Kov.«

Loriman hörte auf zu lächeln und erbleichte. Die Äderchen in seiner Nase schienen sich zu dünnen weißen Linien zu verengen. Er begann zu zittern.

»Dies ist ein Ort, den man in Cottmers Höhlen – und darüber hinaus – verdammen müßte!«

Tyfar zeigte ein beunruhigtes Gesicht und sprach mit leiser, gepreßter Stimme, als bekümmere ihn, was er zu sagen hatte. »Du hast doch aber vorhin gesagt, Meister Quienyin, daß die Schätze real seien.«

Quienyin hustete und fuhr sich mit dem Finger über die Lippen.

»Das habe ich gesagt, Prinz, und ich bleibe auch dabei. Schau her!«

Langsam griff der alte Zauberer aus Loh nach einer anderen edelsteinfunkelnden Krone. Mit beiden Händen hob er sie in die Höhe und setzte sie sich mit entschlossener Geste aufs Haupt.

»Nein!« schrie Ariane und schien am Rande einer Ohnmacht zu sein.

Die Krone ruhte auf Quienyins Kopf und schrumpfte nicht. Funkelnd saß sie auf seinem lächerlichen Turban und kündete von dem göttlichen Recht der Könige, zu unterwerfen und zu töten.

»Was soll das heißen, Meister Quienyin?«

»Nur daß Kov Loriman den Tiklo fortwerfen sollte.«

»Du meinst, dieser Rast Ungovich hat mich getäuscht?«

»Nein. Nur konnte Kov Ungovich aus der Ferne vielleicht nicht ermessen, welche Gefahren hier im Moder wirklich drohen.«

»Ich werde mit ihm reden, das verspreche ich dir.«

Ariane kicherte. »Vielleicht liegt es aber auch an deinem Turban, Quienyin!«

»Aye!« rief Loriman. »Probier die Krone mal ohne ihn aus!«

Wortlos gehorchte der Zauberer aus Loh. Die Krone behielt ihre ursprüngliche Größe bei, eine echte Krone, prachtvoll und schön.

Danach kam es zu einer Orgie des Vitrinenzerschmetterns.

Ein winziger Teil der an diesem Ort drohenden Todesgefahr schien gebannt, und doch nahm ich nicht an, daß sich einer von uns täuschen ließ. Wir alle wußten, daß uns der schlimmste Test noch bevorstand – wenn wir nur wüßten, wie er aussah!

18

Auf jeden Fall hatten die Plünderungen, die nun in diesem furchterregenden Raum einsetzten, ihren Preis – etwas anderes konnte ich mir gar nicht denken. Die Teilnehmer der Expedition ließen jede Vernunft fahren, das Schreckliche, das sie durchgemacht hatten, brodelte in ihnen empor und äußerte sich in schrillem Lachen, wildem Herumtappen und dem ziellosen Zerschlagen von Glasvitrinen, deren Inhalt auf dem Marmorboden sinnlos verstreut wurde.

Gefolgt von ihren Beschützern, lief Lady Ariane aufgeregt von Truhe zu Schrank, zu Kiste, zu Schale und suchte eifrig nach dem Machtmittel, um dessentwillen sie die Expedition unternommen hatte. Wenn es darum ging, die lächerliche arme Königin Fahia von Hyrklana zu stürzen, konnte ich ihr nur Glück wünschen.

Die Motive von Menschen, die wir nicht gut kennen, vermögen wir nicht immer klar zu ergründen, und wenn sie unseren eigenen Wünschen zu entsprechen scheinen, so legen wir unsere eigenen Sehnsüchte in ihr Handeln.

Ich erfüllte mir das selbstgegebene Versprechen, mein Rapier und Main-Gauche gegen ein echtes Klingenpaar auszutauschen, und entdeckte dabei in der benachbarten Vitrine eine wunderschöne kleine Brosche. Sie hatte die Form eines Zhantils, eines stolzen Raubtiers, das in vielen Gegenden Kregens zu den Königen des Tierreichs gezählt wird. Das Schmuckstück bestand aus Scarrons, strahlend roten Edelsteinen, noch kostbarer als Diamanten.

Vorsichtig nahm ich die Brosche zur Hand. Sie erwachte

nicht zum Leben, sie versuchte mir nicht den Daumen abzubeißen. Auch wuchs sie nicht zu voller Größe heran, um über mich herzufallen.

Ich verstaute das Stück in meinem Beutel.

Ein Plünderer also, dieser Dray Prescot! Nun ja, ich bin oft als Paktun und Söldner durch die Lande gezogen – und ein Paktun lebt nach dem Motto, sich zu schnappen, was er kriegen kann, solange es noch geht. Das Leben ist kurz, Bruder ...

Ohne den Drexer abzulegen, schnallte ich einen Thraxter um. Wenn der Drexer zusammen mit den anderen Halluzinationswaffen verschwinden sollte, dann kam mir eine schwere Klinge für die grobe Kampfarbeit sehr zupasse.

Diese Brosche – für wen – auf zwei Welten! – hatte ich sie wohl eingesteckt?

Dies brachte mir zu Bewußtsein, daß von einem Mann, der allein unterwegs war, nicht selten erwartet wird, seiner ganzen Familie Geschenke mitzubringen. Ich kam mir ziemlich lächerlich vor, als ich in den zerschlagenen Vitrinen nach kleinen Mitbringseln suchte. Das Absonderliche war, daß jede Kleinigkeit aus diesem Moder-Schatz ein Vermögen wert war.

Wenn Delia mich wie üblich fragen würde: ›Und wo bist du diesmal gewesen, mein Liebling?‹, dann würde ich antworten müssen: ›Ach, es ging um Moder und Monster!‹ Und ich würde es zunächst dabei bewenden lassen. Aber das würde mir nicht gelingen. Ich wußte, wenn ich Delia die Kleinigkeiten überreicht hatte, würde ich mich wie Drig plagen müssen, um zu verhindern, daß sie in einen Voller sprang und sich von mir zu einem kleinen Spiel um Moder und Monster geleiten ließ. Bei Zair, nein! Mein Blick fiel auf Ariane, die einen Elfenbeinkasten an die Brust preßte und haltlos zu weinen begonnen hatte, und ich fragte mich: Meine Delia? Hier? *Niemals!*

Nun ja, wie immer sät der Mensch, und Zair erntet, und kein Mensch vermag die Geheimnisse Imriens zu ergründen ... Und – bei Vox! – es war töricht von mir, solchen Gedanken nachzuhängen.

Quienyin näherte sich armschwenkend.

»Schau dir diese Kerle an, Jak!«

Es herrschte wirklich ein großes Durcheinander. Leute torkelten schwerbeladen mit Beute umher. Es handelte sich um Fachleute, wenn es darum ging, tragbare Wertgegenstände mitgehen zu lassen, und so blieben Gold und Silber unberührt; die entfesselten Paktuns stürzten sich vielmehr auf Edelsteine und Schmuckstücke, die mehr wert waren als das edle Material, aus dem sie gefertigt waren.

»Hier, Jak«, sagte Quienyin nachdrücklich, »habe ich etwas, das dir wohl von Nutzen sein kann.«

Er reichte mir ein schmales Armband aus miteinander verbundenen goldenen Schwertern.

»San?«

»Ein Rat dazu, junger Mann: Wenn ein Mann dieses Klingen-Armband trägt, ist er ein unsichtbarer Schwertkämpfer. Aber warte – es übt seine Macht nur einen Kampf lang aus, nicht länger. Danach – puff!«

»Und du glaubst, ich brauche so etwas?«

Er betrachtete mich mit einer Sympathie, die ich als echt empfand. »Bewahre das Band sicher auf. Für den Moment, da dir Mefto der Kazzur noch einmal über den Weg läuft.«

»Ich danke dir, Deb-Lu. Aber – nein, und damit möchte ich nicht respektlos erscheinen. Mefto ist wirklich ein großer Kleesh, aber er ist ein Schwertkämpfer, und sollte ich noch einmal auf ihn stoßen, werde ich ihn in einem offenen, ehrlichen Kampf besiegen.«

Er schaute mich an, als hätte ich den Verstand verloren.

»Im Namen der Sieben Arkaden – was suchst du dann hier?«

»Ich«, antwortete ich, »will hier einfach nur raus!«

Das Toben nahm ringsum seinen Fortgang, während er mich prüfend musterte, wobei seine Augen mehr Licht zu verströmen schienen, als es einem Menschen normalerweise möglich ist. »Das ist nun wirklich das Vernünftigste, was ich an diesem Ort je gehört habe!«

»Wir müssen durch die Mauer hindurch und am Lichtschaft abwärts?«

»Ja. Schau mal, Jak ...« Aus einer der vielen Taschen seiner Robe zog Quienyin einen Gürtel. »Kann ich dich nicht wenigstens hierfür interessieren? Wenn du den bei einem Kampf trägst, kann dir das Schwert des Gegners nichts antun.«

»Ja, und gilt das auch nur für einen Kampf?«

»Ja.«

»Wissen diese Leute, daß die magischen Objekte, die sie mitnehmen, nur einmal funktionieren?«

»O nein – einige wirken sogar ziemlich lange!«

»Vermutlich gibt es hier kein Ding, das uns auf magischem Wege die Freiheit verschaffen könnte? Das wäre – schön.«

»Sarkasmus, junger Mann, ist billig. Und um dir zu antworten – nein, so etwas gibt es nicht. Zumindest«, fügte er nachdenklich hinzu, »habe ich nichts entdecken können, was einem solchen Objekt ähnelt. Und ich möchte hinzufügen, daß ich mich seit kurzem meinen verlorenen Kräften wieder sehr nahe fühle.«

»Das war mir schon aufgefallen.«

Ich hatte auch bemerkt, daß er nicht mehr mit dem salbungsvollen Nachdruck sprach, den er sonst oft an den Tag legte ...

»Schauen wir uns mal die Mauer an, die Loriman durchbrochen hat. Das interessiert mich.« Er nickte, und wir näherten uns dem gezackten Wandloch. Die Wand des Saals der Ghuls, die sich, uns umschließend, gedreht hatte, war eine Wand wie alle anderen acht. In der Wand vom Saal der Phantome klaffte Lorimans Durchstieg. »Der Jagende Kof ist ein sehr – geradliniger Mann.«

»Oh, aye.« Ich rückte den Lestenledergurt zurecht, der meinen scharlachroten Lendenschurz zusammenhielt. »Weißt du zufällig, ob er gefunden hat, was er zur Unterstützung bei Spikatur Jagdschwert braucht? Weißt du auch, worum es dabei geht?«

»Er hat ein Kästchen aus Elfenbein und Gold gefunden, das ihm Freude macht. Wenn ich über meine vollen Fähigkeiten gebieten könnte – sobald ich wieder darüber gebiete, muß ich diesen Kult oder Orden erforschen.«

»Nun ja, wenn das nur einmal funktioniert ...«
»Das ist ja gerade so interessant.«
Bei der Annäherung an die grob herausgeschlagene Wandöffnung stolperte Quienyin über einen Brocken Schutt, den Lorimans kräftige Helfer herausgebrochen hatten. Mit einem leisen Schrei drückte er mir die Hand gegen den Rücken, um sich abzustützen, und entschuldigte sich dann hastig. Ich drehte mich zur Seite, faßte ihn am Arm und stützte ihn.
Aus der Öffnung tönten ferne hohle Geräusche, getragen von einer übelriechenden Brise, die beim Eindringen in den zentralen Raum erstarb. Quienyin legte eine Hand hinter das Ohr und lauschte aufmerksam.
Schließlich hob er fragend den Blick, und ich nickte.
»Aber wie viele ...?«
Ein Mauervorsprung preßte gegen meinen Körper.
»Das Loch!« rief Quienyin. »Es schließt sich!«
So wie eine Wunde sich zu heilen versucht, so schloß sich die Wand wieder. Ich brüllte einigen herumlärmenden Chuliks zu, die, beutebeladen, einem Monster im Tank Fratzen schnitten. Sie beachteten mich nicht. Ich begann mit einem zwischen den Schuttbrocken liegenden Hammer die Wände zu bearbeiten. Quienyin schwang neben mir die Spitzhacke.
Mit meiner alten Seemannsstimme brüllte ich in das Loch:
»Beeilt euch! Das Loch schließt sich! Beeilt euch, ihr Famblys! *Bratch!*«
In dem Maße, wie ich Steine fortschlug, wuchsen sie nach und strebten zueinander. So benutzte ich denn ein Wort, das ich verabscheue, das hier aber, kein Krun! wirklich am Platze war: »Beeilt euch! Beeilt euch: *Grak! Grak!*«
Gleich darauf hatten die anderen die Öffnung erreicht, und das erste Gesicht, das zu uns hindurchschaute, gehörte Prinz Nedfar. Er war außer sich vor Wut.
»Ich sehe dich, Rast!« Im Nu war er durchgekrochen und ließ das Schwert gegen meine Kehle zucken. Ich warf mich zurück.
Lobur der Dolch hatte es ebenfalls geschafft, gefolgt von weiteren Kämpfern. Quienyin meldete sich mit lauter

Stimme: »Prinz! Prinz! Halt! Wir sind es – wir sind hier – dies ist Notor Jak, ein Freund. Kommt alle durch, ehe sich das Loch ganz schließt.«

Diese Worte lösten ein hübsches kleines Durcheinander aus, bis es auch der letzte Mann der Expedition geschafft hatte. Und dieser letzte war Hunch, und er zitterte am ganzen Körper, denn das Gestein schloß sich hinter ihm mit lautem Dröhnen und ließ ihn vorspringen, als hätte er einen Stich ins Hinterteil erhalten.

Er erkannte mich nicht, denn ich stand waffenstarrend vor ihm und unterhielt mich mit dem Prinzen; eindeutig gehörte ich zu den hohen Herren.

»Jak? Aye – ich erinnere mich an dich. Man erinnert sich.« Nedfar verfügte über die prinzliche Eigenschaft, sich Gesichter zu merken. »Wenn deine Geschichte so seltsam und schrecklich ist wie die unsere ...«

»Das ist sie, Prinz«, sagte Quienyin. Er begann mit seinen Erklärungen, während sich die Neuankömmlinge mit Freudengebrüll auf die funkelnden Schätze stürzten.

Brokelsh Nodgen blieb in Hunchs Nähe. Die beiden erkannten mich nicht wieder. So ist das nun mal mit den Augen von Sklaven. Die beiden sahen aus, als hätten sie einen Monat hinter sich, der ausschließlich aus Samstagabenden bestand.

Ich hoffte, daß ihnen ihr Tryfant- und Brokelsh-Paradies nur Gutes gegeben hatte.

Tyfar hieß seinen Vater und seine Schwester mit angemessenem Empfinden willkommen. Außerdem fiel mir der kameradschaftliche Ton auf, mit dem er Lobur den Dolch begrüßte. Was Kov Thrangulf betraf, so trat ihm Tyfar auf gebotene Weise entgegen, wie es sich für einen jungen Mann und unerprobten Prinzen gehörte, wenn er einem einflußreichen hohen Edelmann begegnet.

Der unermeßliche Schatz lockte die Neuankömmlinge an wie eine Flamme die Motten. Das Lärmen in der unheimlichen Halle nahm wieder erheblich zu, und die seltsame Flammensäule erhellte die durcheinanderwirbelnden Motten.

Der Zauberer des Kults von Almuensis drängte sich nach vorn und stand mit gespreizten Beinen da, die Fäuste in die Hüften gestützt, eine leuchtende Gestalt, die sich das Mausoleum betrachtete, den Kreis der unheimlichen Wesen in den Tanks, die durchwühlten Schatztruhen, das herumliegende Vermögen. Schließlich nickte Yagno vielsagend, als habe er alles so geplant.

»Dies ist also der Tiefpunkt des Moder«, stellte er fest und blies die Wangen auf. Seine prächtige Gestalt zeigte kaum Spuren der verzweifelten Abenteuer, die uns übrige zu einem zerzausten Haufen haben werden lassen.

»Nicht ganz, San«, sagte Quienyin aufgekratzt.

Aber San Yagno beachtete den alten Magier nicht. Sein Blick fiel auf eine Truhe mit neun Schlössern, die jeweils die Form von Risslacas besaßen. Die schuppigen Dinosaurier waren in Bronze gestaltet. Yagno näherte sich der Truhe, wobei er Leute und Hindernisse aus dem Weg schob. Er baute sich vor der Truhe auf, die aus mit Balass und Elfenbein eingelegtem Sturmholz bestand und in Bronzebänder geschlagen war.

»Dieses Zeichen erkenne ich«, sagte er, halb zu sich selbst. Er griff in sein prachtvolles Gewand und zog ein in Echsenleder gebundenes und mit Gold verschlossenes dikkes Buch heraus.

»Paß auf, Jak«, sagte Quienyin, »das müßte interessant werden!«

Die Chuliks aus San Yagnos Leibwache – von dem Dutzend, das den Moder betreten hatte, lebten noch fünf – bildeten einen Ring um ihren Herrn. Trotzdem konnten Quienyin und ich alles erkennen. San Yagno öffnete das Hyr-Lif, blätterte die steifen Seiten um und fand schließlich die gesuchte Seite. Er hielt das Buch dicht vor das Gesicht und begann im Singsang vor sich hin zu murmeln. Dabei ging es vor allem um Kräfte, die etwas zerreißen und zerbrechen und zerschmettern sollten.

Das erste bronzene Risslaca-Schloß sprang auf.

Ihm folgten das zweite, dritte und so weiter, bis auch das neunte aufklaffte.

San Yagno blies die Backen auf. Er atmete schwer. Hastig verstaute er das Buch wieder und gab dem Deldar der Chuliks ein Zeichen.

Der Mann öffnete den Deckel.

»Da wurde magische Folklore im Übermaß aufgeboten«, bemerkte der Zauberer aus Loh, und ich vermochte in seinen Worten nur eine ganz feine Ironie auszumachen.

»An seiner Stelle hätte Kov Loriman die Truhe mit einer Axt geöffnet«, bemerkte ich.

»Und ob, junger Mann.«

Und – ich schwöre es – wir lachten beide.

Nachdem die ersten stinkenden Gegenstände aus der Truhe geholt worden waren, interessierte uns nicht mehr, was sich sonst noch darin befand. Jedenfalls schien sich der Zauberer darüber zu freuen. Er lachte laut und verteilte die Beute in seinem Gefolge. Ich fragte mich, ob die Männer die Sachen fortwerfen würden, um sich lieber mit Geschmeide zu beladen.

Arianes vier Zofen begrüßten ihre Herrin mit *Ah!* und *Oh!* und versuchten ihr das Haar zu kämmen und eine stille Ecke zu finden, in der sie ein frisches Kleid anziehen konnte, das von geduldigen Sklaven mitgebracht worden war. Erst dieser Umstand machte mir klar, daß die Nachzügler ja Sklaven bei sich hatten.

Ich wandte mich an Lobur den Dolch. »Wie ist es euch mit den Fliktitors ergangen?« fragte ich.

Er wußte nicht, was ich meinte.

Es stellte sich heraus, daß Nedfars Gruppe nach der Trennung einen ganz anderen Weg genommen hatte als wir, daß der Moder ihr aber so übel mitgespielt hatte wie uns, wobei allerdings etliche Sklaven verschont geblieben waren. Strom Phrutius lebte nicht mehr.

»Er wird jetzt wohl gerade von einem halb unsichtbaren Geschöpf verdaut, das wir nur bei Dunkelheit sehen konnten. Sobald es hell wurde, verschwand das Ungeheuer.«

»San Orien erwähnte ein solches Ungeheuer. Es tut mir leid, von Strom Phrutius' Schicksal zu hören. Das Ungeheuer war ein Lachender Schatten.«

»In der Tat, Meister Quienyin, die Kreatur lachte äußerst bekümmert, als Tobi, ein begnadeter Bogenschütze, sein Nichts mit einem Pfeil durchdrang. Aber immerhin entfernte es sich anschließend.« Lobur biß sich auf die Unterlippe. »Tobi ist leider auch tot. Er wurde von einer giftigen Blume eingehüllt, die mit unglaublicher Geschwindigkeit aus einer Wand hervorwuchs.«

Wir bekundeten unser Bedauern über die Verluste der Hamalier, und mir war ebenso klar wie Quienyin, daß wir hier zwar an der Schwelle zum allesentscheidenden Problem standen, daß aber für kurze Zeit das Gefühl – wenn es auch ein verdammt täuschendes Gefühl war –, das Gefühl der Entspannung diesen Leuten eine Last von Seele und Körper nahm. Es war ein Katz- und Maus-Spiel. Soviel schien klar. Ich erkundigte mich bei Lobur dem Dolch nach seinen Sklaven, und er erwähnte beiläufig, daß man irgendwo einige ältere Burschen aufgegabelt hatte, die beinahe niedergesäbelt worden wären, ehe sie Prinz Nedfar zu überzeugen vermochten, daß sie nichts Dämonisches hätten.

Als Lobur das Wort ergriff, mußte ich eine Grimasse unterdrücken, die sich fälschlicherweise als Lächeln hätte deuten lassen. »Sie waren von einer früheren Expedition übriggeblieben und wanderten nur noch so herum, die armen Teufel.«

Hunch und Nodgen hatten sich also die gleiche Lüge einfallen lassen wie ich, um unser Herumwandern ohne Herrschaft zu erklären. Was Tarkshur betraf – nun ja, das mußte warten.

Ich gab meinem Gesicht einen eifrigen Ausdruck. »Bei Zodjuin vom Tor! Die beiden könnten zu meinem Trupp gehören!«

Es war nun lebenswichtig, an Hunch und Nodgen heranzukommen und sie dazu zu bringen, alles mit sich geschehen zu lassen, ehe womöglich ein Dritter ihre dummen Gesichter beobachtete, wenn sie mich sahen und wiedererkannten. Es würde knapp werden. Trotz der allesumfassenden Gefahr des Moders war diese kleine, unsere gesellschaftliche Ordnung betreffende Gefahr nicht geringer einzuschätzen.

Die beiden trugen vornehme Kleidung, die allerdings durch weitere Kämpfe im Korridor inzwischen wieder gelitten hatte. Ich entdeckte sie inmitten einer Horde anderer Sklaven, die sich das Herumgetobe staunend anschauten. Die Sklaven schienen sich ein Herz fassen zu wollen, um bei der Plünderung mitzumachen.

Ich nahm Hunchs Tryfantenohr zwischen Daumen und Zeigefinger der linken und Nodgens Brokelsh-Ohr zwischen Daumen und Zeigefinger der rechten Hand. So zerrte ich sie ein Stück von den anderen fort und brüllte sie dabei an: »Ihr Yetches! Was habe ich mir für Sorgen um euch gemacht! Aber ich verzeihe euch! Ihr habt euch ausgezeichnet geschlagen! Ihr seid am Leben geblieben!«

Die beiden baumelten beinahe an ihren Ohren und versuchten zu mir emporzustarren. Brüllend bearbeitete ich sie weiter, und wenn ich scheinbar Atem holen mußte, flüsterte ich ihnen energisch zu: »Ja, ihr Famblys, ich bin's – ein falsches Wort, und ihr seid eure Ohren, nein, eure Köpfe los! Spielt mit! Wir waren schon hier, aber ihr erinnert euch nicht mehr genau. Sagt nichts!«

Die beiden schauten mich an, als hätte ein Dämon das Maul geöffnet und ihnen alle seine Reißzähne hingespuckt.

Mit bellender Stimme fuhr ich fort: »Ich hatte euch die Freilassung versprochen – und die sollt ihr erhalten!« Ich schaute mich um und sah Lobur und Prinzessin Thefi und Prinz Tyfar, die mit unverhohlener Neugier in unsere Richtung schauten. »Zeugen!« tobte ich weiter. »Dort sind die Zeugen. Das Bokkertu läßt sich später erledigen, wenn wir diesen Moder verlassen haben – aber ab sofort seid ihr frei, Hunch und Nodgen, beide!«

Es wäre nicht verwunderlich gewesen, wenn das Publikum mit leichtem, höflichem Applaus reagiert hätte. Allerdings paßte so etwas nicht an diesen Ort. Aber es war vollbracht, und zwar unter Zeugen, und diese beiden würden – wenn wir überlebten – ihre Papiere erhalten.

Der Gedanke an Dankbarkeit kam mir nicht. Wir alle

wußten, daß Tarkshur wieder auftauchen würde – es ging gar nicht anders – und wir dann sehen mußten, was uns einfiel. Aber die beiden schauten mich an und blickten auf die Plündereien, die kein Ende nahmen, und schon richtete sich Hunch zu einer Größe auf, die ich bisher nicht an ihm bemerkt hatte, während Nodgen seine mürrisch-verschlossene Miene ablegte und plötzlich geradezu kampfwütig aussah.

Was würden die beiden nun unternehmen? Als sie sich wie die anderen auf die umgekippten Behältnisse stürzten, seufzte ich und begab mich zu Nedfar, um zu hören, was er über die verdammten neun Schlüsselstücke zu sagen hatte, die wir benötigten, um weiterzukommen.

Quienyin schloß sich mir an, und wir begannen die Zone zu verlassen, in der die Sklaven noch immer zitternd hockten, ohne zu wissen, wie sie die Herrschaft der Peitsche brechen sollten; dabei beobachteten wir ein vielsagendes kleines Zwischenspiel.

Einer der Sklaven, kühner, erfahrener als die anderen, verließ vorsichtig kriechend die ängstliche Gruppe. Es handelte sich um Sklaven, die schon seit langer Zeit dienten; viele waren in diesen Stand hineingeboren worden. Der kühne Ausreißer schob sich über eine umgestürzte Kommode, schnappte sich einen Messingteller, preßte ihn in die Magengrube, wobei er den Rücken krümmte, und huschte zurück. Wir beobachteten ihn. Er begann Brocken der Masse zu verteilen, die die Messingschale füllte. Die Sklaven stopften sich die Brocken in den Mund und begannen zu kauen. Es handelte sich um Chem – eine bei armen Kregern weit verbreitete Kau-Masse, die für Sklaven eine Delikatesse darstellte. Quienyin und ich schauten uns an und gingen weiter. Wenn sich die Sklaven schließlich doch ein Herz faßten, hatten wir immer noch genug Zeit zu reagieren.

Das Verhalten der hohen Herren, die um Prinz Nedfar geschart waren, verriet, daß die meisten gefunden hatten, was sie suchten. Tyr Ungovich, der noch immer seine rot-grün karierte Robe trug, stand mitten unter ihnen. Wir gesellten uns dazu, und San Yagno sagte: »Du hast bei uns deinen

Platz, Meister Quienyin. Aber wer ist dieser Bursche, der sich hier blicken läßt, obwohl er nicht willkommen ist?«

»Ich überlasse euch eurer Beratung«, sagte ich und entfernte mich. Es war nichts zu gewinnen, wenn ich wegen dieser Unwichtigkeit zu streiten begann; ich wußte, daß mich der Zauberer aus Loh über die getroffenen Entscheidungen unterrichten würde. Statt dessen machte ich mich auf die Suche nach Tyfar und Lobur.

Arianes Zofen hatten ihre Herrin in eine abgeschiedene Ecke entführt und waren jetzt dabei, sie wieder herzurichten. Für diese Frau war Sklavenarbeit etwas Selbstverständliches – und die Zofen waren zweifellos Sklavinnen.

Prinzessin Thefi sagte: »Du weißt gar nicht, wie sehr ich in deiner Schuld stehe, Notor Jak! Mein Bruder hat mir von deinen Abenteuern berichtet ...«

»Du hast Glück, einen solchen Bruder zu haben«, sagte ich höflich. Dabei mußte ich nicht einmal lügen. »Wir werden durchkommen, wir alle, ohne Schaden zu nehmen.«

Lobur der Dolch rief: »Bei Krun! Ich wußte es!«

Nun ja, da wußte er mehr als ich zu dem Zeitpunkt.

Kov Thrangulf verharrte ganz in der Nähe, doch irgendwie brachten es die drei fertig, ihm den Rücken zuzukehren. Dies erfüllte mich mit Unbehagen. Aber schon wandte sich der Mann ab, als trüge er eine Last, die er gewöhnt war, und kehrte zu den Schätzen zurück.

Nach kurzer Zeit rief Prinz Nedfar Kov Thrangulf herbei, der sich dankbar der Konferenz anschloß, wie auch einige stellvertretende Kommandoführer. Lobur der Dolch lachte, und in seinem bronzebraunen Gesicht blitzten die Zähne. »Den muß man doch bedauern.«

»Ja«, sagte Thefi. »Wenn er nur nicht so ... so ...«

»Habe ich dir dies schon gezeigt?« fragte Tyfar, hob ein hübsches Schmuckstück empor und wechselte damit das Thema.

Inmitten der verwirrenden Reichtümer und herumliegenden magischen Objekte fanden sich auch, hier und dort verstreut, Schätze des Weinanbaus. Einige Söldner, die einem freien Trunke nicht widerstehen konnten, hatten es sich munden lassen, offenbar ohne unangenehme Nachwirkungen zu verspüren. Wir vier wollten lieber darauf verzichten, von den Weinen oder Speisen zu kosten. Lobur setzte ein schelmisches Lächeln auf und brachte eine gedrungene grüne Flasche zum Vorschein, aus der wir nacheinander tranken. Es handelte sich um hamalischen Portwein, dunkel und braun und schwer, der angenehm auf der Zunge zerlief.

Es war ein seltsames Gefühl, hier im Zentrum des schrecklichen Moders in dieser Runde zu plaudern und hamalischen Portwein zu trinken – und gleichzeitig zu wissen, daß die drei, denen ich zuprostete, verschworene Feinde meines Landes waren. Ein wirklich seltsames Gefühl ...

Prinzessin Thefi hatte sich hübsch herausgeputzt; sie trug enge schwarze Hosen und eine blaue Bluse mit Bolerojacke in dunklerem Blau und einem Kummerbund um die Taille, die entzückend schmal war, bei Krun! Sie trug Rapier und Main-Gauche. Ein prächtiger Anblick!

»Prinzessin, meine Dame ...«, sagte ich. »Stammt deine Kleidung von hier – oder hast du sie in den anderen Zonen des Moders erworben?«

»Oh – wir fanden ein großes Kleider- und Waffenlager.«

»Dann solltest du lieber Sachen anziehen, Prinzessin, die von hier stammen. Wenn du das nicht tust«, fügte ich hinzu, ohne zu lächeln, »könntest du plötzlich splitternackt dastehen, sobald wir die Außenwelt erreichen.«

»Behauptest du!«

»Aye!«

Sie stieß einen amüsierten Schrei aus und richtete einen funkelnden Blick auf Lobur.

»Ich wüßte, wer daran Spaß hätte!«

»Prinzessin!« protestierte Lobur entrüstet. »Du befleckst meine Ehre!«

Nun ja, es war ein neckisches Gespräch. Aber ringsum erstreckte sich der Moder mit seinen finsteren Geheimnissen, und wir mußten einen Ausweg finden – wenn wir konnten.

Das Thema Kleidung brachte die anderen auf neue Gedanken.

»Übrigens, Jak«, sagte Lobur, »du wirkst bemerkenswert unbekleidet. Ich muß da an Geschichten denken, irgendwelche Überlieferungen: über einen Mann, einen wahren Teufel, der immer nur in einem scharlachroten Lendenschurz auftrat.«

»Ach?« fragte ich und tat überrascht. »Kannst du dich an Einzelheiten erinnern ...?«

»Nur daß er kein Freund Hamals war«, sagte Prinz Tyfar.

»Wenn das so ist, suche ich mir andere Bekleidung. Wenn es um die Flugflosse des Fluttrells geht ... wäre dir blau recht? Oder grün?«

Man begann sich mit einigem Ernst über diese Frage zu unterhalten, und Thefi zog los, um Kleidung zu suchen, die nicht im falschen Augenblick verschwinden und sie einer staunenden Welt darbieten würde.

Während das Gespräch seinen Fortgang nahm, fragte ich mich, wieviel diese Leute wirklich über den Teufel im roten Lendenschurz wußten, über jenen Dray Prescot, Herrscher von Vallia, Todfeind des Hamalischen Reiches; denselben Dray Prescot, der in Hamal aber auch gute Freunde hatte und verzweifelt war angesichts eines schlecht regierten Landes.

Ich sah, daß sich Nodgen und Hunch mit Quienyin unterhielten. Die beiden ehemaligen Sklaven hatten sich prächtig gewandet und mit einem kregischen Waffenarsenal behängt. Nodgen hielt einen Speer mit breiter Klinge in der Hand. Angeführt von Quienyin, zogen sie zu dritt los, um inmitten des Gewirrs von Schätzen etwas zu suchen.

Prinz Nedfar rief seinen Sohn herbei, damit er an der Diskussion der Anführer teilnahm. Die Prinzessin kehrte in neuer Aufmachung zurück; sie hatte wieder enge schwarze Hosen und eine blaue Bluse gewählt.

Lobur ließ den Blick zwischen Thefi und mir hin und her wandern.

»Ich habe etwas Dringendes zu erledigen ...«, sagte ich und entfernte mich.

Es sah so aus, als könnten wir nach Belieben in diesem prächtigen Saal verweilen – den man wohl Saal der Flamme nennen konnte. Erst wenn wir unseren Ausbruchsversuch unternahmen, würden die schrecklichen Einflüsse sich wieder bemerkbar machen.

Und doch verfolgten wir mit der Herausforderung an die Gefahren des Moders kein anderes Ziel, als mit den ersehnten Schätzen ins Freie zu entkommen. Allein um diese Flucht ging es.

Ariane hatte sich der Konferenz wieder angeschlossen; sie trug ein anderes strahlend weißes Kleid und eine prächtige Frisur, und ihr rosiges Gesicht schimmerte.

»Nun also, *Notor* Jak«, sagte Quienyin ironisch; in seinem Schlepptau näherten sich Nodgen und Hunch, die ein wenig betreten aussahen. »Man möchte, daß du in den hohen Kreis eintrittst. Ich habe sie davon überzeugt, daß du kein Ungeheuer oder Djinni oder Ghul bist.« Er schniefte. »War nicht ganz einfach.«

»Er ist ein tüchtiger alter Bursche«, sagte Hunch.

»Strom Phrutius mag zwar tot sein, Hunch, du Hulu – aber sein Chefkoch, der Dicke Ringo, lebt noch und schleppt seine Masse hier durch den Moder.«

»Ich weiß. Ich bin ihm auch aus dem Weg gegangen.«

»Halte dich in meiner Nähe, wenn wir hier herauskommen. Wir schaffen es, sei unbesorgt.«

Welch einfache Worte! Aber wie sollten sie Wirklichkeit werden?

Quienyin und ich schlossen uns der erweiterten Gruppe um Prinz Nedfar an.

»Sei uns willkommen, Notor Jak. Ich bin froh, daß ich dich nicht niedergestreckt habe, als wir durch das havilverfluchte Loch hier eindrangen.«

»Hättet ihr euch nicht beeilt«, erwiderte ich, »wäre euch ein neues Rätsel gestellt worden, und ihr hättet die Kiefer des Todes überstehen müssen.«

»Man hat mir davon berichtet. Nun müssen wir unseren ganzen Grips zusammennehmen, um den Weg ins Freie zu finden.«

Ariane hatte sich wieder gefaßt. »Der Weg führt an der Flammensäule entlang.«

»Aber davor erhebt sich eine Mauer aus durchscheinendem Eisen ...«

»Darin befinden sich neun Tore!«

»Für die wir die Schlüssel nicht haben.«

Tyr Ungovichs Schultern zuckten, als habe er resigniert oder lache leise vor sich hin.

Die rot-grün karierte Kapuze bewegte sich nicht, als er das Wort ergriff. Seine Stimme klang wie eine rostige Türangel. »Ohne die Zauberkräfte San Yagnos wäre die Expedition niemals bis hierher vorgedrungen. Du hast Glück, Notor Jak, daß du und deine Gefährten überlebt habt – ohne die Hilfe eines so mächtigen Magiers.«

»Wir haben es geschafft«, sagte ich neutral.

»Laßt einen meiner Leute die Mauer erklettern!« entfuhr es Kov Loriman.

»Meinetwegen«, sagte Tyr Ungovich.

Wir alle wußten, was geschehen war, als er das letzte Mal so reagierte. Lorimans Gesicht verdunkelte sich vor Zorn.

»Also, Tyr Ungovich, was schlägst du vor?«

»Besitzen wir alle Teile des Schlüssels?«

Sie wurden hervorgeholt wie kostbare Reliquien, und Nedfar legte sie auf einen Tisch, den sein Sohn hastig aufrichtete. Es waren acht seltsam geformte Bronzestücke. Feierlich starrten wir darauf.

Bei Zair! Waren sie nicht die kostbarsten Gegenstände im ganzen Moder?

Und ohne den neunten Teil völlig wertlos.

19

Das Herumtoben und ekstatische Durchwühlen der Schätze ließen allmählich nach. Die explosive Reaktion nach der aufgestauten Spannung begann sich zu erschöpfen. Noch liefen Männer herum, phantastisch behängt mit Gold und Edelsteinen, noch spielte man einander dumme magische Streiche, bei denen blaues Feuer und okkulte Gerüche aufstiegen, die Yagno immer wieder zusammenzucken ließen. Doch mit der Zeit wurde es ruhiger, und die Männer begannen sich wieder der Gruppe zuzuwenden, in der über ihr Schicksal entschieden würde.

Die Kapuze mit den rubinroten und smaragdgrünen Karos neigte sich nach vorn und beschattete das Gesicht Kov Ungovichs, als ich das Wort an ihn richtete.

»Du hast Kov Loriman dem Jäger Zaubermittel verkauft, die die hier herrschenden magischen Kräfte bannen sollten. Auch die anderen erwarben magische Amuletts.« Als der Jagende Kov vortrat, offenbar in der Absicht, auf Sasco zu fluchen und die Nutzlosigkeit des Tiklo zu beklagen, fuhr ich lauter fort: »Da du die Situation hier unten so gut zu kennen scheinst, weißt du vielleicht auch, was wir brauchen, um diese Tore zu öffnen.«

»Am liebsten wäre ich bei dir gewesen und hätte gesehen, was sich während deiner Trennung von uns ereignete. Hat aus deiner Gruppe jemand einen Schlüssel gefunden?«

»Was wir haben, liegt hier auf dem Tisch«, sagte Tyfar.

Kov Loriman spürte, welche Bedeutung wir der quietschenden Stimme beimaßen, und verzichtete auf weitere Einwände wegen seines Tiklo.

»Sonst nichts?« Ty Ungovich schien die Geduld zu verlieren. Seine Stimme knirschte unangenehm.

Die hohen Anführer hatten endlos diskutiert, ehe ich zu ihnen stieß, ohne zu einem Ergebnis zu kommen. Wenn nicht bald einer von uns die Lösung brachte, würden wir hier festsitzen.

»Wir haben einen goldenen Schlüssel gefunden«, sagte Ungovich. »Aber irgendein Dummkopf hat ihn wieder verloren.«

Prinz Nedfar atmete scharf ein, und als er dem Verhüllten antwortete, zeigte sich seine naturgegebene würdevolle Zurückhaltung. »Amak Rubbra, ein ehrlicher, ehrenwerter Mann, verlor wegen des goldenen Schlüssels sein Leben.«

»Ein Dummkopf«, wiederholte die gepreßte Stimme verächtlich. »Und dabei bleibe ich.«

»Ohne Schlüssel ...«, setzte San Yagno an.

»Hier!« fauchte Kov Loriman. Er zog sein Cham-Kästchen aus der Tasche, öffnete es und zeigte den Inhalt vor. »Wir fanden einen silbernen Schlüssel. Suchst du den?«

»Ah!« grollte Ungovich.

Wir alle reckten die Hälse.

Ungovich griff nach dem Silberschlüssel. Es war Yagno überlassen, hastig zu rufen: »Tyr! Vorsicht! Vielleicht ist das Ding ...«

»Möglich.«

»Ein Silberschlüssel für ein Silbertor, Notors?« fragte Tyfar.

Wir alle traten vor das Silbertor in der durchscheinenden Eisenmauer. Die grellweiße Lichtsäule stieg blendend über unseren Köpfen empor. Schatten entfernten sich von uns in langen Fingern der Dunkelheit. Ein muffiger Verwesungsgeruch lag in der Luft.

»Ich glaube nicht, daß der Schatten mir schaden kann«, sagte Ungovich. Er hob das Metallstück. Nichts geschah. Wir alle schauten zu, wie er den Schlüssel vorsichtig ins Schlüsselloch steckte und drehte und dabei einen Druck zur Seite ausübte. Das Silbertor bewegte sich eine Handbreit zurück. Er hielt inne.

Ein Mann stieß einen Entsetzensschrei aus, und wir fuhren herum, und als wir in den Saal der Flamme zurückschauten, reagierte auch ein anderer Mann voller Schrecken.

Das Mausoleum des Moders war bewacht.

In dem durchscheinenden Tank, der dem silbernen Tor gegenüber stand, erhob sich das riesige Tentakel-Monster. Es reckte die schleimigen Arme, umfaßte die Oberkante, stemmte sich hoch. Als der unförmige Körper den Rand des Tanks erreichte, richteten sich die flammend roten Augen, groß wie Schilde, auf uns, und der scharfkantige gelbe Schnabel knallte mit knirschenden Lauten zusammen, die uns das Blut in den Adern gefrieren ließen.

Ich griff nach vorn, packte den Türgriff und zog den Durchgang zu.

Augenblicklich sank das tintenfischartige Ungeheuer in den Tank zurück.

»Bei Havil!«

»Mögen die Götter uns beistehen!«

»Wenn wir das Tor öffnen, setzen wir *das* frei?«

In das Stimmengewirr sagte Prinz Nedfar: »Kommt mir ganz logisch vor.«

Wieder meldete sich Tyr Ungovichs unangenehme Stimme. »Also, Notors. Was tun wir jetzt?«

»Wir können nicht ewig hier verweilen!« rief Loriman.

»Aber wenn wir das Tor öffnen ...«, sagte Yagno.

»Kannst du das Ungeheuer nicht verzaubern, San Yagno?«

Ungovich sagte: »Ich glaube nicht, daß der kleine Schatz sich von sterblicher Magie bannen läßt.«

Ich schaute auf Quienyin, der bisher nicht viel geäußert hatte. Er bemerkte meinen Blick und sagte in die Pause, die nach Ungovichs Behauptung eingetreten war: »Hier helfen keine Zaubersprüche. Hier muß militärischer Verstand wirken, es geht um Organisation, Entschlossenheit, Entscheidungen.«

Zu meiner Freude schienen Prinz Nedfar und Prinz Tyfar sofort zu verstehen, was Quienyin meinte.

Ungovich sagte: »Ich weiß nicht ...«

Auch Loriman hatte begriffen.

»Dann tritt zur Seite, Tyr, und laß alle handeln, die etwas begreifen.«

»Noch zwei Dinge, Notors, ehe ihr beginnt«, sagte ich und rief Hunch herbei, der in der Nähe stand und vielleicht schon mitgehört hatte. »Ist mehr als ein Ungeheuer in den Tanks hochgestiegen?«

»Aye, Notor!« rief Hunch zitternd.

»Zweitens.« Ich zog einen Pfeil und legte ihn auf. »Könnte ein Pfeil so ein Ungeheuer davon abbringen, seinen Tank zu verlassen ...?«

»Du verrennst dich in Illusionen!« rief Ungovich.

»Ich glaube nicht, Notor Jak.«

»Aber es bewegt sich doch mehr als ein Monster. Wir müssen also schnell handeln.«

Trotzdem hielt ich den lohischen Langbogen halb angespannt, den Pfeil mit altem Bogenschützengeschick mit der linken Faust umschließend, während wir uns daran machten, unsere nächsten Schritte vorzubereiten.

Wir ließen uns dabei eine halbe Bur Zeit. Die Deldars, die noch am Leben waren, brüllten in typischer Weise herum, und die Männer stellten sich auf. Die beutebeladenen Sklaven wurden in Position gebracht, und ihre Herren drohten ihnen Schlimmes an, sollten sie sich zu früh bewegen oder nicht sofort losrennen, wenn man ihnen das *Grak* befahl. Die hohen Herren begaben sich zu ihren Gruppen. Nedfar bildete die Spitze. Ich erbot mich, die Nachhut zu stellen, woraufhin Tyfar und Lobur, die sahen, daß meine Gruppe nur aus mir und zwei Männern bestand, bei mir mitmachen wollten. Hunch und Nodgen, die sich riesige Bündel auf den Rücken geschnallt hatten, schauten mich anklagend an.

»Denkt daran!« rief Nedfar mit lauter Stimme in die Runde. »Es gibt keinen Grund zur Panik. Lange bevor sich eine Gefahr entwickeln kann, werden wir sie abwehren. Schiebt nicht, beginnt nicht zu drängeln. Wer ungehorsam ist, wird niedergestreckt.«

Bei Krun, da sprach ein echter hamalischer Prinz!

Was wir erreichen wollten, ergab sich aus der Situation. Ich hoffte nur, daß sich die Situation nicht verändern würde. Der Schweinehund da oben, der Zauberer des Moders, der Moder-Fürst, war durchaus imstande, die Spielregeln im Handumdrehen zu ändern.

Quienyin stand neben mir. »Ich glaube, ich werde ...«

»Du, San, wirst mit einer frühen Gruppe durchgehen – wenn dir meine Freundschaft lieb ist!«

»Aber Jak ...«

»Am Ende der Schlange kann es ziemlich lebhaft werden.«

Er bedachte mich mit einem beunruhigten Blick. Dabei war er ein Zauberer aus Loh! »Der Moder-Fürst wird uns nicht so leicht von der Schippe springen lassen.«

»Aye.«

Er nickte. »Du hast recht. Ich spüre eine Macht in der ...

in der Luft. Vielleicht kann ich mich am nützlichsten machen, wenn ich deinem Rat folge.«

»Davon bin ich überzeugt.«

Prinz Tyfar begab sich an die Spitze der Reihe, wohl um seinem Vater Glück zu wünschen, dann wandte er sich an Ariane. Sie neigte einmal kurz das bleich gewordene Gesicht und wandte sich ab, um mit ihrem Numim-Leibwächter zu sprechen. Die Pachak-Zwillinge hielten sich dicht neben ihr. Stirnrunzelnd kehrte Tyfar zu mir zurück.

»Notor Jak – meine Leute werden das Tor öffnen. Einverstanden?«

»Einverstanden«, sagte ich und fügte hinzu: »Prinz.«

»Du bist ein seltsamer Bursche – und wie ich sehe, trägst du das Rot immer noch.«

»Das habe ich glatt übersehen. Immerhin ist es die Farbe des Blutes.«

»O nein, Jak! Der Schurz zeigt ein helles Scharlachrot!«

»Richtig. Nun ja, öffnen wir das Tor, hoffen wir darauf, daß es nicht mit einem dunkleren Rot befleckt wird.«

Ungovich näherte sich. »Ihr müßt versuchen, möglichst viele Leute gleichzeitig durchzubekommen.« Ich verspürte plötzlich den irrationalen Wunsch, die verhüllende Kapuze fortzureißen und mir den geheimnisvollen Mann gründlich anzusehen.

Er stolzierte fort, um seinen Platz in der Reihe einzunehmen, und Quienyin rieb sich mit dem Daumen das Kinn. »Ich glaube«, sagte er und schaute vielsagend zwischen Tyfar und mir hin und her, »ich glaube wirklich, ihr solltet dem Geschöpf nicht gestatten, aus seinem Tank zu klettern.«

»Denn wenn es erst einmal draußen ist ...?« fragte Tyfar.

»Unzweifelhaft, mein lieber Prinz.«

Ich wandte mich ab. Deb-Lu-Quienyin spürte offenbar einen Hauch der Zukunft, eine gewisse ansatzweise Rückkehr seiner Kräfte. Ich fragte mich, was für ein Mensch er wohl in Wirklichkeit war. Der alte Knabe, mit dem ich so lange gereist war, hatte jedenfalls nicht viel Ähnlichkeit mit einem mächtigen, gefürchteten Zauberer aus Loh.

Die freudige Entspanntheit der Männer war verflogen, die

hektische Begeisterung über die Schätze hatte sich gelegt. Nun schauten die Männer besorgt auf das Silbertor und warfen nervöse Blicke über die Schulter auf die furchterregenden Wesen in ihren Tanks, die sich langsam hin und her wanden. Ein Gefühl der Atemlosigkeit befiel uns.

Prinz Nedfar rief: »Im Namen Havils des Grünen! Öffnet das Tor!«

Tyfar nickte seinen Leuten zu, vor allem Barkindrar und Nath dem Pfeil. Das Silbertor schwang auf. Nedfar trat entschlossen hindurch, Schwert und Schild erhoben. Er verschwand nach unten aus meinem Blickfeld. Ich fuhr herum und schaute zu, wie das schleimige Tentakelwesen im Tank emporzusteigen begann. Die Tentakel schienen mir Signale zu schicken, so hypnotisch wurden sie geschwenkt und verlangten meinen Gehorsam. Die Tentakel glitten über den Rand. Ein rotes Auge erschien, dann das zweite. Der wellig verlaufende Schnabel zeigte sich. Gut die Hälfte des unförmigen Körpers ragte bereits über den Rand.

»Tor schließen!« brüllte ich.

Tyfars Männer knallten das Tor zu, und andere hielten den Mann zurück, der eben hindurcheilen wollte. Die Schlange kam zum Stillstand, man schaute mürrisch zurück. Langsam sank das Ungeheuer wieder in seinen Tank.

Ich beobachtete es genau. Immer tiefer sank es hinter der durchsichtigen Wand ab. Als es zum Stillstand kam, hatte ich das Gefühl, daß es nicht so tief stand wie vorher.

»Tor!«

Der Durchgang klaffte, und die Männer verschwanden durch die Öffnung, wobei es doch wieder zu Schiebereien und Gedränge kam. Nachdem die erste Gruppe verschwunden und nicht mit einer Katastrophenmeldung zurückgekehrt war, zeigte sich die zweite Abteilung zuversichtlicher.

Als das Tor nach meinem Schrei wieder zugeworfen wurde und wir darauf warteten, daß das verschlungene Unwesen in die Tiefe sank, betrachtete ich den Mann, der neben mir stehengeblieben war und tief durchatmete. Kov Thrangulf stand steif und starr da, und sein Gesicht war dunkelrot angelaufen. Drüben in der dritten Gruppe, in der wir die Frauen der Expedition am sichersten untergebracht wähnten, scherzte Lobur lachend mit Prinzessin Thefi, die sich von ihm ablenken ließ. Thrangulf schaute finster in die Richtung. Vor der Prinzessin warteten geduldig Lady Ariane und ihr Gefolge.

»Bei Havil!« sagte Thrangulf. »Ich muß mir hier viel bieten lassen!«

Ich sah das Monster in den Tank zurückgleiten. Als es sich nicht mehr rührte, hatte ich wieder das Gefühl, daß es einen kürzeren Weg zurückgelegt hatte als vorher.

Und – ein schlaffer Tentakel hing über den Rand des Tanks und wurde nicht wieder hineingezogen.

»Tor!«

Die Reihe drängte vor. Hinter der Frauengruppe wartete eine Horde Chuliks. Einer von ihnen stand offenkundig unter Alkoholeinfluß und stolperte beim Vorrücken über die eigenen Füße. Einige Kameraden sprachen sich dafür aus, ihn liegenzulassen, dann faßten sie aber doch einen schnellen Entschluß, warfen seine Beute fort und hoben ihn einem bereits schwerbeladenen Kameraden auf die Schulter. »Wenn er sein Leben will, so schenken wir ihm das – nicht aber seine Beute ...«

»Nun wird er den Paktun nie schaffen«, sagte ein anderer Kämpfer. Die Schlange schob sich weiter. Die kleine Szene löste eine Verzögerung aus und schuf in der Reihe eine Lükke, in die die Chuliks energisch vorstießen und damit hinter sich einen Abstand entstehen ließen. Ich behielt das Tentakelmonstrum im Auge. Die Schlangenarme zuckten über den Rand, und ein schildgroßes, rotes Auge starrte uns verächtlich an. Ich hatte den Eindruck, daß das verdammte Ding jedesmal schneller emporstieg. Ich wollte kein Risiko eingehen. Als sich der Insektenschnabel über dem unförmigen Körper vorwärts zu bewegen begann, brüllte ich: »Tor schließen!«

Und fuhr herum, als es vorn Geschrei gab.

Tyfar und seine Männer zerrten am Tor, doch auf der Schwelle drängten sich drei Chuliks und versperrten den

Weg. Sie wollten unbedingt noch durch. Das Tor klaffte auf und ließ sich nicht schließen. Das Monster hinter mir begann bereits zu fauchen.

»Raus da, ihr Cramphs!« brüllte Tyfar.

Ich lief los. Ich hastete zum Tor und gab dem mittleren Chulik einen dermaßen kräftigen Stoß in den Rücken, daß er kopfüber zu Boden ging und hinter dem Tor verschwand. Seinen beiden Gefährten griff ich energisch in die lockigen Haare und schob sie kräftig voran. Tyfars Leute knallten das Tor zu.

Ich trat zurück. Solche Dummheiten ärgerten mich immer wieder.

Das Ungeheuer fauchte und begann abzusteigen – aber sichtlich widerstrebend ...

»Bei Krun, Notor Jak! Wenn du dich einsetzt, dann mit voller Kraft!«

»Onker!« sagte ich. »Get-Onker!«

»Nächstes Mal ...«

»Nächstes Mal gibt's eine Lektion mit Stahl!«

Und ich stapfte fort.

Kov Thrangulf musterte mich, als hätte ich den Verstand verloren.

»Es war Prinz Tyfar, mit dem zu sprechen du eben die Ehre hattest ...«, sagte er.

»Ich weiß. Und wenn er sich nicht sputet, wird er bald im Innern dieses Tentakelmonsters Prinz sein!«

Kov Loriman marschierte herbei. Er hatte beschlossen, zur letzten Gruppe zu stoßen, was mich nicht überraschte. Trotz aller Schrecknisse, die hier lauerten, hatte ich den Verdacht, daß er sich gefreut hätte, seine Klinge in eines der roten Augen zu stoßen.

»Der Prinz erhielt seinen Auftrag, weil er Prinz ist und Sohn eines Prinzen. Aber wenn er es nicht schafft ...«

»Er wird es schaffen«, sagte ich. »Kov, beunruhige dich nicht.« Dann fügte ich finster hinzu. »Wenn wir an der Reihe sind, wird sich das Biest nicht mehr friedlich in seinen Tank zurücksinken lassen.«

Er warf einen Blick auf meinen Bogen – ich muß dazu sagen, daß ich diese Waffe fortgesteckt hatte, als ich mich meiner neuen Aufgabe zu widmen begann – und brummte vor sich hin. »Ich schlage vor, Notor Jak, du erledigst das mit einem Pfeil.«

Aus dem Mund des Jagenden Kov war das eine ungemein höfliche Äußerung.

»Ja«, sagte ich, »vielleicht versuche ich ihm mal einen Pfeil zu verpassen, sobald das Ding mal wieder seine häßliche Schnauze zeigt.«

»Versuchen wir es alle, beim Blinden Bogenschützen!«

Als das Tor erneut geöffnet wurde, schossen alle noch verbleibenden Bogenschützen auf den grellroten Augapfel des Tentakelmonsters. Es war schwer zu sagen, ob die Pfeile überhaupt trafen. Sie prallten ab und wirbelten zur Seite. Wenn dies mit einem Schaft geschieht, der von einem lohischen Bogen abgeschossen wurde, dann weiß der Schütze, daß er ein besonderes Ziel vor sich hat.

»Das verdammte Ding steckt in einer Art Rüstung!«

»Kov – hättest du Lust, dein Schwert dagegen auszuprobieren?«

Loriman begriff sofort, was ich meinte. Die Adern in seiner purpurnen Nase schwollen an, und er warf mir einen bösen Blick zu. »Wenn der Befehl gegeben wird, das Tor zu öffnen – dann werde ich ...« Er zögerte und sagte schließlich: »Ich will's versuchen.«

Kov Thrangulf zog sein Schwert. »Wenn du das tust, Kov, will ich an deiner Seite kämpfen und dir um keinen Hieb nachstehen.«

»Dabei bist du mir willkommen, Kov. Stellen wir uns dem Ungeheuer gemeinsam.«

Obwohl ich mich wie immer über die Titelsucht der Kreger amüsierte, schufen die vielen Anreden und Ehrenbezeigungen doch so manche Wege der Etikette, die auf ganz Kregen gleichermaßen galten.

Wieder ging das Tor auf, und die beiden Kovs, die sich bereitgehalten hatten, hieben mit ihren Waffen auf die sich windenden Tentakel ein. Aber die Klingen prallten wirkungslos zurück. Es hätte mich nicht überrascht, wenn beide von dem häßlichen gelben Schnabel ergriffen und zermalmt worden wären. Kov Thrangulf hantierte mit seiner Waffe wie von Sinnen, ohne etwas zu erreichen. Kov Loriman zerrte ihn schließlich zurück, und an beiden fuhr denkbar knapp ein schimmernder Tentakel vorbei. Von der Schulterplatte der Rüstung Kov Thrangulfs wurde ein hellblaues Loyalitätszeichen abgerissen.

»Bei Krun, Kov! Das war ...« Thrangulf mußte trocken schlucken und schaute sich um. »Du hast mich zurückgezerrt.«

»Aye! Sonst hätte dich das Monstrum längst vertilgt – Kov!«

Und schon war es wieder Zeit, den Befehl zum Torschließen zu geben. Das Ungeheuer verweilte inzwischen deutlich sichtbar höher im Tank, und schon verblieben drei Tentakel außerhalb des Gefäßes. Während wir warteten, kam mir ein Gedanke. Das Krozair-Langschwert konnte nur eine Illusion sein, obwohl es Wunden zu schlagen vermochte – würde es womöglich gegen dieses Ungeheuer wirksam sein?

Ich trat vor. Die beiden Kovs behandelten sich mit gestelzter Höflichkeit, und offenkundig hatte Kov Loriman seine Ansicht über die kämpferischen Fähigkeiten des anderen erheblich revidiert. Ich hob die Krozair-Klinge.

Loriman sagte: »Du verschwendest nur deine Zeit.«

»Trotzdem muß ich es versuchen.« Und ich hieb zu.

Die Erschütterung zuckte durch meinen Arm, pflanzte sich durch meine Schulter fort und explodierte in meinem Schädel. Ich wurde herumgewirbelt und torkelte.

»Hab ich dir doch gesagt!« rief Loriman.

Mürrisch stampfte ich zurück und brüllte, man solle das Tor öffnen. Auf dieser Etappe bekamen wir nicht einmal die Hälfte der nächsten wartenden Gruppe durch. Ich begann die Chancen zu berechnen.

Die verflixte rot-grün karierte Kapuze tauchte auf, und die ungeölte Stimme krächzte: »Ihr schafft es nicht.«

»Wir werden es versuchen.«

»Das ist das Privileg aller Apims.«

Daraus ließ sich noch nichts ableiten. Er konnte Apim oder Diff sein und trotzdem so sprechen – und jeweils völlig andere Dinge meinen.

Ich ging zum Tor und redete auf Tyfars Leute ein. Dann schritt ich an der Schlange der Wartenden entlang und äußerte drastische Worte. Meine Drohungen hatten mit den abscheulichen Geschöpfen zu tun, die sich in den Tanks wanden. Vier schlaffe Tentakel hingen bereits über den Rand herab, die anderen, die sich noch drinnen befanden, bildeten ein bewegtes Knäuel.

Auch die übrigen Tanks im Kreis zeigten ihre widerlichen Bewohner in höheren Bewegungsstadien – so als wären sie Noten auf einer Skala, einer Skala des Schreckens.

Zu den Leuten am Ende sagte ich: »Wenn wir uns schneller bewegen und nicht stolpern, kommen wir alle durch – knapp.«

Hunch sah krank aus. Nodgen schüttelte seinen Speer.

Wieder trat Kov Thrangulf vor mich hin und blies die Wangen auf.

»Alle verachten mich«, sagte er und schien ein wenig aus der Bahn geworfen zu sein. »Meinem Namen fehlt das berühmte ›ham‹. Mein Großvater schuf das Kovnat, und ich habe es gehalten. Ist das keine großartige Sache?«

»Doch, Kov.« Und ich log nicht, denn ich kannte die Gefahren und Schwierigkeiten, die zu überwinden waren, wenn man Land und Titel zusammenhalten wollte.

»Ich bin ein einfacher Mann. Ich gebe mir größte Mühe. Herrscherin Thyllis hat mir ihre Gunst entzogen.« Seine Stimme triefte vor Selbstmitleid. Offenbar nahm er in diesem Augenblick an, er würde sterben, ihm drohe nicht mehr nur die vielfältige Möglichkeit des Todes im verwirrenden Moder, sondern die Gewißheit des letzten Atemzuges bei unserem Ausbruchsversuch. »Ich bin ein einfacher Mann«, wiederholte er. »Kein bravouröser Typ. Ich gebe mir Mühe.«

»Bestimmt«, sagte ich. »Kov.«

»Mein Großvater, der Kov. Er lebte zu lange. Das hat ihm mein Vater nie verziehen.« Er unterdrückte ein Schluchzen und wischte sich den Mund ab. »Mein Vater zeigte mir seine Ungnade, weil er wußte, daß ich eines Tages Kov sein würde.«

Eine weitere Gruppe Flüchtlinge rutschte durch, und ich zählte sorgfältig die Verbleibenden, maß die Länge der Schlange gegen den Rest der Tankwand über dem Monster, das uns am nächsten war. Und während ich so Männer und Monster im Auge behielt und Kov Thrangulfs Worten lauschte, rührte sich ein anderer Gedanke in mir, ein nagender, vager Verdacht, daß wir nicht ganz so problemlos entkommen würden, wie wir erhofft hatten, nicht einmal von hier.

Thrangulf tat mir leid. Was er sagte, ergab einen gewissen Sinn; wichtiger aber war, was der Augenblick brachte, und so begnügte ich mich mit der Bemerkung: »Für alle Menschen hat das Leben einen Sinn, Kov. Den deinen mußt du noch finden.«

Er schaute mich an, als hätte ich ihm einen Schlag versetzt. Ich erwiderte den Blick, und er wich einen Schritt zurück, als hätte ein unsichtbarer Windstoß ihn getroffen. Vermutlich zeigte mein häßliches altes Gesicht wieder einmal den altbekannten dämonischen Ausdruck.

»Nimm deinen Platz in der Schlange ein, Kov, und geh schnell durch das Tor ...«

»Ich werde dich nicht vergessen, Notor Jak – selbst wenn ich sterbe.«

Er stellte sich wieder in die Schlange. Unsere Flucht ging weiter und folgte dabei der grausamen Logik einer sich ständig zuspitzenden Situation. Inzwischen hing ein Dutzend Tentakel über die Tankwandung. Schlaff, wenn das Tor geschlossen war, erwachten sie zu kribbelndem Leben, sobald sich der Durchgang öffnete, und zerrten den unförmigen Körper empor. Böse funkelten die roten Augen. Der Sägeschnabel klappte hörbar zu.

Hunch und Nodgen sahen mich flehend an. Ich reagierte mit starrem Gesicht. Irgend jemand mußte die Nachhut bilden. Allerdings hätte ich andere Leute als sie in diese Position stellen können.

Kein herumstreunendes Ungeheuer ließ sich blicken. Vermutlich hätten wir bei seinem Erscheinen laut aufgelacht, so unpassend wäre es uns in diesem Moment erschienen.

Inzwischen hingen auch viele der benachbarten Ungeheuer ziemlich hoch oben in ihren Tanks und hatten Bündel von Tentakeln nach draußen gestreckt.

Als nur noch drei Gruppen vor dem Tor warteten, sagte ich zu Loriman: »Wir wollen das Tor einmal längere Zeit geschlossen halten, Kov. Vielleicht rutscht das Ding dann wieder tiefer.«

»Wir können es versuchen ...«

Und wir warteten angespannt in dem bedrückenden Saal inmitten der zerwühlten Schätze. Die Tentakel des Ungeheuers hingen reglos herab. Soweit ich erkennen konnte, rutschte es keinen Zoll weiter zurück. Wir warteten.

Endlich begann Loriman zu fluchen. »Bei Hito dem Jäger!« rief er. »Das bringt nichts. Öffnet das Tor und schickt die nächsten Leute durch.«

Das taten wir.

Nun balancierte das Ungeheuer schnabelklackend auf dem Rand des Tanks. Mit dem Maul konnte es Stein zu Pulver zermahlen.

Ich glaube, die absolute Unaufhaltsamkeit des ganzen Prozesses, das langsame Näherrücken des Monstrums an die Flüchtenden, die Logik der Situation machten uns mehr zu schaffen, als es jedes schrill kreischend angreifende Ungeheuer vermocht hätte. Und von diesem Gefühl mußte sich etwas dem Moder-Fürsten mitgeteilt haben, der uns zweifellos beobachtete und kichernd seine zahnlosen Kiefer bewegte. Denn plötzlich richtete sich ein am Boden liegender Goldbrocken mit den Umrissen eines tanzenden Talu auf und rollte auf einen Schrank zu, der hochkippte und scharrend die Position einnahm, in der wir ihn vorgefunden hatten. Über dem Talu schloß sich das Glas.

Mit verstohlenem Flüstern begannen sich die verstreuten Schätze in den instandgesetzten Kisten und Schränken zu versammeln. Truhen richteten sich auf und füllten sich mit den überall umherliegenden Edelsteinen. Das ganze Mausoleum füllte sich mit dem Funkeln von Gold und Juwelen und dem Rascheln der herumhuschenden Dinge. Auch was die magischen Hilfsmittel anging – Gespenster, Feen, wie immer man sie nennen wollte –, so füllten sich die Behältnisse und begaben sich an ihre alten Positionen.

»Der Cramph von Moder-Fürst glaubt, es wäre um uns geschehen«, sagte Loriman, spuckte aus und rückte sich Schild und Schwert zurecht.

»Es gibt noch eine Chance«, sagte ich. »In Jikaida-Stadt war von zwei Männern die Rede, die mit Reichtümern und magischen Kräften aus dem Gekrümmten Land zurückgekehrt wären. Sollen *die* uns besiegen?«

»Nicht sie werden uns besiegen ...«

»Nein. Ich glaube, das Ungeheuer wird den Tank verlassen, wenn wir das Tor das nächste Mal öffnen ...«

»Ganz meine Meinung.«

»Wir müssen es also ganz weit öffnen und alle hindurcheilen, schnell – sehr schnell! Wir müssen es schaffen!«

Kov Loriman der Jäger, ein primitiver, unangenehmer, sklaventreibender Kerl, Anhänger des Hinrichtungs-Jikaida, sagte: »Natürlich gehe ich als letzter.«

»Kov, sag mir eins«, erwiderte ich. »Was hast du zu Meister Scatulo gesagt, als du das Hinrichtungs-Jikaida verlorst?«

Er riß die Augen auf. »Du warst dabei?«

»O ja.«

»Ich sagte ihm, er habe noch eine Chance, dann würde ich ihn hinunterschicken und die Rolle des Pallans der Schwarzen übernehmen lassen.«

»Sehr gut. Ich gehe als letzter.«

»Möchtest du um die Position mit mir kämpfen?«

Mich rettete schließlich die Unmöglichkeit der Situation. Im Grunde war mir egal, was aus ihm wurde. Oder? Auf welchen Weg seine Ehre ihn auch zog – mein Weg mußte ins Licht der Sonnen von Scorpio führen und dem Wohl und Wehe Vallias gewidmet sein.

»Selbstverständlich, selbstverständlich – ich überlasse dir die letzte Position.«

»Wie es sich geziemt.« Und er betastete sein Schwert und warf einen finsteren Blick auf das Tentakelmonster.

Andere mutige Abenteurer hatten bis hierher vordringen können und waren, mit Schätzen beladen, durch die Tore geschritten. Vielleicht unterschied sich dieser Moder von anderen, vielleicht hatten die beiden Erfolgreichen aus Jikaida-Stadt ein einfacheres Grab geplündert. Denn genaugenommen waren wir alle Grabräuber, auch wenn hier der Einsatz geradezu unerhörte Ausmaße annahm. Trotzdem war anderen das Entkommen aus diesem Saal gelungen, davon war ich überzeugt. Das Monster mußte sich irgendwie übertölpeln lassen. Das konnte nur bedeuten, daß uns in der Flammensäule noch schlimmere Dinge erwarteten.

»Jetzt?« fragte Loriman.

Ich konnte nicht behaupten, daß ich den Mann mochte. Aber auf seine primitive Weise war er mir ... nützlich. Dabei wußte ich nicht einmal, wo seine kregische Heimat lag. Er hatte sorgfältig vermieden, davon zu sprechen.

Mein Blick fiel auf die letzten wartenden Männer. Ich brüllte: »Sobald das Tor sich öffnet – lauft! Wer stolpert, muß zur Seite geschoben werden und dann die Nachhut bilden! Also, Doms – stolpert lieber nicht!«

Loriman rief: »Ich werde am Tor Posten beziehen. Wer sich vordrängen will, wird niedergemacht!«

Prinz Tyfars Gesicht hatte sich hellgrün verfärbt. Ich ging zu ihm. »Prinz, zieh du mit deinen Männern voran! Wir schließen dann das Tor.«

»Aber ...«

»Los!«

Er schaute mich bedrückt an, wie ein gescholtenes Kind. Ich wandte mich ab und gab ihm keine Gelegenheit für weitere Einwände.

»Alles bereit?«

»Alles bereit!«

Das Tor klappte auf. Die Männer liefen hastig hindurch und verschwanden sofort aus unserem Blickfeld. Tyfar war fort. Seine Männer folgten. Die ganze Schlange geriet ins Laufen, die verängstigten Männer atmeten keuchend, drängten vor, hielten brüllend die Reihe. Loriman stand mit erhobenem Schwert neben dem Tor. Sein Gesicht war eine Maske des Hasses.

Ich marschierte an der anderen Seite entlang, trieb die Männer zur Eile an, ermutigte sie.

Laut fauchend kippte das schleimige zuckende Tintenfischwesen aus dem Tank und huschte auf uns zu.

»Kein gehirnloser Haufen Tentakel wird uns besiegen!« brüllte Loriman. »Mag er auch noch so unverwundbar sein, wenn man mit ehrlichem Stahl dagegen kämpft! Lauft, ihr Hulus, lauft!«

Aufschreiend geriet ein Mann ins Stolpern, und ich packte ihn am Kragen und schleuderte ihn durch. Durch das silberne Tor stürmten die Gestalten, zu zweit nebeneinander, sofort verschwindend. Fauchend und daherschwänzelnd raste das Monster über den Marmor auf uns zu. Kein verräterisches Bogenmuster verschlang es. Die Tentakel wirbelten schleimig herum, begannen sich auszustrekken ...

Nur noch ein halbes Dutzend ... Nodgen und Hunch waren durch ... zwei mehr, dann die letzten beiden ... ich wandte mich Loriman zu.

Er stand auf der Schwelle, gebannt im Hochgefühl des Augenblicks, das Gesicht eine rubinrote Flamme, in seinen Augen ein mörderisches Funkeln. Ich glaubte schon, er würde bleiben und aus reiner Jagdlust den Kampf gegen das Ungeheuer aufnehmen.

Doch schon packte ich ihn am Arm und zerrte ihn mit, so wie ein Klansmann seine Vove über einen brennenden Graben springen läßt. Gemeinsam stürmten wir durch das silberne Tor, das ich hinter uns zuknallte. Der Klang war Musik in unseren Ohren.

Vor uns erhob sich die Feuersäule; sie hatte ihren Ursprung in einer Art Steinbrunnen. Männer liefen von uns fort, den anderen folgend, und verschwanden zwischen Flamme und Mauer nach unten.

»Wir haben es geschafft!« jubelte Loriman. Mit großen Schritten eilte er auf die Grube zu, aus der die Flamme emporstieg. »Den mörderischen Cramph haben wir besiegt!«

Im gleichen Augenblick brodelte ein lautes Fauchen hinter uns auf und ließ mich an einen ausbrechenden Vulkan denken. Wir fuhren herum und starrten entsetzt in die Höhe.

Auf der Oberkante der Metallmauer erschienen Tentakel.

Eine unförmige Gestalt wälzte sich hoch. Die schildgroßen roten Augen leuchteten feurig und starrten boshaft auf uns nieder. Ein gelbes Schnabelmaul ließ die gewellten Kanten zusammenprallen. Langsam hob sich das Monster auf die Mauer, balancierte und stürzte auf uns zu.

20

Eine tiefverwurzelte Furcht vor dem urzeitlichen Wesen explodierte in meinem Schädel. Zwei Gedanken stießen aufeinander. Dem Ungeheuer war mit Stahl nicht beizukommen. Und andere Männer hatten diese scheußliche Lage heil überstanden.

Getrieben von praller, zuckender Energie, huschte das Monster über den Steinboden auf uns zu, die wir verzweifelt zur Lichtsäule flohen. Zwischen jenem ungeheuren weißen Licht und dem Steinrand der Senke bot uns eine schmale Öffnung Zuflucht. Steintreppen führten in dem Schacht spiralförmig nach unten. In diesem Moment wälzte sich ein zweites Monster über die Mauer und bewegte sich fauchend auf seinen schlangengleichen Tentakeln in unsere Richtung.

Männer eilten die Stufen hinab. Zwischen Mauer und Flamme war vielleicht gerade Platz für meine massigen Schultern. Ein Mann verlor das Gleichgewicht und stürzte schreiend von der Stufe. Sein Körper drang in die Flamme ein. Mit ausgebreiteten Armen und Beinen hing er da, losgelöst von seinem jämmerlichen Beutesack, und schwebte nach unten, wie von einer unsichtbaren Kraft gehalten. Im Absinken schrumpfte er und verbrannte. Erschaudernd hasteten wir weiter auf den glitschigen Steinstufen abwärts, auf denen glattes Moos und schleimige Pilzkulturen wucherten.

Ich schaute an Loriman vorbei, auf dessen rötlichem Gesicht sich heftiger Abscheu zeigte, und sah das rote Auge des Ungeheuers auftauchen, verziert mit zuckenden schleimigen Armen, die vergeblich hinter uns her langten.

Loriman wandte ruckhaft den Kopf zurück und brüllte: »Das Ding hätten wir ausgeschaltet! Ha! Wir haben das Ungeheuer besiegt!«

Aber schon sprang das Geschöpf in die Säule aus reinem weißen Licht.

Und schwebte darin wie eine Daunenfeder! Allmählich senkte es sich herab. Die Tentakel ringelten sich, die Augen starrten unheilvoll, der Schnabel klapperte – so schwebte es im Feuerschacht immer tiefer.

Loriman hob sein Schwert.

»Wenn wir schon sterben müssen«, brüllte er giftig, »will ich mein Schwert benutzen und damit um mich hauen, bis es aus ist!«

Ich dachte an den armen Teufel, der in die Flamme gestürzt war. »Schau doch!« rief ich schrill. »Schau doch – das Ding schrumpft!«

Und so war es. Während wir in die Tiefe hasteten und das Ungeheuer in der extrem starken Strahlung schwebte, konnten wir voller Dankbarkeit feststellen, daß es kleiner wurde, bis es schließlich nicht größer war als ein Haufen Taue, wie sie auf dem Deck eines Schwertschiffs zu finden sein mochten.

Das geschrumpfte Bündel war aber gleichwohl gefährlich. Das Gebilde trieb in die Nähe der Stufen und legte plötzlich einen Tentakel um den Arm eines Rapas. Dem Diff stellten sich vor Entsetzen die Federn auf, und er schrie und hieb mit dem Schwert um sich, doch der Stahl blieb ohne Wirkung. Das schrumpfende Monster zerrte den Unglücklichen von der Treppe und besiegelte in der strahlenden Helligkeit sein Schicksal.

Oben sprangen weitere Ungeheuer in die Flammensäule.

In angstvoller Verzweiflung eilte ich die glatte Wendeltreppe hinab und wußte, daß nichts, was wir oben an magischen Hilfsmitteln hätten finden können, uns vor dieser Gefahr bewahrt hätte. Zugleich war mir klar, daß mir die Moder-Fürsten trotz ihrer vielfältigen Zauberkünste nichts geben konnten, was mir bei meinem Umgang mit den Herren der Sterne oder den Savanti nützen konnte. Die Moder-Fürsten arbeiteten mit Illusionen und Schrecknissen und Ängsten. Aber sie waren sterblich. Ihr Einfluß auf die schwarzen Künste hatte Grenzen.

Die Treppe hinabschauend, vermochte ich nur die auf und nieder wippenden Köpfe der vor mir eilenden Männer zu erkennen, die als lange Reihe hinter der Strahlung der Flamme verschwanden. Die Treppe führte Widdershins in die Tiefe. Wie tief der Schacht in den Boden reichte, wußte niemand.

Links von uns trieben die schrumpfenden Ungeheuer durch die Flamme. Ihr Fauchen verstummte. Die einzigen Geräusche waren der pfeifende Atem der Männer und das Rutschen der Füße auf den Stufen. Immer tiefer kamen wir, bis ich die unter mir befindlichen Männer in der Wand durch eine niedrige Steinöffnung verschwinden sah. Die Treppe führte an der Öffnung vorbei weiter in die Tiefe. Dankbar traten Loriman und ich durch die Öffnung und richteten uns in einem großen Raum wieder auf, in dem der Rest der Expedition schon auf uns wartete.

Das Stimmengewirr schwoll an wie eine Brandungswoge: schnelle Worte der Begrüßung und Fragen nach dem Schicksal von Gefährten. Die Decke verbreitete einen unangenehmen grünen Schimmer.

»Dank Havil sind wir alle gesund – bis auf die armen Kerle, die das Leben lassen mußten.« Prinz Nedfar zeigte sich entschlossen und gab mit energischer Stimme Befehle. »Wir haben einen Durchgang und einen langen, nach oben führenden Korridor entdeckt. Das muß der Weg nach draußen sein. Aber – wir sind weiter vorsichtig.« Das, so wußten wir alle, war ein bemerkenswert überflüssiger Ratschlag, der einiges über unsere und Prinz Nedfars nervliche Verfassung aussagte.

»Wir gehen in der bekannten Reihenfolge weiter.« Dabei warf er Loriman, Tyfar und den übrigen Nachzüglern einen vielsagenden Blick zu. »Wir haben hier lange warten müssen.«

Ich schaute mich um.

»Wo ist Meister Quienyin?« rief ich und drängte mich nach vorn. Aber Quienyin, Ungovich und Yagno waren nicht zu sehen.

»Ich glaube, sie sind vorausgegangen, um den Weg zu erkunden«, sagte Lady Ariane. »Wir wollen auch weiterziehen!«

Ihr Gesicht hatte einiges von seiner frischen Farbe verloren. Doch klangen ihre Worte vernünftig, auch wenn Nedfar vielleicht anderer Ansicht war. Wir drangen in den Korridor ein und warfen von Zeit zu Zeit besorgte Blicke nach hinten.

»Bei Tryflor!« sagte Hunch schweratmend. »Dieser Moder geht mir wirklich auf den Geist!« Er zitterte vor Angst.

Nodgen versuchte sich mit einem besonders lauten Ausruf Mut zu machen: »Ihr Tryfanten seid doch alle gleich. Nur gut, wenn's ums Weglaufen geht!«

»Stimmt«, ächzte Hunch. »Stimmt leider!«

Wir marschierten weiter und merkten bald, daß die Folge der Korridore und Räume der entsprach, durch die wir beim Eintreten des Moders gekommen waren. Nedfar meinte, dies sei ein gutes Zeichen. »Der Weg nach draußen ist ein Spiegelbild des Herwegs. Nur Mut! Weiter geht's!«

Wir eilten aufwärts und verharrten bedrückt, als wir eine violett ausgekleidete Felskammer erreichten, in deren dunklen Wänden keine Tür auszumachen war.

Männer liefen im Kreis und zerrten die purpurnen Vorhänge zur Seite. Sie fanden aber nur eine kleine Geheimtür, hinter der sich ein Hebel reckte. Der Hebel war aus Bronze und Elfenbein und schien nichts Gutes zu verheißen.

»Sollen wir das ziehen ...?« fragte Loriman. »Wieder mal ein Rätsel.«

»Wir haben keine Zeit für Rätsel mehr«, sagte Nedfar entrüstet.

Tyfar stand neben mir, und Ariane lehnte sich an die Schulter ihres Numims.

»Die drei, die vorausgegangen sind«, sagte ich, »müssen dieses Rätsel gelöst haben – oder wo stecken sie?« Ich schaute Ariane an, die daraufhin heftig errötete und mit dem Fuß aufstampfte. Ich sagte langsam: »Sind sie wirklich vorausgegangen, meine Dame?«

»Ja!« rief sie wütend. Dann: »Nein – ich weiß es nicht. Ich habe sie nicht gesehen. Ich glaube, sie sind im Schacht weiter der Wendeltreppe gefolgt.«

Die Durchsichtigkeit ihrer Lüge besänftigte mich keinesfalls.

»Ich gehe zurück, um Quienyin zu suchen.«

»Ich begleite dich, Notor Jak«, warf Tyfar ein.

»Nein, Prinz. Lieber nicht – du solltest bleiben, um dich um Lady Ariane zu kümmern.«

Er musterte mich. Ihn erfüllte frischer Tatendrang. Die Gleichgültigkeit, die ihn sonst bestimmte, war verflogen – zumindest in diesem Augenblick.

»Nein, Notor, Jak, ich glaube nicht.«

»Zieht den havilverfluchten Hebel!« forderte Loriman. »Damit wir weiterkommen!«

»Erst wenn wir alles gründlich untersucht haben!« fauchte Nedfar. »Und zwar dreifach!«

»Immerhin ist da noch die Frage des neunten Schlüsselteils ...«, warf Kov Thrangulf ein und schluckte trocken.

»In der Tat, Kov!« rief Lobur der Dolch, der dicht neben Prinzessin Thefi stand. »Du hast recht, bei Krun! Wie hatten wir dieses wichtige Problem nur übersehen können?«

Ich wandte mich entschlossen ab und eilte durch die Korridore, durch die wir eben gekommen waren. Die Szene, die sich da entwickelte, gefiel mir nicht.

Durch die Gänge lief ich – und erstarrte, als ich einen neuneckigen Raum erreichte, in dessen vielfach verziertem

Marmorboden das Zeichen des Vaol-Paol, des Großen Kreises der Universellen Existenz, eingearbeitet war. Vor drei Wänden erhoben sich lange Glasvitrinen, und in jeder stand ein deutlich sichtbarer Kildoi-Krieger, dessen vier normale Hände wie auch die Schwanzhand Waffen hielten.

Ich hätte schwören können, daß die Vitrinen nicht hier gewesen waren, als wir den neuneckigen Raum vorhin durchquerten. Schließlich begnügte ich mich mit einem lauten Makki-Grodno-Fluch und eilte weiter. Rätsel, immer neue Rätsel …

Einige Räume weiter kündigten hastige, schurfende Schritte das Kommen Deb-Lu-Quienyins an. Er schien sich irgendwie verändert zu haben – und war doch der alte.

Wir machten kehrt, um zu den anderen zurückzueilen, und begannen dabei Neuigkeiten auszutauschen.

»Die drei Zauberer sind im Schacht der Flamme weiter in die Tiefe gestiegen. Ich habe Yagno gewarnt, aber er sagte, er sei ein Zauberer des Kults von Almuensis. Nun ja …« Quienyin schien ehrlich betrübt zu sein. »Was ich dort unten sah, auf der neunten Ebene, möchte ich dir nicht offenbaren, junger Mann. Für normale Sterbliche ist das nicht bestimmt.«

»Hast du deine Fähigkeiten zurückgewonnen, San?«

Er stieß ein halb verzweifeltes, halb amüsiertes Lachen aus. »Ja und nein. Ich fand, was ich suchte, so wie es San Orien mir versprochen hatte. Die Moder-Fürsten gestatten Zauberern aus Loh keinen Zugang zu ihren Sphären. Soviel steht fest. Ich war aber kein echter Zauberer aus Loh mehr und konnte deshalb finden, was mir fehlte.«

»Wunderbar! Aber hat die Sache hier womöglich einen Haken?«

»Es gibt da wirklich einen Haken, Jak. Ich werde erst wieder in den Vollbesitz meiner Zauberkräfte gelangen, wenn ich den Moder wohlbehalten verlassen habe.«

»Dann ist ja alles in Ordnung. Die anderen suchen bereits nach dem letzten Teil des Schlüssels. Sie haben einen Hebel gefunden. Bald sind wir draußen.« Und ich fügte hinzu: »Und was ist mit Yagno? Und Ungovich?«

»Yagno war – nein, das sollte ich nicht offenbaren. Und was Ungovich betrifft, so ist er verschwunden, und ich fürchte, er teilt Yagnos Schicksal.«

»Also brauchen wir nicht auf die beiden zu warten – so bedauerlich das ist?«

»Bei jeder Königin des Schmerzes, die je in Loh herrschte!« rief er und überraschte mich mit dieser Äußerung. »Nein. Es wäre sinnlos zu warten.«

Wir betraten den neuneckigen Raum mit dem Vaol-Paol-Muster im Fußboden. Quienyin blieb stehen. Die drei Glasvitrinen öffneten sich, und die drei Kildois traten vor und starrten uns an.

Zeit zum Überlegen gab es nicht. So vermochte ich mich nicht richtig darauf einzustellen, daß ich es hier mit Kildois zu tun hatte, so wie Mefto der Kazzur ein Kildoi gewesen war – mit vier Armen und einem langen Schwanz mit einer voll ausgeprägten Faust, hervorragende Kämpfer von ungeheurer Muskelstärke und Geschicklichkeit. Mefto hatte mich im Schwertkampf besiegt. Nein, für solche Gedanken war keine Zeit. Ich hatte auch keine Gelegenheit, meinen lohischen Langbogen in Aktion zu bringen und den ersten Gegner, der sich auf mich stürzte, mit einem Pfeil zu durchbohren.

Quienyin rief etwas, und ich bekam gerade noch die letzten Worte mit: »... der Kazzur!«

Das Krozair-Langschwert wirbelte aus der Scheide. Ich hielt die Klinge in zweihändigem Griff auf die besondere Krozair-Art und ließ den Stahl im ruhigen Licht der schwarzen Kerzen in ihren goldenen Ständern aufleuchten. Die Kildois zeigten sich nicht abgeschreckt.

Der erste führte Thracterklingen mit der rechten oberen und rechten unteren Hand. Seine linke untere Hand bewegte einen runden Schild, während die obere linke einen Speer in Position brachte. Und mit der Schwanzhand hob er einen bösartig schimmernden Dolch hoch über den Kopf.

Mir blieb keine Zeit für geschickte Manöver, für raffinierte Schachzüge. So wie ich auf dem schwankenden Deck eines Swifters die Oberherren Magdags bekämpft hatte, so würde ich jetzt kämpfen müssen. Im direkten, harten, gnadenlosen, praktischen Kampf ...

Die Thraxter suchten mich zu töten. Meine Krozairklinge flammte grell auf wie eine lodernde Lichtstange, durchtrennte den Schild und brachte dem Kildoi an der Seite des Brustkorbs eine tiefe Wunde bei. Ehe er einen Schrei ausstoßen, ehe er umfallen konnte, ging ich wieder auf Distanz und wandte mich gegen seine Begleiter. Die beiden rückten von den Seiten vor, geschickte, schlaue, überragende Kämpfer. Doch so großartig ihre Talente auch waren, begriffen die Kildois doch nicht, daß sie es hier mit einem alten Krozairbruder zu tun hatten, einem Krozair aus Zy – der mehr Tricks kannte als die Krozairs, beim Donner! Blendend fuhr das Langschwert herum. Ein Thraxter verwundete mich an der rechten Schulter, doch schon lag der erste Kildoi am Boden – ohne Schwanz, den er vergeblich hochgerissen hatte, um seine Kehle zu schützen. Schwanzklinge, Schwanzhand, Kehle – dies alles verschwand in purpurnem Blut.

Der zweite warf sich mit erhobenem Schild in den Kampf und zielte mit dem Speer auf mein Auge. Ich unterlief seine Attacke und ließ die Krozairklinge schnell, blitzschnell herumfahren! Ah, die Disziplinen der Krozair vermögen einen Mann zu lehren, wie er am Leben bleibt, bei Zair!

Ob es sich um echte Kildoi-Gefolgsleute des Moder-Fürsten handelte oder um Illusionen, wußte ich nicht. Ihr Stahl war jedenfalls tödlich für mich.

Der Kampf war vorbei. Auf dem Mosaik des Vaol-Paol-Symbols lagen drei tote Kildois, und ihr purpurnes Blut bereitete sich tröpfelnd aus. Ich trat zurück. Ich war nur ein wenig außer Atem.

»Beim Zauberer von ...!« rief Quienyin zitternd.

»Beim Schwarzen Chunkrah! Da haben sich wahrlich ein bißchen die alten Poren geöffnet! Jetzt wollen wir aber schnell weiter, San – fort von hier!«

Als wir uns dem purpurn verhangenen Raum und dem Stimmengewirr der Expedition näherten (die Leute stritten sich wie üblich), wandte ich mich an Quienyin und fragte ihn – ich muß es zugeben, mit einer gewissen Hinterlist: »San, sag mir eins: Das Armband der Klingen, das du mir zugedacht hattest – wie hätte es sich an diesem Ort ausgewirkt? Gegen alle drei Kildois? Oder nur gegen den ersten?«

Er schaute mich ein wenig von oben herab an. »Du bist ein harter Mann, Jak.«

»Aye, und das bekümmert mich.«

Hunch und Nodgen schienen sich zu freuen, mich und den Zauberer aus Lohl wohlbehalten wiederzusehen. Sie erzählten, daß der Hebel schließlich gezogen worden sei, daß ein jaulender Haufen Lauernder Schrecknisse hervorgestürmt und von den Kriegern, auch wenn sie voller Angst vor dem Übernatürlichen zitterten, besiegt worden waren.

»Außerdem«, rief Hunch, »hat der Hebel zweierlei bewirkt!«

»Er offenbarte uns den neunten Teil des Schlüssels in einer verborgenen Vertiefung!« rief Nodgen.

»Und das Schlüsselloch in einer Onyxwand – dort!«

»Und jetzt«, sagte Nodgen, »versucht man sich zu einigen, wie die Teile des Schlüssels zusammenpassen. Ein ziemliches Puzzle.«

Von der gegenüberliegenden Wand hallte ein triumphierender Schrei wider. Mit strahlendem Gesicht schwenkte Nedfar den vervollständigten Schlüssel. »Wir haben ihn!«

Jeder spürte den Drang zur Eile. Diese Dringlichkeit trieb uns an, glaubten wir doch alle, daß uns jeden Augenblick neue, schreckliche Gefahren bedrohen konnten. Die purpurnen Vorhänge wurden zur Seite geschoben und gaben den Blick auf die Onyxwand und das Schlüsselloch frei. Es mußte sich um ein Schlüsselloch handeln! Eine andere Möglichkeit gab es nicht.

»Wenn dieser Schlüssel umgedreht wird, passiert etwas Schlimmes«, sagte Prinz Tyfar. Seine Geistesabwesenheit war völlig verflogen; er wirkte erregt, seltsam aufgedreht.

Ariane erschauderte und trat einen Schritt von ihm fort.

Lobur der Dolch drückte Prinzessin Thefi an sich. Gefolgsleute und Paktuns hielten ihre Waffen bereit, ein Wald aus Stahlklingen. Wir schauten uns in dem Höhlenraum um, ehe wir die Blicke wieder auf Prinz Nedfar und die Onyxwand mit dem Schlüsselloch richteten. Der Prinz steckte den Schlüssel ins Schloß und hielt inne. Dann: »Im Namen Havil des Grünen!« Er schob den Schlüssel hinein und drehte ihn.

Die purpurnen Wandvorhänge gingen in Rauchwolken auf. Ein Geruch nach verbranntem Fleisch wehte herbei. Die feste Wand platzte auf, rollte sich zur Seite fort und gab den Blick frei auf eine riesige Statue Kranlils des Schnitters, gut hundert Fuß hoch, bekrönt, drohend, boshaft, seinen Dreschflegel schwingend.

Zwischen den gewaltigen Säulen seiner Füße öffnete sich ächzend eine schmale bronzebeschlagene rote Tür; die beiden Türflügel wichen langsam auseinander.

Unseren Augen bot sich ein weiter, aufwärts geneigter Hang dar. Und am anderen Ende, winzig und weit entfernt – Licht! Tageslicht! Während sich unsere Augen noch an das neue Panorama gewöhnten, machten wir dort oben Wolken und die zweifarbene Strahlung der Sonnen von Scorpio aus.

Als die ersten Gruppen vor Freude schreiend losstürmten, ballte sich plötzlich über unseren Köpfen eine brausende, wirbelnde, den Verstand verwirrende Wolke aus Stech-Insekten zusammen. Die Geschöpfe brummten aus dem offenen Behälter in den Klauen Kranlils des Schnitters hervor. Sie peinigten uns im Laufen, stachen und verwundeten uns, drohten uns den Verstand zu rauben.

Das Fläschchen mit gelbem Gift immunisierte meine Haut zumindest teilweise, so daß ich die Stiche nur als ganz leichte Reizungen empfand, als wäre ich in Brennesseln geraten.

Ringsum hatten Männer zu kreischen begonnen und ließen die Arme wirbeln und eilten, so schnell sie konnten, den langen Korridor hinauf.

Tyfar schrie und faßte sich an den Kragen. Ich ergriff ihn und holte das kleine Monster heraus, das sich an seinem Hals festgesetzt hatte. Es wies gelbe und grüne Streifen auf und besaß durchscheinende Flügel, und der Stachel war schwarz und hart und zeigte an seinem Ende einen Tropfen Flüssigkeit. Ich schleuderte das Wesen zur Seite. Nodgen und Hunch vermochte ich in dem Durcheinander nicht auszumachen.

Wir stürmten weiter, und ich bemerkte, daß Ariane von Logu Fre-Da und seinem Zwilling Modo Fre-Da aktiv unterstützt wurde. Ihr Haar war von Insekten bedeckt. Sie schrie hemmungslos und versuchte die Wesen zu verscheuchen. Modo jaulte auf, faßte sich ans Knie und ging zu Boden. An beiden Beinen war er von Stechinsekten übersät. Logu beugte sich über ihn.

»Laß ihn, du Dummkopf!« kreischte Ariane. »Hilf mir!«

Gleichzeitig stolperte sie. Tyfar fing sie auf, half ihr hoch. Sein Körper war von den Stechinsekten förmlich eingehüllt. Er versuchte weiterzulaufen, begann zu würgen und ging zu Boden. Quienyin packte zitternd meinen Arm und hieb mit der anderen Hand in der Luft herum. Tyfar hockte auf den Knien und schaute flehend empor; seine Hand hielt noch immer Arianes weißes Kleid, das von einer dicken Schicht grün-gelb gestreifter Insekten bedeckt war.

»Ariane ... Prinzessin ...«

»Laß los, du Rast! Dein Leben ist mir kein Calsany-Fell wert! *Laß mich los!*«

Sie versetzte Prinz Tyfar einen Schlag, riß sich los und lief kreischend und schluchzend den Gang hinauf, indem sie von hinten auf die anderen einprügelte, die in dieselbe Richtung strebten. Die beiden Hyr-Paktuns schauten ihr nach.

Quienyin sagte mit erstickter Stimme: »Laßt ... sie gehen ... die Insekten werden ihnen folgen ...« Er ließ meinen Arm los und begann seinen Körper zu beklopfen. »Ich brenne!«

Das scheußliche Chaos nahm seinen Fortgang, eine Kakophonie des Leids.

Barkindrar die Kugel und Nath der Pfeil eilten dem Prinzen zu Hilfe. Alle drei summten und surrten von Insekten.

»Wir müssen weiter!« rief ich.

Torkelnd setzten wir uns in Bewegung. Wir waren die

letzten. Die beiden Pachaks torkelten Seite an Seite voran und halfen sich gegenseitig.

Unsere kleine Gruppe erkämpfte sich einen Weg durch die brummenden Insektenschwärme. Hunch und Nodgen, die zu rufen und zu schreien versuchten, schwankten die Schräge empor. Draußen hieß uns das strahlende Tageslicht willkommen. Die Pracht dieses rubinroten und jadegrünen Schimmers fiel in die Öffnung und ließ die Wände erglühen, und wir humpelten und krochen weiter, und unsere Haut brannte von den Giftstichen der geflügelten Unwesen.

Wir näherten uns der Schwelle zur Freiheit.

Sklaven, Paktuns, Gefolgsleute, Würdenträger traten durch die Öffnung, und wir vernahmen schwach ihr Freudengeschrei.

Beinahe – beinahe erreichten auch wir die Freiheit.

Denn plötzlich fiel krachend die Felsplatte herab, Stein auf Stein, und Schwärze umgab uns.

Wir waren im Moder eingeschlossen, des Lebens beraubt.

21

In der Falle ... unser Grab die riesigen gespenstischen Katakomben des Moders ...

»Zurück!« schrie ich. »Raus durch die Beine Kranlils, ehe sich die Pforte auch noch schließt!«

Hastig laufend, brüllend, so stürmten wir verzweifelt zum unteren Ausgang zurück, so schossen wir in den purpurn verhangenen Raum hinaus, und die roten bronzegefaßte Tür klappte ächzend hinter uns zu.

»Aber das nützt doch alles nichts!« rief Tyfar. »Es ist um uns geschehen ...«

»Die Insekten sind fort«, sagte ich. »Noch leben wir.«

Quienyin schaute mich an und schüttelte den Kopf.

»Es ist ein langer Weg ...«

»Ja, nun aber der einzige Weg. Wir müssen durch den

Moder zurückkehren und auf dem Weg entkommen, der uns hergeführt hat.«

Wir starrten uns mit angstvollen Blicken an. Wir wußten, was wir durchgemacht hatten ...

»Wir sind ein Haufen außergewöhnlicher Krieger«, sagte ich. »Wir schaffen es, wenn wir uns zusammenreißen und auf unsere eigenen Kräfte vertrauen.«

»Aber stell dir doch mal vor ...«, flüsterte Hunch. Dann brüllte er: »Ich will es mir nicht vorstellen, es ist viel zu schrecklich!«

»Gewiß«, stimmte ihm Nodgen zu. »Also denkst du am besten an etwas anderes und kommst einfach nicht.«

Ja, wir waren ein auserlesener Haufen. Prinz Tyfar und seine Leute, Barkindrar und Nath, Nodgen und Hunch, Logu und Modo Fre-Da. Und Deb-Lu-Quienyin, ein Zauberer aus Loh, der seine Zauberkräfte erst zurückgewinnen würde, wenn er diesen Ort unverletzt verlassen hatte. Ein auserlesener Haufen, in der Tat, der sich ein zweitesmal durch diese Burg des Todes kämpfen sollte.

Alle kratzten sich. Das Mittel in meinem Fläschchen linderte die schlimmste Wirkung der Stiche, die aber dennoch unangenehm juckten.

»Ein unerträglich langer Weg«, bemerkte Barkindrar.

»Schau mal«, sagte Nath der Pfeil. »Ich wette mit dir, daß ich der verdammten Statue das rechte Auge ausschießen kann, ehe du mit deiner Schleuder das linke triffst. Eine Wette – um eine Amphore des besten Jholaix, wenn wir das nächste Mal in der Duftenden Sylvie sitzen.«

»Einverstanden«, sagte Barkindrar.

Die Schleuder geriet in Bewegung, der Bogen wurde gespannt, und die Bleikugel und der stahlbewehrte Pfeil flogen los. Beide grünen Augen brachen funkelnd heraus, klirrten irgendwo zu Boden.

»Ich glaube, ich war eher im Ziel ...«

»Ha! Ich habe gesiegt, ganz bestimmt!«

»Es überrascht mich«, sagte ich, »daß man Raufbolde wie euch in den Duftenden Sylvie läßt. Bei Hanitch! Was ist nur aus Ruathytu geworden!«

Die beiden starrten mich mit aufgerissenen Augen an und begannen zu lachen.

»Du kennst das Heilige Viertel, Notor Jak aus Djanduin?«

Nodgen und Hunch hörten auf zu streiten und starrten uns begriffsstutzig an. Die beiden Pachaks gaben es auf, nach den herausgefallenen Augen Kranlils zu suchen.

»Gut genug, um zu wissen, daß ich dort gern noch einmal einen angenehmen Abend verbringen würde. Du bist vielleicht kein Schwertschwinger, doch möchte ich wetten, daß deine Axt ein hübsches Lied anzustimmen vermag.«

»Und ich werde diesen Abend mit dir verbringen!«

»Einverstanden!«

»Jetzt müssen wir den Weg zurück einschlagen«, sagte er leichthin. »Es gibt da in der Gasse der Verbotenen Genüsse eine hübsche Taverne mit Namen ›Die Sybli und der Vouvray‹.« Er wandte sich ab und verließ den schlimmen Saal durch einen Korridor. Wir folgten ihm. »Es würde mir große Freude bereiten, dich dorthin zu führen, Notor Jak.«

»Du erweist mir eine hohe Ehre«, sagte ich im Gehen.

Nun ja, dies war eine Möglichkeit, den Verstand an etwas festzumachen, das ihm Normalität verhieß. Was uns erwartete, drohte unsere psychischen Kräfte aufs äußerste zu beanspruchen. Außerdem hatte ich eine interessante Tatsache nicht vergessen. Im Gehen zählte ich noch einmal unsere Gruppe. Ja, ich hatte recht.

Neun.

Wir waren neun Abenteurer, die die Zauberkräfte des Moders herausfordern mußten.

Die beiden Pachaks sprachen kurz miteinander und wandten sich dann respektvoll an Prinz Tyfar.

»Prinz, wir möchten dich zum Zeugen dafür aufrufen, daß wir hiermit formell unser Nikobi gegenüber der Lady Ariane nal Amklana lösen.«

Tyfars Gesicht verkrampfte sich, doch sagte er nur: »Ich nehme davon Kenntnis.«

Wir näherten uns der Wendeltreppe im Schacht der Flamme. Ich ergriff die Gelegenheit, meinerseits das Wort an die beiden Hyr-Paktuns zu richten. »Ihr würdet mir einen Gefallen und eine Ehre erweisen, wenn ihr auf Meister Quienyin achtgeben könntet. Ist das für euch annehmbar?«

Die beiden nickten feierlich. Sie gaben mir nicht ihr Nikobi – noch nicht. Aber nun war mir ein wenig wohler, was den alten Zauberer betraf. Wir brauchten ein mutiges Herz und harte Fäuste, um das gesteckte Ziel zu erreichen. Hunch war möglicherweise ein schwaches Kettenglied, doch nahm ich an, daß Nodgen und ich ihn schon über alle Hürden bringen würden.

Ich gedenke die Einzelheiten unserer qualvollen Kämpfe auf unserem Rückweg durch den Moder nicht in allen Einzelheiten auszuführen. Es möge genügen zu erwähnen, daß wir Kov Lorimans Spitzhacken und Vorschlaghämmer fanden und uns einfach ein neues Loch hämmerten, um den umgekehrten Weg zu gehen als er. Dabei nahmen wir einige magische Gegenstände mit, die Quienyin uns zeigte, aus dem Bewußtsein heraus, daß wir sie uns wirklich verdient hatten. So mühten wir uns weiter und besiegten allerlei Ungeheuer mit Zauberei oder Stahl – und drangen so immer weiter nach oben vor.

Nach einiger Zeit stellten wir fest, daß wir einen anderen Weg nahmen als auf dem Herweg; so sahen wir nichts von dem See und den untergegangenen Schiffen und dem Treibsand.

Korridor um Korridor, Raum um Raum ... nach einer Weile verschwamm dies alles zu einer nicht endenwollenden Prozession des Schreckens. Aber wir zogen weiter. Wir waren neun Abenteurer, und wenn wir zu Anfang keine hartgesottenen Kämpfer gewesen waren, dann bestimmt am Ende, bei Vox!

Eine andere interessante Tatsache ergab sich aus der Richtung unseres Weges: Wir gingen ja nicht in die Tiefe, sondern aufwärts und näherten uns den verschiedenen Fallen folglich von hinten. Die Ungeheuer reagierten tatsächlich etwas unwirsch auf den Umstand, daß wir nicht aus der richtigen Ecke vorrückten. Ich kann getrost behaupten, daß wir eine Spur hinterließen, die einem in einem Porzellanladen tobenden Boloth alle Ehre gemacht hätte.

Schließlich erreichten wir einen Korridor, der in leichter Krümmung vor uns verlief. Niedrige goldene Geländer trennten die Seiten vom Hauptdurchgang. Hinter diesen goldenen Geländern standen oder saßen oder lagen Hunderte der wunderschönsten Frauen aus vielen Rassen. Sie lächelten verführerisch. Ihre Augen richteten sich strahlend auf uns. Lasziv winkten sie uns zu sich. Einige spielten Harfe und sangen. Wir fühlten uns einer einzigen gewaltigen Einladung zur Leidenschaft ausgesetzt.

Hunch und Nodgen blieben stehen und fuhren sich mit der Zunge über die Lippen.

Die meisten Frauen trugen exotische und ziemlich freizügige Roben, offenbar in der Absicht, die Begehrlichkeit der Männer zu wecken. Ich deutete auf die langen Reihen geschnitzter Schädel unweit des goldenen Geländers.

»Ihr seid hier nicht im Bazar der Frauen, ihr Famblys!«

»Nein, aber – schau dir doch die mal an!«

»Und die!«

»Hinschauen könnt ihr – mehr aber nicht.«

In diesem Augenblick tauchte ein Kaotim auf, das Skelett eines Rapas mit langem funkelnden Schnabel. Unsere Anwesenheit schien ihn zu überraschen. Quienyin bearbeitete ihn mit etwas Pulver aus einem juwelenbesetzten Kasten, den er aus dem Saal der Flamme mitgenommen hatte. »Über hundert Priesen Pulver haben wir noch, meine Freunde«, meldete er.

Der Untote entfernte sich als kleines Häufchen Asche.

Kao ist nur ein Wort für den Tod, das die kregische Sprache kennt, eine vielschichtige, pittoreske Sprache.

»Aber wenn wir nur schauen dürfen ...«, wandte Hunch ein.

»Du befindest dich in einem Moder. Du weißt, was Mod bedeutet, Hunch?«

Er erschauderte und riß seinen sehnsüchtigen Blick von einer Sylvie los, die ihn verlockend anlächelte.

»Ja, ich weiß, was Mod bedeutet.«

»Dann wollen wir weitergehen.«

Wir schritten zwischen den freizügigen Frauen hindurch

und vernahmen vor uns ein jämmerliches, flehendes Geschrei. Behutsam rückten wir vor.

Ein Mann tauchte vor uns auf. Offensichtlich hatte er die Gefahren mißachtet, die hier drohten. Die Frauen in seiner Nähe lachten und zeigten sich ihm und verspotteten ihn. Aus dem Mund eines Schädels war eine lange, dünne, dehnbare Leine peitschenartig hervorgeschnellt und hatte sich um den Schwanz des Diffs gelegt. Die beiden Peitschenschwänze waren fest miteinander verknotet.

Immer wieder versuchte sich der Mann loszuzerren und schrie und kreischte und ließ sich auf die Knie fallen. In der Hand hielt er ein Messer. Offenbar hatte er längst den Verstand verloren.

»Ein Schnappbann«, sagte Quienyin. »Den schneidet er nie durch.«

Auf dem Boden lagen zwei Schwerter und ein Dolch mit zersprungenen Klingen.

Hunch und Nodgen wollten vortreten, blieben aber wie angewurzelt stehen, als der festsitzende Mann kreischte und sein Schwert niederführte und dann doch wieder anhob.

»Wenn es etwas gibt, das sie am meisten fürchten«, sagte Tyfar, »dann ist es, den Schwanz zu verlieren.«

»Doch wenn er ihn nicht losschneidet, wird er elend umkommen.«

»Würdest du ihn ihm abschneiden?«

»Ich?« fragte ich. »Nun ja – vielleicht.«

Quienyin sagte nichts.

Nodgen und Hunch erwachten aus ihrer Erstarrung und griffen zu ihren Messern.

»Wir helfen ihm, Notor.« Dann fragte Nodgen: »Vielleicht ist es besser, wenn du ein Stück weitergehst.«

»Vielleicht ist er gewalttätig«, meinte Hunch.

»Wir werden weitergehen«, sagte ich.

So schritten wir sieben zwischen den wunderschönen Frauen hindurch, bis sich die Krümmung des Korridors hinter uns schloß und der nächste Raum erschien. Hinter uns ertönte leises Jammern und Klagen. Wir betraten den neuen

Raum und machten uns daran, sein Rätsel zu ergründen – von hinten. Sobald wir es gelöst hatten, würde uns der weitere Weg keine Probleme bereiten, war es doch der Herweg. Nach einiger Zeit holten Nodgen und Hunch uns ein.

»Na?« fragte ich.

Die beiden schauten betreten zu Boden.

»Wir haben uns darüber unterhalten, Notor. Wir fanden, es wäre für ihn ... würdelos, den Schwanz zu verlieren. Wahrscheinlich wäre ihm der Tod lieber.«

»Ihr habt ihn von seinem Leiden erlöst?«

Sie schüttelten den Kopf.

»Nein, nein, Notor. So etwas steht zwei Ex-Sklaven nicht zu.«

Mein Gesicht verzerrte sich. Ich machte den beiden keine Vorwürfe. Trotzdem wandte ich mich zurück. »Dann schneide *ich* ihm den verdammten Schwanz ab.« Im gleichen Augenblick schloß sich krachend vor mir der Eingang.

»Nun führt kein Weg mehr zu ihm«, bemerkte Tyfar.

»Nein ...«

»Armer Teufel«, sagte Tyfar. »Im allgemeinen gefallen mir diese Leute nicht. Wer das wohl war?«

»Hast du ihn nicht erkannt?«

»Nein, hätte ich das tun sollen?«

»Ich glaube nicht.« Er hatte sich – verändert. Die Erfahrung hatte ihn zutiefst umgekrempelt. Hunch und Nodgen und ich aber wußten, wer dieser Mann war.

Auf diese Weise blieb Tarkshur die Peitsche seinem Schicksal überlassen.

Ich fragte mich, ob die beiden ihm ihr Messer dagelassen hatten.

Nahrungsmittel und Wasser waren allmählich knapp geworden; dennoch rasteten wir, bis wir wieder soweit bei Kräften waren, daß wir weitermarschieren konnten. Wie wir unsere Flucht am Gipfel bewerkstelligen wollten, beschäftigte uns in jedem unserer Gespräche, doch stellte ich fest, daß meine eigenen finsteren Gedanken weit über diesen Moment hinausgingen. Sehr weit, bei Vox!

Ich mußte mich mit dem Gedanken beschäftigen, daß das

wunderschöne Krozair-Langschwert verschwinden würde, sobald wir die Außenwelt erreichten. Das Privileg, diese Waffe wieder in den Händen zu haben, war mir durchaus bewußt. Das Auge der Welt, Grodnim und Zairer – dies alles schien weit zurückzuliegen.

Wir waren neun. Ein Tryfant. Zwei Brokelsh. Zwei Pachaks. Vier Apims. Neun.

Der Zufall hatte uns zusammengeführt. Doch nun ließen wir auch den Zufall für uns arbeiten. Wir neun kämpften uns durch die Schrecknisse, bis wir in einem Saal voller Echos standen, in dem noch der Schrei verbannter Lykanthrope nachhallte. Wir erkannten den Ort wieder.

»Durch die Tür da hinten«, sagte Quienyin und hob den Arm.

»Das erste, was ich tue …«, begann Nodgen.

»Steht für mich an zweiter Stelle«, warf Hunch ein.

»Meine Freunde, ich glaube, es geht etwa so«, sagte Quienyin. Er richtete sich auf, atmete tief ein und rief mit lauter Stimme: »Lösung keine gibt es.«

Als die Türen sich von allein öffneten, verließen wir den Raum, in dem ich zuletzt einen Brocken weiches Mergem gegessen hatte. Nun standen wir in einem Saal, und Staub bedeckte wieder den Boden. Ich studierte die zahlreichen Fußspuren. Dann begann ich mich lautlos einer Ecke zu nähern.

»Vorsicht, Jak!« rief Tyfar. »Schau dir die Flecken an, wo die Spuren plötzlich enden!«

»Ja. Aber wir sind nicht mehr die Dummköpfe, als die wir diesen Raum betraten.«

»Das ist wahr, bei Hanitcha dem Sorgenbringer!«

»Ich kann mir nicht recht vorstellen, was du im Schild führst, Jak«, sagte Quienyin. »Und wenn ich ahnte, was es ist, würde ich vermutlich nichts Näheres darüber wissen wollen. Aber laß mich mal sehen …«

Er ging los und blieb ein gutes Stück vor dem Ende der Fußspur stehen, die ich mir ausgesucht hatte. Die Decke krümmte sich hier zu einem Vorsprung, und zwischen den Spinnweben lauerten Schatten. Quienyin zog einen kleinen

Kristallgegenstand etwa von der Größe einer Shonage-Frucht aus der Tasche und drehte ihn herum. In seinen bleichen Tiefen erblickten wir nach einiger Zeit einen blaugrünen Schimmer und einen runden Umriß. Quienyin drehte den Kristall, bis der blaugrüne Schimmer am stärksten leuchtete.

Dann nickte er und schob sich den Turban zurecht.

»Ja. Ein Fallen-Volzoid. Ein sehr unangenehmes Ungeheuer; die scharfen Zähne, die sich um den Hals des Opfers schließen, erklären die Blutflecken. Er würde dich senkrecht hochreißen. Er lauert dort oben irgendwo und beobachtet uns ...«

»Ein Volzoid ... aber ...«

»Ein Fallen-Volzoid. Er kann drei oder vier Schritte weit springen. Er wartet darauf, daß du in seine Reichweite kommst.«

»Dann laß ihn warten, Notor!« rief Nodgen.

Hunch sagte: »Die Tür liegt doch in dieser Richtung.« Er begann sich dem Portal zu nähern, durch das wir – vor langer Zeit – eingetreten waren.

»Wird dir die Harpyie mit dem goldenen Haar öffnen?«

Wie zuvor brannten Fackeln über den Toren. Aber die Flügel waren fest geschlossen, und die Eisenstäbe und Beschläge sahen nicht rostig aus.

»Bei Tryflor – ich bitte dich!«

Die anderen näherten sich ebenfalls der Tür. Sie hämmerten dagegen. Kein Spalt tat sich auf. Nichts geschah.

»Na schön!« rief ich. »Ihr habt euren kleinen Spaß gehabt. Jetzt nehmt ihr die Hände voller Staub, große Mengen, und wenn ich schreie, schleudert ihr sie in die Ecke. Es muß einen dicken Staubschleier geben.«

»Du willst das Wesen blenden, Jak?«

»Jedenfalls so lange, daß ich die Ecke erreiche.«

»Damit gehst du ein schreckliches ...«

»Darum geht es hier doch. Also los, ihr Doms, haltet euch bereit!«

Ich gab mein Rufsignal, der aufgeraffte Sand flog als dikker schwarzer Schleier empor, und ich stürmte zur Ecke vor, wobei ich darauf gefaßt war, einen widerlichen Atemhauch im Nacken und rasiermesserscharfe Zähne um den Hals zu spüren, die meinen Kopf in das riesige Maul des Fallen-Volzoids ziehen wollten.

Überall wogte der Staub, und ich prallte gegen die Wand.

Atemlos klammerte ich mich am staubigen Gestein fest. Nach kurzer Zeit sah ich die Gesichter der anderen auftauchen wie Vollmonde hinter Wolken. Ich begann nach dem Haken an der Wand zu tasten, fand nach einiger Zeit den richtigen Knopf und drückte darauf. Die Wandtür schwang einwärts.

Ich wandte mich um.

»Der letzte ...«

»Ich gehe als letzter!« erklärte Prinz Tyfar.

»Warte!« forderte ich mürrisch. »Logu und Modo. Ihr kommt als nächste. Wir steigen hoch und erledigen den Fallen-Volzoid. Dann können die anderen unbesorgt nachrükken.« Die beiden Pachaks nickten, erfreut, daß ich sie wegen ihrer Kampferfahrung in geschlossenen Räumen ausgewählt hatte.

Wir stiegen eine schmale Steintreppe hinauf und krochen in eine stinkende Höhlung voller Unrat und Knochen. Der Fallen-Volzoid hockte auf dem Rand der Dachwölbung; er schaute von uns fort und schien sich bereitzuhalten, loszuspringen, sobald ein ahnungsloser Mann in seine Reichweite kam.

Das Krozair-Langschwert fand sein Ziel, die Pachaks hieben zu – und das verdammte Ding sprang fauchend und verwundet in den staubigen Saal hinunter.

Schließlich machten ihm Tyfar und seine Männer den Garaus. Wie ein ledriger Ball, übelriechend und zahnbewehrt, lag das Geschöpf schließlich am Boden, und die Männer traten zurück und schauten zu uns an der Dachwölbung empor.

So eilten wir dann alle die Wendeltreppe hinauf. Ich übernahm gegen Tyfars Protest die Spitze, und wir trugen den blanken Stahl in den Fäusten.

»Mein lieber Jak.« Quienyin erklomm keuchend die steilen Stufen und sprach über die Köpfe der beiden hinter mir gehenden Pachaks hinweg – Tyfar bildete die Nachhut. »Ich habe so allmählich das Gefühl, als könnte dies schon ein Gebiet sein, das sich außerhalb des Moders befindet.«

Die anderen konnten nicht ahnen, was seine Worte bedeuteten. Aber was war, wenn er recht hatte?

»Ich bete zu Djan, daß du dich nicht irrst, San.«

»Paß doch auf, wo du hintrittst, Fambly!« rief Nodgen entrüstet, worauf sich sofort Hunchs Stimme vernehmen ließ: »Ich habe eine Scheißangst!«

Es waren brave Burschen ... Wir setzten den Aufstieg fort, und die Treppe endete an einem winzigen Absatz, auf dem ein Skelett grinste. Eine Lenkenholztür mit grün angelaufenen Bronzenägeln versperrte den Durchgang.

»Ich glaube, hier ist keine Magie erforderlich«, sagte Tyfar, und Quienyin schloß den Mund. Hunch trat vor und schaute sich Tür und Schloß an. Er schürzte seinen tryfantischen Mund.

»Sieht ganz normal aus. Da dürfte es keine unangenehme Überraschung geben ...« Er stocherte mit dem Dolch im Schloß herum und ließ nach überraschend kurzer Zeit die Verriegelung aufklicken und die Tür zurückschwingen.

Als wir uns alle in dem harmlosen Raum befanden, der sich anschloß, sagte ich: »Du hast dich beim Öffnen des Schlosses sehr geschickt angestellt, Hunch, aber ...«

»Nun ja, Notor«, sagte er und breitete die Hände aus, »es sollte eben jeder ein Handwerk beherrschen.«

»Mag sein. Aber beim nächsten Mal stößt du nicht so tollkühn die Tür auf – sonst passiert etwas!«

Hunch der Tryfant lief grün an.

Wir schoben uns in einen Verbindungsgang, der mit bemaltem Holz ausgekleidet war. Teppiche bedeckten den Boden, hier und dort standen exotische Vasen voller Blumen, und an den Wänden hingen Gemälde und Schnitzereien. In der Luft lag ein süßer Geruch, und doch war es ein irgendwie seltsamer Geruch, wie von süßer Verwesung.

Was nun folgte, überginge ich am liebsten schnell. Doch wäre mein Bericht nicht vollständig, würde ich nicht versuchen, das Gefühl des Ekels wiederzugeben, das uns überkam, während wir diesen Palast durchsuchten. Ja, es war ein Palast. Wir durchstreiften luxuriöse Gemächer in den Türmen, die den Moder krönten. Es war uns tatsächlich gelungen, in den persönlichen Bau des Moder-Fürsten vorzudringen, wer immer er sein mochte. Oder – *was* immer ...

Was wir hier zu sehen bekamen, machte uns klar, daß wir vielleicht doch nicht ganz so abgebrüht waren, wie wir möglicherweise angenommen hatten.

Wir unterhielten uns flüsternd.

»Ich bin unruhig, Quienyin. Der Weg hierher war irgendwie zu leicht. Ein einfacher Fallen-Volzoid? Ein Skelett, das sich nicht rührte?« In der Luft lag der süßliche Verwesungsgestank. »Wir werden hier in eine Falle gelockt.«

»O ja, mein lieber Jak. Zweifellos.«

Ich warf Quienyin einen kurzen Blick zu. Er stand neben hohen Gardinen aus dickem dunkelblauen Damast. Er sah irgendwie – anders aus. Plötzlich fiel die unbeholfene greisenhafte Aura von ihm ab. Obwohl die Menschen auf Kregen im Verlauf ihres gut zweihundertjährigen Lebens erst gegen Ende merklich altern, war die Veränderung, die mit ihm vorging, tiefgreifend. Sein Blick war plötzlich klarer, die Falten um Nase und Mund verschwanden. Er bewegte sich mit federnden Schritten.

»Deine Fähigkeiten ...«

»Nicht alle. Einige. Sie genügten, um uns hierherzuführen, ungeachtet der Fallen, mit denen uns der Moder-Fürst ins Verderben locken wollte.«

Ich atmete tief durch. Ich habe wiederholt gesagt, daß die Macht der Zauberer aus Loh sehr real und schrecklich ist. Vielleicht war für mich gerade diese unbewußte Zurschaustellung dieser Fähigkeiten der größte Schock.

»Was ...?« fragte Prinz Tyfar.

Heftig ausatmend, sagte ich. »Wir sind weit genug gewandert. Wir müssen einen Weg ins Freie finden. Einen normalen Weg.«

»Wenn es in diesem Teufelsloch überhaupt etwas Normales gibt!« knurrte Nodgen.

»Muß es geben«, meinte Hunch. »Geht doch nicht anders – oder?«

Von dem Zugang, den wir gefunden hatten, war es schon ein ziemlich weiter Weg durch den Palast, und ich sagte: »Eine Treppe nach unten nahe der Außenmauer. Die wäre der logische Ausgang.«

Vorsichtig folgten wir dem Gang und betraten durch scharlachrote Vorhänge einen Raum. Ein goldener Schimmer umgab uns. Jedes einzelne Ding schien aus Gold gefertigt zu sein. In einer Ecke stand ein goldener Käfig, darin befand sich die goldene Gestalt eines Wesens, das uns völlig fremd vorkam. Dann fuhr Tyfar zusammen und streckte den Finger aus.

»Schaut doch, bei Krun! Einer von uns ist also auf den gleichen Gedanken gekommen. Vielleicht weiß er den Weg in die Freiheit ...?«

Die Gestalt im rot-grün karierten Umhang drehte sich um. Die Kapuze fiel in den Nacken.

Wir schnappten nach Luft.

Der Kopf war haarlos – und lippenlos und nasenlos und ohrlos. Die Haut zeigte sich graugrün marmoriert, von tiefen Furchen durchzogen, die den ganzen Kopf zu einer gespenstischen Parodie menschlicher Züge machten. Das Gesicht sah aus, als habe darauf ein weit fortgeschrittener Prozeß der Zersetzung und Auflösung innegehalten und sei versteinert. Dicke grüne Sehnen erstreckten sich zwischen Kinn und Halskrause der karierten Robe. Und die Augen – schwarz und rot, und geradezu dämonisch vor Haß!

»Seid willkommen«, sagte Tyr Ungovich. »Ich hatte euch nicht erwartet, aber da seid ihr nun ...«

»Du hast uns nicht erwartet«, sagte ich. »Und jetzt, Ungovich, lös uns doch mal ein Rätsel, die du doch so liebst. Warum solltest du am Leben bleiben?«

Auf dem schrecklichen Gesicht malte sich kein erkennbarer Ausdruck.

»Gewiß seid ihr es, die darauf antworten müßten.«

Ich legte die Hand an den Griff des Krozair-Langschwerts – das aber nicht mehr an meiner Hüfte baumelte!

Von den Dingen, die mir die Öffnung im Feuerkristall gegeben hatte, war nichts mehr vorhanden! Nur die Ersatzwaffen, die ich im Mausoleum umgehängt hatte, leisteten mir noch Gesellschaft.

Ich berührte den Griff des Rapiers.

»Stahl kann mir nichts anhaben.« Die roten und grünen Karos gerieten in Bewegung, als Ungovich jäh herumfuhr. »Und jetzt werdet ihr sterben!«

Er hob eine goldene Pfeife an die Lippen und blies hinein.

Ein Laut war nicht zu vernehmen.

Wieder blies er, und die scheußlichen graugrünen Flecken seines Gesichts schienen zu pulsieren. Immer wieder rundeten sich seine Wangen. Dann fuhr er zu uns herum, und in seinen Augen flackerte ein teuflischer, dämonischer Zorn.

»Ich bin der Zauberer des Moders! Ihr werdet sterben, wenn meine kleinen Haustiere ...«

Gelassen sagte Deb-Lu-Quienyin: »Ich glaube nicht, San, daß sie deinen Ruf gehört haben.«

Die feine Ironie dieser formellen Anrede entging uns nicht – ebensowenig wie dem Zauberer des Moders.

Er schaute sich Quienyin genau an.

Dann trat er hastig einen Schritt zurück – und aus dem Nichts erschien ein Schwert in seiner Hand.

»Du ...«, sagte er mit würgender Stimme. »Du bist ...«

»Ja.«

»Aber von deiner Sorte kommt keiner in den Moder! Keiner! Es ist nicht erlaubt!«

Dieses ... Ding hatte uns großes Leid gebracht. Es hatte uns Fallen gestellt, Rätsel aufgegeben, okkulte Monster auf den Hals gehetzt, uns gefoltert. Jetzt stand es vor uns und ließ mit funkensprühenden Augen ein Schwert kreisen und zappelte doch jammernd und hilflos im magischen Griff eines Zauberers aus Loh!

»Laßt mich einen Pfeil abschießen und dem Ding ein Ende machen«, sagte Nath.

»Ich möchte ihm eine Kugel zwischen die Augen schießen«, sagte Barkindrar.

Hunch kicherte.

Nodgen wog seinen Speer in der Hand.

Die beiden Hyr-Paktuns hielten sich wie immer für alles bereit.

Ich sagte: »Wir sind aus eigener freier Entscheidung hierhergekommen. Wir haben diesem Ding Schätze abgenommen. Wir wollen es nicht töten.«

»Nein?« fragte Tyfar atemlos. Er bebte am ganzen Leib.

»Es hat seine geliebten Toten geschützt«, sagte Quienyin, »und aus diesem Schutzbemühen wurde etwas Häßliches, ein Spiel des Todes.«

»Ich bin nicht aus freien Stücken hier«, sagte Hunch. »Bei Tryflor, das habe ich von Anfang an deutlich gesagt!«

»Beim Allprächtigen Bridzikelsh, ich auch nicht!« betonte Nodgen.

»Und ich auch nicht«, sagte ich. »Aber die meisten von uns haben es getan. Wir haben uns auf die schrecklichen Spielregeln dieses Geschöpfs eingelassen. Wir haben es bloßgestellt. Ich glaube, das ist schmerzlich genug.«

»Vernichtet es!« forderte Nath der Pfeil und hob den schußbereiten Bogen. »Vernichtet es, daß es nicht einmal auf den Eisgletschern Sicces eine Heimstatt findet!«

»Wir beide zusammen, Nath«, sagte Barkindrar und bewegte vielsagend seine Schleuder hin und her.

Das Ding, das sich Ungovich nannte, fauchte uns an.

»Sollen wir es töten?« flüsterte Tyfar.

»Männer töten Dinge, die sie nicht verstehen. Verstehen wir dieses Ding, diesen Moder-Fürsten? Ist uns bewußt, warum es tut, was es tut?«

»Du stellst die Frage richtig, Jak«, sagte Quienyin. »Laß uns verschwinden.«

Wortlos ließen wir den fauchenden und mit dem Schwert fuchtelnden Zauberer des Moders stehen. Wir kehrten dem goldenen Raum den Rücken. Wir waren absolut davon überzeugt, daß wir den Weg ins Freie finden würden.

Ungovich, in seiner Verwesung grünverkrustet, geiferte hinter uns her. Er schluchzte aus tiefster Seelenqual. Als wir den roten Türvorhang erreichten, wandte sich Nodgen zurück und sagte: »Wenn wir das nächste Mal herkommen, alter Zauberer, sind wir vielleicht nicht so großzügig!«

»Komm her!« rief Hunch schrill. »Komm *her!* Hast du den Verstand verloren?«

Und so lachten wir sogar, als wir den Ausgang fanden.

Doch wieder spürte ich die bedrückende Vorahnung, daß ich eines Tages wirklich zurückkehren würde ... wenn nicht in diesen Moder, dann in einen der anderen zahlreichen Todesfallen im Gekrümmten Land ...

Wir fanden die Treppe und die Tür, die wir mit einem ganz normalen Griff öffneten.

Wir traten hinaus.

Wir traten in die saubere frische Luft und in den prächtigen Schein der Sonnen von Scorpio ...

Die düstere, unheildrohende Masse des Moders erhob sich hinter uns.

Bei Zim-Zair! Wie schön war es doch, am Leben zu sein und auf Kregen!